Michael Böckler hat sich als Krimiautor einen Namen gemacht. In seinen Romanen verknüpft er spannende Fälle mit touristischen und kulinarischen Informationen. Sein besonderer Fokus liegt dabei auf dem Wein. Er hat Kommunikationswissenschaft studiert und lebt in München. Südtirol kennt er seit seiner Kindheit, bereist die Region auch heute noch regelmäßig – und natürlich liebt er die Südtiroler Weine.

MICHAEL BÖCKLER

Falscher Tropfen

Ein Wein-Krimi
aus Südtirol

Rowohlt Taschenbuch Verlag

6. Auflage November 2024

Originalausgabe
Veröffentlicht im Rowohlt Taschenbuch Verlag,
Reinbek bei Hamburg, September 2018
Copyright © 2018 by Rowohlt Verlag GmbH, Reinbek bei Hamburg
Redaktion Arno Hoven
Umschlaggestaltung yellowfarm gmbh, Stefanie Freischem
Umschlagabbildungen imageBroker / Dr. Wilfried Bahnmüller /
Carlos Sanchez Pereyra / mauritius images
Satz aus der DTL Dorian bei
Pinkuin Satz und Datentechnik, Berlin
Druck und Bindung GGP Media GmbH, Pößneck
ISBN 978-3-499-27349-0

Prolog

In Sterzing hatte sich eine Gruppe norddeutscher Urlauber zusammengefunden, um entlang des Eisacks nach Bozen zu radeln. Das war nicht besonders anstrengend, weil Flüsse naturgemäß bergab fließen. Eine Tatsache, die bei der Planung eine wichtige Rolle gespielt hatte, denn die Radfahrer waren schon älteren Semesters. Einige litten unter Arthrose, einer hatte eine künstliche Hüfte und wieder eine andere gelegentliche Durchblutungsstörungen im Gehirn – weshalb sie in der Mitte fuhr, da konnte sie nicht verlorengehen.

Die Eisacktal-Radroute war gut ausgebaut und führte streckenweise über ehemalige Bahntrassen. Nur selten musste man auf die Brennerstaatsstraße oder ruhige Nebenstraßen ausweichen. Wie sich zeigen sollte, ging es nicht immer bergab, es waren auch kleinere Steigungen zu bewältigen. Aber diese hielten sich im Rahmen der konditionellen Möglichkeiten. Vom Brennerpass aus hätte die Gruppe genau sechsundneunzig Kilometer bis Bozen radeln müssen. Von Sterzing waren es nur fünfundsiebzig. Sportlichere Radler schafften das locker an einem einzigen Tag. Die Seniorengruppe dagegen ließ sich Zeit. Gemäß der Maxime, dass der Weg das Ziel sei.

In ihren Fremdenführern hatten sie zuvor von Johann Wolfgang von Goethe gelesen, der auf seiner *Italienischen Reise* 1786 in einer Postkutsche gen Süden gefahren war: «zwischen hohen Felsen, an dem reißenden Eisack hinunter» – um dorthin zu gelangen, «wo die Zitronen blühn». Sie waren auf Heinrich Heine gestoßen, der gut vierzig Jahre später aus seiner Kutsche «himmelhohe Berge» und «kreischende Waldbäche» erblickt hatte. Und sie wussten von Albrecht Dürer, der in Klausen eine berühmte Skizze des Städtchens angefertigt hatte – während eines Zwangsaufenthalts, weil der Weg nach einem Unwetter unbefahrbar geworden war.

Wie viel Zeit hatten Goethe, Heine oder Dürer in ihren Kutschen für die damals abenteuerliche Strecke von Sterzing nach Bozen benötigt? Die Senioren wussten es nicht, aber keinesfalls wollten sie schneller sein.

Gleich zu Beginn radelten sie an der auf einem Felsen thronenden Burg Reifenstein vorbei und an der spätgotischen Wallfahrtskirche Maria Trens. Sie passierten die Sachsenklemme und machten einen Stopp bei der gewaltigen Franzensfeste. Schließlich gelangten sie zum berühmten Kloster Neustift, wo sie die großartige Stiftskirche besichtigten und anschließend im Stiftskeller vom köstlichen Sylvaner probierten. Manche gönnten sich ein zweites Glas; schließlich war es nicht mehr weit nach Brixen, wo sie nächtigten.

*

Der folgende Tag war der Erholung vorbehalten – auch jener der geschundenen Gesäßmuskeln. Einige Gelenke wurden mit Schmerzsalbe behandelt. Ansonsten aber ging es allen gut. Die Seniorengruppe besichtigte die Bischofsstadt, die verwinkelten Gassen, die Lauben, den prächtigen Dom Mariä Himmelfahrt, das berühmte «Rüsselpferd» im Kreuzgang – und natürlich die einschlägigen Wirtshäuser, wo sie sich für den morgigen Tag stärkten.

Die nächste Etappe sollte nach Klausen führen. Das war nun wirklich nicht weit, dennoch bat schon nach wenigen Kilometern einer der Radler, der bereits am ersten Tag mit einer schwachen Blase aufgefallen war, um eine kurze Unterbrechung. Er lehnte sein Rad an einen Baum. Während sich die anderen unterhielten oder einen Schokoriegel aßen, stieg er über ein niedriges Geländer und betrat die Uferböschung, um von dort in den Eisack zu pinkeln. Ein Warnschild hatte er geflissentlich übersehen: «*Attenzione, pericolo*. Achtung, Gefahr. Möglichkeit plötzlicher Flutwellen auch zufolge von Betätigung der Staudammschütze.» Er stand so weit oben, dass von plötzlichen Flutwellen keine Gefahr drohte. Dennoch kam es unversehens zu einem Zwischenfall, der erstens zu einem akuten Harnverhalt führte und ihn zweitens fast in den Fluss stürzen ließ. Panisch hielt er sich an einem Busch fest und starrte nach unten.

Der Eisack, der viel Wasser führte und eigentlich eine reißende Strömung aufwies, nahm hier eine kleine Kurve, weshalb es an dieser Stelle eine beruhigte Zone gab, in der recht gemächlich ein Strudel kreiste. Genau dorthin hatte der Senior zu pinkeln versucht. Eine sehr optimistische Annahme, aber das war nicht das Problem. Denn hätte sein Strahl tatsächlich so weit gereicht, hätte er nicht nur den Strudel, sondern auch das Objekt getroffen, das langsam in ihm kreiste. Objekt? Das war das falsche Wort, denn unverkennbar handelte es sich um einen menschlichen Körper – mit dem Gesicht nach unten und mit abgespreizten Armen und Beinen. Dass kein Leben mehr in ihm war, stand außer Zweifel.

Der Senior schloss zitternd seinen Hosenschlitz und trat vorsichtig den Rückzug an. Er fühlte sich so schwach in den Beinen, dass ihm ein Mitradler über den Zaun helfen musste.

Er rang nach Worten, und es dauerte eine Weile, bis alle ihn verstanden hatten.

Einer tat das einzig Richtige und verständigte mit seinem Handy die Polizei. Andere stiegen über den Zaun und beobachteten mit einer Mischung aus Abscheu und Faszination den sich im Kreise drehenden Leichnam. Sie konnten es sich nicht verkneifen, ihn zu fotografieren. Das Kloster Neustift und die barocke Domkirche in Brixen hatten sie schon abgelichtet, auch verfügten sie über viele Fotos der pittoresken Altstadt. Eine Leiche fehlte noch in ihrer Bildersammlung.

Das war ein Souvenir der besonderen Art.

1

Die Bar am Bozner Obstmarkt zählte zu Emilios Lieblingsplätzen, wenn es darum ging, ein Glas Wein zu trinken. Sollte man ihn fragen, müsste er freilich zugeben, dass er viele bevorzugte Plätze hatte. Aber wer sollte ihn fragen? Baron Emilio von Ritzfeld-Hechenstein konnte so misslaunig dreinblicken, dass ihn kein Fremder ansprechen würde. Und wer ihn kannte, würde ihn nicht fragen. Denn jeder wusste von seinen Vorlieben – jedenfalls im Hinblick auf seine weinaffine Lebensführung.

Man traf Emilio ebenso in gehobenen Vinotheken wie in einfachen Buschenschänken oder Almgasthöfen. In Letzteren allerdings nur, wenn er mit seinem alten Landrover dort hingelangen konnte, denn er hielt eisern an seiner Gewohnheit fest, keine größeren Wegstrecken zu Fuß zurückzulegen. Erst recht nicht solche, die im weitesten Sinne an eine Wanderung erinnern könnten. Das Flanieren in Städten zählte er nicht dazu. Der schlendernde Spaziergang war sogar eine Passion von ihm. Dafür brauchte es kein besonderes Schuhwerk. Man benötigte auch sonst keinerlei Verkleidung, wie zum Beispiel schlecht geschnittene Sportjacken, karierte Hemden oder gar kurze Hosen. Wie immer trug er rahmengenähte Budapester Schuhe, die er in großer Zahl von seinem Vater geerbt hatte und die nach seiner Überzeugung auch ihn überleben würden. Dazu ein leicht abgeschabtes Sakko aus englischem Tweed.

Darauf verzichtete er nur, wenn es brütend heiß war, was in Bozen während des Sommers freilich häufig vorkam. An solchen Tagen trug er auf dem Kopf einen Borsalino und auf der Nase eine dicke Hornbrille mit dunkelgrünen Gläsern. Des Weiteren hatte Emilio bei jeder Gelegenheit seinen antiken Gehstock dabei, mit einem Knauf aus massivem Silber und dem eingravierten Wappen derer von Ritzfeld-Hechenstein. Dass man den Griff entriegeln konnte, um einen Degen herauszuziehen, war ein extravagantes Detail, von dem keiner wissen musste. Emilio führte den Stock mal auf der rechten Seite, dann auf der linken; mal hinkte er leicht, dann wiederum nicht. Viele hielten seinen Gehstock für eine Marotte. Wahrscheinlich hatten sie recht. Emilio war irgendwo in den Vierzigern. Sein genaues Alter hatte er verdrängt. Gemessen an seiner Lebenserfahrung war er ein Greis. Dabei hatte er sich den Leichtsinn eines Jugendlichen bewahrt. Und wenn es darauf ankam, hatte er den Elan eines Mannes in den besten Jahren – was er schließlich auch war.

Während Emilio auf einem Barhocker saß und genüsslich seinen Wein trank, las er eine englische Tageszeitung. Vor den vorbeiziehenden Touristen schützten ihn große Töpfe mit Grünpflanzen. Kaum hatte er sein Glas geleert, wurde er von der Wirtin gefragt, ob er noch etwas Wein wünsche. Er antwortete nicht sofort, sondern zögerte kurz. Aber nicht deshalb, weil er ernsthaft in Betracht zog, die Frage zu verneinen. Vielmehr musste er die schwierige Entscheidung treffen, ob er beim Weißburgunder bleiben oder zu einem Sauvignon wechseln sollte. Er prüfte seinen Gaumen, zog etwas Luft durch die Nase … und entschied sich für einen Blauburgunder aus der Lage Mazzon – natürlich für einen Riserva aus einem vorzüglichen Jahrgang, der längere Zeit im Holzfass gereift war.

Emilio dachte, dass es ihm schlechter gehen könnte. Aber kaum besser. Seine Tätigkeit als Privatdetektiv ließ er derzeit ruhen. Dank einer unerwarteten Erbschaft gab es keine ökonomische Notwendigkeit für ihn, neue Aufträge anzunehmen. Er hatte noch nie darüber nachgedacht, welche Berufsbezeichnung auf seinem Grabstein stehen könnte. In früheren Zeiten war so etwas üblich gewesen. Er liebte es, über alte Friedhöfe zu spazieren und die Inschriften zu lesen. In seinem Fall sah die Sache jedoch etwas anders aus. Erstens hatten die Ritzfeld-Hechensteins im Rheingau eine Familiengruft. Und zweitens legte er keinen Wert auf irgendein Grab. Sollte man seine Asche doch in alle Winde verstreuen. Gleichwohl hatte es ihm schon immer gefallen, wenn auf einem Grabstein stand, dass der Verblichene den «Beruf» des Privatiers ausgeübt hatte. Was nichts anderes bedeutete, als dass die Person nicht hatte arbeiten müssen. Statt sich dem schnöden Gelderwerb zu widmen, hatte sie die Kunst des Müßiggangs erlernen dürfen. Emilio fand, dass er dafür geradezu prädestiniert war. Wenn also irgendwann einmal sein Name im Zusammenhang mit einer Berufsangabe stehen sollte – nur so als Gedankenspiel –, dann bitte «Privatier». Aber ganz bestimmt nicht «Privatdetektiv». Diese Tätigkeit hatte irgendwie einen Hautgout und war in gewisser Weise ordinär.

Die Wirtin kehrte zurück und brachte Emilio den gewünschten Blauburgunder. Er ließ den Wein im Glas kreisen und nahm einen ersten Schluck. Was hatte er gerade überlegt? Dass die Tätigkeit eines Privatdetektivs einen vulgären Beigeschmack hatte? Der Blauburgunder hatte ihn jedenfalls nicht, er war frei von jedem Makel. Emilio sah einer jungen Frau hinterher, die einen kurzen Rock trug und beim Gehen provozierend mit ihrem Hintern wackelte. War das vulgär? Und wenn ja, was sprach dagegen? Das war die Würze des Lebens. Als er diesen Aspekt in seine Betrachtungen mit einbezog, musste er sich eingestehen, dass ein Dasein als schöngeistiger Privatier auf längere Sicht doch allzu fad war. Der Müßiggang war zwar eine Leidenschaft von ihm, er hatte auch Talent dafür, aber ihm gefiel es ebenfalls, wenn es zur Abwechslung hin und wieder mal richtig krachte. Er liebte es, in die Abgründe des Lebens zu tauchen und Übeltätern hinterherzujagen.

Erneut nahm er einen Schluck vom Blauburgunder. Eine Zeitlang spielte er mit dem Knauf seines Gehstocks. Nur Privatier zu sein war trostlos. Nun gut, er könnte seiner Freundin Phina häufiger beim Weinverkauf auf ihrem Weingut helfen. Sie würde das zu schätzen wissen. Aber in der Vinothek musste man nett zu wildfremden Menschen sein, sie anlächeln und immer höflich bleiben, selbst wenn sie dummes Zeug redeten und von Wein keine Ahnung hatten. Das lag ihm nicht. Davon bekam er Sodbrennen. Wahrscheinlich sogar ein Magengeschwür. Ganz sicher sogar.

Emilio trank den Blauburgunder aus. Ihm fehlte was im Leben. Etwas Abwechslung. Es musste ja nicht gleich Mord und Totschlag sein. Er lächelte versonnen. Warum eigentlich nicht? Wäre auch in Ordnung. Leider war die Kriminalität in seiner Wahlheimat Südtirol recht unterentwickelt. Er hätte sich besser in Chicago niedergelassen. Aber dort wurde kein Wein angebaut, es gab wohl auch keine Spinatknödel und Speckwurzen.

Bevor er in Selbstmitleid versinken konnte, zahlte er die Rechnung und küsste zum Abschied die Wirtin. Dann nahm er seinen Gehstock und machte sich auf den Weg zu seinem geparkten Landrover. Vor ihm ging ein Mensch, der schon von hinten einen unsympathischen Eindruck machte. Der Einfachheit halber könnte er ihn mit dem Degen erstechen – dann hätte er einen Kriminalfall. Nein, das war keine gute Idee. Hatte ihm der Blauburgunder das Hirn vernebelt? Er sollte froh sein, dass um ihn herum alles so friedlich war. Froh schon, aber nicht wirklich glücklich.

2

Das berühmte Augustinerkloster Neustift wurde Mitte des 12. Jahrhunderts vom ehrwürdigen Bischof Hartmann von Brixen gegründet. Es liegt in bevorzugter Lage nur drei Kilometer nördlich der Residenzstadt im Eisacktal, das sich hier, von Norden kommend, nach engen Schluchten zu einem weiten und sonnenverwöhnten Becken öffnet. Kunstsinnige Menschen geraten bei der Betrachtung des Chorherrenstifts ins Schwärmen, weil es als Glanzstück barocker Baukunst gilt. Sie besichtigen die prachtvolle Stiftskirche und bestaunen den Rokokosaal der Bibliothek mit Exponaten Neustifter Buchmalerei. Oder sie stehen in der Pinakothek andächtig vor einem Flügelaltar, der den heiligen Barbara und Katharina gewidmet ist.

Doch nicht wenige Besucher – wie auch die eingangs erwähnte Seniorengruppe – verbinden mit dem Kloster Neustift ganz andere «Kulturschätze». Sie assoziieren fast reflexartig die Weine der Stiftskellerei, sie spüren am Gaumen die Mineralität eines Sylvaner, sie erfreuen sich am pfefferigen Nachhall eines Veltliner oder am feinfruchtigen Apfelaroma eines Kerner.

Rund um das Chorherrenstift liegt das nördlichste Weinbaugebiet südlich der Alpen, mit Höhenlagen bis neunhundert Meter und einem frischen Klima, das charaktervolle Weißweine begünstigt. Die Vorzüge des Terroirs, die schon im 12. Jahrhundert den Augustinermönchen bekannt waren, machen sich heute viele engagierte Weinkellereien zunutze. Gerade unter den jüngeren Winzern der Region gibt es einige, die im positiven Sinne als «weinverrückt» gelten. Manche treffen sich nach getaner Abend regelmäßig in einer Vinothek, die nur wenige Schritte vom Kloster entfernt liegt.

Heute war die Stimmung weniger ausgelassen als sonst. Was nicht daran lag, dass die Weinbauern besonders erschöpft waren, vielmehr hatte ihnen ein Ereignis aufs Gemüt geschlagen.

Einer hob das Glas und forderte die anderen auf, es ihm gleichzutun.

«Jetzt stoßen wir auf unseren alten Spezi Franzl an», sagte er mit belegter Stimme. «Gott hab ihn selig. Er ist von uns gegangen und wird uns fehlen.»

«Wir werden ihm ein ehrendes Andenken bewahren.»

«Prost, Franzl, auf dein Wohl.»

«*Schod, dass er iatz nimmer do isch*», kommentierte ein anderer auf Südtirolerisch. «*Iatz miass mr den gonzn Wein alloan owe schwoab'n.*»

Womit er die Notwendigkeit artikulierte, den ganzen Wein jetzt ohne Franzls Hilfe trinken zu müssen. Nichteinheimische hätten ihn wohl kaum verstanden. Aber die Winzer waren unter sich, weshalb sie so sprachen, wie ihnen gerade zumute war – einige heftiger im Dialekt, andere moderater.

«*Des schoff mr, obr du fahlst ins trotzdem. Prost, Franzl. Hattesch net gian miassn, mir hattn di no gern be ins gkopt.*»

Sie stießen die Gläser so heftig gegeneinander, dass sie fast splitterten.

Alle machten betretene Gesichter. Einer wischte sich sogar eine Träne aus dem Augenwinkel.

Die Winzer beklagten den Tod eines Freundes, dessen

Leiche am späten Vormittag im Eisack südlich von Brixen entdeckt worden war. Wenig später hatte man ihn aus den Fluten geborgen. Die Polizei brauchte eine Weile, um seine Identität festzustellen. Dann gab es Gewissheit: Der Tote hieß Franz Mitterlechner und war ein bekannter Südtiroler Weinhändler. Die traurige Nachricht von seinem plötzlichen Ableben hatte sich unter seinen Winzerfreunden schnell herumgesprochen. Fest stand, dass der Franzl in den Eisack gestürzt und dort jämmerlich ersoffen war. Nun gut, er hatte oft einen über den Durst getrunken und war schon mal die Treppe in seinem Weinkeller runtergefallen. Auch hatte er im letzten Jahr mit seinem Auto auf der Landstraße zwischen Bozen und Meran betrunken den Anhänger eines Traktors gerammt. Äpfel der Sorten Braeburn, Gala und Golden Delicious hatten zu einer stundenlangen Vollsperrung des Straßenabschnitts geführt. Seine gelegentliche Trunkenheit war allerdings kein hinreichender Grund, um in den Eisack zu fallen. Aber passieren konnte es. Vor allem wenn man wie der Franz ein passionierter Angler war. Er hatte einen bevorzugten Platz am Ufer, wo er Entspannung beim Fischen von Äschen oder Forellen suchte. Vermutlich hatte er dort den Halt verloren. Da war man sich schnell einig. Die Erklärung lag auf der Hand. Zwar besaß der Franz neben seinem Weinhandel auch einen kleinen Weinberg, der mit grünem Veltliner bestockt war und steil zum Eisack abfiel. Aber von dort wäre er allenfalls auf die Staatsstraße gefallen, nicht direkt ins Wasser.

Man könne nur hoffen, dass er vor dem Unglück genug von seinem Veltliner getrunken hatte, stellte einer der Winzer fest, dann habe er vielleicht nichts von seinem Unfall mitbekommen und sei mit einem glückseligen Lächeln in den Fluten versunken.

«Ja, das wäre ihm zu wünschen», stimmte ein anderer ihm

zu. Entschieden leerte er sein Glas – um gleich nachzuschenken.

«Arme Sau, der Franzl.»

«Wir müssen uns um seine Martina kümmern, die ist ja nun Witwe.»

«Die lassen wir jetzt besser in Ruhe. Die Martina hat einen Bruder, der wird ihr helfen.»

«Unser Beileid müssen wir ihr schon aussprechen.»

«Wir sehen sie ja spätestens auf der Beerdigung.»

Ein Weinbauer, der bis jetzt geschwiegen hatte, wechselte unvermittelt das Thema. «Habt's euch schon die geschäftlichen Folgen überlegt?»

Na, logisch net.

«Der Franzl ist ja gerade erst tot.»

«Er hat mit seiner Firma auch unsere Weine vertrieben. Wahrscheinlich stehen noch einige Paletten in seinem Lager.»

«Die holen wir halt wieder ab, aber das hat keine Eile. Los werden wir unsere Flaschen auch ohne ihn. Ich bin eh schon ausverkauft.»

«Ich auch. Als Weinhändler wird uns der Franzl nicht fehlen. Aber beim geselligen Zusammensein ...»

«Er hat immer gute Witze gewusst.»

Einer lachte. «Vor allem schweinische. Da war er gut. Könnt ihr euch noch an den erinnern? Eine Nutte ...»

Gea, her auf.

«Uns ist grad nicht nach Witzen zumute.»

«Eigentlich war der Franzl ein Landesverräter.»

Spinnsch iatz?

«Ein Landesverräter? Warum denn das?»

«Weil er nur nebenher Südtiroler Weine vertrieben hat. Sein Hauptgeschäft hat er mit Weinen aus Italien gemacht.»

«Aus Italien? Südtirol gehört zu Italien», stellte einer fest. Dabei grinste er verschmitzt.

«Weißt genau, wie ich das meine. Der Franzl hat mit seiner Mitterlechner Weinvertriebsgesellschaft vor allem überteuerte Weine aus der Toskana und dem Piemont ins Ausland verscherbelt.»

«Aber getrunken hat er sie nicht.»

«Doch, natürlich schon.»

«Deswegen war er aber kein Landesverräter. Außerdem soll man über Tote nicht schlecht reden.»

«Tun wir doch nicht. Fragt sich aber schon, wie das mit seiner Firma weitergeht und was mit all den Flaschen passiert, die er gelagert hat.»

«Aufmachen und in den Eisack schütten», schlug einer vor. «Tignanello, Sassicaia, Ornellaia ... Das wär ein Vergnügen.»

«*Na, des tat i net übers Herz bringen. Guat sein sie schun, de Tropfn, nur viel zu teuer. Stell dr vor, mir kanntn fir insere Südtiroler Weine soffl verlongen.*»

«Dann würde ich meiner Freundin einen Porsche kaufen.»

«Sonst hast keine Probleme?»

«In seiner Firma wird's Lieferverpflichtungen geben. Hatte der Franzl jemanden, der ihm im Büro hilft?»

«Die kleine Steffi? Die hat doch keine Ahnung.»

«Also müssen wir doch der Martina unter die Arme greifen?»

«Aber nicht gleich.»

«Ich mach nicht mit. Ich helf nicht dabei, italienische Weine zu vertreiben.»

«Der Franzl ... jetzt ist er tot. So ein Pech.»

«Er hat gern einen Blatterle getrunken. Weißt schon, den von ...»

«Genau. Da bestellen wir jetzt eine Flasche. Und dann stoßen wir erneut auf ihn an.»

«Des moch mr. Dr Franzl wor olm schun a Sauhund.»

«Der hat viel Geld mit seinem Weinhandel verdient.»

«Aber nicht mit dem Blatterle, den kennt kein Mensch, nur wir Südtiroler.»

«Gut so.»

3

Als Emilio am nächsten Morgen gegen zehn Uhr den Weg in die Küche suchte, befand er sich noch im Schlafmodus. Ihn lockte der würzige Geruch von frisch aufgebrühtem Kaffee. Er hatte keinerlei Zweifel daran, dass seine Freundin Phina schon seit Stunden wach war. Wahrscheinlich hatte sie bereits im Weinberg gearbeitet und war gerade erst wieder zurückgekommen. Seit langem wusste er, dass sie eine frühaktive Lerche war. Er dagegen hatte den Schlafrhythmus einer Eule. Weshalb sie in getrennten Zimmern nächtigten – was seine Vorzüge hatte, aber auch zwischenmenschliche Nachteile mit sich brachte. Allerdings ließen sich diese jederzeit mit Kreativität und Eigeninitiative überwinden. Dunkel erinnerte er sich, dass ihm dies auch in der letzten Nacht gelungen war. Oder hatte dieses freudige Intermezzo schon in der Nacht zuvor stattgefunden? Na egal, in der Früh konnte er nicht klar denken. Geschweige denn, sich präzise erinnern. Ihm fiel der französische Philosoph und notorische Langschläfer René Descartes ein, den frühmorgendliche Geistesanstrengungen das Leben gekostet hatten. Die junge Königin Christina von Schweden hatte ihn 1649 an ihren Hof geholt, und nur wenige Monate später war er gestorben, weil sie ihn genötigt hatte, um fünf Uhr in der Früh bei ihr zu erscheinen und sie zu unterrichten. Nun gut, vielleicht hatte man ihn auch mit Arsen vergiftet. So genau wusste man das nicht. Jedenfalls war Emilio fest entschlossen, Descartes' Schicksal nicht zu teilen. Deshalb schlief er morgens gerne aus. Und bei Phina hatte er obendrein die Gewissheit, dass der Kaffee nicht vergiftet war.

«*Guatn Morgn, du Schlofmitz*», begrüßte sie ihn mit erschreckend lauter Stimme.

Auf dem großen Bauerntisch stand ein Korb mit Vinschger Paarln, und auf einem Holzbrett lag aufgeschnittene Wurst. Frisch ausgepresster Saft. Selbstgemachte Marmelade. Emilio unterdrückte ein Gähnen. Er konnte sich wahrhaft nicht beklagen. Seine Phina war ein Schatz. Wenigstens heute. Es gab allerdings auch Tage, da überließ sie ihn kaltherzig seinem Schicksal. Und wenn es ganz schlimm kam, legte sie Wert darauf, dass er das Frühstück höchstselbst anrichtete. Aber heute hatte er Glück. Er umarmte sie und gab ihr einen Kuss.

Sie goss Kaffee ein und deutete auf die aufgeschlagene Tageszeitung *Dolomiten* auf dem Frühstückstisch.

«Hast schon gelesen? Nein, natürlich nicht. Der Franz Mitterlechner ist tot. Seine Leich ham's gestern aus dem Eisack gefischt.»

Emilio schob sich gleichmütig eine Scheibe Jägersalami in den Mund. Franz Mitterlechner? Ach so, der Weinhändler aus Brixen. Er kannte ihn, ganz gut sogar. Nun denn, dann war er halt tot. So was kam vor.

«Ist er ertrunken?», fragte er mit mäßigem Interesse. «Oder warum lebt er nicht mehr?»

Phina nickte bestätigend. «Ja, ertrunken. Das hat der vorläufige Obduktionsbericht ergeben. Die Polizei geht von einem tragischen Unglück aus.»

«Konnte der Franz nicht schwimmen?»

Sie sah ihn kopfschüttelnd an. «Hast du schon mal versucht, im Eisack zu schwimmen? Da würdest du auch ertrinken.»

Er zog eine Grimasse. «Könnt gut sein. Ich halte schon das Baden im Kalterer See für lebensgefährlich.»

«So ein Blödsinn! Im Kalterer See habe ich als Kind das Schwimmen gelernt.»

«Sehr mutig.»

«Im Artikel heißt es, dass der Franz offensichtlich beim Sportfischen ausgerutscht und in den Fluss gestürzt ist. Man hat an seinem bevorzugten Angelplatz seine Sachen gefunden und in der Nähe sein geparktes Auto.»

«Beim Angeln? Vielleicht hatte er ja einen Schwertfisch am Haken, der ihn von den Beinen gerissen hat.»

«Witzbold. Jedenfalls ist er jetzt tot. Wir müssen auf seine Beerdigung.»

«Die wird ja nicht gleich heute sein.»

«Nein, natürlich nicht. Aber wir müssen hin.»

Emilio dachte, dass er diese Notwendigkeit nicht wirklich nachvollziehen konnte. Er verabscheute Beerdigungen. Sie konfrontierten ihn nicht nur mit der Endlichkeit des Seins, was im schlimmsten Fall zu Depressionen führen konnte, sondern strapazierten auch die Nerven, weil über die Verstorbenen meist viel dummes und verlogenes Zeug geredet wurde. Würde man glauben, was so alles auf Trauerfeiern erzählt wurde, dann gäbe es nur brave und hochintelligente Menschen auf dieser Welt. Leider war eher das Gegenteil der Fall. Schon vor Jahren hatte er sich vorgenommen, an keiner Beerdigung mehr teilzunehmen. Nur noch an seiner eigenen. Aber da hatte er sozusagen Präsenzpflicht – als Leichnam, *post mortem*.

Dennoch gab es Ausnahmen. Ihm fiel seine Tante Theresa ein, die auf dem Friedhof von Meran ihre ewige Ruhe gefunden hatte. An deren Beerdigung hatte er tatsächlich teilgenommen. Aber sie hatte ihm auch nahegestanden, was man vom Franz

Mitterlechner nicht behaupten konnte. Nun gut, sie hatten sich häufig bei Weinverkostungen getroffen. Aber wenn es danach ginge, müsste er bei jedem zweiten verstorbenen Südtiroler zur Trauerfeier erscheinen.

«Ich gehe jedenfalls hin», sagte Phina entschieden, «und ich würde mich freuen, wenn du mich begleitest.»

«Ich überleg's mir», grummelte Emilio.

Es gefiel ihm nicht, schon wieder mit seinen Prinzipien zu brechen. Wegen eines Weinhändlers, der so töricht gewesen war, im Eisack zu ertrinken. Seine Tante Theresa war wenigstens an Altersschwäche gestorben. Und sie hatte ihn mit einem unerwarteten Erbe bedacht. Aber das war eine andere Geschichte. Ihm fiel ein Zitat von Oscar Wilde ein: «Gute Vorsätze sind nutzlose Versuche, die Naturgesetze außer Kraft zu setzen.» Eine Beerdigung war kein Naturgesetz. Die Schwerkraft allerdings schon. Dieser war der Weinhändler Franz Mitterlechner offenbar zum Opfer gefallen. Da halfen die besten Vorsätze nichts.

4

Martina Mitterlechner saß am Schreibtisch ihres Mannes und weinte jämmerlich. Sie schluchzte und zitterte. Hinter ihr stand die Büroassistentin Steffi, die vergeblich nach Worten des Trostes suchte. Aber welchen Trost könnte es geben? Martina hatte von einem Tag auf den anderen ihren Mann verloren. Bei einer längeren, schweren Krankheit hätte sie sich auf diese Situation vorbereiten können. Aber so hatte sie das Schicksal wie der sprichwörtliche Blitz aus heiterem Himmel getroffen. Ihr Franz war tot. Er war gegangen, ohne dass sie sich hätten voneinander verabschieden können. Das war grausam – und unendlich traurig.

Martina fiel es schwer, einen klaren Gedanken zu fassen. Fortan musste sie irgendwie alleine klarkommen. Nicht nur mit ihrem Leben, sondern auch mit der Firma ihres Mannes. Auf dem Tisch stapelten sich Papiere. Die Regale waren voll mit Aktenordnern. Der Computer enthielt unendlich viele Dateien, deren Sinn sich ihr nicht erschloss. Franz' privaten Laptop konnte sie nicht öffnen, er war passwortgeschützt. Steffi war bei all den wichtigen Dingen keine große Hilfe. Sie war ein herzensgutes Mädel, aber viel zu jung und unerfahren. Franz hatte seine Weinvertriebsgesellschaft im Alleingang gemanagt. Er hatte dies sehr erfolgreich getan, und sie hatten ein gutes Auskommen damit. Aber was jetzt? Was war zu tun? Wie sollte es weitergehen?

Sie hatte keine Ahnung. Gab es Rechnungen, die zu bezahlen waren? Musste Ware ausgeliefert werden? Und wenn ja, wohin? Hatten sie genug Geld auf dem Konto?

Die Tür ging auf. Martina zuckte zusammen. Ihre Nerven lagen blank. Erleichtert sah sie, dass sie Besuch von ihrem Bruder bekam. Sepp Hofreiter stand ihr unheimlich nah. Er war einige Jahre älter als sie und hatte schon immer auf sie aufgepasst. Er nahm sie liebevoll in die Arme und strich ihr beruhigend über den Kopf.

«Alles wird gut», tröstete er sie mit leiser Stimme. «Du schaffst das. Ganz sicher. Aber das geht nicht von heute auf morgen, das braucht Zeit.»

«Der Franz, er fehlt mir», schluchzte sie.

«Ich weiß, Martina. Ich weiß.»

«Möchten Sie einen Kaffee?», fragte die Büroassistentin. «Oder ein Wasser?»

«Lieb von dir, Steffi. Nein danke. Kannst du uns bitte ein bissel alleine lassen?»

«Aber natürlich, Herr Hofreiter. Wenn Sie mich brauchen, ich bin im Nebenzimmer.»

«Passt schon.»

Sepp, der groß war und behäbig wie ein Bär, zog einen Stuhl heran und setzte sich zu seiner Schwester an den Schreibtisch.

«Ich hab Nachricht von der Polizei bekommen», berichtete er. «Die Untersuchung ist so gut wie abgeschlossen.»

«Jetzt schon?»

«Warum nicht? Gibt ja nicht viel zu untersuchen. Der Franz ist in den Eisack gefallen; das steht fest. Die Obduktion hat bestätigt, dass er ertrunken ist. Er war also nicht schon vorher tot, verstehst?»

Sie sah ihn mit großen Augen an. «Nein, verstehe ich nicht. Wie könnte er schon vorher tot gewesen sein?»

«Na ja, zum Beispiel könnte er beim Angeln einen Herzinfarkt bekommen haben. Dann wäre er schon vor seinem Sturz in den Fluss tot gewesen.»

«Der Franz hatte nie Probleme mit seinem Herzen.»

«War ja nur ein Beispiel.»

Sie dachte kurz nach und meinte dann: «Wäre aber besser für ihn gewesen ...» Erneut begann sie zu schluchzen. «Dann hätte er im Fluss nicht gegen das Ertrinken ankämpfen müssen. Ich darf mir das gar nicht vorstellen, wie der Franz ...»

Er nahm ihre Hände. «Martina, du musst dir gar nichts vorstellen», unterbrach er sie. «Keiner weiß, wie es genau passiert ist. Vielleicht ist der Franz beim Sturz mit dem Kopf wo angeschlagen und hat nichts mehr mitbekommen?»

«Ja, das hoffe ich für ihn.»

«Jedenfalls ist sein Leichnam freigegeben. Wir können dem Franz die letzte Ehre erweisen und ihn beisetzen.»

«Die letzte Ehre? Ich werde ihn immer ehren, meinen Franz.»

Er sah ihr in die tränenfeuchten Augen. «Das sollst du auch, liebe Martina. Dafür hast du dein ganzes Leben lang Gelegenheit.»

«Oh mein Gott, die Beerdigung. Die müssen wir organisieren. Der Pfarrer, die Traueranzeige, die Einladungen für all die vielen Leute ...»

«Ganz ruhig, Martina, nur kein Stress. Ich kümmere mich um alles.»

«Hast du denn überhaupt Zeit dafür?»

Sepp Hofreiter, der Koch in einem angesehenen Gasthaus der Region war, winkte beruhigend ab. «Die Zeit nehm ich mir. Ich hab schon mit meiner Chefin gesprochen; die gibt mir frei.» Er grinste. «Jetzt kann der Sous-Chef mal zeigen, was er draufhat.»

«Sepp, was tät ich nur ohne dich?»

«Die Frage stellt sich nicht, ich bin ja da.»

Sie deutete auf die vielen Aktenordner. «Du müsstest mir auch in der Firma helfen. Ich hab keine Ahnung, was zu tun ist.»

Er zuckte verlegen mit den Schultern. «Ich leider auch nicht. Ich kann ein perfektes Backhendl zubereiten, aber von Büroarbeit versteh ich nichts.» Er zog eine Grimasse. «Kann aber nicht so schwierig sein. Morgen verschaff ich mir einen Überblick.»

«Du bist ein Schatz.»

Es klopfte an der Tür, und Steffi steckte ihren Kopf herein. «'tschuldigung, dass ich störe, aber draußen ist ein Lieferwagen, der will zwei Paletten Wein abholen.»

«Der Lieferwagen?»

Steffi wurde rot. «Nein, natürlich der Fahrer. Das ist der Hannsjörg aus Sterzing, den kenn ich. Der beliefert einige Gastronomiebetriebe in Innsbruck.»

«Dann soll er die Paletten aufladen und den Empfang quittieren. Gibt's für so was ein Formular?»

«Ja, und ich weiß sogar, welches», antwortete sie stolz.

Sepp klatschte in die Hände. «Also, auf geht's! Ich sag's ja, kann alles nicht so schwierig sein. Eine gute Panade beim Backhendl braucht viel mehr Erfahrung.»

5

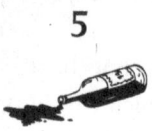

Emilio hatte in der alten Villa im Meraner Ortsteil Obermais die Vorhänge aufgezogen und saß nachdenklich am Klavier. An Franz Mitterlechners Ableben lag es nicht, aber irgendwie war er heute schwermütig. Das kam vor. Zum Glück nicht allzu häufig, weshalb es ihn nicht weiter beunruhigte. Was sollte er spielen? Was passte zu seiner depressiven Stimmungslage? Er stand auf und goss sich einen Brandy ein.

Er ging auf und ab und dachte über die Villa nach. War sie der Grund für seine Melancholie? Weil das Haus so überhaupt nicht zu ihm passte – ihm aber gehörte? In ihrem unergründlichen Eigensinn hatte seine Tante Theresa ihm die Villa vererbt. War sie vielleicht der Ansicht gewesen, es hätte ansonsten die Gefahr bestanden, dass er irgendwann ohne Dach über dem Kopf sein würde? Er musste leise lächeln. Nun, das hätte sogar passieren können. Immerhin war er seit dem Tod seines Vaters und dem finanziellen Ruin des jahrhundertealten Imperiums der Familie von Ritzfeld-Hechenstein geld- und mittellos. *Gewesen*, musste man hinzufügen, denn zu Theresas Erbe gehörte nicht nur diese noble, wenn auch ziemlich betagte Villa, sondern auch ein Aktiendepot bei einer Privatbank in Bozen. Zudem ein Grundstück am Luganersee, das er sich bis heute noch nicht einmal angesehen hatte. Gleiches galt für das Mietshaus in Wien. Er hatte Theresas Anwalt Marthaler damit betraut, sich um alles zu kümmern. Der plötzlich wiedererlangte

Wohlstand passte nicht zu seinem Lebensgefühl. Emilio hatte sich an die Verknappung seiner finanziellen Ressourcen gewöhnt. Er schätzte die unbeschwerte Leichtigkeit der Bedürfnislosigkeit. Er wollte an diesem paradiesischen Zustand nichts ändern. Theresa hin oder her. Er empfand die Erbschaft als Ballast. Er hätte sie ausschlagen sollen. Aber dazu war es zu spät. Jetzt hatte er ein Klavier und wusste nicht, was er spielen sollte.

Schließlich entschied er sich für eine langsame Nocturne von Chopin, obgleich er allergrößte Bedenken hatte. An diesem Stück hatte er sich schon mal versucht – und war kläglich gescheitert. Es gab obendrein keinen Grund, warum es diesmal besser klappen sollte. Warum spielte er ein Stück, das er nicht beherrschte? Eigensinn, purer Eigensinn. Aber er hatte keine Zuhörer, da war es egal. Er machte mehrere Anläufe, brach ab, versuchte es erneut. Irgendwann gab er auf. Er wechselte zu Jazz, das konnte er besser. Er improvisierte vor sich hin, wie er das während seiner Studienzeit in England als Barpianist getan hatte. Seine Stimmung besserte sich zusehends.

Ihm wurde bewusst, dass er in seinem Leben was ändern musste. Aber er wusste nicht, was. Er durfte sich glücklich schätzen, mit einer wunderbaren Frau wie Phina zusammen zu sein und auf ihrem Weingut wohnen zu dürfen. Das war großartig. Sozusagen ein Geschenk des Himmels. Das war es also nicht, was er unbedingt ändern sollte. Hatte vielleicht die Villa eine schlechte Aura? War sie es, die ihn herunterzog? Oder lag es einfach daran, dass er nichts zu tun hatte – außer Weine verkosten, Spinatnocken essen, auf dem Klavier spielen und sich ein Nickerchen auf Theresas Chaiselongue gönnen? War dies das Paradies auf Erden? Oder der Vorhof zur Hölle?

Er hörte abrupt auf zu spielen. Er schlug den Tastendeckel zu, trank den Brandy aus und verließ die Villa. Draußen auf der Straße atmete er tief durch. Gleich ging es ihm besser. Wenn jetzt noch sein altersschwacher Landrover ansprang, dann war die Welt wieder in Ordnung. Mehr oder weniger. Aber immerhin.

6

Es war spätabends, und Martina Mitterlechner saß allein im Büro. Ihr Bruder Sepp hatte sie gerade verlassen. Und Steffi war längst daheim. Stundenlang hatten sie sich durch Akten, Lieferscheine und Bestelllisten gewühlt; sie hatten den Lagerbestand überprüft und versucht, sich in den Dateien auf dem Computer zurechtzufinden. Sepp hatte gemeint, dass ihr Mann ein ziemliches Chaos hinterlassen habe. Das mochte stimmen, aber Franz war ein Meister der Improvisation gewesen. Irgendwie hatte er immer alles im Griff gehabt. Er hatte ja nicht ahnen können, dass er plötzlich nicht mehr da sein würde. Mit seinem Tod war alles verlorengegangen, was er in seinem Kopf gespeichert hatte. Kein Wunder, dass sie sich nicht zurechtfanden.

Hinzu kam, dass sie keinen wirklich klaren Gedanken fassen konnte. Sie stand immer noch unter Schock und konnte nicht begreifen, dass ihr Franzl tot war. Am liebsten wäre sie heute gar nicht erst aufgestanden und hätte sich den ganzen Tag unter der Bettdecke verkrochen. Aber Sepp hatte ihr den sprichwörtlichen Tritt in den Hintern gegeben und gesagt, dass sie Ablenkung brauche. Sie müsse tun, was jetzt zu tun sei – das wäre die beste Therapie. Woher wollte er das wissen? Sepp war mit Leib und Seele Koch und verfügte außerhalb seiner Küche über einen begrenzten Erfahrungshorizont. Doch er hatte recht, das spürte sie. Wie er fast immer recht hatte.

Sepp hatte das Herz auf dem rechten Fleck und den Blick fürs Wesentliche. Er war geradeheraus – eben ein echter Südtiroler. Darauf legte er großen Wert.

Martina stand auf und streckte sich. Ihr Blick fiel auf ein großes Foto an der Wand, das die im Abendrot glühenden Zinnen des Rosengartens zeigte. Ob Steffi wusste, was sich dahinter verbarg? Ihr Bruder Sepp ganz sicher nicht. Und obwohl sie ihm ansonsten alles anvertraute und ohne Bedenken zuließ, dass er in alles Einblick nahm, hatte sie ihm dieses kleine Geheimnis vorenthalten. Ohne einen wirklichen Grund. Vielleicht, weil sie spürte, dass es Franz so gewollt hätte.

Sie ging zum Bild, das auf einer Holzplatte aufgezogen war, fand den verborgenen Riegel und schwenkte es zur Seite. Der dahinter in der Wand eingelassene Tresor hatte ein Zahlenschloss. Hoffentlich hatte Franz die Nummernkombination nicht geändert. Gleich würde sie es wissen. Sie tippte die Zahlenfolge ein, die sie zuvor sicherheitshalber auf einem kleinen Zettel notiert hatte. Der Code setzte sich aus privaten Daten zusammen, aus ganz persönlichen, die niemand anders kannte, wie zum Beispiel dem Tag ihres Kennenlernens. Sie hörte, wie sich die Bolzen entriegelten. Die Stahltür öffnete sich. Der Deckenstrahler, der sonst auf den Rosengarten gerichtet war, leuchtete in den Tresor.

Martina konnte erst nicht glauben, was sie sah. Verwirrt klemmte sie den Zettel mit dem Nummerncode von hinten in den Rahmen des Bildes. Sie hatte zwar damit gerechnet, dass Franz im Tresor auch Bargeld aufbewahrte – aber nicht bündelweise und in großen Scheinen. Sie vergewisserte sich, dass die Fensterläden geschlossen waren, und sperrte von innen das Zimmer ab. Dann nahm sie das Geld heraus, stapelte es auf dem Tisch und begann zu zählen. Ihr wurde heiß und kalt zugleich. Wo kam dieses viele Geld her? Sie hatte keine Erklärung. Die Weingeschäfte liefen in der Regel im bargeldlosen Zahlungsverkehr. Nur kleinere Bestellungen wurden schon mal bar bezahlt.

Nachdenklich legte sie das Geld in den Tresor zurück. Dann nahm sie einige Umschläge zur Hand. Auf einem stand: «Mein Testament». Sepp hatte schon danach gefragt. Sie hatte ihm zur Antwort gegeben, dass es keines gab. Martina setzte sich an den Schreibtisch und öffnete den Umschlag mit flatternden Händen. Das Testament bestand aus wenigen Zeilen und war so nüchtern gehalten, wie man es sich nur vorstellen konnte. Weshalb sie auch nicht lange brauchte, um es zu verstehen. Im Endeffekt stand bloß drin, dass sie die alleinige Erbin war. Von allem und ohne Ausnahme. Sie warf einen Blick zum offen stehenden Tresor. Also auch vom Bargeld, von dessen Existenz wohl keiner etwas wusste. Aber das hätte sie sich auch ohne Testament eh einfach nehmen können. Jedenfalls hatte sich ihre kurz aufkeimende Angst nicht bestätigt. Das Testament enthielt keine unangenehmen Überraschungen. Franz hatte nur klargestellt, was in ihren Augen selbstverständlich war. Aber mit dem Testament in den Händen waren die Behördengänge womöglich einfacher. Was enthielten die anderen Umschläge? Sie waren alle ordentlich beschriftet. Von wegen Chaos. Ihr Bruder würde sich wundern. Hauptsächlich waren es Dokumente zum Haus, zum Weinlager, Kfz-Papiere, Geburts- und Hochzeitsurkunden und so weiter. Sie beschloss, sich nichts im Einzelnen anzuschauen. Vielleicht morgen. Heute Nacht jedenfalls war sie dafür zu müde. Sie legte alles wieder zurück in den Tresor. Erst jetzt wurde ihre Aufmerksamkeit auf eine Flasche Wein gelenkt, die seltsamerweise auch darin stand. Eigentlich nicht zu übersehen, denn es handelte sich um eine Magnumflasche. Genauer gesagt um einen Tignanello aus der Toskana. Gewiss ein Kultwein, aber das war noch lange kein Grund, ihn im Tresor aufzubewahren. Dafür hatten sie ihr Weinlager.

Martina nahm den Tignanello zur Hand. Zwischen Etikett und Flaschenhals war ein Zettel mit einer kurzen Anweisung aufgeklebt: «Für Emilio Baron von Ritzfeld-Hechenstein. Im Falle meines vorzeitigen Ablebens umgehend auszuhändigen! Franz Mitterlechner.»

Für Emilio? Jetzt verstand sie gar nichts mehr. Natürlich kannten sie den Baron, auch Phina Perchtinger, seine Lebensgefährtin, die bei Eppan ein Weingut besaß. Aber sie kannten ihn nicht besser als viele andere Menschen. Wie konnte Franz also auf die Idee kommen, ihm nach seinem Tod eine Flasche Wein zu schenken? Einfach so, ohne jegliche Erklärung. Und noch mal: Was hatte Franz dazu veranlasst, diese Flasche im Tresor aufzubewahren? Das war absurd. Oder gab es etwas, was sie nicht wusste? Franz hatte im Tresor eine geradezu akribische Ordnung. Alles war beschriftet und sorgsam gestapelt. Ganz gewiss hatte es einen Grund, warum er ausgerechnet diese Flasche Wein für so wichtig hielt, sie an einem sicheren Platz aufzubewahren. Aber welchen Grund konnte es geben? Ob sich Emilio darauf einen Reim machen konnte? Sie beschloss, ihn gleich morgen früh anzurufen. Erstens war es das, was Franz offenbar gewollt hatte. Und zweitens war sie auf eine Erklärung gespannt.

7

Linus Foidel war stinkesauer – auf sich selbst, auf Franz Mitterlechner, auf den Rest der Welt. Mit einer Flasche Wein, aus der er immer wieder einen kräftigen Schluck nahm, stolperte er durch seinen Weinkeller. Häufig musste er sich abstützen, um nicht zu fallen. Eigentlich sollte er sich freuen. Den Keller hatte er erst im letzten Jahr gebaut, für sündhaft teures Geld. Mit großen Akazienfässern und temperaturgesteuerten Edelstahltanks. Alles vom Feinsten. Der Stolz eines jeden Winzers. Auch hatte er einen Barriquekeller errichtet und sich eine groß dimensionierte Abfüllanlage zugelegt.

Linus rülpste. Er klopfte gegen einen Edelstahltank. Das Geräusch war leer und hohl. So eine Scheiße. Der Hagel hatte ihm die letztjährige Ernte versaut. Sein Weingut hatte es von allen in der Gegend am schlimmsten getroffen. Versichert war er nicht. Und in diesem Jahr sah es nicht viel besser aus. Im Frühjahr war es erst viel zu warm gewesen, dann frostig kalt. Gut die Hälfte seiner Blüten war erfroren. Na servus.

Wieder setzte er die Flasche an den Mund. Er trank den Wein wie ein Penner. Verabscheuungswürdig. Für einen Winzer undenkbar. Aber er wollte sich besaufen, und das ging so am schnellsten. Schwankend blieb er vor dem nächsten Edelstahltank stehen. Auf seinem Gesicht machte sich ein Grinsen breit. Fast schon zärtlich klopfte er dagegen. Der Tank war voll. Linus Foidel lachte. Er war ja kein Idiot. Nein, wirklich nicht. Er ließ sich nicht von Hagel und Frost in die Knie zwingen. Man brauchte für alles einen Plan B. Sein Glück, dass er schon in den vergangenen Jahren zweigleisig gefahren war. Jetzt hatten sich halt die Gewichte verschoben. Er hielt sich für einen begnadeten Kellermeister, der alle Kniffe kannte. In der jetzigen Situation waren seine Talente halt noch mehr gefragt als in der Vergangenheit. Einträglich war es. Nur blieb einem das verdiente Lob versagt. Aber damit konnte er leben.

Linus stellte fest, dass sein Hirn schon ziemlich benebelt war. Wie sonst hätte er sich plötzlich freuen können? Dafür gab es definitiv keinen Anlass. Der Franz Mitterlechner war ein Arsch gewesen, immer schon. Aber deshalb hätte er nicht gleich sterben müssen. Wieder musste er laut lachen, was im Weinkeller gespenstisch widerhallte. Scheiß drauf! Jetzt war der Mistkerl tot. Menschlich kein großer Verlust, aber für sein Geschäft fatal. Schließlich waren sie Partner gewesen, was niemand wusste – was keiner wissen durfte. Zu allem Überfluss schuldete ihm der Franz noch verdammt viel Geld. Das konnte er jetzt vergessen. Die Kohle konnte er sich in die Haare schmieren. Und obendrein brauchte er den Franz für den Vertrieb. Auf dem Gebiet war der Typ richtig gut gewesen. Er selbst hatte davon keine Ahnung, vor allem fehlten ihm die Kontakte.

Linus trank die Flasche aus, viel war nicht mehr drin. Der nächste Rülpser war besonders herzhaft.

Und jetzt? Jetzt steckte er in Schwierigkeiten. Denn diesmal hatte er keinen Plan B.

8

Hinter der Theke in Phinas Vinothek zu stehen empfand Emilio als Martyrium. Was nun wirklich nicht an der Vinothek lag, denn diese war architektonisch gelungen und hatte ein angenehmes Raumklima. Auch konnte sich Emilio Schlimmeres vorstellen, als von Weinflaschen umgeben zu sein. Zum qualvollen Unterfangen wurde diese Aushilfstätigkeit durch die Tatsache, dass er nicht alleine war.

Sinn und Zweck des Verkaufs- und Verkostungsraums auf dem Weingut Perchtinger war ja der Publikumsverkehr. Zu seinem Missfallen fiel dieser ausgesprochen rege aus. Die Besucher gaben sich die Klinke in die Hand. Leider taten sie dies nicht schweigend und mit der gebotenen Demut. Vielmehr wuselten sie planlos hin und her, nahmen Flaschen aus dem Regal, um sie zuverlässig an den falschen Platz zurückzustellen, plapperten untereinander wirres Zeug – und löcherten ihn mit Fragen, deren Sinnhaftigkeit sich ihm häufig nicht erschloss. Aber Emilio hatte gelernt, dies alles mit fast stoischem Gleichmut zu ertragen. Auch schaffte er es, freundlich zu lächeln. Zugegeben, es gelang ihm nicht immer, aber doch erstaunlich oft. Darauf war er stolz. Oder auch nicht. Denn Selbstverleugnung hielt er für keine Tugend. Aber was tat er nicht alles, um Phina zu erfreuen. Genau genommen war er es ihr schuldig, dass er diese Aufgabe ordentlich erledigte. Er war eine glatte Fehlbesetzung, das war auch ihr bewusst, aber ab und zu musste er halt in die Bresche springen – und über seinen Schatten. Was physikalisch unmöglich war, denn der Schatten sprang ja mit. Dennoch war dieses Kunststück heute nötig, weil Oskar einen ziemlich schlimmen Schnupfen hatte. Er war schon älter und sein Immunsystem offenbar geschwächt. Aber er hatte schon für Phinas Vater gearbeitet und machte den Job in der Vinothek gerne. Hoffentlich war er bald wieder genesen.

Verstohlen blickte Emilio auf die Uhr. Irgendwie ging sie heute langsamer als sonst. Die Mittagspause wollte einfach nicht näher rücken.

Ein Karton mit Sauvignon? Bitte, gerne. Außerdem zwei Flaschen Gewürztraminer? Mit dem größten Vergnügen. Bezahlung mit der Kreditkarte? Selbstverständlich. Den PIN-Code vergessen? Ein verständnisvolles Lächeln. Ja, so was kann passieren. Barzahlung? Fehlanzeige, nicht genug Geld im Portemonnaie. Wieder mal typisch, dachte Emilio, eine fette Limousine fahren, aber zahlungsunfähig sein. Und jetzt? Für den Sauvignon würde es reichen? Na also, dann verzichten Sie halt auf den Gewürztraminer. Genialer Einfall des Kunden: Ob er aus dem Karton zwei Flaschen Sauvignon rausnehmen könne und stattdessen den Gewürztraminer ...

Emilio dachte, dass man in solchen Fällen eigentlich die Geduld eines Zen-Meisters brauchte. Aber er war kein Zen-Meister. Außerdem gab es einen Kartonpreis, der für sechs Flaschen Sauvignon berechnet war. Der Gewürztraminer war teurer. Die nächsten Kunden warteten. Langsam wurden sie ungeduldig.

Emilio suchte nach einer kreativen Lösung. Er könnte darum bitten, vom Kauf Abstand zu nehmen und das Weite zu suchen. Doch das würde Phina missfallen. Davon würde sie zwar nichts mitbekommen, weil sie in Bozen einen Termin wahrnahm, aber trotzdem kam dieser Rausschmiss nicht in Frage. Er rang sich ein gequältes Lächeln ab – und überreichte die beiden Flaschen Gewürztraminer als Geschenk des Weingutes Perchtinger. Das war charmant und großzügig. Jetzt stimmte zwar die Kasse nicht mehr, aber er hatte aus der Not eine PR-Maßnahme gemacht. Und verhindert, dass er die Selbstbeherrschung verlor. Vielleicht war er in dem Job doch nicht so schlecht? Den Gedanken wollte er allerdings erst gar nicht aufkommen lassen. Die Vorstellung ängstigte ihn.

Dass jetzt schon zum zweiten Mal sein Handy klingelte, trug nicht zu seiner Ausgeglichenheit bei. Multitasking war ihm ein Gräuel. Dennoch beschloss er ranzugehen. Die nächsten Kunden mussten halt einen Moment warten. Er hatte ihnen gerade einen Lagrein zum Verkosten eingeschenkt. Sollten sie sich mal darauf konzentrieren und selber herausfinden, dass der dunkle Rotwein einen würzig-fruchtigen Duft mit Aromen von Veilchen, Vanille und Schokolade verströmte. Und wenn sie was anderes rochen oder gar nichts, war es auch egal. Hauptsache, sie konnten sich später an ihre PIN-Nummer erinnern oder hatten genug Bargeld bei sich.

Zu Emilios großer Überraschung kam der Anruf von Martina Mitterlechner. Er war so geistesgegenwärtig, ihr zu kondolieren. Was sie mit einem tiefen Schluchzer beantwortete. Emilio fragte sich, was zum Teufel sie veranlasst haben könnte, ihn anzurufen. Hatte sie ihn mit der telefonischen Seelsorge verwechselt?

«Martina, wie kann ich helfen?», fragte er hilflos. Irgendwas musste er ja sagen.

«Emilio, du kannst mir gar nicht helfen», stellte sie schniefend fest.

Gott sei Dank! Immerhin litt sie nicht unter Realitätsverlust. Er war definitiv kein Witwentröster. Er räusperte sich verlegen. Nun, er konnte sich durchaus Witwen vorstellen, die zu trösten reizvoll sein könnte. Aber ganz bestimmt nicht Martina.

«Was kann ich dann für dich tun? Oder warum rufst du an?»

«Ich möchte, dass du zu mir kommst und etwas abholst. Etwas ganz Merkwürdiges. Nämlich eine Flasche Wein.»

Emilio fasste sich verdutzt an den Kopf. Eine Flasche Wein? Was war daran merkwürdig? Immerhin war er gerade von unzähligen Flaschen umgeben. Aber wieso sollte er den weiten Weg nach Brixen fahren, um dort eine weitere abzuholen?

«Äh, wie bitte?», stammelte er.

«Mein verstorbener Franzl hat es so gewollt. Ich habe in seinem Safe eine Magnumflasche Tignanello gefunden. Darauf steht: ‹Für Emilio Baron von Ritzfeld-Hechenstein. Im Falle meines vorzeitigen Ablebens umgehend auszuhändigen!›»

Ups, das war tatsächlich merkwürdig. Oder total bescheuert. So gut kannten sie sich nun wirklich nicht, dass es dem Franz Mitterlechner ein Anliegen gewesen sein könnte, ihm nach seinem Tod eine Magnum Tignanello zu schenken. Und zwar «umgehend». Des Weiteren war der Tignanello zwar ein feiner Wein, der sich durchaus seiner Wertschätzung erfreute, aber es gab keinen Grund, die Bouteille im Safe aufzubewahren. Man konnte einen Tignanello in jeder gut sortierten Weinhandlung kaufen.

«Emilio, bist du noch dran?»

«Ja, natürlich. Entschuldige, ich war gerade abgelenkt.»

«Was hat es mit dieser Flasche auf sich? Kannst du mir das bitte erklären?», fragte sie.

«Ich habe keine Ahnung. Ist auch mir ein totales Rätsel. Steht sonst noch was auf der Flasche? Irgendeine Begründung?»

«Eben nicht. Aber der Franzl wird sich schon was dabei gedacht haben. Deshalb habe ich dich gleich angerufen.»

«Und jetzt willst du, dass ich die Flasche abhole?»

«Sagte ich doch.»

Stimmt, das sagte sie bereits. Blieb die Frage, was dieser ganze Zinnober sollte. Den Franz konnte er nicht mehr fragen. Martina hatte keinen blassen Schimmer. Er bezweifelte, dass er eine Eingebung haben würde, wenn er die Flasche in den Händen hielt. Also könnte er sich die Fahrt im Prinzip sparen. Einerseits. Anderseits liebte er Rätsel. Und wenn er nach einem Grund gesucht haben sollte, seinem Aushilfsjob in der Vinothek nach der Mittagspause zu entfliehen – jetzt hatte er einen. Phina sollte bis dahin aus Bozen zurück sein. Er würde ihr von dem merkwürdigen Anruf erzählen und dann das Weite suchen.

«Einverstanden», stimmte er zu. «Ich könnte heute Nachmittag kommen. Wäre das für dich okay?»

«Ja, passt gut. Ich bin im Büro.»

«Sei nicht zu fleißig. Bis später.»

9

Alles war nach Plan verlaufen. Wenigstens bis jetzt. Phina war zeitig aus Bozen zurückgekehrt und würde am Nachmittag die Vinothek zusammen mit einer Freundin betreiben. Von Oskar hatten sie die Nachricht erhalten, dass der Schnupfen schon besser sei; morgen könne er wieder arbeiten. Emilios Landrover war auf Anhieb angesprungen, der Sprit sollte reichen, und der Stau an der Autobahnauffahrt interessierte ihn nicht, weil er sowieso auf der Landstraße fuhr. Wie fast immer. Denn sein alter Geländewagen wurde mit zunehmender Geschwindigkeit immer störrischer. Er musste sich schon bei gemächlichem Tempo fortwährend mit der ausgeschlagenen Lenkung abmühen, um die Spur zu halten. Das strengte gewaltig an. Außerdem polterte die Hinterachse. Das allerdings war reine Nervensache. Wie auch immer, Emilio fühlte sich auf der Landstraße ganz grundsätzlich wohler. Sie entsprach mehr seinem Lebensgefühl. Lange Geraden mochte er nicht, Kurven dagegen schon. Nicht nur auf der Straße, auch im übertragenen Sinne. Auf der Autobahn beengten Leitplanken schon psychologisch seinen Freiheitsdrang. Auf Landstraßen konnte man nach Lust und Laune ausscheren, spontan abbiegen oder sogar umdrehen. Wirtshäuser lockten zur Einkehr, was man vom Schnellimbiss in Autobahntankstellen nicht wirklich behaupten konnte. Wenn er ein Schild entdeckte, das den Weg zu einem Weingut wies oder zu einer Buschenschänke, konnte er frei und spontan entscheiden, sich eine kleine Pause zu gönnen und dort hinzufahren. Auf der Autobahn klemmte er dagegen meist hinter einem Laster fest, den zu überholen es seinem Fahrzeug an Leistung mangelte.

Da er mit Martina keine feste Zeit ausgemacht hatte und ihn plötzliche Hungergefühle peinigten, beschloss er, in Brixen einen Stopp einzulegen. Er parkte kreativ im Halteverbot und fand zielsicher den Weg zur Domgasse und zum berühmten Finsterwirt, der so hieß, weil früher in unmittelbarer Nähe des Domes nach Anbruch der Dunkelheit kein Alkohol mehr ausgeschenkt werden durfte. Natürlich war dies trotzdem geschehen – im Finstern. Emilio hatte dafür jedes Verständnis. Noch dazu konnte man davon ausgehen, dass sich auch die Geistlichen hinter ihren Mauern mit Messwein über das Verbot hinwegsetzten. Wie auch immer, Emilio wählte zur Labsal die dem Finsterwirt zugehörige Vinothek Vitis. Er hätte unter Weinlaub im luftigen Hofgarten sitzen können, zog aber den modernen Innenraum vor. Das Ambiente gefiel ihm, denn in den Regalen rundherum präsentierten sich viele hundert Flaschen Wein. Nicht nur aus Südtirol, sondern aus ganz Italien und sogar aus Übersee. Prompt entdeckte er eine Flasche Tignanello, was ihm den Zweck seiner Landpartie in Erinnerung rief. Er konnte sich immer noch nicht erklären, warum ihm Franz eine Magnumflasche dieses Weines vermacht hatte. Wenn es eine Botschaft sein sollte, dann verstand er sie nicht. Emilio wählte Risotto Carbonara und als Begleitung einen Eisacktaler Weißwein. Oder hätte er eingedenk des Tignanello einen Sangiovese aus der Toskana bestellen sollen? Sozusagen zur Einstimmung – oder in der Hoffnung, während des Trinkgenusses eine Inspiration zu erhalten? In vino veritas? Wenn was dran war an der These, dass im Wein die Wahrheit läge, dann müsste er schon einen veritablen Tignanello trinken. Aber er hatte allergrößte Zweifel, dass er hinterher auch nur ein kleines bisschen klüger sein würde. Also konnte er es auch sein lassen. Außerdem bekam er in Kürze eine große Flasche ganz umsonst. Dann könnte er immer noch die Probe aufs Exempel machen.

*

Eine gute Stunde und einen Strafzettel für unerlaubtes Parken später fuhr er auf den Hof der Mitterlechner Weinvertriebsgesellschaft. Sie befand sich am nördlichen Ortsrand von Brixen, fast schon in Neustift, wo Martina und Franz auch ihr Wohnhaus hatten. Emilio stieg aus und streckte sich. Bereits nach wenigen Kilometern Fahrt musste man bei seinem rumpligen Uraltgefährt die Bandscheiben neu sortieren. Er verzichtete auf seinen Gehstock und ging zum Eingang. Dort wurde er bereits von Martina erwartet, die ihn wohl hatte kommen sehen.

Er nahm sie wortlos in die Arme. Das musste als Zeichen seines Mitgefühls reichen.

Sie hätten Glück, sagte Martina, sie seien alleine. So könne sie ihm die Flasche übergeben, ohne dass jemand etwas mitbekomme. Steffi, die Bürohilfe, sei nämlich von Natur aus neugierig. Sie würde wissen wollen, was es mit einer Flasche Wein auf sich habe, die ihrem Chef so wichtig gewesen war, dass er sie im Tresor aufbewahrt hatte.

Emilio dachte, dass genau dies die entscheidende Frage war, die sich auch weniger neugierige Menschen stellten. Zum Beispiel er selbst.

Er folgte Martina ins Büro im ersten Stock, wo sie gleich zur

Tat schritt. Sie schwenkte ein großes Wandbild zur Seite, das das Bergmassiv des Rosengartens zeigte, warf ihm einen verunsicherten Blick zu, um ihn dann zu bitten, einige Schritte zur Seite zu treten. Schade, er hatte den eingebauten Tresor nur kurz erspähen können. Jetzt war ihm die Sicht durch den blöden Rosengarten versperrt. Nun, beim Nummerncode hätte er diskret weggeschaut. Er musste grinsen. Oder auch nicht, denn er war mindestens so neugierig wie besagte Steffi. Nur allzu gerne hätte er einen kurzen Blick auf den weiteren Inhalt des Tresors erhascht. Aber Martina hatte dem geschickt vorgebeugt. Erst im letzten Moment war ihr diese Vorsichtsmaßnahme eingefallen. Ganz so, als ob sie plötzlich realisiert hatte, dass nicht alles im Tresor für seine Augen bestimmt war. Eine Mutmaßung, die seine Wissbegier nur steigerte. Die nun aber nicht befriedigt würde. Stattdessen konnte er jetzt aus nächster Nähe die Zinnen des Rosengartens studieren.

Er hörte, wie sich der Tresor öffnete und wenige Sekunden danach wieder schloss. Martina kam zurück in sein Blickfeld und überreichte ihm die angekündigte Großflasche Tignanello. In ihrem Gesicht spiegelte sich Erleichterung wider, wenigstens diesen letzten Willen ihres Mannes hiermit erfüllt zu haben. Emilio hielt den Wein mit großer Ratlosigkeit in den Händen. Die Botschaft auf dem Aufkleber über dem Etikett war eindeutig. Kein Zweifel, Franz Mitterlechner hatte ihn gemeint. Na ja, das war schon vorher klar gewesen, aber jetzt konnte er es schwarz auf weiß nachlesen. Er fragte, ob das wirklich die Handschrift vom Franz sei. Martina nickte. Ja, zweifelsfrei. Nun, dann war auch das geklärt. Und jetzt? Emilio drehte die Flasche und sah sie sich von allen Seiten an. Ein ganz normaler Tignanello. Ein schöner Wein, aber eben nichts Außergewöhnliches. Er stammte nicht aus Südtirol, sondern aus der Toskana. Sozusagen ein Fremdenlegionär, der, aus dem Süden kommend, bis hierher gelangt war – um gleich eingesperrt zu werden. Letzteres dürfte in den Augen mancher Patrioten durchaus folgerichtig sein. Sie hatten ja schließlich ihre eigenen guten Weine. Was brauchten sie einen Tignanello?

Martina sah ihn fragend an. «Na, was meinst du?»

Er zuckte mit den Schultern. «Ich kann mir keinen Reim darauf machen», gab er zu. «Ich denke, dein Mann wollte mir mit dieser Flasche was mitteilen. Aber ich habe keine Ahnung, was.»

«Wirklich nicht?»

«Nein. Nullkommanull. Aber ich werde darüber nachdenken, das verspreche ich.»

«Wenn von dir geredet worden ist, hat Franz oft betont, dass du ein kluger Detektiv bist. Jetzt ist deine Kombinationsgabe gefragt.»

Emilio zog eine Grimasse. «Vielleicht bin ich gar nicht so klug.»

Martina winkte ab. «Erstens glaube ich das nicht, und zweitens wäre es auch egal, weil mich nicht wirklich interessiert, was es mit der Flasche auf sich hat. Jedenfalls bin ich froh, dass sie jetzt bei dir ist.» Sie fuhr sich fahrig über die Stirn. «Du musst mich verstehen. Ich denke gerade nur von einem Augenblick auf den nächsten. Es gibt so viel zu tun, und ich bin über jede Kleinigkeit froh, die ich als erledigt abhaken kann. Ich kann eh keinen klaren Gedanken fassen. Ich komm mir vor wie ein Roboter, der einfach funktioniert. Gott sei Dank hilft mir mein Bruder. Das Geschäft, die Vorbereitung der Trauerfeier, all der Papierkram … Ich komme gar nicht dazu, um meinen Franzl zu trauern.»

«Dafür hast du noch dein ganzes Leben Zeit.» Er sah auf die

Weinflasche in seinen Händen. «Hast du vielleicht einen Karton für die Flasche oder ein Holzkistchen? Ich möchte nicht, dass sie auf der Fahrt zu Bruch geht.»

«Klar, im Weindepot haben wir Verpackungsmaterial.» Sie sah auf die Uhr. «Phuong und Thien haben schon frei, dann begleite ich dich schnell runter.»

«Phuong und Thien?»

«Das sind unsere Lagerarbeiter. Sie stammen aus China. Wir sind sehr zufrieden mit ihnen.»

Sie nahm einen Schlüssel von einem Wandhaken und ging voraus, die Treppe hinunter und durch eine gesicherte Seitentür in die Lagerhalle. Sie war das Herzstück der Mitterlechner Weinhandelsgesellschaft und Franz' ganzer Stolz gewesen. Der in moderner Industriearchitektur gestaltete Raum war klimatisiert und sogar die Luftfeuchtigkeit geregelt. Die Weine lagerten auf Paletten, die mit einem Gabelstapler durch das große Tor zur Laderampe für die Transporter gebracht werden konnten. Martina lief nach hinten, wo die Verpackungen für Einzelflaschen verstaut waren. Emilio trug den Tignanello vor sich her wie eine Monstranz, schaute aber gleichzeitig mit großem Interesse nach links und rechts auf die gestapelten Kartons und Kisten. Sie waren alle so ausgerichtet, dass man den Inhalt sofort erkennen konnte. Mit jedem Schritt stieg sein Erstaunen. Denn die Südtiroler Weine waren in der Minderzahl, stattdessen dominierten sündhaft teure Prestigeweine, vor allem aus der Toskana und dem Piemont. Dazwischen sogar Einzelflaschen französischer Edelmarken aus dem Weinbaugebiet von Bordeaux. Die Aufkleber lasen sich wie ein Who is who der Weine für die Schönen und Reichen. Sassicaia, Ornellaia, Gaja ... und auch Tignanello. Er musste sich konzentrieren, um nicht zu stolpern. Sein Gehstock lag im Auto. Der

Flasche in seinen Händen sollte nichts passieren. Für Emilio war völlig neu, dass Franz sein Hauptgeschäft mittlerweile auf prestigeträchtige Nobelweine aus anderen Regionen und Ländern verlagert hatte. Die Südtiroler Weine schienen nur noch ein Beiwerk zu sein. Natürlich gab es für diese Mengen teurer Tropfen zwischen Meran, Bozen und Brixen keinen adäquaten Absatzmarkt. Folglich gingen sie wohl in den Export.

Martina reichte ihm eine passende Holzbox. Während er den Tignanello hineinlegte, fragte er sie, wohin all diese großartigen Weine geliefert würden.

Martina antwortete mit einem gequälten Lächeln, dass sie das selber gerne wissen würde. Zusammen mit ihrem Bruder Sepp versuche sie sich gerade einen Überblick zu verschaffen. Offenbar gebe es verschiedene Großabnehmer im Ausland, aber die betreffenden Unterlagen hätten sie noch nicht gefunden. Sie bräuchten wohl noch eine Weile, um wirklich durchzublicken.

«Die Abnehmer werden sich schon melden», stellte Emilio beruhigend fest. «Der Franz hatte ganz sicher einen festen Kundenstamm.»

«Sepp meint das auch. Er hat gesagt, wir würden auf dem Bestand garantiert nicht sitzen bleiben. Ich solle mir keine Sorgen machen.»

«Nein, das musst du sicher nicht», bestätigte er. «Das hier ist flüssiges Kapital. Dafür gibt es Abnehmer auf der ganzen Welt.»

«Flüssiges Kapital? Hört sich gut an.»

Emilio lachte. «Ein Investment in diese Weine ist sicherer, als an der Börse zu spekulieren. Es sind keine Kurseinbrüche zu erwarten, und die Dividende ist stabil.»

Das war nicht gelogen, dachte er. Wobei sich natürlich schon die Frage stellte, ob und inwieweit dieses Depot im Einkauf bereits bezahlt war. Oder kamen auf Martina noch unabsehbare Zahlungen zu? Er wollte sie nicht beunruhigen, deshalb behielt er diesen Gedanken für sich. Es könnte ebenso sein, dass Franz die Weine auf Kommission verkaufte. Dann sah wieder alles anders aus. In der Branche gab es unterschiedliche Gepflogenheiten; so wurden die meisten dieser Edelweine eigentlich über vertraglich gebundene Handelspartner exklusiv vertrieben. Es gab aber auch schwarze Schafe, die sich darum nicht scherten. Nun gut, Martina und ihr Bruder würden es herausfinden. Auf die eine oder andere Weise. Ihn ging das nichts an. Es interessierte ihn auch nicht. Oder doch? Na ja, vielleicht ein bisschen. Aber viel spannender war die Frage, was es mit dem Tignanello auf sich hatte, den ihm Franz im Falle seines Ablebens zugedacht hatte.

Martina machte nicht den Eindruck, als ob sie sich mit ihm länger unterhalten wollte oder gar von ihm tröstenden Zuspruch erwartete. Gott sei Dank, denn dafür wäre er nicht der Richtige. Während sie ihn hinaus zu seinem Auto begleitete, fragte er, ob Franz oft zum Angeln gegangen sei. Sie nickte bejahend. Ein- bis zweimal die Woche habe er das gemacht, und zwar immer ganz früh am Morgen. Da würden die Fische am besten anbeißen, habe er gesagt, und für ihn sei das vor der Arbeit die beste Entspannung.

Emilio hatte in der Zeitung gelesen, dass man genau wisse, wo er in den Eisack gestürzt sei. Irgendwo gleich südlich von Brixen. Martina, der es sichtlich schwerfiel, darüber zu reden, bestätigte, dass Franz fast immer an derselben Stelle geangelt habe. Offenbar auch diesmal, denn dort habe man seine Angeltasche gefunden, und in der Nähe sei sein Auto geparkt gewesen. Auf seinen Wunsch hin beschrieb sie ihm kurz den

Platz. Er sollte nicht schwer zu finden sein. Er wolle dort auf der Rückfahrt stoppen, begründete Emilio sein Interesse, um Franz am Ort des Unglücks zu gedenken.

Martina nickte. Das sei lieb von ihm, befand sie. Sie selbst fühle sich dazu nicht in der Lage. Noch nicht. Sie wolle auch nicht wissen, wo genau man weiter flussabwärts die Leiche ihres Mannes gefunden habe. Das alles sei im Moment zu viel für sie. Vielleicht in einigen Wochen, dann schon, aber es brauche eben seine Zeit.

*

Zwanzig Minuten später hielt Emilio auf dem Parkplatz eines direkt an der Landstraße gelegenen Gasthauses. Hier hatte man den von Franz abgestellten Wagen gefunden. Von dort führte ein Weg hinunter zum Fluss. Die Böschung war nicht dicht, sodass man ohne Schwierigkeiten ans Wasser gelangen konnte, wo ein großer, oben abgeflachter Felsen in den Eisack ragte. Emilio verstand nichts vom Fischen, aber dass die Stelle hier für diesen Zeitvertreib ein idealer Platz war, schien ihm offensichtlich.

Hier also hatte man seine Angelausrüstung gefunden. Und von hier war er in den Fluss gestürzt. Emilio wagte sich weiter vor. Dann blieb er stehen und sah in den reißend vorbeiströmenden Eisack. Musste man beim Angeln nicht weit ausholen, um den Köder zu werfen? Es bedurfte keiner großen Phantasie, um sich vorzustellen, wie man dabei das Gleichgewicht verlieren konnte – am frühen Morgen, womöglich noch im Halbschlaf, mit Restalkohol im Blut und auf glitschigem Gestein. Er jedenfalls wollte jetzt nicht in den Fluss stürzen. Dass dies zum Tode führen könnte, hielt er für möglich, sogar für ziemlich wahrscheinlich. Außerdem war an diesem Abschnitt des Flusses weit und breit kein Mensch, der einem Mann in Not helfen oder dessen Hilferufe hören könnte. Erst recht nicht in aller Herrgottsfrüh. Bisher hatte Emilio den Angelsport an heimischen Gewässern für ebenso langweilig wie gefahrlos gehalten. Gerade revidierte er seine Ansicht.

Er starrte in die Fluten. Ein abgerissener Ast trieb vorbei. Er folgte ihm mit den Augen, beobachtete, wie er gegen große Steine prallte, von einer Welle unter Wasser gedrückt wurde, dann wieder auftauchte, sich um die eigene Achse drehte. In Emilios Vorstellung verwandelte sich der Ast zu einem menschlichen Körper – zu jenem des Franz Mitterlechner. Hatte er versucht, sich ans Ufer zu retten? Oder war er bereits beim Sturz oder unmittelbar danach mit dem Kopf irgendwo gegengeschlagen und besinnungslos gewesen?

Emilio hatte Talent, sich vieles vorzustellen. Nicht nur das Offensichtliche, sondern auch das weniger Naheliegende, das Unwahrscheinliche, sogar das Abwegige. Bei seiner Tätigkeit als Privatdetektiv hatte sich diese Neigung immer wieder als Vorteil erwiesen. Oft war sein kreatives Misstrauen aber auch nur lästig, weil völlig fehl am Platze und ohne Sinn und Verstand. So gab es auch in diesem Moment, auf dem Felsvorsprung am reißenden Eisack stehend, keinen wirklichen Grund, etwas anderes zu glauben, als dass der arme Franz Mitterlechner beim Angeln durch ein selbstverschuldetes Unglück zu Tode gekommen war.

Aber Emilio wäre nicht Emilio, wenn er nicht auch eine andere Möglichkeit in Betracht zöge. Er drehte sich langsam um. Im tosenden Rauschen des Flusses hätte er nicht gehört, wenn jemand von hinten heimlich herangeschlichen wäre. Und ein Mann, dessen Augenmerk voll und ganz auf die eigene Angel und den Köder gerichtet wäre, hätte die betreffende Person auch nicht gesehen. Emilio war von Natur aus misstrauisch. Er glaubte nicht nur an das Gute im Menschen. Nicht mal an das Gute in ihm selbst. Weshalb er sich durchaus vorstellen konnte, dass es jemand gab, der dem Franz Mitterlechner übel gesinnt war. Der auf ihn so sauer gewesen war, dass er ihn womöglich im Affekt oder mit Vorsatz in den reißenden Eisack gestoßen hatte. Es brauchte nur eines kleinen Schubses. Ob der Franz dann starb oder überlebte, lag in Gottes Hand.

Emilio zog eine Grimasse. Was sollte der Blödsinn? Warum ging die Phantasie wieder mit ihm durch? Weil ihm gerade langweilig war und er sich nach einem neuen Kriminalfall sehnte? Gut möglich; doch das alleine war es nicht. Irgendwas irritierte ihn am Ableben des Franz Mitterlechner. Er konnte nicht sagen, was es war. Jedenfalls hatte er ein flaues Gefühl im Magen. Er gab sich einen Ruck und ging zurück zum Parkplatz. Gegen Magendrücken half ein Schnaps. Der Parkplatz gehörte zu einem Rasthaus. Dort musste er sich nur noch zwischen einem Enzian oder einer gebrannten Vogelbeere entscheiden. Aber wenn er schon mal da war, könnte er fragen, ob jemand etwas beobachtet hatte – an jenem frühen Morgen des Unglücks.

10

Es gab nichts Schriftliches, sie hatten alles per Handschlag besiegelt. Das war unter Südtirolern nichts Ungewöhnliches. Erst recht nicht bei jener Art von Geschäften, wie er sie mit Franz Mitterlechner betrieben hatte. Da wäre sogar jegliche Art von Vertrag, Rechnungsstellung oder Lieferbestätigung ein unkalkulierbares Sicherheitsrisiko gewesen. Also ließ man es sein. Vorsichtshalber. Der Teufel ist ein Eichhörnchen. Obwohl Linus Foidel schon seit längerem zur Überzeugung gelangt war, dass der Franz ein egoistischer Depp war, hatte er nicht wirklich daran gezweifelt, dass er irgendwann sein Geld bekommen würde. Nur über die Höhe der ausstehenden Zahlung waren sie sich nicht einig gewesen. Darüber hatten sie hinter verschlossenen Türen erhitzte Debatten geführt. Linus wusste, dass er ein Hitzkopf war. Nein, nicht der Franz, sondern er selbst. Er konnte sich in Streitgesprächen fürchterlich aufregen und neigte zu unbeherrschten Reaktionen. Der Franz dagegen war äußerlich immer ruhig geblieben. Was ihn selbst erst recht wütend gemacht hatte. Weil sie sich über die Höhe seiner berechtigten Forderungen nicht hatten einigen können, waren die Diskussionen immer heftiger ausgefallen – von seiner Seite. Der Franz dagegen hatte milde gelächelt, alles an sich abtropfen lassen und kein bisschen nachgegeben. Halt ein richtiger Depp.

Jetzt, da der Franz den Löffel abgegeben hatte, stand Linus

ganz schön blöd da. Er hatte schon den Telefonhörer in der Hand, um Martina anzurufen. Natürlich kannten sie sich. Aber von den Geschäften, die ihr Mann mit ihm getätigt hatte, wusste sie nichts, da war er sich sicher. Wenn er sie jetzt also aufforderte, der Zahlungsverpflichtung ihres Mannes nachzukommen, würde sie logischerweise nach einem Beweis verlangen, dass seine Forderung zu Recht bestand. Und diesen Beweis konnte er nicht erbringen. Scheiße. Er könnte im Gegenzug versuchen, sie zu erpressen. Er könnte ihr drohen, alles auffliegen zu lassen. Aber wenn das schiefliefe, hätte er sich damit selber ans Messer geliefert. Er schmiss den Telefonhörer hin und schlug mit der Faust auf den Tisch.

Kruzitirggn!

Er trat ans Fenster und atmete tief ein und aus. Draußen wurde es allmählich dunkel. Und jetzt? Er wollte einfach nicht akzeptieren, dass das Geld weg sein sollte – nur weil der Franz ein solches Weichei gewesen und beim Sturz in den Eisack gleich ersoffen war. Er brauchte das Geld. Und wenn das nicht möglich war, wollte er zumindest die Ware zurück. Mit dem Problem, dass er keinen Schimmer hatte, wem er sie danach anbieten könnte.

Linus ging in den Keller und kramte aus seiner Werkzeugkiste eine Brechstange und einen Bolzenschneider hervor. Eine Taschenlampe hatte er im Auto. Auch wenn er nicht wusste, ob es wirklich Sinn machte, in Franz' Firma einzubrechen. Aber irgendwas musste er jetzt tun.

*

Eine Stunde später kniete er hinter einem Mäuerchen und spähte zum Lagergebäude der Mitterlechner Weinvertriebsgesellschaft. Es war totenstill. Und kein Mensch zu sehen. Eine Katze huschte über den Hof. Er grinste. Die war auf Jagd, auf Jagd nach Mäusen. So wie er. Nur hatten seine Mäuse die Gestalt von Geldscheinen. Zu dumm nur, dass er sie im Büro wohl kaum so einfach finden würde. Vielleicht hatte Franz ja einen Safe? Im Lager würde es einen Sackkarren geben, mit dem man einen Tresor abtransportieren könnte. Linus war mit seinem Lieferwagen gekommen. Da hatte er Platz – auch für viele Kartons Wein, die sowieso ihm gehörten, weil sie nicht bezahlt waren.

Aber erst musste er die Lage peilen. Im Büro brannte kein Licht, das war schon mal ein gutes Zeichen. Auch war der Parkplatz verwaist. Auf dem Hof gab es eine einzige Lampe. Der Strahler war auf das Tor an der Laderampe gerichtet. Daneben erkannte er eine Überwachungskamera. Für das Lager hatte Franz eine Alarmanlage, das wusste er. Wieder musste er grinsen. Denn er wusste auch, wo im Büro der versteckte Schalter war, um sie auszuschalten.

Linus prägte sich gerade eine Route ein, wie er zum Büro gelangen konnte, ohne von der Überwachungskamera erfasst zu werden – da überschlugen sich plötzlich die Ereignisse. Ein Kleintransporter näherte sich dem Firmengelände, bog in den Hof ein und rangierte rückwärts an die Laderampe. Am Heck wurden Scheinwerfer eingeschaltet. Männer sprangen heraus und machten sich offensichtlich direkt an die Arbeit. Linus, der sich nicht aus seiner Deckung wagte, war durch den Transporter die Sicht versperrt. Was lief hier ab? Ein Weintransport zu dieser späten Stunde? Warum nicht? So etwas gab es. Aber üblich war es nicht. Er konnte nicht erkennen, ob es sich um eine Lieferung handelte oder um eine Abholung. Das große Tor war jedenfalls längst aufgeschoben, und im Lager brannte Licht. Er hörte den Gabelstapler hin- und herfahren. Irgendwo ging was zu Bruch. Geflucht wurde in einer ihm unbekannten Sprache. Der Fahrer des Kleintransporters lehnte am Kühler und rauchte eine Zigarette. Die Männer arbeiteten schnell. Nach nicht einmal zehn Minuten waren sie fertig. Linus duckte sich, als der Transporter startete und die Frontscheinwerfer einschaltete.

Bisher war ihm alles normal erschienen, vielleicht bis auf den ungewöhnlichen Zeitpunkt der Transportfahrt. Aber in diesem Augenblick wurde ihm klar, dass irgendwas nicht stimmte. Denn die Arbeiter hatten zwar das Licht in der Lagerhalle ausgeschaltet, das Tor aber sperrangelweit offen gelassen.

Er sah dem Kleintransporter hinterher und kam erst jetzt auf die Idee, sich das Kennzeichen einzuprägen. Zu spät! Er konnte es nicht mehr erkennen. Auch könnte er nicht sagen, ob es auf dem Fahrzeug eine Beschriftung gegeben hatte. Er war so aufgeregt gewesen, dass er auch darauf nicht geachtet hatte.

Linus stieg über die Mauer und rannte in einem großen Bogen über den Hof, in der Hoffnung, außerhalb der Videokamera zu bleiben. Dann drückte er sich an der Hauswand entlang und schlüpfte in die Halle. Im Schein seiner Taschenlampe fand er den Lichtschalter. Die Neonröhren sprangen an. Linus sah die Reihen mit den auf Paletten gelagerten Weinen. Vor allem aber sah er dazwischen große Lücken. Eines schien offensichtlich: Mit dem Kastenwagen waren keine Weine angeliefert, sondern abtransportiert worden. Er eilte durch die Gänge und erfasste mit geübtem Blick, was alles da war. Hauptsächlich aber registrierte er, was fehlte – nämlich all die teuren Prestigeweine, die er besser kannte als jeder andere. Er stieg über eine umgestürzte Palette und erinnerte sich an das Fluchen der Arbeiter. Sein Blick glitt über die zu Bruch gegangenen Kartons mit teuren Weinen, und Linus schüttelte verzweifelt den

Kopf. Er versuchte, sich einen Reim darauf zu machen. Offenbar waren gerade alle Weine abgeholt worden, die eigentlich ihm gehörten. Franz Mitterlechner hatte sie nicht bezahlt. Also waren sie genau genommen immer noch sein Eigentum. Und wenn er die Umstände ihres Abtransports in Betracht zog, musste er von einem dreisten Diebstahl ausgehen. Dabei war er selber mit einem Lieferwagen gekommen, um die regulären Besitzverhältnisse wiederherzustellen. Diese Arschlöcher hatten ihm seine Beute vor der Nase weggeschnappt.

Orschgeign, saublede …

Während er sich die Frage stellte, ob es noch eine gute Idee war, hinauf ins Büro zu gehen, um sich dort umzusehen, hörte er plötzlich Polizeisirenen, die näher kamen. Okay, Frage beantwortet. Nichts wie weg. Offenbar hatte Martina nicht vergessen, die Alarmanlage einzuschalten. Nur war die Südtiroler Gendarmerie nicht die schnellste, jedenfalls nicht heute Abend. Aber schnell genug, dass er gleich selber in Bedrängnis geraten könnte. Er hetzte zum Lichtschalter. Dann rannte er ins Freie, drückte sich erneut an der Hauswand entlang und lief anschließend gebückt zu der kleinen Mauer, hinter der sein Rucksack mit Brechstange und Rohrzange lag. Die Sirene war bereits ohrenbetäubend laut, das Blaulicht erschreckend nahe. Linus hechtete über die Mauer – und blieb schwer atmend am Boden liegen.

Was ist denn das für ein verdammt beschissener Abend?, dachte er. Wenn's einmal richtig auf die Erde kackt, dann trifft's einen wie die Mücke, die vom Kuhfladen begraben wird.

11

Die Magnumflasche Tignanello stand vor ihnen auf dem rustikalen Esstisch in der großen Küche – genau in der Mitte, verschlossen, unangetastet. Phina und Emilio tranken stattdessen einen Blauburgunder aus eigenem Anbau. Dazu aßen sie von einem Holzbrett Graukäse und Trauben. Phina war so müde, dass sie schon vor einer Stunde hatte zu Bett gehen wollen. Er dagegen kam zu dieser späten Stunde erst richtig in Schwung. Weshalb sie es noch ein bisschen aushielt und ihm Gesellschaft leistete.

Was es nun mit dieser Flasche auf sich habe, fragte sie träge, den Kopf in die Hände gestützt und mit schweren Lidern.

Emilio schob sich eine Traube in den Mund und lächelte. Das wisse er auch nicht, antwortete er, aber eine Besonderheit sei daran festzustellen.

«Mir fällt nichts auf», erwiderte Phina nach einer Weile. «Sieht aus wie eine stinknormale Magnumflasche Wein. Was soll daran besonders sein? Nun gut, es ist ein Tignanello.» Sie zuckte mit den Schultern. «Ist aus der Toskana und kostet halt ein bissel mehr als mein Blauburgunder oder Lagrein. Das ist aber auch schon alles.»

Er grinste. «Höre ich da einen Unterton von Neid in deiner Stimme? Hättest nichts dagegen, wenn du für deinen Riserva genauso viel verlangen könntest, oder?»

Entschlossen spießte sie mit dem Messer ein Stück Käse auf.

«Neidisch bin ich nicht darauf. Ob's gerecht ist, ist eine andere Frage.»

«Aber sonst merkst du nichts?»

«Mein lieber Emilio, für ein Quiz bin ich zu müde.»

«Schau mal auf den Jahrgang!»

«2002. Na und? War kein besonderer Jahrgang, glaube ich. Jedenfalls nicht in Südtirol.»

«Auch nicht in der Toskana», bestätigte Emilio. «Er war sogar so schlecht, dass Antinori darauf verzichtet hat, im Jahr 2002 einen Tignanello abzufüllen.»

Phina riss die gerade noch müden Augen weit auf. «Wirklich?» Sie beugte sich vor und blickte konzentriert aufs Etikett. «Du musst dich täuschen. Hier steht ganz eindeutig ‹2002›.»

«Ich täusche mich nicht. Ich kann dir die Jahrgänge aufzählen, in denen es keinen Tignanello gab. Ist mir nur nicht gleich aufgefallen, weil ich nicht darauf geachtet habe.»

Sie schüttelte ratlos den Kopf. «Vor uns steht also eine Flasche Wein, die es gar nicht gibt.»

Emilio lächelte amüsiert. «Ganz genau. Eines muss man dem Franz lassen: Er hatte einen Sinn für skurrile Geschenke.»

«Verstehe ich nicht. Wenn es den Jahrgang nicht gibt, wie kann es dann diese Flasche geben?»

«Gute Frage. Mir fällt nur eine Erklärung ein.» Er machte eine dramatische Pause. «Es handelt sich um eine Fälschung!»

«Eine Fälschung? *Bisch narrisch?*» Sie zog die Flasche heran und studierte erneut das Etikett; dann schaute sie sich den Aufkleber auf der Rückseite und schließlich die Kapsel an. «Sieht aber alles perfekt aus», stellte sie fest.

«Auf den ersten Blick schon», bestätigte er. «Ich besorge morgen eine Originalflasche, zum Vergleich.»

«Ich glaub trotzdem, dass du dich täuschst. Wer sollte so

blöd sein, einen Jahrgang zu fälschen, von dem Experten wissen, dass es ihn nicht gibt?»

«Das ist eine gute Frage. Hast recht, so blöd kann man eigentlich nicht sein, wenn man bedenkt, wie viel Mühe eine solche Fälschung macht. Aber die Blödheit ist auf dieser Welt viel weiter verbreitet, als man sich vorstellen kann. Sie ist wie eine Epidemie.» Er runzelte die Stirn. «Es gäbe aber noch eine andere Erklärung.»

«Jetzt bin ich aber gespannt.»

«Jemand hat den Fehler mit Absicht gemacht.»

Phina klopfte sich mit dem Zeigefinger gegen die Stirn. «Mit Absicht? Das ist doch Quatsch. Ich fälsche doch keinen Zehneuroschein und schreib mit Absicht elf Euro drauf.»

Emilio lachte. «Super Vergleich.» Er überlegte kurz. «Dann war's vielleicht ein Versehen. Die Fälscher haben den Fehler bemerkt, und es gibt nur diese eine Flasche. Das wäre auch noch eine Möglichkeit.»

«Wie kommt dann ausgerechnet diese Flasche in den Besitz vom Franz? Und warum hält er sie für so wichtig, dass er sie im Tresor aufbewahrt und dir nach seinem Tod vermacht? Das ist alles ganz schön konstruiert, findest du nicht?»

«Ja, das ist es», gab er zu. «Aber irgendeine Erklärung muss es geben.»

«Die einfachste wäre, dass du dir diese Fälschung bloß einbildest. Ich ruf gleich morgen bei Antinori an und frage, ob sie 2002 vielleicht doch einige Flaschen Tignanello abgefüllt haben.»

«Kannst du machen, aber erzähl nichts von unserer Magnum.»

«Hältst du mich für blöd? Außerdem ist es *deine* Magnum, nicht *unsere*.»

Sie gab sich einen Ruck und stand auf. «Ich bin todmüde und geh jetzt zu Bett. Magst mitkommen, oder kuschelst du lieber mit deiner dicken Flasche?»

«Dick? Du tust ihr unrecht. Ich finde, sie hat sehr schöne Proportionen.»

«Also?»

«Aber ihr fehlt die menschliche Wärme, das muss ich zugeben. Ich komm gleich nach. Muss mich nur noch von ihr verabschieden.»

«Lass dir nicht zu viel Zeit.»

12

Die Stimmung im Büro der Weinvertriebsgesellschaft Mitterlechner war nahe dem Gefrierpunkt – und gleichzeitig erhitzt wie in einem Schnellkochtopf, dessen Deckel jeden Augenblick hochgehen konnte. Sepps Miene war kalt und starr. Immer wieder schüttelte er ungläubig den Kopf. Martina nahm den Aktenordner, den sie gerade vergebens durchgesehen hatten, hob ihn mit beiden Händen hoch über den Kopf und warf ihn wütend gegen die Wand. So heftig und vor allem ungezielt, dass er fast die Bürogehilfin Steffi getroffen hätte. Diese kam beim Ausweichen ins Stolpern und fiel der Länge nach hin. Martina bekam einen Heulkrampf. Ihr Bruder nahm sie in die Arme und versuchte, sie zu beruhigen. Steffi, die den Sturz unbeschadet überstanden hatte, rappelte sich auf und reichte ihrer Chefin eine Box mit Papiertaschentüchern.

Anlass der Verzweiflung war der gestrige Einbruch ins Weinlager. Die Diebe hatten mit ihrer Beute entkommen können. Das war schwer zu verstehen, denn ihr Kleinlaster war von der Videokamera erfasst und aufgezeichnet worden. Aber für eine Fahndung fehlte das Kennzeichen. Es war auf den Bildern nicht zu erkennen; womöglich hatten die Einbrecher es überklebt. Auch war der Vorsprung offenbar zu groß gewesen. Was daran lag, dass die Gendarmerie trotz automatischer Alarmmeldung zu spät eingetroffen war. Ein Skandal? Nicht unbedingt, denn kurz zuvor war es in Brixen zu einem Zwischenfall gekommen, der die Polizeikräfte gebunden hatte. Marodierende Jugendliche hatten Steine in Schaufenster verschiedener Ladengeschäfte geworfen. Außerdem war die wichtigste Zufahrtsstraße durch einige umgefallene Müllcontainer blockiert gewesen.

Das alles wussten Martina, ihr Bruder Sepp und Steffi von der Gendarmerie. Zunächst waren sie froh und erleichtert gewesen, dass bei dieser Aktion niemand zu Schaden gekommen war. Der materielle Schaden, der natürlich ein beträchtlicher war, sollte durch die Versicherung abgedeckt sein. Laut Protokoll war das Lager ordnungsgemäß abgesperrt gewesen, davon zeugte das aufgebrochene Schloss. Und die Überwachungsanlage war eingeschaltet gewesen und hatte sofort einen stillen Alarm an die Gendarmerie gesendet. So weit war also alles korrekt. Doch gab es einen kleinen, entscheidenden Schönheitsfehler. Denn natürlich kam es darauf an, den Lagerbestand für die Versicherung zu dokumentieren. Das war kein Problem für die gelagerten Südtiroler Weine. Für diese fanden sich in den Unterlagen von Franz eindeutige Belege. Aber dummerweise war ausgerechnet von diesen Weinen keine einzige Palette gestohlen worden, während für all die entwendeten teuren Weine aus der Toskana, aus dem Piemont und aus dem Bordeaux jeder Nachweis fehlte. Und ohne Nachweis bestand kein Anspruch auf Versicherungsleistung.

Martina fiel ein, dass sie am gestrigen Nachmittag mit Emilio im Lager gewesen war, er könnte bezeugen, was es dort alles an edlen Tropfen gegeben habe. Sie hatten sich sogar darüber unterhalten. Außerdem könnten die Lagerarbeiter Phuong und Thien eine Aussage machen.

Sepp winkte ab. Das würde auch nichts helfen, erklärte er. Versicherungen brauchten nun mal eindeutige Belege mit genauen Nachweisen. Und die könnten sie nicht vorlegen. Und wieso nicht? Weil Franz seine Geschäfte wie ein süditalienischer Tomatenbauer abgewickelt habe. Alles mit Handschlag und auf Treu und Glauben. So etwas gehe im Mezzogiorno, aber nicht in Südtirol. Er wundere sich, dass Franz mit dieser Buchführung nie Ärger mit dem Finanzamt bekommen habe.

Franz habe immer alles im Griff gehabt, verteidigte Martina ihren Mann. Die Unterlagen hätte er bestimmt noch herbeigeschafft. Ganz sicher sogar.

Das möge ja sein, räumte Sepp ein, aber jetzt sei er tot, und sie hätten das Schlamassel.

Ob sie nun ruiniert sei, fragte sie. Dann könne sie sich all die Mühen sparen, das Büro zusperren und tun, was ihr eigentlich am Herzen liege – nämlich um Franz zu trauern.

Ihr Bruder schüttelte den Kopf. Nein, ruiniert sei sie ganz gewiss nicht, da müsse sie sich keine Sorgen machen. Aber sie solle jetzt tatsächlich heimfahren und sich erholen. Sonst wäre abzusehen, dass sie bald zusammenbreche. Das alles sei zu viel für sie. Jetzt müsse sie vor allem auf sich aufpassen und von Franz Abschied nehmen. Noch stehe sie unter Schock. Trauer brauche Zeit und Ruhe.

Martina schniefte. Zeit und Ruhe? Ja, danach sehne sie sich.

Dann fielen ihr noch die Geldbündel im Safe ein. Die hatte sie bei all der Aufregung glatt vergessen. Wie wahr! Ein Ruin sah anders aus.

13

Zur Mittagszeit kam Phina mit dem Traktor aus dem Weinberg. Emilio saß auf der Terrasse unter der Pergola und erfreute sich an ihrem Anblick. Er erinnerte sich, wie er ihr das erste Mal begegnet war. Auch damals hatte sie auf einem Traktor gesessen, als sie sich ihm näherte. Die blonden Haare wild zusammengeknotet, die nackten Beine in verdreckten Gummistiefeln, ein rot kariertes Männerhemd zur Hälfte in eine kurze Lederhose gestopft – ganz wie heute. Er erinnerte sich auch an ihren festen Händedruck. Leise lächelnd stellte er fest, dass ihm dieser mittlerweile erspart blieb. Weil er stattdessen einen Kuss bekam. Seine Situation hatte sich also in jeglicher Hinsicht dramatisch verbessert. Warum war er dann trotzdem so häufig mit seinem augenblicklichen Dasein unzufrieden? Warum sehnte er sich insgeheim nach Abwechslung, mit der immerhin das Risiko einhergehen würde, dies alles zu verlieren? Weil er ein notorischer Freigeist und Abenteurer war? Oder war er einfach nur dumm und undankbar?

Phina sprang vom Traktor und lief auf ihn zu. Eine kernige Traumfrau, selbstbewusst und geerdet. Er sollte froh sein, dass sie aus unerklärlichen Gründen an ihm Gefallen gefunden hatte. Nicht, dass es ihm in seinem früheren Leben an weiblicher Zuwendung gemangelt hätte! Aber besonders lange hatte es keine Frau an seiner Seite ausgehalten.

Phina gab ihm den erhofften Kuss, um ihm fast gleichzeitig

kumpelhaft in die Rippen zu boxen. Bei dieser Frau brauchte man Nehmerqualitäten. Ob er bei seinen Weinrecherchen weitergekommen sei, wollte sie wissen. Dass es sich bei der Magnumflasche vom Franz um eine Fälschung handeln könnte, habe sich doch sicherlich als Hirngespinst herausgestellt. Spätabends und nach einigen Gläsern Blauburgunder könne man schon auf solch *spinnete Gedonkn* kommen. Doch am helllichten Tag und bei klarem Kopf bekomme man wieder einen Blick für die Realität.

Emilio forderte sie auf, neben ihm Platz zu nehmen. Vor ihnen auf dem Gartentisch stand die Magnum – und daneben eine Normalflasche Tignanello.

Ihr fiel ein, dass sie vergessen hatte, bei Antinori anzurufen und nach dem Jahrgang zu fragen.

«Das habe ich bereits geklärt», sagte Emilio. «Einen 2002er gab es wirklich nicht. Definitiv nicht – und egal in welcher Flaschengröße.» Er schmunzelte. «So viel zum Thema nächtliche Hirngespinste.»

«Okay, dann hast halt recht gehabt.»

«Im September 2002 hat's im Chianti-Gebiet fast durchgeregnet», wusste er zu berichten. «Die spät reifende Sangiovese-Traube konnte deshalb nicht zur vollen Reife gelangen. Dagegen war der Cabernet für den Solaia schon im Keller ...»

Sie winkte lächelnd ab. «Ist ja gut. Ich glaub's dir. Und jetzt?»

Er deutete auf den Tisch, auf die beiden Flaschen, die bereitgestellten Gläser und den Korkenzieher. «Ich war vorhin im Ort und hab in der Enothek einen Tignanello gekauft. Eine Magnum hatten sie nicht. Wir machen jetzt eine Vergleichsdegustation, einverstanden?»

Phina lächelte verschmitzt. «Da kann einem schon Schlimmeres passieren.» Sie zog die Gummistiefel aus und schaute auf ihre von der Arbeit im Weinberg verdreckten Hände. «Ich geh nur kurz rein und wasch mich. Kannst ja schon mal die Flaschen aufmachen. Und ich bring Wasser mit.»

Emilio nickte und machte sich an die Arbeit. Mit dem Sommelier-Messer entfernte er bei beiden Flaschen den Kapselhut. Schon vorher war ihm aufgefallen, dass es an der Kapsel Unterschiede gab. Bei der Magnumflasche fehlte das aufgedruckte Wappen. Mit großer Sorgfalt setzte er den Korkenzieher an. Die Spindel hielt er vollkommen senkrecht und natürlich exakt in der Mitte der Korkenoberfläche. Er drehte sie langsam hinein und stellte wenig überrascht fest, dass der Korken in seiner geschmeidigen Konsistenz nicht dem ausgewiesenen Alter entsprach. Jedenfalls bildete er sich das ein. Er zog den Korken heraus, was ohne Brösel vonstattenging, und unterzog ihn einer eingehenden Begutachtung. Er roch an ihm und studierte die rötliche Färbung an der Unterseite. Er konnte nicht anders, er musste lächeln. Von wegen Hirngespinst.

Er war gerade mit der normalgroßen Flasche aus der Enothek fertig, da kam Phina mit zwei Wassergläsern zurück. Auf dem Tisch lagen nebeneinander die beiden Korken.

«Na, wie schaut's aus?», fragte sie.

«Gut schaut's aus. Jedenfalls für meine Theorie. Der Magnumkorken ist unter Garantie jünger, als er sein sollte. Das Brandzeichen ist schlecht gemacht. Jetzt bin ich nur noch neugierig, was in der Flasche drin ist.»

«Nur zu, schenk ein!»

Emilio füllte jeweils zwei Gläser mit der für Verkostungen üblichen Menge. Als Erstes verglichen sie die Farbe, indem sie den Wein gegen das Licht hielten, dann leicht gekippt gegen ein weißes Blatt Papier.

«Rubinrot, violette Reflexe ...», murmelte Phina. «Bei beiden. Beim Magnum etwas stumpfer, aber er ist ja auch über eineinhalb Jahrzehnte alt.»

«Ist er nicht. Aber du hast recht; die Farbe ist nicht so schlecht.»

Sie schwenkten den Wein in den Gläsern, rochen dann an ihm und konstatierten im gekauften Tignanello typische Aromen von schwarzen Beeren, Vanille und Tabak. Beim Wein aus der Magnumflasche meinte Phina auch einen Duft nach Veilchen zu erkennen. Den kenne sie von ihrem Lagrein. Dafür erschnupperte Emilio Kirschen und leichte Mandeltöne. Außerdem fand er ihn ungewöhnlich blumig. Ganz einig waren sie sich nicht. Aber dass der Wein aus der Magnumflasche durchaus ähnliche Duftnoten wie der gekaufte Tignanello aufwies, musste sogar Emilio zugeben. Jedenfalls enthielt die Großflasche keinen gepanschten Billigfusel. So viel war klar. Nach dem Geruch kam die Prüfung im Mund. Jetzt waren die Geschmacksknospen der Zunge und der Gaumen gefragt. Sie ließen den Wein im Mund rollen, schmatzten, zogen Luft durch die Zähne – jeder hatte seine eigene Routine. Mal mit dem einen Glas, dann mit dem anderen. Dazwischen zum Neutralisieren etwas Wasser.

«Okay, alles klar», sagte Emilio schließlich. Das Glas mit dem Wein aus der Magnumflasche schob er zur Seite. Dafür goss er sich reichlich Tignanello aus der gekauften Originalflasche nach und begann, ihn genüsslich zu trinken.

«Aber schlecht ist er nicht», urteilte Phina. «Ich meine den Magnumwein. Ich kann mir vorstellen, dass er bei unerfahrenen Menschen als Tignanello durchgeht.»

«Ja, gut möglich. Vor allem bei neureichen Chinesen, die Cola in den Rotwein schütten.»

Phina verzog das Gesicht. «Nicht nur bei denen. Er ist wirklich ganz ordentlich. Den könnte man ganz regulär verkaufen. Halt nur nicht als Tignanello.»

«Und zu einem Zehntel des Preises. Das ist doch der springende Punkt. Durch den Etikettenschwindel ist er plötzlich hochrentabel.»

Sie goss sich vom falschen Magnum ein und trank ein Glas. «Also, mir schmeckt er. Könnte glatt aus Südtirol sein. Eine Cuvée aus Lagrein und Vernatsch. Na ja, und vielleicht etwas Sangiovese aus der Toskana dazu. Könnte hinkommen.»

«Meinst du? Das wäre ein interessantes Geschäftsmodell.»

«Bleibt die Frage, was das alles soll? Warum hatte Franz diese Flasche, und warum wollte er, dass du sie nach seinem Tod bekommst?»

Emilio fuhr sich nachdenklich über das unrasierte Kinn.

«Das würde ich auch gerne wissen. Er hätte mir doch einfach einen Brief hinterlegen können, in dem steht, was Sache ist.»

«Und was er von dir will», ergänzte sie.

«Vielleicht wollte er nur, dass wir den Wein trinken.»

«Das glaubst du doch selber nicht.»

«Nein, da hast du recht», gab er zu.

«Ich glaube, der Franz hat es ganz bewusst so schwierig gemacht, damit außer dir keiner verstehen kann, was er dir mitteilen wollte. Ein Brief hätte ja in falsche Hände kommen können.»

«Auch diese Flasche», murmelte er.

«Ja, aber die Botschaft ist so versteckt, dass sie keiner kapiert.»

«Das ist wahr. Ich kapiere sie auch nicht.»

Sie lachte. «Dann streng dich ein bisschen an.»

14

In Bozen gab es hinter dem Bahnhof einen kleinen Druckereibetrieb, der die besten Zeiten hinter sich hatte. Gianluca, der die Firma von seinem Vater geerbt hatte, versuchte, sich mit kleinen Aufträgen über Wasser zu halten. Er druckte Visitenkarten, Werbebroschüren, Hochzeits- und Trauerkarten, auch Veranstaltungsplakate und Speisekarten. Die Technik war veraltet, doch ihm fehlte das Geld, in neue zu investieren. Weil er aber sein Metier beherrschte und fleißig war, kam er einigermaßen klar. Zumindest, was das Geschäftliche betraf, denn privat lief es zuletzt nicht gerade rund. Seine Freundin hatte ihn verlassen, und zwar mit dem blöden Argument, dass sie keinen Mann brauche, der andauernd arbeite – ohne dabei wirklich was zu verdienen. Blöde Tussi. Gianluca baute gerade eine Website auf, um seine Leistungen über das Internet anzubieten. Davon versprach er sich einiges. Und er hatte einen Auftrag, T-Shirts zu bedrucken. Dabei hätte seine Exfreundin ihm helfen können. Vielleicht hätten sie in Eigenregie eine kleine Kollektion kreieren können? Aber jetzt war sie weg. Selber schuld.

Wenn Gianluca nachts nicht schlafen konnte, ging er einer geheimen Leidenschaft nach. Sie hatte mit seiner Arbeit zu tun, sorgte dennoch für willkommene Abwechslung und stellte hohe Ansprüche an sein Geschick. Sowohl technisch als auch künstlerisch. Umso befriedigender war es, wenn das

Ergebnis stimmte. Es kam noch ein weiterer Umstand hinzu: Während Hobbys normalerweise Geld kosteten und keines einbrachten, wurde seine Leidenschaft bezahlt. Wenigstens bis vor kurzem. Gianluca hatte jüngst feststellen müssen, dass es im Leben schlechte Phasen gab, zum Beispiel, wenn man von der Freundin verlassen wurde, und dass es noch schlechtere Wendungen des Schicksals gab – zum Beispiel, wenn ein wichtiger Auftraggeber tot aus dem Eisack gefischt wurde. Das bedeutete nicht nur das Ende einer hoffnungsvollen Geschäftsbeziehung, sondern war auch insofern frustrierend, als er gerade wunderschöne Exponate fertiggestellt hatte, für die es jetzt keinen Abnehmer gab.

Schon seit längerem hatte er für Franz Mitterlechner sehr spezielle Weinetiketten gedruckt. Handelte es sich dabei doch um Kopien berühmter Weine aus der Toskana, dem Piemont und neuerdings auch aus dem Bordeaux. Gianluca vermied den Begriff «Fälschung». Nach seinem Selbstverständnis fertigte er kongeniale Repliken an. Keine leichte Aufgabe, denn die hochpreisigen Weingüter gaben sich immer größere Mühe, ihre Etiketten fälschungssicher zu gestalten. Was nicht hieß, dass man es nicht trotzdem schaffen konnte. Bei nicht so jungen Jahrgängen war es einfacher, denn da waren die Flaschenetiketten drucktechnisch weniger raffiniert, geradezu von simpler Schönheit.

So richtig spannend wurde es bei einem Geschäftszweig, den sein Partner erst in jüngster Vergangenheit für sich entdeckt hatte. Hier war Gianlucas künstlerisches Talent gefragt. Franz Mitterlechner brauchte nämlich Etiketten von alten Weinraritäten. Also zum Beispiel von einem Pétrus Pomerol aus dem legendären Jahr 1945. Oder noch schwieriger: ein Château d'Yquem von 1811. Die Herausforderung lag in der künstlichen Alterung der Etiketten. Gianluca hatte erst eine Weile experimentieren müssen, bis er Erfolg hatte. Franz war begeistert gewesen und hatte nur noch wenige Verbesserungsvorschläge gehabt. Gianluca war freilich zu jedem Zeitpunkt klar gewesen, dass Franz Spitzenweine gefälscht hatte. Wie er dabei vorgegangen war und wohin diese geliefert wurden, hatte ihn nie interessiert. Er wollte es auch gar nicht wissen. Besser so. Hauptsache, Franz bezahlte ihn bar auf die Hand. Von den alten «Künstleretiketten» brauchte er nur geringe Auflagen, oft nur einige Dutzend Exemplare. Gianluca wusste, dass selbst das oft zu viel war, denn von den uralten Jahrgängen konnten glaubhaft nur Einzelflaschen angeboten werden. Die allerdings für astronomische Summen im fünfstelligen Euro-Bereich. Das hatte er im Internet recherchiert. Käufer fanden sich zum Beispiel bei Auktionen in London, Hongkong oder New York. Oder die begehrten Raritäten gingen direkt nach Russland und China. Dort gab es genug zahlungskräftige Verrückte, die nur darauf warteten, betrogen zu werden – so jedenfalls hatte sich der Franz ausgedrückt.

Tja, das mochte wohl so sein. Nur kannte er keinen von denen. Außerdem hatte er nur die Etiketten. Das war etwas wenig. Es fehlten die Flaschen und der Wein.

Wie gesagt, es gab schlechte Phasen, und es gab noch schlechtere. Ganz beschissen war es, wenn man eine großartige Arbeit geleistet hatte, aber diese weder verkaufen noch herzeigen konnte. Er hatte noch einen Karton mit Masseto-Etiketten. Auch diese waren gut gelungen. Er überlegte, ob er irgendeinen billigen Rotwein kaufen, die vorhandenen Etiketten auf den Flaschen ablösen und seine Massetos draufkleben sollte. Und dann? Halt irgendwie verkaufen. Aber wie und an wen? Er nahm sich vor, eine Lösung dafür zu finden.

15

Emilio saß noch immer auf der Terrasse unter der Pergola. Alleine, denn Phina war wieder auf ihrem Traktor in den Weinberg entschwunden. Nun, ganz alleine war er nicht, denn vor ihm standen die beiden angebrochenen Flaschen Wein. Eine kleine, deren Inhalt mit dem Etikett übereinstimmte, und eine große, bei der das ganz sicher nicht der Fall war. *In vino veritas?* Im Wein liegt die Wahrheit? Ja, schön wär's. Aber er konnte nur eine Lüge erkennen.

Warum, verdammt noch mal, hatte ihm der Franz Mitterlechner diese merkwürdige Flasche zukommen lassen? Auf dem aufgeklebten Zettel stand unmissverständlich: «Im Falle meines vorzeitigen Ablebens umgehend auszuhändigen!» Hatte er also damit gerechnet, dass er bald zu Tode kommen könnte? Und dass es wie ein Unfall aussehen würde? Weshalb die versteckte Botschaft lauten könnte: *Emilio, glaub's nicht! Ich wurde umgebracht. Es hat was mit dem gefälschten Wein zu tun. Finde es heraus! Such meinen Mörder!*

Er zauderte, ob er dieser Aufforderung nachkommen sollte. Wenn er einmal davon absah, dass er als Privatdetektiv nur gegen Bezahlung arbeitete, die in diesem Fall ausbleiben würde, mochte er keine Aufträge, die womöglich nur in seiner Phantasie existierten.

Interessant wäre es zu wissen, wann Franz der Einfall mit der Flasche gekommen war. Stand sie schon seit Jahren im Tresor?

Und hatte er sie dort schlicht vergessen? Ohne dass es überhaupt noch einen aktuellen Anlass gab? In dem Fall, schlussfolgerte Emilio, sollte er die Magnum in den Container für Altglas werfen, zum nahe gelegenen Stroblhof in Eppan fahren und dort auf der Gartenterrasse unter Glyzinien-Reben einen Weißburgunder Strahler bestellen und die Tageskarte studieren. Alternativ könnte er etwas weiter weg den Patscheiderhof in Signat ansteuern und sich an köstlichen Rohnenknödeln und einfachem Vernatsch erfreuen.

Um eine solche Entscheidung treffen zu können, nahm er sein Handy und rief Martina Mitterlechner an. Das Gespräch wurde von ihrem Bruder entgegengenommen. Er sagte, dass Martina immer noch unter Schock stünde. Sie müsse sich von dem erneuten Schicksalsschlag erst erholen.

Emilio war irritiert. Erneuter Schicksalsschlag? War noch ein Angehöriger gestorben? Oder ihr Hund überfahren worden?

Sie habe gerade ein Gespräch mit einem Schadenregulierer der Versicherung gehabt, erklärte Sepp. Das sei sehr unerfreulich verlaufen.

Emilio sagte, dass ihm das leid täte, aber er verstünde bedauerlicherweise nicht, worum es ginge.

In knappen Worten schilderte ihm Sepp den dreisten Einbruch ins Weinlager. Und dass die gestohlene Ware aufgrund fehlender Unterlagen nicht versichert sei. Er wisse schon, all die Paletten mit den Edelweinen, die er ja bei seinem letzten Besuch selber gesehen habe.

Ja, er erinnerte sich. Und die waren jetzt weg? Das war interessant. Unwillkürlich fiel sein Blick auf die vor ihm stehende Magnumflasche Tignanello. Er schmunzelte. Diese Bouteille wäre folglich auch nicht versichert gewesen.

Emilio fragte, ob er Martina eine Frage stellen dürfe, nur ganz kurz.

Nach kurzem Zögern reichte Sepp den Hörer an seine Schwester weiter. Wie versprochen kam Emilio gleich auf den Punkt. Er fragte, ob sie sich erinnern könne, wie lange die Flasche Tignanello schon im Tresor gestanden habe.

Genau wisse sie das nicht, antwortete sie. Aber vor vier Wochen sei die Flasche noch nicht da gewesen; das könne sie mit Bestimmtheit sagen.

Emilio bedankte sich für die Auskunft. Er wolle nicht länger stören und wünsche ihr viel Kraft und alles Gute.

*

Eine halbe Stunde später saß Emilio immer noch unter der Pergola vor dem Gartentisch mit den beiden Weinflaschen. Er hatte die Beine hochgelagert, eine dunkle Sonnenbrille aufgesetzt und schaute ins Leere. Keine vier Wochen? Wenn das stimmte, war die versteckte Botschaft, die er nicht verstand, noch aktuell. Sogar ausgesprochen gegenwärtig und fast schon prophetisch. Franz hatte wohl Grund gehabt, um sein Leben zu fürchten.

Emilio beugte sich vor, nahm die Magnum und goss sich ein. Phina hatte ja gemeint, der Wein sei nicht so schlecht. Er selber war der gleichen Auffassung. Nur mochte er grundsätzlich keinen Wein, der vortäuschte, ein anderer zu sein. Das war wie bei Menschen. Hochstapler waren ihm unsympathisch. Mit der einen Hand nahm er einen Schluck, mit der anderen kippelte er spielerisch die aufgesetzte Flasche hin und her. Plötzlich stutzte er. Emilio stellte das Glas weg und nahm die Sonnenbrille ab. Er ging mit dem Gesicht so nah an die Flasche, dass er sie fast mit der Nase berührte. Dann stellte er sie ab und eilte ins Haus. Er kam mit einer leeren Großflasche und einem Trichter zurück. Dann füllte er den Wein um. Schließlich hielt er die leere Magnum in den Händen. Das Flaschenglas war dunkel, sodass man nicht gut hindurchsehen konnte. Aber er erkannte unzweifelhaft, dass das Etikett auf der Rückseite beschriftet war. Mit der Hand, wie es schien. Leider so, dass man nichts lesen konnte. Er leuchtete mit der Taschenlampe seines Smartphones hinein, machte sogar eine Aufnahme und versuchte, diese zu vergrößern. Kein Zweifel, da stand was geschrieben. Aber was?

Er versuchte, mit den Fingernägeln das Etikett abzulösen, aber es war viel zu gut verklebt. Als Nächstes überlegte er, die Flasche in einen Eimer Wasser zu stellen und darauf zu hoffen, dass das Etikett abging. Aber die Option schied aus, denn dabei könnte sich auch der auf der Rückseite notierte Text in Wohlgefallen auflösen. Er konnte ja nicht davon ausgehen, dass er mit einem wasserfesten Stift geschrieben war. Und wenn er die Flasche einfach zerdepperte? Hätte er danach eine große Scherbe nur mit dem Etikett, wäre der Text vielleicht zu lesen. Aber das Zertrümmern einer Flasche war ein unkontrollierbarer Vorgang, bei dem auch genau die falschen Stellen splittern konnten.

Aus dem Auto holte er eine dünne Taschenlampe, die sich wie gehofft durch den Hals in die Flasche schieben ließ. Obwohl das also funktionierte, konnte er dennoch nichts entziffern. So ein Mist. Warum hatte es ihm der Franz so schwer gemacht? Er zweifelte nämlich keinen Moment, dass die versteckte Nachricht von ihm stammte. Und wahrscheinlich hatte Phina mit ihrer Annahme recht, dass der Franz es so schwierig gemacht hatte, damit die Botschaft nicht vom Falschen entdeckt wurde.

Emilio runzelte die Stirn. Nun, das war dem Franz gelungen. Leider tat sich auch der Richtige schwer.

Er stand auf und räumte den Tisch ab. Die Gläser der Degustation, Korken, Korkenzieher, das Blatt Papier, die Originalflasche Tignanello aus der Enothek, den umgefüllten Fake-Wein ... Nur die leere Magnum mit der rätselhaften Botschaft ließ er stehen. Er hatte eine Idee. Dafür musste er ein Telefonat führen. Hoffentlich hatte sein Freund Zeit. Dann würde er sich gleich ins Auto setzen und hinfahren. Wäre doch gelacht, wenn es nicht gelänge, der mysteriösen «Flaschenpost» ihr Geheimnis zu entlocken.

16

«Was kann ich für dich tun?», fragte Ignaz mit einem amüsierten Lächeln. «Hätte nie gedacht, dass du mal freiwillig deinen Fuß in meine Klinik setzt.»

Der Professor hatte recht. Emilio hasste Arztbesuche. Nach seiner Überzeugung verkürzten sie die Lebenserwartung dramatisch. Am besten machte man um jedes Krankenhaus und um jede Arztpraxis einen großen Bogen. Aber er war ja auch nicht hier, weil es ihn irgendwo zwickte.

«Ich komme nicht als Patient; aber das habe ich dir ja schon am Telefon gesagt.» Emilio klopfte auf seine ausgebeulte Aktentasche. «Der Patient ist hier drin. Ich möchte, dass du ihn ordentlich untersuchst.»

«Lass mal sehen!»

Emilio packte die leere Weinflasche aus und überreichte sie dem Klinikchef. Sie kannten sich von unzähligen Weinverkostungen. Er wusste, dass sein Freund einer Magnumflasche aus dem Herzen des Chianti fast so viel Empathie entgegenbrachte wie einem menschlichen Wesen.

«Ist leider nichts drin», stellte Ignaz fest. «Sozusagen hochgradig anämisch, geradezu blutleer. Ein Bild des Jammers.»

«Ich gehe davon aus, dass auch die Untersuchung einer Weinflasche unter die ärztliche Schweigepflicht fällt», vergewisserte sich Emilio.

«Selbstverständlich. Und sie reicht über den Tod hinaus.» Ignaz schmunzelte. «Obwohl angesichts dieses Untersuchungsobjekts der Begriff ‹gläserner Patient› in einem völlig neuen Licht erscheint.»

Emilio brachte nun sein Anliegen auf den Punkt. «Auf der Rückseite des Etiketts ist eine handschriftliche Nachricht verborgen. Ich kann sie nicht lesen. Sie könnte aber wichtig sein.»

Ignaz setzte eine Lesebrille auf und drehte die Flasche vor dem Licht seiner Schreibtischlampe.

«Stimmt, da steht was», bestätigte er. «Quasi subkutan. Das ist perfide.»

«Aber ihr habt doch hier alle erdenklichen Untersuchungsverfahren. Da müsste es doch ein Leichtes sein, von diesem Text ein lesbares Abbild zu bekommen.»

Der Klinikchef grinste. «Denkst du an eine Darmspiegelung mittels Koloskop? Oder soll ich gleich einen Herzkatheter in die Flasche einführen?»

«Ist mir egal. Wie wäre es mit einer MRT?»

«Magnetresonanztomographie? Oh ja, sehr preiswert. Das Verfahren ist patientenschonend, aber darauf müssen wir ja in diesem Fall keine Rücksicht nehmen. Vermutlich aber reicht auch eine kleine verträumte Röntgenaufnahme. Hast du deine Krankenversicherungskarte dabei?»

Emilio schaute ihn ratlos an.

Ignaz lachte. «War nur ein kleiner Scherz. Na, dann gehe ich mal mit unserem Patienten in die Radiologie. Lass dir von meiner Sekretärin einen Cappuccino bringen. Auf der Fensterbank liegen einige Weingazetten. Wird nicht lange dauern.»

«Bitte achte darauf, dass den Text niemand zu lesen bekommt. Das ist wichtig.»

«Wie willst du das wissen? Du kennst ihn doch gar nicht.»

«Ich bin mir trotzdem sicher, dass er nicht für fremde Augen bestimmt ist.»

«Okay, versprochen. Bis gleich.»

*

Es dauerte tatsächlich nicht lange. Emilio hatte sich gerade in einen Bericht über die Rotweinsorte Sangiovese im Allgemeinen und über Chianti und Brunello im Speziellen vertieft, was thematisch gut zu ihrem Untersuchungsobjekt passte, da kam Ignaz schon wieder zurück.

«War kein Problem», sagte er. «Wirst aber dennoch nicht glücklich sein.»

Er klemmte ein Röntgenbild an einen Leuchtkasten an der Wand.

«Sorry, verkehrt.» Er drehte das Bild um und machte einen Schritt zur Seite.

Emilio trat näher. Der Text war deutlich zu entziffern. Aber leider nur der Anfang. Dort, wo es konkret wurde, war die Schrift erst verschmiert, um sich dann in unleserliche Schlieren und Flecken aufzulösen.

«Dein Freund hat irgendwas falsch gemacht», konstatierte der Arzt.

«Ist nicht mein Freund», stellte Emilio richtig, obwohl das ohne Belang war.

«Entweder hat er den falschen Kleber verwendet oder einen ungeeigneten Stift. Wahrscheinlich beides. Ein Glück, dass wenigstens die ersten Zeilen erhalten sind.» Ignaz hüstelte. «Und die haben es ja auch schon in sich.»

Nun, da hatte er zweifelsohne recht.

Auf dem Etikett stand geschrieben: «Lieber Emilio. Offenbar bin ich tot, sonst hättest du die Flasche nicht. Ich flehe dich an: Überführe meinen Mörder! Ich nenne dir seinen Namen. Er darf nicht davonkommen ...»

Ab hier wurde die Schrift undeutlich. Aber einige Wörter waren noch zu entziffern: «Ich fühle mich ... Wochen bedroht ... emotional überreagiert ...» Das war's. Der Rest verlor sich in Flecken und Schlieren.

Emilio schüttelte ungläubig den Kopf. Ausgerechnet der Name fehlte. Auch jeder Hinweis auf ein Motiv. Da hatte sich der Franz Mitterlechner so viel Mühe gegeben, ihm diese Nachricht zuzuspielen, und zwar so, dass sie kaum in falsche Hände geraten konnte. Und jetzt war sie nicht vollständig. Im Grunde blieb nicht viel mehr als der beschwörende Appell, seinen Mörder zu überführen. Was den Hinweis implizierte, dass es sich bei seinem Tod um keinen Unfall handelte, sondern um ein Tötungsdelikt. Merkwürdigerweise überraschte ihn das nicht. Der Gedanke hatte sich sowieso schon in seinem Kopf festgesetzt. Der Auftrag lautete nicht, den Mörder zu finden. Er sollte ihn überführen, ihm also die Tat nachweisen. Finden musste er ihn schon deshalb nicht, weil Franz ihm seinen Namen mitgeteilt hatte – leider weiter hinten im Text, der nicht mehr existierte. Also ging es doch darum, den Mörder zu finden. Ganz klassisch. Dabei konnte er nur von zwei Annahmen ausgehen: Erstens handelte es sich beim Täter um einen Mann. Franz schrieb dezidiert von «seinem Namen». Zweitens hatte der Mord was mit der Weinfälschung zu tun. Sonst hätte er ihm nicht die Flasche mit dem falschen Tropfen zugespielt und diese als Medium für seine geheime Botschaft genutzt.

«Hast recht gehabt», sagte Ignaz. «Der Text bleibt besser unter uns.»

«Ja, besser so.»

«Wer ist der Absender? Jener Franz Mitterlechner, der auf dem aufgeklebten Zettel steht? Den kenn ich nicht. Ist er wirklich tot?»

«Ja», bestätigte Emilio, «ertrunken im Eisack.»

«Ach der? Ich hab davon in der Zeitung gelesen. War wohl ein Angelunfall.» Ignaz räusperte sich. «Oder eher nicht, wenn ich das hier richtig interpretiere.»

Emilio nickte. «Ja, eher nicht», wiederholte er leise.

17

Phina hatte alles erledigt, was für den heutigen Tag im Weingut anstand. Oskar war wieder genesen und schmiss die Vinothek. Also sprach nichts dagegen, nach Meran zu fahren und sich um ihre Herzensangelegenheit zu kümmern. Im Ortsteil Labers gab es das «Heim der Hoffnung», ein privat geführtes Waisenhaus, in dem auch obdachlose Straßenkinder und Kinder von entwurzelten Zuwanderern betreut wurden – bis hin zu einer immer größeren Zahl von Flüchtlingswaisen. Manche kamen untertags nur stundenweise. Andere hatten in dem Heim vorübergehend ein neues Zuhause gefunden; sie hatten ein eigenes kleines Zimmer und wohnten dort. Seit dem Tod von Emilios alter Tante Theresa, die nicht nur ihm, sondern auch ihr etwas vererbt hatte, unterstützte sie das Waisenhaus finanziell. Leider nur in einem bescheidenen Rahmen, denn sie hatte fast ihr ganzes Geld in den Ausbau und die Modernisierung ihres Weingutes gesteckt. Aber jeder Euro zählte. So oft sie konnte, fuhr sie hin, um zu helfen. Häufig tat sie nicht mehr, als mit den Kindern zusammenzusitzen, mit ihnen zu reden oder Spiele zu machen. Aber genau diese Zuwendung war wichtig, denn dafür fehlte den Angestellten des Waisenhauses oft die Zeit.

Es blieb nicht aus, dass sie bei diesen Gelegenheiten über ihre eigene Kinderlosigkeit nachdachte. Ihre «Kinder» waren die Reben im Weinberg. Und jetzt noch jene im Waisenhaus.

Mit Emilio hatte sie einen Partner, den sie sich kaum als Vater vorstellen konnte. Schlimm genug, dass er nervige Kinder gerne als «halslose Ungeheuer» bezeichnete. Wobei sie wusste, dass er unter seiner spröden Schale ein weiches Herz hatte. Er meinte vieles nicht so, wie er es sagte.

Phina brauchte keinen Taschenrechner, um sich über das biologische Zeitfenster klarzuwerden, das ihr geblieben war, um noch in einem «vernünftigen» Alter Mutter zu werden. Die Uhr tickte. Einige Jahre waren es noch. Und dann? Sie hatte das Weingut von ihren Eltern geerbt. Wer sollte es weiterführen, wenn sie mal nicht mehr war? Ein Familienbesitz war dazu da, in der Familie weitervererbt zu werden. Aber wenn man keine Familie hatte? Und nichts dafür tat, eine zu gründen?

Phinas Gedanken waren also nicht immer unbeschwert und leicht, wenn sie nach Meran zum «Heim der Hoffnung» fuhr. Heute war es anders, denn sie hatte Emilio als Beifahrer. Allerdings war er momentan kein guter Gesprächspartner; die meiste Zeit grübelte er vor sich hin. Er hatte ihr von der versteckten Nachricht erzählt und vom «Auftrag», den ihm der verstorbene Franz erteilt hatte. Das war in der Tat heftig. Und sie konnte verstehen, dass es Emilio beschäftigte. Sie hatten auch über den Einbruch im Weinlager Mitterlechner gesprochen und über die gestohlenen Weine, für die es keine Lieferscheine gab und die deshalb nicht versichert waren. Der Schluss lag nahe, dass die Weine mit der Magnumflasche Tignanello eines gemeinsam hatten – sie waren allesamt gefälscht. Der Franz Mitterlechner war vom Pfad der Tugend abgekommen, so schien es jedenfalls. Oder man hatte ihn über den Tisch gezogen und ihm die gefälschten Weine untergejubelt. Dann wäre er Opfer und nicht Täter. Ja, auch das war möglich. Dem hielt Emilio entgegen, dass der Franz ein erfahrener Weinhändler gewesen war. Er hielt es für sehr unwahrscheinlich, dass sich ein Fachmann von dreisten Fälschern hatte hinters Licht führen lassen. Nun, er würde es herausfinden, davon war sie überzeugt. So oder so.

«Ich lass dich bei Theresas Villa raus», sagte sie. «Dann kannst du Klavier spielen, während ich mich um die ‹halslosen Ungeheuer› kümmere.»

«Der Ausdruck stammt von Tennessee Williams, nicht von mir. Ist sozusagen literarisch und nicht diskriminierend.»

Phina lachte. «Ist trotzdem nicht nett. Außerdem Quatsch. Als ob kleine Kinder keinen Hals hätten.»

«Das kommt vor», widersprach er. «Schau mal genau hin. Die Köpfe sind im Verhältnis zu groß und sitzen direkt auf kleinen, fetten Körpern, ohne sichtbare Verbindung. Das hat Tennessee Williams in der ‹Katze auf dem heißen Blechdach› vortrefflich beschrieben.»

«Die Kinder in unserem Heim sind schon älter und keineswegs fett. Oft sind sie sogar viel zu dünn, geradezu abgemagert.»

«Aber Ungeheuer sind sie trotzdem», murmelte er.

«Du solltest mal mitkommen. Die meisten unserer Kinder sind total nett. Sie würden dich lieben.»

Er sah sie entsetzt an. «Mich lieben? Ein schrecklicher Gedanke. Da spiele ich lieber Klavier und gieß mir vorher einen Brandy ein.»

18

Er war noch nie auf die Idee gekommen, das Kloster Neustift zu besichtigen. Warum auch? Emilio schenkte seine Aufmerksamkeit lieber den Weinen der Stiftskellerei. Sylvaner, Riesling, Veltliner, Lagrein, Blauburgunder, Rosenmuskateller ... Er könnte sie im Schlaf herunterbeten, vor allem jene der Praepositus-Linie. Doch am heutigen Tag war alles anders. Zu trinken gab es erst später was. Zuvor musste er in großer Gesellschaft eine teilnahmsvolle Miene aufsetzen, was ihm nicht schwerfiel, denn sie unterschied sich nicht sehr von seinem üblichen, scheinbar missgelaunten Gesichtsausdruck. Dass er dabei innerlich oft lachen musste, war ihm fast nie anzusehen. Und dies würde auch heute ganz bestimmt nicht der Fall sein, denn auf einer Beerdigung wäre das ein unverzeihlicher Fauxpas.

Franz Mitterlechner war im Dorf Neustift gebürtig und hatte dort auch seinen privaten Wohnsitz. Weshalb ihm ein besonderes Privileg zuteilwurde: Er wurde auf dem stiftseigenen Friedhof beigesetzt. Davon hatte er zwar nichts mehr, aber schön war es dennoch. Vor allem für die Trauergäste.

Zur Einsegnung trafen sie sich außerhalb der Klostermauer beim «Bildstöckl», einer Art Marterl mit dem gekreuzigten Jesus als Fresko. Emilios Aufmerksamkeit wurde durch die Rebzeilen abgelenkt, die sich unmittelbar dahinter an den Hang schmiegten. Unwillkürlich überlegte er, welche Trauben hier wohl angebaut wurden. Aber er riss sich zusammen und folgte der Aufforderung, vom Verstorbenen mit Liebe und im frohen Andenken Abschied zu nehmen. So viel Respekt musste sein. Und mit der Liebe musste man es ja nicht übertreiben.

Anschließend wurde der Sarg mit dem Leichnam Franz Mitterlechners neben der Engelsburg durch ein seitliches Tor in den Stiftshof getragen. Das war sehr stimmungsvoll. In Begleitung von Phina, die ihn zur Teilnahme fast genötigt hatte, hielt sich Emilio am Ende des erstaunlich langen Trauerzuges. Ganz vorne, gleich hinter dem Sarg, gingen Martina und ihr Bruder Sepp. Und sicherlich noch andere Anverwandte, die Emilio nicht kannte. Es folgten etwa hundert Trauergäste. Auch davon hatte der Verstorbene nichts mehr, aber freuen würde es ihn wohl dennoch. Immerhin spiegelte die Zahl der Trauernden das Ansehen und die Bedeutung des Toten wider. Gelegentlich auch die Beliebtheit, aber nicht zwingend.

Sie passierten einen großen Brunnen mit einem pagodenförmigen Dach. Manche gingen rechts vorbei, andere links. Dass die Fresken im Fries die sieben Weltwunder zeigten, konnte Emilio nicht wissen. Es interessierte ihn auch nicht. Wobei es schon bemerkenswert war, dass es hier noch ein weiteres Gemälde gab, auf dem das achte Weltwunder zu sehen sein sollte: das Kloster Neustift höchstselbst.

Ihm fielen zwei junge Männer auf, die einfach gekleidet waren und etwas verlegen hinter der Trauergemeinde herliefen. Ihre asiatische Herkunft war unschwer zu erkennen. Er erinnerte sich, dass Martina von ihren Lagerarbeitern aus China gesprochen hatte, von Phuong und Thien. Das waren wohl die beiden. Auch sie erwiesen ihrem Chef die letzte Ehre. Ebenso wie die Bürohilfe Steffi, die sich allerdings weiter vorne eingereiht hatte.

Hinter ihnen rankte sich wilder Wein wie ein dichter Vorhang über die mittelalterliche Fassade. Die Sonne schien, und nur wenige Schleierwolken zogen vorbei. Mit dem Tag seiner Beerdigung hatte es Franz gut getroffen.

Schließlich betraten sie die großartige Stiftskirche, die zugleich als Pfarrkirche der Gemeinde diente. Emilio stellte fest, dass sich eine Besichtigung des Klosters doch gelohnt hätte. Die barocke Pracht der Kirche beeindruckte ihn. Während er sich behutsam umschaute, kam er zu der Erkenntnis, dass der Besuch im Rahmen einer Trauerfeier gewiss stimmungsvoller war als inmitten einer Reisegruppe aus Castrop-Rauxel. Also hatte er wieder mal alles richtig gemacht.

Zusammen mit Phina nahm er links vom Hauptgang Platz und ließ seinen Blick über die kunstvollen Fresken an der Decke schweifen. Plötzlich stutzte er. Er legte den Kopf in den Nacken und starrte auf das Gemälde einer Gestalt mit Stirnglatze und einer Art Lanze in der Hand. Täuschte er sich? Nein, da hing doch tatsächlich ein dreidimensionales Bein von der Decke. Da hatte sich der Stuckateur einen genialen Scherz erlaubt. Sah fast aus wie ein Gummistiefel. Auf so eine bizarre Idee musste man erst mal kommen. Die Stiftskirche war ein Ort der Besinnung und des Gebets. Wer hätte gedacht, dass es hier auch was zu schmunzeln gab? Aber nur, wenn man genau hinsah. Statt der Trauerfeier zu folgen, suchte er an der barocken Decke weiter nach Auffälligkeiten. Vergebens. So war das im Leben; manchmal fiel der Blick per Zufall auf eine Absonderlichkeit, die von den meisten übersehen wurde. Darin unterschied sich das «baumelnde Bein» in der Stiftskirche nicht von dem Etikett auf einer ganz speziellen Weinflasche. Man fragte sich, welche Geschichte sich dahinter verbergen mochte, was die Botschaft war und ob es im Umfeld noch weitere Auffälligkeiten gab, die man übersah.

Er wurde aus seinen Gedanken gerissen, weil um ihn herum alle aufstanden und die Hände zum Gebet falteten.

Vater unser im Himmel. Geheiligt werde dein Name. Dein Reich komme. Dein Wille geschehe, wie im Himmel so auf Erden. Unser tägliches Brot gib uns heute. Und vergib uns unsere Schuld, wie auch wir vergeben unsern Schuldigern …

Wie auch wir vergeben unseren Schuldigern? Im Vaterunser sprach sich das so leicht. Emilio bezweifelte, dass Franz seinem Mörder die Schuld vergeben würde. Ganz im Gegenteil: Mit der Magnumflasche und ihrer geheimen Botschaft hatte er zum Ausdruck gebracht, dass der Täter unbedingt zur Rechenschaft gezogen werden sollte; dies war quasi sein allerletzter Wille. Emilio kam der Gedanke, dass sich der Mörder – so es wirklich einen gab und es sich nicht doch um einen Unfall gehandelt hatte – mit einer gewissen Wahrscheinlichkeit hier und jetzt unter den Trauergästen befand. Jedenfalls dann, wenn er aus dem privaten oder engeren geschäftlichen Umfeld des Toten stammte. Laut Kriminalstatistik war das zu einem hohen Prozentsatz der Fall. Er könnte Martina oder ihren Bruder in den nächsten Tagen mal um die Gästeliste bitten. Wirklich helfen würde sie wohl nicht; dazu waren einfach zu viele Personen gekommen.

*

Zwanzig Minuten später drängte sich die Trauergemeinde auf dem kleinen Friedhof des Klosters Neustift, der direkt neben der Stiftskirche lag und auf der anderen Seite von der Kirche zur Heiligen Margareth begrenzt wurde. Hier wurden auch die

Chorherren des Klosters beigesetzt. Für seine letzte Ruhestätte hatte Franz also hochwürdige Nachbarn, die ihm jederzeit seelischen Beistand leisten könnten. Es gab hübsche schmiedeeiserne Kreuze wie auch Grabsteine aus Marmor, zum Teil mit Bildern der Verstorbenen. Emilio fiel auf, dass die mit Blumen geschmückten Gräber ungewöhnlich kurz waren. Wohl, um Platz zu sparen. Stellte sich die Frage, wie man unter einer solch kleinen Fläche einen Sarg unterbrachte. Womöglich senkrecht? Am Jüngsten Tag könnte es von Vorteil sein: Dann könnten die Verstorbenen wie Raketen in den Himmel starten. Emilio war klar, dass seine Gedanken pietätlos waren. Aber da er sie für sich behielt, hatte er kein schlechtes Gewissen.

Er hielt sich am Rand der Trauergemeinde, erhaschte aber trotzdem einen Blick auf das ausgehobene Grab. Alles klar: Dieses war natürlich größer als das spätere Blumenbeet. Was den Schluss zuließ, dass man beim Gehen durch die Reihen auf den Beinen der Toten herumtrampelte. Oder gar auf den Köpfen? Nein, das sicherlich nicht.

Phina stand nun etwas weiter vorne. Emilio drückte sich ganz nach hinten an die Mauer und ließ seinen Blick über die Trauergemeinde schweifen. Was am Grab gesprochen wurde, interessierte ihn nicht. Aufgrund seines Blickwinkels sah er alle Gäste von hinten. Das brachte nichts, da konnte er genauso gut über die Friedhofsmauer hinweg auf die direkt angrenzenden Weinberge schauen – oder nach links, wo er eine junge Frau entdeckte, die dort alleine stand und sich wie er etwas abgesondert hatte. Warum fiel sie ihm erst jetzt auf? Sie hatte ein enges schwarzes Kostüm an, dessen Rocklänge für eine Beerdigung womöglich etwas kurz geraten war. Auch mochten die hochhackigen Schuhe als unschicklich gelten. Für einen bekennenden Voyeur waren ihre nackten Beine hingegen ein

Quell der Freude. Sie hatte blonde Haare und ein überaus ansprechendes Profil. Apropos ansprechen ... Nein, das ziemte sich wohl nicht bei einer Trauerfeier. Aber ganz offensichtlich war sie alleine hier. Was schon mal interessant war und seine Phantasie beflügelte. Offenbar spürte sie, dass sie beobachtet wurde. Jedenfalls drehte sie ihm langsam den Kopf zu. Ihre Blicke trafen sich. Emilio schmunzelte. Sie schenkte ihm ein kurzes Lächeln. Dann war der Moment vorbei.

Aus der Erde sind wir genommen, zur Erde sollen wir wieder werden. Erde zu Erde, Asche zu Asche, Staub zu Staub ...

19

Linus Foidel dachte, dass ihn auf der Beerdigung niemand vermissen würde. Für die Leute hier zählte er nicht zum engeren Bekanntenkreis des Verstorbenen. Dass sie miteinander dennoch sehr enge Geschäfte machten, war ihr kleines Geheimnis gewesen. Aus guten Gründen. Linus hatte wahrlich keine Lust, dem Franz die letzte Ehre zu erweisen. Der Dreckskerl hatte ihn über den Tisch gezogen, hatte ihn betrogen und ihm zu guter Letzt die ausstehende Zahlung verweigert. So jemandem würde er am Grab keine falsche Träne nachweinen. Abgesehen davon ... Aber das war ein anderes Thema.

Natürlich wusste er von der Trauerfeier im Kloster Neustift. Und er wusste auch, dass aus diesem Grund das Büro der Mitterlechner Weinvertriebsgesellschaft mit nahezu hundertprozentiger Sicherheit verwaist war. Die Gelegenheit war also günstig, geradezu einmalig. Er versuchte, nicht an das Fiasko mit dem Lager zu denken. An jenem Abend war alles schiefgelaufen, was nur schieflaufen konnte. Mit einer entscheidenden Ausnahme: Der eintreffenden Gendarmerie war er gerade noch entwischt.

Diesmal kam Linus mit der Vespa. Das Nummernschild hatte er verschmiert. Er war ja lernfähig. Linus ging davon aus, dass nur das Weinlager mit einer Alarmanlage gesichert war. Dennoch untersuchte er sorgfältig das Fenster ... bevor er es einschlug. Er kletterte ins Büro. Nein, da war nichts: kein

Kabel, kein Kontaktmelder, keine Sensoren. Auch konnte er keine Videokamera entdecken oder einen Bewegungsmelder. Er setzte seinen Rucksack ab und machte sich an die Arbeit. Natürlich trug er Handschuhe, er war ja nicht doof. Nur stinkesauer. Denn wäre der Franz kein so riesiger Idiot gewesen, hätte er jetzt nicht in sein Büro einsteigen müssen. Wobei ihm schwante, dass die Aktion vergebens war. Er würde kein Bargeld finden und erst recht keinen Hinweis auf den oder die Abnehmer der gefälschten Weine. Ironischerweise hatte er sie wohl gesehen, von seinem Versteck hinter dem Mäuerchen. Da hatten sie die Ware einfach abgeholt. Ohne zu bezahlen.

Auch wenn er also keine Hoffnung hatte, auf etwas zu stoßen, das wertvoll war oder ihm weiterhelfen würde, musste er den Versuch wagen. Fieberhaft durchsuchte er das Büro; den Inhalt der Schubladen kippte er der Einfachheit halber auf den Boden. Er riss die Aktenordner aus den Regalen und durchforstete sie nach verdächtigen Bestellungen und Lieferadressen.

Der PC ließ sich zwar starten, verlangte aber ein Passwort. Das Gerät war zu groß, um es mitzunehmen. Immerhin passte der herumstehende Laptop in seinen Rucksack.

Er sah sich nach Wertsachen um, die er zur Tilgung der Schulden mitnehmen könnte. Aber auch unter diesem Gesichtspunkt war das Büro der Mitterlechner Weinvertriebsgesellschaft eine einzige Enttäuschung. Den goldenen Füllfederhalter konnte sich der Franz in den Arsch stecken. Jetzt musste er sogar lachen. Das ging ja nicht mehr. Dann würde er ihn als Andenken mitnehmen.

Linus hatte noch eine andere Hoffnung gehabt, aber auch diese wurde enttäuscht. Nirgends fand er irgendeinen Hinweis auf eine Druckerei, die für die Fälschung der Etiketten in Frage kam. Er hatte diese direkt von Franz erhalten. Das Aufkleben war mittels seiner Etikettiermaschine erfolgt. Franz hatte nicht verraten, von wem er sie bezogen hatte. Dies zu wissen wäre allerdings eine große Hilfe. Dann könnte er die Flaschen nämlich selber fertigstellen. Anschließend wäre nur noch der Vertriebsweg zu klären. Nur noch? Als ob das so leicht wäre. Wütend warf er einen schweren Aktenlocher gegen ein großes Bild an der Wand, das den Rosengarten zeigte.

Er traf es nicht richtig. Aber irgendwie wohl doch, denn wie von Geisterhand bewegte es sich ein wenig. Er ging verblüfft hin und stellte fest, dass der Rosengarten schwenkbar war. Dahinter tauchte ein eingemauerter Tresor auf. Linus sah ihn fassungslos an. In der ersten Sekunde war er fast euphorisch. In der nächsten fühlte er sich wie ein kaltgeduschter Pudel. Da hatte er per Zufall diesen wunderbaren Tresor gefunden. Aber der war fest eingemauert und würde sich nicht öffnen lassen. Ging es noch gemeiner? Lieber hätte er ihn gar nicht erst entdeckt.

Frustriert schlug er mit der Faust gegen den Tresor. Außer, dass ihm die Knöchel weh taten, passierte nichts. Klar, was hatte er erwartet?

Er spürte, wie ihm vor Wut und Enttäuschung der Hals schwoll. Er kannte das von sich. Gleich würde er mit dem Kopf gegen die Wand rennen. Er langte sich an die Schläfen und versuchte, sich zu beruhigen. Schwer atmend drehte er dem Tresor den Rücken zu.

Er kniff die Augen zusammen. Er konnte nicht glauben, was er sah. Direkt neben ihm steckte im hinteren Rahmen des weggeschwenkten Bildes ein gelber Zettel, auf dem unverkennbar eine Ziffernfolge notiert war. Mit zitternden Händen zog er ihn heraus. War es möglich, dass …? Gleich würde er es wissen. Linus tippte die Zahlen in das Tastenfeld ein. Er hörte, wie sich die Bolzen entriegelten. Dann machte es «Plopp!» – und der Tresor öffnete sich.

Als er die gestapelten Geldbündel sah, musste er ungläubig schlucken. Fast andächtig hielt er für einen Moment inne. Dann nahm er das Geld heraus und zählte es. Er spürte sein Herz klopfen. Franz war zwar ein riesiges Arschloch, außerdem war er tot – aber seine Schulden hatte er hiermit bezahlt. Mit Zins und Zinseszins. Und dann noch multipliziert mit einem Faktor x.

Linus holte seinen Rucksack und stopfte die Geldbündel zum eingesackten Laptop. Dabei trieb er sich zu immer größerer Eile an. Jetzt durfte nichts mehr passieren. Er glaubte, ein Auto zu hören. Was sich als Einbildung herausstellte. Im Safe waren noch Akten und Mappen mit Dokumenten. Aber sein Rucksack war voll – und er wollte keine Zeit mehr verlieren, indem er sie durchsah. Er blickte sich noch einmal fast panisch um. Dann hetzte er zum eingeschlagenen Fenster, kletterte hinaus und rannte zu seiner Vespa. Aufgeregt vergewisserte er sich, dass der Rucksack ordentlich geschlossen war. Er startete den Roller und raste davon.

20

Emilio hatte mal gelesen, dass der Leichenschmaus das älteste Ritual bei Begräbnissen war, und zwar über alle Zeiten und Kulturen hinweg. Was wieder einmal die herausragende Bedeutung des gemeinschaftlichen Essens und Trinkens bestätigte. Wenngleich er persönlich einen privateren Rahmen bevorzugte. Die Vielzahl schwarz gewandeter, freudlos dreinblickender Menschen konnte einem den Appetit verderben. Und die bevorstehenden Gespräche, die alle um einen Toten kreisen würden, der ihm nicht besonders nahestand, nervten ihn jetzt schon. Allerdings gab es das bekannte Phänomen, dass sich die anfängliche Niedergeschlagenheit beim «Leichentrunk» recht bald lockerte und in eine fast schon fröhliche Ausgelassenheit umschlug. Aber das fand er erstens befremdlich, und zweitens wollte er sich daran nicht beteiligen. Wenn es also nach ihm gegangen wäre, hätte er auf den Leichenschmaus nach der Trauerfeier dankend verzichten können. Aber Phina meinte, das gehöre sich so. Sie müssten ja nicht lange bleiben. Das immerhin war ein guter Vorschlag. Hing natürlich auch davon ab, an welchen Tisch es sie verschlug. Unwillkürlich fiel ihm die blonde Frau vom Friedhof ein, die er dummerweise aus den Augen verloren hatte.

Natürlich kondolierte er pflichtschuldigst Martina und ihrem Bruder, die, neben dem Grab stehend, die Parade abnahmen. Auch drei anderen Menschen, die offenbar zur Familie gehörten, schüttelte er die Hand. Sie waren alt und gebrechlich. Unwillkürlich notierte er sich in seinem Hinterstübchen, dass sie schon aufgrund ihrer körperlichen Verfassung als mögliche Täter ausschieden.

Phina tuschelte ihm zu, dass der Leichenschmaus nicht wie von ihm erwartet in der großen Klosterschenke stattfand, sondern im gleich oberhalb gelegenen Köfererhof. Sie mussten also zum Parkplatz laufen und mit dem Auto ein kurzes Stück über die Pustertalerstraße fahren. Die Wahl des Lokals fand seine prinzipielle Zustimmung. Er kannte den Köferer vom Törggelen. Die Weine vom eigenen Weinberg, vornehmlich den im großen Holzfass ausgebauten Pinot Grigio, hatte er in bester Erinnerung. Außerdem hatte man von der Terrasse, wo man sich wahrscheinlich zunächst zusammenfinden würde – hoffentlich mit einem Glas Wein in der Hand –, einen herrlichen Panoramablick über die Weinreben und das Neustifter Kloster hinweg auf das weite Brixner Becken.

Auf dem Parkplatz entdeckte er plötzlich wieder jene junge Frau, die nicht nur durch ihre unschickliche Rocklänge seine Aufmerksamkeit erregt hatte. Er registrierte mit Bewunderung, wie sie es mit ihren hochhackigen Pumps schaffte, elfengleich über die groben Pflastersteine zu schweben. Sie war tatsächlich ohne Begleitung. Wieder kreuzten sich für einen Wimpernschlag ihre Blicke. Emilio wertete das als Omen – fragte sich nur, wofür. Vor einem offenen Cabrio der Marke Alfa Romeo zog sie ihre Schuhe aus und warf sie ins Auto. Dann nahm sie hinter dem Steuer Platz und fuhr röhrend davon. Mit einem Schmunzeln sah er, dass sie kurz winkte, ohne aber zu ihm hinzusehen. Doch spürte er, wer gemeint war. Phina war die Szene entgangen, weil sie plaudernd neben einer alten Dame herlief. Gut so. Emilio hatte sich das Kennzeichen der jungen Frau gemerkt. Er war sich nämlich ziemlich sicher, dass sie beim Leichenschmaus fehlen würde. Nichts wurde es also mit einer attraktiven Tischnachbarin. In derselben Sekunde entschuldigte er sich für diesen Gedanken. Er hatte ja Phina, und die war auf ihre Art mindestens ebenso attraktiv. Nun ja, halt ein bisschen anders.

Ihm schwante aber, dass neben ihm die alte Frau sitzen würde, die offenbar nicht von Phinas Seite weichen wollte. Soeben musste sie von Phina gestützt werden. Diese Tischordnung war allerdings eine erschreckende Perspektive. Hoffentlich würde er die Seniorin nicht auch noch füttern müssen.

21

Martina hätte sich von ihrem Bruder nach dem Leichenschmaus im Köfererhof gleich nach Hause bringen lassen sollen. Das wäre vernünftig gewesen, denn der Tag war für sie anstrengend genug, und sie war am Ende ihrer Kräfte. Aber sie bat Sepp, kurz im Büro vorbeizufahren, denn dort hatte sie ihre blutdrucksenkenden Medikamente vergessen, die sie dringend einnehmen sollte.

Auf dem Parkplatz vor der Mitterlechner Weinvertriebsgesellschaft sah alles aus wie immer. Sie versuchte, nicht daran zu denken, was hier vor kurzem vorgefallen war. Noch immer kam ihr der Einbruch ins Lager wie ein böser Spuk vor. Sepp hielt direkt vor dem Eingang zum Büro. Er stieg mit ihr aus, um sie zu begleiten.

Im Nachhinein war es ein Glücksfall, dass er direkt neben ihr stand, als sie das Büro betraten. Denn schon an der Schwelle offenbarte sich ein Bild der Verwüstung. Auf dem Boden verteilten sich herausgerissene Schubladen, Aktenordner und Hängeregistraturen. Ein Regal war umgeworfen. Vor dem eingeschlagenen Fenster lagen Glassplitter herum.

Martina stieß einen erstickten Schrei aus. Statt sich am Türrahmen festzuhalten, schlug sie die Hände vor das Gesicht. Da sie gleichzeitig das Gleichgewicht verlor, wäre sie wohl der Länge nach hingeschlagen, hätte sie nicht ihr Bruder geistesgegenwärtig aufgefangen. Nach Überwindung des ersten

Schreckens wagten sie sich schrittweise ins Chaos vor. Das ging so lange gut, bis Martina entdeckte, dass das große Bild mit dem Rosengarten zur Seite geschwenkt war.

O mein Gott! Sie riss sich von ihrem Bruder los und stolperte durchs Büro darauf zu. Sepp verstand nicht, was sie erneut in Panik versetzt hatte. Schließlich wusste er nichts von dem Tresor, der hinter dem Gemälde versteckt war. Es kam ihm nur komisch vor, dass der Rosengarten plötzlich halb im Raum stand.

Martina umkurvte taumelnd das Bild. In der nächsten Sekunde fiel ihr Blick in den offenstehenden Tresor. Sein Inhalt hatte sich gravierend verringert, und er schien sie aus schwarzem Schlund hämisch anzugrinsen. Dort, wo zuvor die vielen Geldbündel gestapelt waren, zeugte nur noch eine leere Banderole von der verlustig gegangenen Barschaft. Nach dem Diebstahl der Weine und der desolaten Situation auf den Konten war es dieser geheime Schatz gewesen, der Martina immer noch hoffnungsvoll in die Zukunft hatte blicken lassen. Jetzt war er weg. Damit fehlte ihr sogar das Geld, die Trauerfeier zu bezahlen. Sie spürte, wie ihr die Sinne schwanden. Gleichzeitig schlug ihr das Herz bis zum Hals. Sie begann zu röcheln, schnappte nach Luft – und stürzte zu Boden.

*

Zwanzig Minuten später war bereits der Notarzt da, der Sepp immerhin Hoffnung machen konnte, dass seine Schwester überleben würde. Auch wenn er nicht sicher war, ob sie gerade einen Herzinfarkt erlitten hatte oder einen Schlaganfall – oder «nur» einen Schwächeanfall. Während sie versorgt und für den Transport ins Krankenhaus vorbereitet wurde, fiel Sepps Blick auf den Boden unterhalb des Rosengartens. Dort blühte natürlich kein Enzian, dafür sah er einen kleinen gelben Zettel. Er bückte sich und hob ihn auf. Nachdenklich blickte er abwechselnd auf die notierte Ziffernfolge und auf die Tresortür. Der Zusammenhang war nicht schwer herzustellen. Die Schrift auf dem Zettel kam ihm bekannt vor. Zwar konnte man sich bei Zahlen nicht so sicher sein, aber er würde wetten, dass Martina sie aufgeschrieben hatte. Doch wie kam der Zettel hierher? Warum war seine Schwester beim Anblick des geöffneten Tresors kollabiert? Welche Wertsachen hatte er enthalten? Und weshalb hatte sie ihm den Safe verschwiegen? Hatte sie sonst noch Geheimnisse?

Er würde ihr einige Fragen stellen müssen. Nur war jetzt nicht der richtige Zeitpunkt dafür. Jetzt musste er erst mal beten, dass sie sich rasch erholte. Und dass sie keine bleibenden Schäden davontrug. Den Zettel steckte er in die Hosentasche. Als Nächstes würde er die Polizei verständigen. Die musste nicht wissen, dass der Einbrecher offensichtlich auf einen Zettel gestoßen war, auf dem Martina den Nummerncode für den Tresor notiert hatte. Das war grob fahrlässig. Oder dumm. Oder hatte sie vielleicht …? Nein, das war undenkbar. Allerdings musste Sepp zugeben, dass er im Augenblick keine Ahnung hatte, was er denken oder nicht denken sollte. Er würde nicht zusammenbrechen wie seine Schwester. Aber auch ihm wuchs gerade alles über den Kopf.

22

In Südtirol ist vieles anders als im sonstigen Italien, aber manches eben nicht. So gibt es auch in der autonomen Provinz neben der Staatspolizei, der Polizia di Stato, die militärisch organisierte Gendarmerie, also die Carabinieri. Obwohl die Zuständigkeiten eigentlich klar geregelt sind – so ist die Staatspolizei vorwiegend in Städten tätig und die Gendarmerie auf dem Land –, gibt es gelegentliche Kompetenzrangeleien und Rivalitäten. Entsprechend schwer war es für Emilio, an Informationen ranzukommen. Schon deshalb, weil nicht jeder alles wusste. Den besten Kontakt hatte er zur Quästur in Bozen. Und dort speziell zu Mariella, die das Vorzimmer des Commissario Sandrini hütete. Sie war innerhalb der Staatspolizei gut vernetzt und verfügte zudem, was nicht selbstverständlich war, über gute informelle Kontakte zu den Carabinieri – weil ihr Bruder dort im Rang eines Maresciallo tätig war.

Emilio hatte seinen Besuch angekündigt und ihr auch gesagt, was ihn aktuell interessierte. Weil ihm Mariella aus unerfindlichen Gründen sehr zugeneigt war, hatte sie versprochen, sich schlauzumachen. Sie war eine liebenswerte Person, nur leider ziemlich dick.

Emilio parkte in der Nähe. Dann schritt er zur Ecke Dante- und Marconistraße, wo sich die Quästur mit den Büros der Bozener Kriminalpolizei befand. Weil er dort mittlerweile gut bekannt war und sich außerdem auskannte, gelangte er auf direktem Weg zum Büro des leitenden Commissario Sandrini, der sich wieder mal auf einem Kongress befand und deshalb ihr Gespräch nicht stören würde.

Mariella fiel Emilio zur Begrüßung um den Hals, so entzückt war sie über seinen Besuch. Er ertrug es nicht nur mit Fassung, sondern er lächelte sogar und machte ihr ein Kompliment. Das war ehrlich gemeint, denn Mariella strahlte wie immer eine offene Herzlichkeit aus. Nur kam sie ihm noch dicker vor als bei seinem letzten Besuch, geradezu adipös.

Aus der Schublade zauberte sie einen Teller mit Maronenplätzchen hervor. Da durfte er nicht nein sagen; das war eine Frage der Höflichkeit. Außerdem schmeckten sie köstlich.

Er nahm sich die Zeit, mit ihr erst über Belanglosigkeiten zu plaudern. Dabei blieb ihm nicht erspart, auch über ihren Kirchenchor zu reden. Leichtsinnigerweise hatte er mal erwähnt, dass er Klavier spielte. Jetzt unterstellte sie ihm großes Interesse an Kirchenliedern, an Motetten und Kantaten. Dass er eher eine Vorliebe für Jazz hatte, verschwieg er geflissentlich.

Nach einem thematischen Umweg über das Wetter im Allgemeinen und die aktuelle Trockenheit und Borkenkäferplage im Besonderen sowie einem medizinischen Exkurs zu Commissario Sandrinis chronischer Gastritis gelang es Emilio schließlich, den wahren Grund seines Besuches anzusprechen, den er ihr freilich schon zuvor am Telefon angedeutet hatte. Er hoffe, von ihr Näheres zu den Umständen des Todes von Franz Mitterlechner zu erfahren, sagte er. Auch interessiere ihn der Ermittlungsstand zum Einbruch in sein Weinlager.

Mariella lächelte abgeklärt. Und was sei mit dem aktuellen Einbruch in Mitterlechners Büro? Interessiere ihn der gar nicht?

Emilio sah sie erstaunt an. Büroeinbruch? Er hatte keine Ahnung, wovon sie sprach.

Es freute sie sichtlich, ihn überrascht zu haben. Sie berichtete vom Einbruch, der offenbar während der Trauerfeier erfolgt sei. Dabei sei das Büro der Mitterlechner Weinvertriebsgesellschaft ziemlich verwüstet worden, zudem hätten der oder die Täter einen Wandsafe geöffnet – noch wisse man nicht, wie. Martina Mitterlechner habe bislang keine Angaben über mögliche Entwendungen machen können. Sie sei an Ort und Stelle zusammengebrochen und befinde sich im Krankenhaus Brixen.

Für Emilio war das alles neu, er hatte bislang weder etwas vom Einbruch noch von Martinas Zusammenbruch gehört. Während der Beerdigung? Das war dreist, aber kein neuer Einfall. Immer wieder nutzten Diebe Gelegenheiten dieser Art. Immerhin ließ sich sagen, dass es keiner aus der Trauergemeinde gewesen sein konnte. Den Wandsafe geöffnet? Emilio wusste ja von seiner Existenz. Aber wer sonst? Und wie konnte man ihn öffnen, ohne den Nummerncode zu kennen? Auf diese Fragen hatte natürlich auch Mariella keine Antwort. Zudem gebe es kein abschließendes Protokoll, nicht einmal ein vorläufiges, denn noch sei die Kriminaltechnik mit der Auswertung der Spuren beschäftigt.

Mariella sah ihn wissbegierig an. Es würde sie brennend interessieren, sagte sie, warum er nach Informationen über den Tod des Franz Mitterlechner und über den Einbruch in dessen Weinlager suche. Sie kenne ihn gut genug, um zu wissen, dass er das nicht aus reiner Neugier tat.

Na klar, der Schluss lag auf der Hand. Dazu musste man ihn nicht einmal besonders gut kennen. Aus reiner Neugier tat er grundsätzlich nichts. Höchstens Zeitung lesen.

Er hatte sich schon zuvor überlegt, was er auf diese unausweichliche Frage antworten sollte. Allerdings war ihm keine Ausflucht eingefallen, die Mariella zufriedenstellen würde. Und die Wahrheit ging niemanden etwas an, schon gleich nicht die Quästur der Bozner Kriminalpolizei.

Mariella bemerkte sein Zögern und schmunzelte. Ob er Zweifel am Unfallhergang habe, fragte sie. Und sie wollte eines sogleich klarstellen: Es gebe definitiv keine Anhaltspunkte für eine Gewalttat, auch nicht für einen Suizid. Alle Indizien sprächen für einen tragischen Angelunfall.

Sie machte die Schublade auf und entnahm ihr eine schmale Mappe.

Natürlich sei das, was sie nun tun werde, nicht erlaubt, erklärte sie. Aber darin seien in Kopien alle Ermittlungsergebnisse zum Tode des Franz Mitterlechner enthalten. Er könne die Akte mitnehmen, dürfe sie aber keinesfalls verraten.

Emilio tätschelte ihr beruhigend die Hand. Er würde selbst unter Folter schweigen, versicherte er.

Ach so, in der Mappe seien auch die Protokolle der Carabinieri zum Einbruch ins Weinlager, fügte sie hinzu. Viel habe die Gendarmerie allerdings nicht herausbekommen. Die Operation sei offenbar sehr professionell abgelaufen.

Emilio hauchte ihr einen Kuss zu. Mariella war echt ein Schatz. Vielleicht sollte er ihr wirklich mal den Gefallen tun und einem Auftritt ihres Kirchenchors beiwohnen.

Kirchenchor? Ihm fiel die Trauerfeier ein und die geheimnisvolle Frau, die ihm beim Wegfahren aus ihrem Cabriolet zugewinkt hatte. Ihm – oder möglicherweise doch einer anderen Person? Nein, ganz sicher war er gemeint gewesen.

Spontan entschloss sich Emilio, auch in diesem Fall auf die Dienste von Mariella zurückzugreifen. Aber er musste sich hierfür eine spezielle Geschichte ausdenken, denn sie sollte keine falschen Zusammenhänge herstellen. Und so behauptete er, dass er in Bozen einen geparkten Alfa touchiert habe. Womöglich habe es einen kleinen Schaden gegeben, den würde er dem Fahrzeughalter gerne ersetzen.

Sie schüttelte missbilligend den Kopf. Er sei doch hoffentlich nicht einfach weitergefahren, damit habe er sich der Fahrerflucht schuldig gemacht.

Er habe höchstens eine winzig kleine Delle verursacht, wiegelte er ab, aber selbst für diese würde er selbstverständlich aufkommen. Er nannte ihr das Kennzeichen. Mariella brauchte am Computer keine Minute. Dann schrieb sie ihm den Namen, die Telefonnummer und die Adresse auf einen Zettel.

Tilda Kneissl, wohnhaft in Klausen.

Er lächelte. Tilda klang in seinen Ohren ziemlich altertümlich. Dabei war die Blondine das krasse Gegenteil von altertümlich.

Mariella kniff ein Auge zu und drohte ihm mit dem Zeigefinger. Ob das mit der Delle auch stimme, fragte sie. Oder habe er sie gerade als Auskunftei missbraucht, weil er diese Dame gerne kennenlernen wolle?

Emilio verschlug es die Sprache. Wie konnte Mariella auf diese absonderliche Idee kommen? Gab es tatsächlich so etwas wie eine weibliche Intuition? Oder hatte er gerade so dämlich vor sich hin gelächelt, dass man in seinem Gesicht lesen konnte?

Sie drehte ihm den Monitor zu. Darauf war neben den Angaben zur Person des Fahrzeughalters sogar ein Foto dieser Tilda zu sehen. Dass die Datenbanken der Südtiroler Behörden so fortschrittlich waren, hätte er nicht gedacht. Jetzt verstand er, wie Mariella auf ihren Verdacht kommen konnte. Die Dame sah selbst auf diesem Amtsfoto sehr ansprechend aus, geradezu verführerisch.

In seiner Verlegenheit nahm er ein Maronenplätzchen. Er verschluckte sich und musste husten.

Also doch, kommentierte Mariella amüsiert. Es gehe ihm um die Frau, nicht ums Auto.

Also doch? So ein Blödsinn!

23

Mit einem Hochdruckreiniger spritzte Linus Foidel seine Vespa ab, insbesondere das verdreckte Nummernschild. Dann lederte er den Roller liebevoll trocken. Er war zwar ein impulsiver Chaot, das wusste er selber, aber dennoch achtete er sehr auf Sauberkeit und Ordnung. In seinen Augen war das kein Widerspruch. Er warf schon mal im Zorn eine Flasche gegen die Mauer, so was kam vor. Aber anschließend kehrte er die Scherben sorgfältig zusammen und beseitigte alle Spuren. Er musste grinsen. Das Büro von Franz Mitterlechner hatte er hingegen im Zustand der Verwüstung verlassen. Und zwar mit Vorsatz. Es hatte ihm diabolische Freude bereitet, alles umzuhauen und den Inhalt der Schubladen und Regale auf dem Boden zu verstreuen. Er hatte sich abreagieren müssen. Schließlich war er erst danach auf den Safe gestoßen.

Linus polierte noch die Rückspiegel und einige Chromteile, dann schob er die Vespa in die Garage.

Zurück im Büro, sperrte er hinter sich ab. Eine eigentlich überflüssige Vorsichtsmaßnahme, denn seine wenigen Mitarbeiter waren draußen im Weinberg beschäftigt. Natürlich vergaß er nie, dass das seine eigentliche Bestimmung war: nämlich Wein von der eigenen Rebfläche zu keltern. Aber diese war zu klein, als dass er damit reich werden könnte. Erst recht, wenn ihm zur Unzeit Hagel oder Frost einen Strich durch die Rechnung machten. Manche Winzer gaben sich zufrieden, wenn sie so gerade über die Runden kamen. Sie lebten für ihren Wein und nahmen alle Entbehrungen auf sich. Aber er war anders. Er wollte mehr.

Linus holte den Rucksack aus dem Büroschrank, legte die Geldbündel auf den Tisch und zählte sie. Nicht zum ersten Mal. Er wusste genau, wie viel es war. Doch das Zählen bereitete ihm ein sinnliches Vergnügen. Die Summe war ausgesprochen erfreulich. Aber war sie genug, um sein Leben zu verändern? Nein, das natürlich nicht. Weshalb er weiter darüber nachdenken würde, wie er auch ohne Franz das einträgliche Geschäft mit den gefälschten Weinen fortsetzen könnte.

Er entnahm dem Rucksack den goldenen Füllfederhalter, den er geklaut hatte, und machte eine Schreibprobe. Der Füller funktionierte einwandfrei. Er schraubte ihn wieder zu und legte ihn in eine Schale. Sozusagen ein Erinnerungsstück. Ein Andenken an ein menschliches Arschloch.

Als Nächstes versuchte er, den mitgenommenen Laptop in Gang zu bringen. Franz hatte ihn mit einem Passwort gesperrt. Er probierte etwas herum, gab Martinas Namen als Passwort ein und einige Weine, die Franz besonders gerne getrunken hatte – vergeblich.

Linus trat genervt gegen den Papierkorb, der daraufhin durchs Büro flog. Zum Glück war der Abfallbehälter leer, weshalb die Aktion keine größeren Aufräumarbeiten nach sich zog. Linus raufte sich die Haare und dachte nach. Er konnte nicht abschätzen, wie groß die Wahrscheinlichkeit war, im Laptop auf zielführende Hinweise zu stoßen. Vor allem wollte er zweierlei in Erfahrung bringen. Erstens: Wer waren die Abnehmer der gefälschten Weine? Und zweitens: Von wem hatte Franz die nachgemachten Etiketten bezogen?

Er starrte den Laptop an, durchbohrte ihn fast mit seinem

Blick. Vielleicht steckte die Antwort auf diese Fragen ja tatsächlich in dieser gottverdammten Scheißkiste?

Ihm fiel ein, dass er in Bozen einen durchgeknallten Computerfreak kannte. Der war im Internet irgendwelchen globalen Verschwörungen auf der Spur – konnte sich aber kaum ein Essen leisten. Linus sah zwischen dem gestapelten Geld und dem Laptop hin und her. Nun, vielleicht brauchte es nur ein paar dieser netten Scheinchen, um mit Hilfe dieses Spinners den Laptop zu knacken. Einen Versuch jedenfalls war es wert. Am besten noch heute. Oder spätestens morgen. Denn er spürte, dass er urplötzlich eine Glückssträhne hatte. Jetzt flutschte es. Da musste man am Ball bleiben.

Wäre nur noch zu entscheiden, was er mit dem Geld machen sollte. Er konnte es ja nicht einfach zur Bank bringen und auf sein Konto einzahlen. Also brauchte er ein sicheres Versteck. Der Büroschrank war das wohl nicht. Er holte eine große Plastiktüte und verstaute darin die Geldbündel. Nicht ohne sich zuvor ein Taschengeld und eine ihm realistisch erscheinende Summe für den Computerfuzzi «auszuzahlen». Anschließend wickelte er dickes Klebeband um die Plastiktüte. Dann ging er mit seiner Beute hinunter in den Weinkeller und öffnete einen der großen Edelstahltanks. Gerade war er leer, wie viele andere auch. Er schob die Tüte mit dem Geld hinein, und zwar so, dass man sie bei einem zufälligen Öffnen nicht gleich sehen würde. Und wegtragen konnte man den Stahltank auch nicht, stellte er in Gedanken fest und musste unwillkürlich kichern; dafür bräuchte man einen Kranwagen.

Zum Abschied klopfte er fast liebevoll gegen den Stahl. Der Klang war hohl. Und doch war dieser Tank nicht leer. Was für ein herrlicher Trugschluss.

24

Natürlich interessierte sich Emilio für das, was Mariella für ihn in der Mappe zusammengestellt hatte. Es interessierte ihn sogar sehr. Das war aber kein hinreichender Grund, in übertriebene Hektik zu verfallen. Weshalb Emilio nach seiner Rückkehr von der Bozner Quästur erst mal im Schatten der Pergola ein Nickerchen machte. Zuvor hatte er festgestellt, dass Phinas Traktor fehlte, sie war also irgendwo in ihren Weinbergen unterwegs. In der Vinothek kümmerte sich der wieder genesene Oskar um die Kunden. Also sprach nichts dagegen, sich mal für ein halbes Stündchen auszuklinken. Mit Mariellas Mappe unter den übereinandergeschlagenen Füßen dämmerte er vor sich hin. Anfänglich ging ihm noch das Foto von dieser Dame namens Tilda durch den Kopf. Nach wenigen Minuten auch das nicht mehr.

*

Geweckt wurde er durch das martialische Motorengeräusch von Phinas Traktor. Er brauchte eine Minute, um sich zu sammeln. Erst dann öffnete er versuchsweise ein Auge. Gerade noch rechtzeitig, um sich auf den Kuss vorzubereiten, den sie ihm auf die Stirn hauchte.

Ob ihn der bisherige Verlauf des Tages erschöpft habe, fragte sie süffisant.

So waren sie, die Frauen, dachte er. Erst taten sie was Nettes, dann machten sie im fast gleichen Atemzug alles wieder zunichte.

Emilio richtete sich langsam auf und musste sich eingestehen, dass ihm keine schlagfertige Antwort einfiel. Also sagte er nichts. Ihr Angebot, sie nach Meran zum «Heim der Hoffnung» zu begleiten, wo sie kurz was zu erledigen habe, und sich gleich anschließend mit ihr einen Kaffee und Kuchen zu gönnen, lehnte er höflich ab. Kaffee und Kuchen? Was war denn das für eine seltsame Anwandlung? Er war doch keine alte Oma. Und Phina war es auch nicht.

Während sie ins Haus ging, um sich frisch zu machen, nahm er die Mappe und schlug sie auf. Schon beim ersten Durchblättern stellte er fest, dass sich Mariella selbst übertroffen hatte. Sie war wirklich ein Goldschatz. Die Unterlagen reichten vom Autopsie-Bericht der Rechtsmedizin über die Spurensicherung bis hin zu den Protokollen der Gendarmerie. Sogar zum aktuellen Einbruch ins Büro der Mitterlechner Weinvertriebsgesellschaft gab es einen ersten Bericht. Mehr konnte er wirklich nicht verlangen. Nun, tatsächlich konnte er gar nichts verlangen. Mariella hatte ihm wieder einmal einen Liebesdienst erwiesen, der sie ihren Job kosten könnte. Aber nur in der Theorie, denn praktisch hielt ihr Chef, Commissario Sandrini, immer seine schützende Hand über sie. Aus gutem Grund, denn bislang hatte er immer einen persönlichen Nutzen aus ihrer Indiskretion gezogen – weil Emilio ihn grundsätzlich irgendwann in seine Ermittlungen einweihte und ihm nach Abschluss eines Falls bereitwillig alle Meriten überließ. Sandrinis Karriere hatte es nicht geschadet. Damit waren auch alle Indiskretionen Mariellas nachträglich legitimiert.

Die Obduktion hatte ergeben, dass Franz Mitterlechner definitiv ertrunken war. Emilio verzichtete darauf, die genaueren Erläuterungen zu lesen. Ihm reichte völlig die Bestätigung, dass Franz im Eisack ertrunken war und man ihn nicht etwa zunächst an Land erschlagen und dann tot ins Wasser geworfen hatte. Zwar gab es eine Verletzung am Kopf, aber diese wurde auf den Sturz in den Fluss zurückgeführt. Ebenso passten die Schürfwunden und Hämatome ins Bild, denn Franz war ja vom Eisack mitgerissen worden und dabei zwangsweise gegen Felsen und andere Hindernisse geschlagen.

Doch ein Beweis für einen Unfalltod war dieser Obduktionsbericht in keiner Weise. Emilio rief sich den Angelplatz ins Gedächtnis. Ein entschlossen ausgeführter Stoß in den Rücken hätte gereicht, Franz ins Wasser zu befördern. Von dieser Möglichkeit aber war in den Protokollen nichts zu lesen. Man zog sie offenbar gar nicht erst in Betracht. Emilio hatte schon häufig den Eindruck gewonnen, dass die Südtiroler Polizei einfach zu gutgläubig war.

Er überlegte, dass selbst ein vorausgegangener Streit mit einem Kontrahenten nicht auszuschließen war. Dass die Spurensicherung keine Hinweise gefunden hatte, besagte allenfalls, dass es vielleicht keine körperliche Rangelei gegeben hatte, aber ein verbaler Schlagabtausch mit einem abschließenden Stoß im Affekt war durchaus im Bereich des Möglichen.

Es gab keinen Mangel an Szenarien, eher im Gegenteil. Franz hatte Restalkohol im Blut, aber so wenig, dass man dadurch nicht das Gleichgewicht verlor. Er hatte eingerissene und abgebrochene Fingernägel, was den Schluss zuließ, dass er zunächst noch gelebt und versucht hatte, sich irgendwo festzuhalten und aus dem Fluss zu ziehen – vergeblich. Der Eisack war immer noch ein wilder und nicht wirklich gezähmter Gebirgsfluss, vor allem wenn er wie gerade viel Wasser führte.

Emilio stolperte im Protokoll über die Information, dass man am Angelplatz neben seiner sonstigen Ausrüstung auch seine Angelrute gefunden hatte. Davon war in der Zeitung nichts zu lesen gewesen. Offenbar wurde diesem Detail keine Bedeutung beigemessen, auch nicht in den Polizeiunterlagen. Dabei war das ausgesprochen merkwürdig und ein Indiz, das gegen einen Unfall sprach. Denn warum sollte sich ein Sportfischer ohne seine Angelrute gefährlich nah ans Gewässer wagen? Das war widersinnig. Franz hatte die Fische ja nicht mit der Hand fangen können.

Phina riss ihn aus seinen Gedanken. Sie kam vorbei, um sich zu verabschieden. Wo wollte sie hin? Ach so, Kaffee und Kuchen. Wohl bekomm's!

Er ging ins Haus und holte sich ein Glas und eine Flasche Wein. Vernatsch, um genau zu sein. Es passierte ihm immer häufiger, dass er sich untertags für diesen Südtiroler Klassiker entschied, der sich derzeit einer Renaissance erfreute. Er mochte seine fruchtbetonte Frische und die milden Tannine. Emilio trank den Rotwein wenn möglich gekühlt. Der Vernatsch vertrug das.

Er nahm wieder Mariellas Akte zur Hand. Wo war er stehen geblieben? Ach so, beim Tod des Franz Mitterlechner, der laut Rechtsmedizin und Einschätzung der Polizei ebenso unglücklich wie unverdächtig war. Mit Blick auf sein Weinglas kam ihm die versteckte Nachricht auf der gefälschten Flasche Tignanello in den Sinn. Was für ein unsägliches Pech, dass man die entscheidende Botschaft nicht lesen konnte. Von wem hatte sich Franz bedroht gefühlt? Und war es tatsächlich diese Person, die für seinen Tod verantwortlich war? Wenn ja, dann hatte es was mit den Weinfälschungen zu tun. Warum sonst hätte er sich dieses Mediums für die Übermittlung seiner Botschaft bedient? Oder war es ihm nur darum gegangen, die Nachricht so gut zu verschleiern, dass kein Unbefugter sie vorab lesen konnte? Zum Beispiel seine Frau Martina, die das in große Aufregung versetzt hätte.

Emilio zog eine Grimasse. Durch schlichtes Nachdenken würde er darauf keine Antwort finden. Mit oder ohne Vernatsch. Ein weiterer Schluck konnte dennoch nicht schaden.

Auf einem der nächsten Blätter las er von einem alten Mann, den die Polizei in der Nähe des «Unfallorts» angetroffen hatte. Er treibe sich dort wohl häufig herum und habe den Franz Mitterlechner womöglich beim Angeln gesehen. Vielleicht auch das Unglück selbst. Aber aus dem Alten sei nicht viel herauszuholen. Lois Horngacher, so sein Name, sei verschroben und mundfaul. Mutmaßlich auch dement. Als Augenzeuge könne man ihn vergessen. Weitere Befragungen sinnlos.

Emilio beschloss, sich davon selbst zu überzeugen. Er würde den Alten baldmöglichst aufsuchen. Verschroben und mundfaul? Das waren keine objektiven Kriterien.

Einige Seiten später war er beim Einbruch ins Weinlager angelangt. Es gab Fotos von der Überwachungskamera. Sie waren miserabel. Aber man konnte sich einen Eindruck davon machen, wie schnell und effizient die Diebe gearbeitet hatten. Zu erkennen war niemand. Das verschmutzte Nummernschild des Kleintransporters war unleserlich. Am Fahrzeug fielen keine Besonderheiten ins Auge. Trug es irgendeine Aufschrift? Fehlanzeige. Genau so stand es auch im Protokoll: «Keine sachdienlichen Hinweise zur Identifikation des Tat- und Fluchtfahrzeuges!» Ja, so konnte man es auch ausdrücken. Als Fabrikat hatte die Gendarmerie einen Iveco ausgemacht. Nur dumm, dass die Autos dieses Nutzfahrzeugherstellers in Italien allgegenwärtig waren. Das Fahrzeug hatte dunkle

Trittschweller, was es bei diesem Modell sicher häufiger gab. Ebenso die runden Aussparungen in den Felgen. Vor dem Außenspiegel glaubte er eine seitlich angebrachte Antenne zu erkennen. Zugegebenermaßen war auch das kein hinreichendes Identifikationsmerkmal. Schon eher die Sonnenblende über der Frontscheibe. Außerdem musste der Transporter am Heck über kräftige Scheinwerfer verfügen. Das war's.

Fast schon amüsiert las er die Rechtfertigung der Carabinieri, warum sie nach Auslösung des Alarms so lange gebraucht hatten. Zuerst die marodierenden Jugendlichen in Brixen, die Steine in Schaufenster geworfen hatten. Dann einige umgestürzte Müllcontainer auf der Zufahrtsstraße. Einen Jugendlichen hatten die Carabinieri in Brixen gefasst und auch seine Personalien festgestellt. Aber sie konnten ihm nicht nachweisen, dass er zu den Randalierern gehörte, und mussten ihn deshalb wieder laufen lassen. Norbert «Berti» Gatterer hieß der Halbwüchsige. Wohnhaft bei seinen Eltern. Emilio lächelte zufrieden. Auch ihm würde er einen Besuch abstatten. Er hielt es für mehr als wahrscheinlich, dass die Steinewerfer nicht aus eigenem Antrieb gehandelt hatten. Was zu überprüfen war.

Jetzt hatte er also schon zwei Personen auf seiner imaginären «Vernehmungsliste»: einen verschrobenen Alten, der mundfaul war, und einen Jugendlichen, der freiwillig wohl kaum redseliger sein dürfte. Das versprach spannend zu werden.

Ein Glas Vernatsch später war Emilio mit der Mappe durch. Er hatte keine weiteren Erkenntnisse gewonnen. Auch keine über den Einbruch ins Büro, der ihm allerdings höchst seltsam vorkam. Warum verwüstete jemand einen Raum, wenn er in der Lage war, ganz elegant und ohne Mühe den Wandtresor zu öffnen?

Seine Gedanken wanderten zu einer dritten Person, mit der

er baldmöglichst sprechen wollte. Ermittlungstechnisch war sie ohne Belang. Aber er konnte sich einreden, dass sie für seine Recherchen ganz besonders wichtig sei. Doch warum sollte er sich was vormachen? Diese Tilda Kneissl interessierte ihn nur deshalb, weil sie ihm gefallen hatte. Das war nicht verwerflich, sondern lag in der Natur des Mannes.

25

Gianluca saß vor der Citybar an der Piazza Giuseppe Verdi und trank einen Campari Soda, mit Eiswürfel und einer Scheibe Zitrone. Seine Familie gehörte zum italienischen Teil der Bevölkerung, weshalb er generell die italienischen Straßennamen verwendete. Er sprach also auch von der Via Alto Adige und nicht von der Südtirolerstraße. Oder von der Piazza Stazione und nicht vom Bahnhofsplatz. Aber er beherrschte neben seiner Muttersprache auch das Südtiroler Idiom und vertrug sich mit allen gleichermaßen gut. Na ja, jedenfalls fast. Die Wurzeln seiner Familie lagen in Kalabrien; das vergaß er nie, denn dort hatte er noch Verwandte. Seine Großeltern waren Anfang der dreißiger Jahre des vorigen Jahrhunderts im Rahmen der von Mussolini betriebenen Italienisierung von Süditalien eingewandert. Wie die meisten italienischsprachigen Bürger hatte Gianluca seine Wohnung jenseits der Talfer im italienisch geprägten Teil Bozens. Genauer gesagt weiter südlich im Stadtviertel Don Bosco. Sein kleiner Druckereibetrieb lag aber nicht weit von hier auf dieser Seite des Flusses, gleich hinter dem Bahnhof.

Gianluca war noch immer frustriert. Er hatte in den Schubladen Weinetiketten, die er ohne falsche Bescheidenheit als kleine Meisterwerke bezeichnen würde. Nur hatte er nach dem Tod des Franz Mitterlechner keinen Abnehmer mehr dafür. Das war wirklich *una grossa merda*, eine große Scheiße.

Um sich abzulenken, nahm er vom Nebentisch eine Tageszeitung und blätterte unkonzentriert durch die Seiten. Das änderte sich schlagartig, als er weiter hinten auf eine Nachricht aus dem Bezirk Brixen stieß. Dort wurde von einem Einbruch ins Büro der Mitterlechner Weinvertriebsgesellschaft berichtet, von starken Verwüstungen und einem geöffneten Tresor. Es gab allerdings keinerlei Angaben über den finanziellen Schaden und darüber, ob Wertgegenstände fehlten. Dass sich der Vorfall zur selben Zeit wie die Trauerfeier für den verstorbenen Firmeninhaber ereignet hatte, wurde als besonders pietätlos vermerkt. Im letzten Satz erinnerte der Schreiber des Artikels noch daran, dass es erst vor kurzem auch einen Einbruch ins Weinlager der Vertriebsgesellschaft gegeben hatte. Für Gianluca war diese Information ebenfalls neu. Er hatte davon nichts mitbekommen. Er legte die Zeitung zur Seite und dachte nach. Was hatten diese Einbrüche zu bedeuten? Ausgerechnet bei Franz Mitterlechner, und zwar unmittelbar nach seinem Tod. Ein Zufall war das sicher nicht. Fast zwangsweise drängte sich der Verdacht auf, dass es etwas mit Franz' dunklen Geschäften zu tun hatte – und damit indirekt auch mit den von ihm gefälschten Weinetiketten.

Gianluca zermarterte sich das Hirn. Er ärgerte sich maßlos, dass er wie ein Trottel dastand, der von Tuten und Blasen keine Ahnung hatte. Zugegeben, in der Vergangenheit hatte es ihn nicht gestört. Er war im Gegenteil froh gewesen, im Hintergrund agieren zu können. Damit trug Franz das ganze Risiko, und er selbst konnte nicht in die Schusslinie geraten, falls die Geschichte mal aufflog. Er musste sich nur mit Franz auseinandersetzen, was freilich oft nicht einfach war. Aber egal. Jedenfalls war aus dem Vorteil der Anonymität jetzt ein Problem geworden.

Gianluca trank den Campari aus und bestellte einen Macchiato. Dann fasste er einen spontanen Entschluss. Er legte das Geld auf den Tisch und lief über die Straße zum Bahnhof. Dort gab es noch einige Münztelefone, die ja ansonsten einer aussterbenden Gattung angehörten. Aus gutem Grund wollte er nicht mit seinem Handy telefonieren und lieber inkognito bleiben.

Er wählte die Nummer der Mitterlechner Weinvertriebsgesellschaft und wartete gespannt darauf, wer abheben würde. Er wusste, dass Franz mit einer Martina verheiratet war, hatte sie aber noch nie persönlich kennengelernt. Er hatte auch keine Ahnung, ob sie bei ihrem Mann im Büro tätig war und wie viel sie von seinen Geschäften wusste.

Es klingelte viele Male, und Gianluca kam bereits der Gedanke, ob er besser wieder auflegen sollte. Schon deshalb, weil er sich kein Konzept für das Gespräch zurechtgelegt hatte. Doch dann meldete sich eine piepsige Stimme.

«Hier ist die Mitterlechner Weinvertriebsgesellschaft. Sie sprechen mit Steffi. Was kann ich für Sie tun?»

Gianluca zögerte zwei, drei Augenblicke lang. Ja, was konnte diese Steffi für ihn tun? Das wüsste er selber gerne. Er konnte sie ja kaum fragen, an wen die gefälschten Weinflaschen geliefert wurden.

«Ich habe hier bestellte Ware», behauptete er nach einer kurzen Begrüßung. «Mit wem könnte ich darüber sprechen? Führt Frau Mitterlechner jetzt die Geschäfte?»

«Die Martina ist leider im Krankenhaus», antwortete Steffi, die in ihrer jugendlichen Unbekümmertheit immer alles ausplauderte. «Es geht ihr aber schon wieder besser. Kann ich Ihnen vielleicht weiterhelfen? Um welche Ware handelt es sich denn?»

Gianluca dachte, dass es wenig Sinn machte, mit dieser Steffi zu verhandeln. Sie hörte sich zwar nett an, aber nicht so, als ob sie was zu sagen hatte.

«Franz Mitterlechner hat Wert darauf gelegt, dass ich seinen Auftrag diskret behandle», erklärte er. «Deshalb möchte ich mit der Geschäftsführung sprechen. Was aber wohl nicht geht, wenn Frau Mitterlechner ausfällt.»

Steffi kicherte. «Ein diskreter Auftrag? Das klingt ja aufregend. Am besten gebe ich Ihnen Martinas Bruder, den Sepp Hofreiter. Er bringt gerade Ordnung ins Chaos. Sie wissen wahrscheinlich, dass bei uns eingebrochen wurde. Ein Verrückter hat alles verwüstet. Als ob wir gerade nicht genug Probleme hätten. Moment, ich verbinde.»

Von einem Bruder hatte Gianluca noch nie gehört. Das war dann wohl Franz' Schwager.

«Hofreiter. Grüß Gott. Wo drückt der Schuh?»

Ja, wo drückte der Schuh? Immerhin machte der Mann einen lockeren Eindruck.

Gianluca räusperte sich. «Herr Hofreiter, erst mal möchte ich Ihnen sagen, dass mir alles sehr leidtut. Sie wissen schon, der Unfalltod Ihres Schwagers, die Einbrüche und jetzt die Nachricht, dass Ihre Schwester im Krankenhaus liegt.»

«Ja, tut mir auch leid. Können Sie bitte gleich auf den Punkt kommen? Sie werden sicherlich verstehen, dass ich gerade wenig Zeit habe.»

«Ich habe hier eine Ware, die Ihr Schwager bei mir bestellt hat. Sie ist noch nicht bezahlt, und ich würde sie gerne liefern.»

«Wo ist das Problem? Dann liefern Sie sie doch einfach. Handelt es sich um Wein?»

Gianluca hüstelte verlegen. «Nein, nicht direkt. Also eigentlich gar nicht. Die Angelegenheit ist etwas delikat.»

«Ich bin Koch; ich weiß, was delikat ist. Und ich mag's nicht, wenn man um den heißen Brei herumredet.»

Nun, ganz so locker war der Schwager offenbar doch nicht. Aber er musste tatsächlich konkreter werden.

«Der Franz hat bei mir Weinetiketten bestellt», sagte Gianluca. «Sehr spezielle Etiketten, wenn Sie verstehen, was ich meine.»

«Nein, verstehe ich nicht. Wie, sagten Sie noch mal, ist Ihr Name?»

Seinen Namen? Den hatte er bislang verschwiegen. Und er würde einen Teufel tun, ihn zu nennen.

«Mein Name tut nichts zur Sache. Ich sagte doch, die Angelegenheit ist delikat, und Ihr Schwager war sehr auf Diskretion bedacht. Falls Sie nicht wissen, wovon ich spreche …»

«Nein, weiß ich wirklich nicht!»

«… macht eine Fortsetzung unseres Gesprächs wenig Sinn.»

«Moment, legen Sie bitte nicht auf.»

Na also, immerhin schien er das Interesse von diesem Sepp geweckt zu haben. Gleichwohl war offensichtlich, dass er wirklich nicht wusste, worum es ging.

«Ich müsste meine Schwester fragen», fuhr Sepp Hofreiter fort, «vielleicht weiß sie, was es mit diesen Weinetiketten auf sich hat.»

«Ja, das könnte sein.»

«Kann ich Sie zurückrufen, falls ich was in Erfahrung bringen sollte?»

Gianluca grinste. Netter Versuch.

«Nein, das können Sie nicht. Aber ich kann mich ja wieder melden. Was glauben Sie, wann Sie mit Ihrer Schwester sprechen können?»

«Ich besuche sie später im Krankenhaus. Rufen Sie morgen am Vormittag wieder an, da bin ich im Büro.»

«Das mache ich. Auf Wiederhören.»

Gianluca legte auf und atmete tief durch. Vorbei, *grazie a Dio!* Dennoch war er froh, sich spontan zu diesem Telefonat entschieden zu haben. Selbst wenn dabei nichts herausgekommen war. Das hatte er auch nicht wirklich erwartet. Genau genommen hatte er gar nichts erwartet. Er brachte es nur nicht fertig, die Hände untätig in den Schoß zu legen. Fragte sich, ob Sepp Hofreiter von seiner Schwester etwas in Erfahrung bringen würde. Gianluca hatte seine Zweifel. Einfach deshalb, weil der Franz ein vorsichtiger Mensch gewesen war. Auch ihm hatte er nur erzählt, was wirklich nötig gewesen war – und das war nicht viel. Warum also sollte er seine Frau ins Vertrauen gezogen haben? Ein Italiener würde so etwas nicht tun, erst recht nicht, wenn es um kriminelle Machenschaften ging. Frauen waren generell ein Sicherheitsrisiko. Das wusste auch ein Südtiroler wie der Franz.

Aber Frauen waren auch neugierig. Deshalb würde diese Martina herausfinden wollen, was es mit den Etiketten auf sich hatte. Auch ihr Bruder würde es wahrscheinlich wissen wollen. Es bestand also Hoffnung, dass der Anruf nicht ganz vergebens gewesen war.

26

Gelegentlich passierte es Emilio, dass er über das Leben nachdachte, über den Sinn desselben und über die Frage, was die Zukunft wohl bringen würde. Derartige Überlegungen waren für ihn insofern befremdlich, als er eigentlich einer fatalistischen Weltanschauung anhing, und dementsprechend hielt er die Fügungen des Schicksals für ebenso unausweichlich wie für nicht wirklich beeinflussbar. Gemäß der Maxime: Erstens kommt es anders und zweitens als man denkt! Nachdem er drei Gläser Vernatsch auf der Terrasse des Perchtingerhofs getrunken und zum zweiten Mal an diesem Tag eine Weile vor sich hingedöst hatte, war er zwar nicht grundsätzlich anderer Ansicht, aber aus den Tiefen seiner humanistischen Bildung drängte eine Frage an die Oberfläche seines verschlafenen Bewusstseins: *Quo vadis?* Wohin gehst du?

Er empfand diese Frage als Belästigung. Nur konnte er niemand anderen dafür verantwortlich machen, sie kam ja aus ihm selbst. Was schon mal eine Frechheit war. Warum erdreisteten sich die Abgründe seines Gedächtnisses, ihn mit dieser Frage zu behelligen? Als ob es darauf eine Antwort gäbe. Wohin gehst du? Ja, woher sollte er das wissen? Zugegebenermaßen wohnten zwei Seelen in seiner Brust. Die eine wollte den Status quo bewahren und an Phinas Seite das beschauliche Südtiroler Leben genießen – bisweilen gewürzt durch den einen oder anderen Kriminalfall. Leichen inklusive. Die andere Seele in ihm war von aufrührerischer Natur, war die eines Piraten, der die Leinen lösen und auf der Suche nach wahrem Abenteuer dem Horizont entgegensegeln wollte. Und wenn die Erde dort zu Ende war, weil sie eben doch die Gestalt einer Scheibe hatte, dann fiel er halt über den Rand ins Nichts. Scheiß drauf, aber er hatte es wenigstens getan.

Emilio rieb sich die Augen ob dieses im Halbschlaf gedösten Unsinns. Drei Gläser Vernatsch waren nun wirklich kein Grund, sich den Geist vernebeln zu lassen. Er richtete sich auf. Eine Mappe fiel auf den Boden. Ach ja, die Protokolle von Mariella. Er erinnerte sich. Nach wenigen Augenblicken sogar im Detail. Auch dass ihn gerade eine lateinische Phrase beschäftigt hatte. Allerdings die falsche, wie er umgehend feststellte. Er sollte sich eine andere Frage stellen: *Cui bono?* Wem nutzte es? Damit meinte er ganz egoistisch seine detektivische Tätigkeit im aktuellen Fall. Wer hatte was davon? Er selbst jedenfalls arbeitete unentgeltlich, denn es stand nicht zu erwarten, dass ihn irgendjemand bezahlen würde. Franz Mitterlechner hatte bei seiner «Flaschenpost» das Honorar vergessen. Eine unverzeihliche Nachlässigkeit. *Cui bono?* Eigentlich hatte niemand etwas davon. Der Franz würde nicht mehr lebendig, selbst wenn sein Mörder entdeckt und der gerechten Strafe zugeführt werden sollte. Auch sonst dürfte keiner einen Nutzen aus seinen Ermittlungen ziehen. Wer auch? Höchstens die Gerechtigkeit, aber für die fühlte sich Emilio nicht zuständig. Warum ließ er sich also gerade in den Fall hineinziehen? *Pro bono*, ohne Entgelt. War das der Sinn seines Lebens? Er konnte es sich zwar leisten, aber befriedigend war das nicht.

Emilio stand auf und klemmte sich die Flasche Vernatsch unter den Arm, deren Füllstand darauf schließen ließ, dass er mehr als die besagten drei Gläser getrunken hatte. Er nahm sein Glas sowie Mariellas Mappe und schlurfte in die Küche. Sein Entschluss stand fest. Er würde den Fall nicht weiterverfolgen. Nur weil er zunächst seine Neugier geweckt hatte, was schon mal in der ungewöhnlichen Auftragserteilung begründet lag, musste er nicht weitermachen. *Cui bono?*

Zugegeben, er hätte schon gerne gewusst, wer oder was dahintersteckte. Aber man musste im Leben nicht alles in Erfahrung bringen. Er spülte das Weinglas, trocknete es ab und stellte es in den Schrank. Was hatte er sich vor seinem erneuten Nickerchen vorgenommen? Einen verschrobenen, dementen Alten zu befragen, der womöglich die Tat gesehen hatte, sich aber nicht mehr daran erinnern konnte. Und einen Steine schmeißenden Jugendlichen, der sich von der Gendarmerie nicht hatte einschüchtern lassen und ihm wohl den Stinkefinger zeigen würde. Darauf konnte er gerne verzichten. Und das Gefasel eines gestörten Alten musste er sich auch nicht anhören.

Emilio schlug mit Mariellas Mappe nach einer lästigen Fliege. Natürlich kam sie davon. Gut so. Es stimmte zwar nicht, dass er keiner Fliege was zuleide tun konnte. Doch irgendwie empfand er Mitleid mit dieser unschuldigen Stubenfliege, die ohnehin eine überschaubare Lebenserwartung hatte.

Ihm fiel ein, dass er noch mit einer dritten Person hatte sprechen wollen. Aus ganz anderen Beweggründen. Dieses Projekt jedenfalls sollte er weiterverfolgen. Da stellte sich nicht die Frage nach dem Nutzen. Er grinste. Und wenn doch, ließe sie sich leicht beantworten.

Emilio kramte in der Mappe nach dem Zettel mit Tilda Kneissls Telefonnummer. Er nahm davon Abstand, seinem Impuls zu folgen und sie direkt anzurufen. Denn erstens war er gerade nicht ganz klar in der Birne, und zweitens war es höflicher, erst mit einer Textnachricht quasi anzuklopfen. Über den Wortlaut dachte er nicht lange nach und schrieb: «Verehrte Dame. Sie haben mir auf dem Friedhof das Vergnügen eines Blickes geschenkt. Wäre an einer Vertiefung unserer wimpernschlagkurzen Bekanntschaft interessiert. Schlage bei Einverständnis ein baldiges Treffen vor. Ort und Zeit nach Belieben. Mit herzlichen Grüßen. Der Mann mit dem Gehstock. Emilio Baron von Ritzfeld-Hechenstein.»

Er drückte auf Senden. So, erledigt. Ausgang ungewiss. Er rechnete nicht wirklich mit einer Antwort. Zudem hatte er sich einer ausgesprochen antiquierten Sprache bedient. Er hatte es zwar ironisch gemeint. Aber ob Tilda das verstand? Wahrscheinlich hielt sie ihn für einen senilen Sonderling. Doch, ganz sicher sogar. Und wahrscheinlich hatte sie sogar recht.

27

Linus hatte in Bozen beim Schloss Maretsch geparkt. Hätte er sein Auto in der Nähe des Bahnhofs abgestellt, wäre er womöglich einem jungen Mann begegnet, der gerade ein wichtiges Telefonat geführt hatte: Gianluca. Beide hatten ein großes Interesse, sich kennenzulernen. Dennoch wären sie achtlos aneinander vorbeigelaufen – weil sie sich nicht kannten.

Während Gianluca zu seiner Druckerei ging, marschierte Linus zur Adresse des Computerfuzzis, der sich Spiderman nannte. Hoffentlich besaß er auf seinem Gebiet wirklich Superkräfte.

Er traf ihn in seiner Dachkammer an, die mit technischen Geräten, vor allem mit Computern und Bildschirmen, von oben bis unten vollgestopft war. Der Spinnenmann hatte einen zauseligen Bart und eine Gesichtsfarbe wie ein im Keller gereifter Graukäse. Die Gläser in seiner runden Brille waren fast so dick wie Flaschenböden. Genauso hatte ihn Linus in Erinnerung. Halt ein Verrückter, der in einer anderen Welt lebte.

Linus zeigte ihm den mitgebrachten Laptop aus dem Büro von Franz Mitterlechner und fragte, was es kosten würde, das Passwort zu knacken. Er habe es vergessen.

Vergessen? Der Computernerd sah ihn belustigt an. Ganz sicher nicht. Es handle sich wohl um einen fremden Rechner, entgegnete er, sonst wäre er nicht hier. Da stelle sich zunächst die Frage, ob er überhaupt in der Lage sei, das Passwort zu knacken. Und ob das mit seinem moralischen Gewissen vereinbar sei. Und was der Planet Erde davon habe.

Linus dachte, dass es wohl wenig Sinn machte, auf diese Fragen einzeln einzugehen. Stattdessen zog er einige Geldscheine aus der Tasche und hielt sie dem Nerd wortlos unter die Nase.

Okay, einverstanden, meinte der nach kurzem Zögern. Als Anzahlung. Den endgültigen Preis könne er erst nach getaner Arbeit bestimmen. Er schnappte sich das Geld, betrachtete die Unterseite des Laptops, klappte ihn auf, drückte auf einige Tasten – und sagte dann mit einem schiefen Grinsen, dass Linus das Weite suchen solle. Seine Tätigkeit vertrage keine Zuschauer, außerdem erfordere sie höchste Konzentration. In einer Stunde könne er wiederkommen.

Linus wünschte ihm viel Erfolg und trollte sich. Er ging am Schloss Maretsch vorbei zum nahe gelegenen Fluss Talfer und machte am Ufer einen Spaziergang. Dabei gingen ihm viele Gedanken durch den Kopf. Positive und weniger erfreuliche. Bis hin zu der Überlegung, ob sich die Investition, die er gerade getätigt hatte, auszahlen würde. Vielleicht waren auf dem Computer nur unnütze Dateien, die ihn kein bisschen weiterbringen würden. Vorausgesetzt, dem graukäsegesichtigen Freak gelang es, den Rechner zu öffnen. Woran er keine Sekunde zweifelte.

Linus kam an einer Eisdiele vorbei und gönnte sich einen Becher Mango-Maracuja.

Pünktlich fand er sich wieder in der Dachkammer ein. Der Laptop lag auf einem Stapel Computerzeitschriften. Der Freak aß einen Apfel und erläuterte, dass er ein wichtiges Tierschutzprojekt unterstütze, das auf Spendengelder angewiesen sei. Deshalb müsse Linus die bereits geleistete Zahlung verdoppeln.

Verdoppeln? Linus ließ es sich nicht anmerken, aber damit blieb er immer noch deutlich unter dem, womit er gerechnet hatte. Er blätterte ihm die Scheine hin.

Die vom Aussterben bedrohten Amazonas-Flussdelfine würden es ihm danken, sagte der Computernerd. Er deutete auf den Laptop. Linus könne ihn wieder mitnehmen, er sei jetzt offen wie ein Scheunentor. Übrigens sei die Datei mit pornographischen Bildern eine ziemliche Sauerei. Er hoffe, dass Linus den Computer nicht deshalb habe öffnen wollen. Er warf den Apfelbutzen in Richtung Papierkorb, doch das «Geschoss» landete in einem Karton mit Kabeln, woraufhin er eine Grimasse zog. Und wenn es ihm doch um nackte Weiber gehe, fügte der Computerfuzzi noch hinzu, dann sei es auch egal.

*

Eine halbe Stunde später saß Linus im hintersten Eck eines Cafés. Dort, wo er ungestört war und ihn keine Sonne blendete. Er konnte der Versuchung nicht widerstehen und schaute sich zunächst einige Pornos an. Der Spinnenmann hatte recht; sie waren ziemlich schmutzig – also genau richtig. Interessant waren sie noch aus einem zweiten Grund: Ihre Existenz sprach dafür, dass es sich hier um keinen offiziellen Bürocomputer handelte, sondern um Franz' ganz privaten Rechner. Seine Frau Martina hatte ganz sicher keinen Zugriff darauf.

Linus schloss die Pornos und klickte sich durch die Dateien. Einige hatten mit dem Geschäft zu tun, andere enthielten private Informationen, zum Beispiel zu seiner Angelleidenschaft.

Dass er auch eine Liste mit Lieferadressen fand, ließ sein Herz zunächst höher schlagen. Als er sie aber nacheinander durchging, stellte er fest, dass sie nichts brachten. Denn die

Abnehmer waren ihm fast alle namentlich bekannt, oder es handelte sich um Restaurants vor allem in Österreich und Deutschland, wobei sogar genau vermerkt war, welche Weine bestellt und geliefert wurden, und zwar ausnahmslos von Südtiroler Winzern. Jedenfalls kam von ihnen niemand als Abnehmer der gefälschten Weine in Frage, und erst recht nicht für die alten Jahrgänge.

Schließlich stieß er auf einen Ordner mit eingescannten Weinetiketten. Jetzt kam er der Sache schon näher. Dann fand er eine detaillierte Übersicht all der gefälschten Flaschen, die Franz von ihm bislang bezogen hatte. Spätestens jetzt war Linus froh, dass der Computer passwortgeschützt war. Das ging nun wirklich niemand was an. Eigentlich sollte er die Liste sofort löschen.

Er öffnete das E-Mail-Programm und überflog die aktuelle Korrespondenz. Schmunzelnd stellte er fest, dass Franz wechselnde Damenbekanntschaften gepflegt hatte. Wie es schien, waren sie intimer Natur. Der Franz war zwar ein Arsch gewesen, aber offenbar hatte er es verstanden, das Leben richtig zu genießen.

Unter der Betreffzeile «Etiketten» stieß er auf einige Mails von einem gewissen Gianluca. Offenbar hatte er eine Druckerei in Bozen, deren Anschrift am Ende eines jeden Textes stand. Diese Offenheit wäre ausgesprochen naiv, geradezu leichtsinnig, sollte er der Hersteller der gefälschten Etiketten sein. Aus dem Inhalt der Schreiben ging das allerdings nicht hervor. Es wurden nur Treffen vereinbart, und einmal gab es eine Bestätigung für eine Terminänderung. Aber wozu sollte Franz Etiketten benötigen, wenn nicht für ihre gemeinsame Unternehmung? Darüber hinaus gab es ja die Datei mit den eingescannten Etiketten. Das passte zusammen. Linus rieb sich die Hände. Die Spende für die bedrohten Delfine hatte sich höchstwahrscheinlich gelohnt. Mit diesem Gianluca hatte er den Lieferanten der gefälschten Etiketten gefunden, da war er sich fast sicher. Das wäre schon die halbe Miete: Er selbst hatte den Wein, Gianluca die Etiketten. Brauchte er nur noch den Abnehmer. Dann war er wieder im Geschäft, sogar besser als in der Vergangenheit. Denn es gab keinen Franz Mitterlechner mehr, der ihn nerven konnte und der den Löwenanteil der Rendite einstrich.

Linus bestellte einen Corretto, einen Espresso mit einem Schuss Grappa. Konzentriert durchforstete er erneut alle Dateien und E-Mails. Im Adressverzeichnis wurde er schließlich fündig. Nun ja, nicht wirklich, aber vielleicht doch. Denn was der Franz mit einer Firma zu tun haben könnte, die den chinesischen Namen Lin-Chen trug und auf *Global Export and Trading* spezialisiert war, erschloss sich auch nicht auf den zweiten Blick. Auf der Liste mit den Lieferadressen tauchten die Chinesen jedenfalls nicht auf. Sie hatten ihr Büro im Gewerbegebiet von Bozen. Linus ging zurück zu den E-Mails. Mit Lin-Chen gab es keine Korrespondenz. Plötzlich entdeckte er, dass der Papierkorb mit den gelöschten Mails nicht geleert war. Er öffnete ihn. Es fanden sich nur drei Mails darin. Zwei an eine Frau, von der Franz wohl genug hatte und der er vorschlug, sich zu verpissen. Und eine Mail an die Exportfirma Lin-Chen. Nur eine kurze Nachricht – aber die hatte es in sich: «Bestellung ist fertig, kann abgeholt werden. Mit Ausnahme Masseto. Wird nachgeliefert.»

Mit Ausnahme Masseto? Stimmt, diesen megateuren Merlot der Tenuta Ornellaia e Masseto hatte Linus nicht rechtzeitig fertig gebracht. Franz war deswegen stinksauer gewesen. Aber er war halt kein Zauberer. Natürlich konnte man keinen

Masseto nachkomponieren, nicht einmal annäherungsweise. Und erst recht nicht mit einem Merlot aus Südtiroler Anbau. Der zugekaufte Wein, den er bereits in seinem Keller hatte, war für andere «Projekte» vorgesehen und qualitativ ungeeignet. Er wartete auf einen Stahltank aus Venetien. Mit einigen Tricks ließ sich aus diesem Wein was Anständiges zusammenrühren. Aromen von Tabak, Johannisbeeren und Pflaumen. Weich und ausgewogen. Natürlich Lichtjahre von einem Masseto entfernt. Aber gut genug, um ihn nach Fernost zu verscherbeln.

Linus klappte den Laptop zu. Heute war ein Glückstag. Wieder einmal. Auf einmal hielt er alle Fäden in der Hand. Er musste sie nur noch miteinander verknüpfen – aber vorsichtig, ganz vorsichtig. Er durfte sich keinen Fehler erlauben. Er wollte nicht Franz' Schicksal teilen und plötzlich tot im Eisack treiben.

28

Auf den Überwachungsmonitoren der Wachstation im Krankenhaus Brixen wurden der Herzschlag angezeigt, der Blutdruck, die Sauerstoffsättigung und die Körpertemperatur. Sepp wusste nicht, was die verschiedenen Linien und Zahlen im Einzelnen ausdrückten, aber er glaubte dem Pflegepersonal, dass alles im grünen Bereich sei. Seiner Schwester gehe es schon wieder so gut, dass man sie in den nächsten Stunden auf eine normale Station verlegen werde. Und wahrscheinlich könne sie bald wieder nach Hause. Seltsamerweise gab es keinen eindeutigen Befund. Jedenfalls keinen, den er verstanden hätte. Von einer «transitorischen ischämischen Attacke» war die Rede gewesen, was immer das auch bedeutete. Hauptsache, Martina ging es besser, nur das zählte. Sein Herz hing an ihr, sie war der wichtigste Mensch in seinem Leben. Die Eltern waren verstorben, andere Geschwister gab es nicht, und eine Ehefrau zu finden, die die Arbeitszeiten eines Kochs akzeptierte, war ihm bislang nicht gelungen.

Martinas Lächeln war noch etwas schief und ihre Sprache schleppend, aber sie war voll da und freute sich über seinen Besuch. Er saß neben ihrem Bett und hielt ihre Hand. Ganz bewusst erzählte er zunächst nur Belanglosigkeiten, denn er wollte sie nicht aufregen, indem er an den Einbruch erinnerte, der zu ihrem Kollaps geführt hatte. Zu seiner Überraschung brachte sie nach einer Weile selber das Gespräch darauf. Sie fragte, ob die Polizei den oder die Täter schon gefunden habe. Er musste sie enttäuschen. Es gab nicht einmal eine heiße Spur.

Weil sie mit dem Thema begonnen hatte, wagte er es nun doch, nach dem Inhalt des geöffneten Tresors zu fragen. Das hätte er besser unterlassen, denn sofort schlugen einige Linien auf den Monitoren aus, und ein Warnsignal piepte. Er streichelte beruhigend ihre Hand und sagte, sie solle seine dumme Frage gleich wieder vergessen. Eine Ärztin kam herbeigeeilt, stellte aber fest, dass sich die Patientin schon wieder beruhigte. Sie warf Sepp einen vorwurfsvollen Blick zu. Sie schien zu vermuten, dass er seine Schwester durch irgendeine unbedachte Äußerung in Aufregung versetzt hatte.

Sepp dachte, dass er von Martina zwar keine direkte Antwort erhalten hatte, aber die heftige Reaktion der Messgeräte war auch eine Antwort gewesen. Zweifellos hatte sich im Tresor etwas außerordentlich Wichtiges befunden. Und jetzt war es weg. Er musste wissen, um was es sich handelte. Aber heute würde er es nicht in Erfahrung bringen, so viel war klar.

Nach einer Weile fragte Martina, ob es sonst Neuigkeiten in der Firma gebe. Er verneinte und sagte, dass er mit Steffis Unterstützung alles im Griff habe. Sie müsse sich keine Sorgen machen.

Sepp sah seine Schwester nachdenklich an. Er würde gerne noch ein anderes Thema ansprechen, wollte aber vermeiden, dass sie sich gleich wieder aufregte.

Wie nebenher erwähnte er einen Anruf, mit dem er nichts anfangen könne. Ob sie was von Weinetiketten wisse, die Franz bestellt habe? Martina sah ihn mit großen Augen an. Auf den Monitoren über ihrem Bett gab es keine Ausschläge. Gleich kam die Bestätigung von seiner Schwester. Sie hatte keine Ahnung, wovon er sprach. Nein, von Weinetiketten wisse sie nichts. Warum?

Dass sie ehrlich zu ihm war, bewiesen ihre Vitalwerte. Er sagte, dass der Anrufer ein Geheimnis um die bestellten Etiketten gemacht habe. Er habe auch seinen Namen verschwiegen. Sepp zuckte mit den Schultern. Na egal, dann solle der Typ seine komischen Etiketten behalten.

Martina nickte. Genau, denn es gebe momentan Wichtigeres.

Wieder streichelte er ihre Hand. Ja, und zwar ihre Gesundheit. Das sei im Augenblick das einzig Wichtige. Und er meinte es genau so, wie er es sagte.

29

So konnte man sich täuschen. Emilio hatte nicht wirklich damit gerechnet, dass Tilda Kneissl auf seine Textnachricht antworten würde, erst recht nicht so schnell und sogar mit einem konkreten Vorschlag. Die schöne Unbekannte, die auf dem Friedhof seine Neugier geweckt hatte, lüftete langsam ihren Schleier. Ihren Namen kannte er ja schon, und nun wusste er auch, dass sie spontan und entschlussfreudig war. Bald würde er noch mehr von ihr erfahren. Und zwar am späten Nachmittag, wo sie offenbar in Bozen zu tun hatte. Ihre Anregung, sich unter den Lauben in der «Thaler Champagner & Prosecco Bar Perlage» zu treffen, fand seine uneingeschränkte Zustimmung. Wie es schien, war sie eine Dame mit Geschmack, wohl etwas extravagant, auf jeden Fall aber den schönen Dingen des Lebens zugetan.

*

Die Champagnerie befand sich im ersten Stock des Hauses Thaler. Unten wurden im Ladengeschäft Kosmetika verkauft. In der fünften Etage gab es ein Café-Bistro, sogar mit einer kleinen Terrasse und mit Blick über die Dächer von Bozen. Emilios besondere Vorliebe aber galt tatsächlich der Bar im ersten Stockwerk, die ausschließlich den Schaumweinen gewidmet war. Wo gab es das schon, dass man in angenehmer

Lounge-Atmosphäre von unzähligen Flaschen umgeben war, die alle eines gemeinsam hatten – einen Champagnerkorken! Er hatte sich die Frage gestellt, ob es richtiger sei, etwas zu früh oder doch besser mit einer kleinen Verspätung einzutreffen. Ersteres könnte übertrieben eifrig wirken, Letzteres als Unhöflichkeit verstanden werden. Die dritte Möglichkeit, nämlich einfach pünktlich zu sein, kam für ihn grundsätzlich nicht in Betracht. Er war doch kein Spießer. Die Entscheidung wurde ihm abgenommen, weil er keinen Parkplatz fand. Also traf er mit einer doch beträchtlichen Verspätung von zwanzig Minuten ein. Er sah sich in der Bar um und stellte fest, dass außer ihm und der jungen Frau hinter dem Tresen niemand da war. Hatte diese Tilda vielleicht schon wieder das Weite gesucht? Nun denn, dann war es so. Er bestellte ein Glas von seinem bevorzugten Champagner und fragte, ob vor kurzem eine Dame da gewesen sei. Ja, bestätigte die Bedienung. Aber sie habe Kreislaufprobleme bekommen und sei vor fünf Minuten gegangen.

Kreislaufprobleme? Das hätte er bei Tilda nicht erwartet.

Ob das seine Mutter gewesen sei, wurde er von der Bedienung gefragt.

Emilio lachte. Nein, das ganz sicher nicht, seine Mama würde ihren Champagner längst im Himmel trinken.

Weil man Tilda kaum mit seiner Mutter verwechseln konnte, gab es nur zwei Erklärungen: Entweder war sie noch unpünktlicher als er, oder sie versetzte ihn – was er mit Gleichmut ertragen würde.

Er schlug die Beine übereinander und überlegte gerade, ob hier wohl das Rauchen einer Zigarre erlaubt war, da kam Tilda die Treppe herauf. Bewundernd stellte er fest, dass sie heute sogar noch attraktiver aussah als bei der Beerdigung. Sie war modisch angezogen, aber gleichzeitig auch irgendwie nachlässig. Gar nicht so einfach, diese Kombination. Sie hatte eine große Ledertasche aus altem Hirschleder umhängen. Ihr eng anliegendes Kleid war nach seinem Eindruck sogar noch kürzer als der Rock, den sie in Neustift getragen hatte. Ihre großartigen Beine mündeten diesmal nicht in Stilettos, sondern in Cowboystiefeln. Kurzum, ein etwas gewagter, aber überaus erfreulicher Auftritt. Emilio genierte sich nicht für seinen musternden Blick. Er hielt es für durchaus legitim, eine Frau mit besonderer Aufmerksamkeit und großem Wohlgefallen zu betrachten. Erst recht, wenn man mit ihr verabredet war.

Emilio stand betont dynamisch auf, natürlich ohne Zuhilfenahme seines Stocks, und begrüßte sie mit einem hingehauchten Handkuss.

Enchanté, sagte sie amüsiert.

Er bestellte auch für sie ein Glas Champagner. Sehr schnell waren sie in ein angeregtes Gespräch vertieft. Ihre Stimme gefiel ihm; sie war für eine Frau mit einer so femininen Ausstrahlung erstaunlich tief. Er mochte keine schnatternden Gänse. Tilda sprach langsam, mit südtirolerischer Lautfärbung, aber ohne ausgeprägten Dialekt. Wie sich herausstellte, war sie zwar im Grödnertal gebürtig, hatte aber ihre Jugend bei einer Tante in London verbracht und später in Paris Fotografie studiert. Heute arbeite sie freiberuflich, als Fotokünstlerin und Malerin. Außerdem wurde sie als Modefotografin für internationale Produktionen gebucht.

Der Schein hatte nicht getrogen; die Dame fiel aus dem üblichen Rahmen. Warum sie dann ausgerechnet im eher kleinbürgerlichen Klausen wohnte, könnte sie ihm ja ein anderes Mal erklären. Ihm reichte ihre Andeutung, dass sie alleinstehend war. Welche Konsequenzen sich daraus ergaben, so seine spontane Überlegung, würde die Zukunft erweisen. Hoffentlich keine, die sein wohlgeordnetes Leben durcheinanderbrachten. Gott sei Dank konnte sie keine Gedanken lesen, denn so blieb ihr verborgen, dass er unmittelbar nach diesen Mitteilungen auch sündige Vorstellungen hatte, die sein Leben durchaus in Unordnung bringen könnten.

London war ein gutes Stichwort. Er war in England aufs Internat gegangen. Schon hatten sie ein Thema.

Natürlich musste er auch von sich selbst einiges preisgeben. Aber nur in homöopathischen Dosen. Dass er gelegentlich als Privatdetektiv arbeitete, wusste sie bereits. Tilda gab zu, dass sie ihn gegoogelt hatte. Das müsste er auch mal tun. Er hatte keine Ahnung, was im Internet alles über ihn zu lesen war. Bestimmt nicht nur Gutes. Andererseits konnte es nicht wirklich schlimm sein, sonst wäre sie nicht gekommen.

Seine Teilnahme an der Trauerfeier erklärte er mit einer losen Bekanntschaft mit Franz Mitterlechner. Sie wären sich häufig bei Weinverkostungen begegnet. Tilda vermied es, nach der Dame in seiner Begleitung zu fragen, obwohl sie Phina ganz sicher bemerkt hatte. Eine Diskretion, die er zu schätzen wusste.

Interessant wurde es, als er Tilda nach ihrer Verbindung zu Franz fragte. Sie sah ihn schmunzelnd an. Er möge bitte seine Phantasie bemühen, forderte sie ihn auf. Nicht alle verheirateten Männer wären ihren Frauen treu. Dieser Hinweis müsse reichen.

Oh, là, là, hatte er es sich doch fast gedacht.

Das komme vor, merkte Emilio dazu an, ohne eine Miene zu verziehen.

Sie nahm einen Schluck vom Champagner. Diese Art von Männern wäre aber häufig auch ihren Freundinnen nicht treu, ergänzte sie. Weshalb es dann rasch wieder zu Trennungen käme.

Umso höher sei es ihr anzurechnen, sagte Emilio nach einer kurzen Pause, dass sie Franz dennoch die letzte Ehre erwiesen habe.

Tilda lächelte. Ja, das fände sie auch. Verdient habe er es nicht.

*

Die nächste halbe Stunde verbrachten sie mit einer zwanglosen Plauderei, wobei Tilda ähnlich wie Emilio wenig daran gelegen schien, viel von sich preiszugeben. Das gefiel ihm, so machte das Spiel viel mehr Spaß.

Obwohl er sich vorgenommen hatte, keine Ermittlungen im Zusammenhang mit Franz Mitterlechners Ableben mehr anzustellen, ging ihm durch den Kopf, dass er mit Tilda jemand vor sich sitzen hatte, die ihm vielleicht einige Auskünfte geben könnte. Diese Chance verstreichen zu lassen entsprach nicht seinem Naturell. Allerdings könnte sie entsprechende Fragen falsch verstehen und glauben, er hätte sich nur deshalb mit ihr getroffen. Damit würde er zunichtemachen, was noch gar nicht angefangen hatte. Andererseits ...

«Hören Sie mir überhaupt zu?», fragte Tilda.

Emilio räusperte sich verlegen. «Aber natürlich.» Tatsächlich hatte er keine Ahnung, wovon sie gerade gesprochen hatte.

«Also, was ist? Haben Sie Lust?»

Freilich hatte er Lust. Aber worauf?

Sie half ihm auf die Sprünge. «Die Ausstellung, von der ich gerade erzählt habe. Ich würde sie mir gerne anschauen und mich über Ihre Begleitung freuen.»

Ach so, jetzt klingelte es. Eine Ausstellung mit Zeichnungen und Karikaturen des 2009 verstorbenen Südtiroler Künstlers Paul Flora. Davon hatte sie gesprochen.

«Paul Flora – doch, doch, natürlich. Ich bin dabei. Wann?»

«Jetzt gleich.» Sie lächelte. «Aber erst trinken wir unseren Champagner aus. Und Sie verraten mir, wo Sie gerade mit Ihren Gedanken waren.»

Er konnte ihr doch nicht sagen, dass er gerade an kriminalistische Ermittlungen gedacht hatte.

Er sah ihr tief in die Augen. «Ich glaube, es ist besser, wenn ich diese Gedanken für mich behalte.»

«Feigling.»

So, jetzt musste er die Kurve kriegen.

«Mag sein. Deshalb würde ich gerne das Thema wechseln. Darf ich Sie mal ganz was anderes fragen?»

Sie hob belustigt eine Augenbraue. «Nur zu!»

«Da Sie ja mit Franz eine engere ...» Er unterbrach sich. «Also, Sie verstehen?»

Wieder lächelte sie. «Natürlich verstehe ich.»

«Also, da könnte es doch sein, dass Sie mal was mitbekommen haben.»

«Was konkret meinen Sie?»

Emilio zögerte, um dann abzuwinken. «Nein, lassen wir das. Ich will mit Ihnen lieber über die schönen Dinge des Lebens reden.»

Er hob das Champagnerglas und prostete ihr zu. Das war eine taktische Maßnahme. Frauen waren von Natur aus neugierig. Gleich würde sie nachhaken.

«Was also könnte ich mitbekommen haben?», fragte sie prompt.

«Genau weiß ich das auch nicht.» Er strich sich nachdenklich über sein Kinn. «Es könnte sein, dass Sie etwas von seinen geschäftlichen Aktivitäten mitbekommen haben.»

«Die haben mich nun leider überhaupt nicht interessiert.» Tilda schmunzelte. «Wie Sie sich denken können, hatten wir andere Schwerpunkte.»

Er beschloss, auf diese nicht näher einzugehen.

«Aber Sie wissen natürlich, dass Franz einen Weinvertrieb hatte, nicht wahr?», sagte er stattdessen.

«Na klar, aber das fand ich nicht spannend. Ich mache Kunst und fotografiere, vor allem Mode, er handelte mit Flaschen. Das ist eine andere Welt. Und wenn wir gemeinsam unterwegs waren, was hin und wieder vorgekommen ist, haben wir aus naheliegenden Gründen nicht gerade seine Geschäftspartner besucht. Wie sollte ich also etwas mitbekommen?»

Emilio lachte. «Sie haben recht. Wie gesagt, ich hätte Sie gar nicht erst fragen sollen.»

Tilda betrachtete den Champagner in ihrem Glas. Offensichtlich dachte sie nach. Dabei wollte er sie nicht stören.

«Einmal hat Franz vergessen, sein Handy auf stumm zu schalten», erzählte sie. «Er war bei mir zu Besuch, und wir hatten eigentlich was Besseres vor.» Sie schmunzelte vieldeutig. «Die Unterbrechung habe ich ihm übel genommen. Als er den Anruf sogar entgegennahm, hätte ich ihn am liebsten rausgeschmissen.»

Er zog fragend die Augenbrauen nach oben.

«War offenbar wichtig. Er musste anschließend dringend nach Bozen, um was abzuholen. Ich bin mitgefahren, weil wir anschließend zum Essen gehen wollten. Auf dem Rückweg hat er den Karton bei einem Weingut abgegeben. Das war's.»

Nun ja, immerhin. Aber heiße Tipps hörten sich anders an.

«Können Sie sich an die Adressen erinnern?», fragte er dennoch.

Ihre Stirn kräuselte sich. «Sie sind ganz schön hartnäckig. Ich dachte, wir haben hier ein kleines, nettes Rendezvous und keine Zeugenbefragung.»

Ups, jetzt trat genau das ein, was er befürchtet hatte. Seine dumme Fragerei machte die ganze schöne Stimmung kaputt.

«Tut mir leid. Ich ziehe meine Frage zurück.» Er langte sich mit Büßermiene entschuldigend an die Brust. «Das ist eine meiner Charakterschwächen. In mir schlummert ein kleiner Detektiv, und der hüpft ab und zu wie ein Springteufel aus der Schachtel, auch bei unpassenden Gelegenheiten.»

Ihr Lächeln kehrte zurück. «Sie haben also noch andere Charakterschwächen? Sind da auch welche darunter, die es sich kennenzulernen lohnt?»

Er wiegte zweifelnd den Kopf hin und her. «Kann ich nicht beurteilen, aber ich fürchte, eher nein.»

«Klingt interessant.»

Tilda nahm ihre große Umhängetasche und holte eine professionelle Spiegelreflexkamera hervor. Er hatte schon die Befürchtung, sie könnte auf die absurde Idee kommen, ihn zu fotografieren. Stattdessen suchte sie auf dem Display nach abgespeicherten Aufnahmen.

«Ich habe auch eine Charakterschwäche», sagte sie. «Immer wenn mir langweilig ist, fotografiere ich in der Gegend herum.»

Sie drehte ihm das Display hin. «So, das war der Hinterhof in Bozen, wo Franz den Karton abgeholt hat. Mir hat die alte Mauer mit dem abgeblätterten Putz gefallen. Hat eine schöne Struktur, würde einen schönen Hintergrund abgeben.»

Sie sprang zum nächsten Foto. Auf diesem war das Schild einer Druckerei zu sehen.

«Hat er dort den Karton abgeholt?»

«Ja, aber ich weiß nicht, was drin war. Vielleicht Prospekte? Keine Ahnung.»

Sie scrollte weiter und kam zu einem Foto von einem alten Handkarren mit einem kleinen Holzfass darauf. Dahinter war eine mit groben Steinen gepflasterte Straße zu sehen.

«Eine typische Postkartenidylle», stellte sie fest. «Kann ich eigentlich löschen. Na ja, jedenfalls hat er den Karton dort hingebracht.»

Tilda verschob den Ausschnitt. Ein dahinter gelegenes Haus rückte ins Bild. Sie zoomte näher. In großer Schrift stand auf der Hausmauer: «Foidelhof.»

«Ach ja, jetzt erinnere ich mich – so hieß das Weingut. Franz war nur kurz drin. Er ist mit hochrotem Kopf zurückgekommen. Offenbar hatte er sich gestritten. Dann sind wir zum Essen.»

«Könnte ich Kopien von den Fotos haben?», fragte Emilio.

Sie warf ihm einen verschmitzten Blick zu. «Natürlich. Aber was habe ich davon?»

«Ich werde mir was überlegen», versprach er.

Aus Spaß zögerte sie. «Einverstanden», antwortete sie schließlich. «Aber bitte was Originelles.»

Sie drückte an der Kamera auf einige Tasten. «So, erledigt. Die beiden Fotos sollten schon auf Ihrem Handy sein.»

So schnell ging das? Emilio war beeindruckt. Technisch war er wirklich nicht auf dem neuesten Stand. Was aber nichts machte. Hauptsache, man kannte Menschen, die es waren.

Er erstarrte, als er bemerkte, dass er nun doch von Tilda fotografiert wurde. Er hasste das. Und zwar so sehr, dass er sich nicht mal ein Lächeln abringen konnte. Dabei hätte er allen Grund dazu. Die Fotografin war eine Frau, die er überaus attraktiv fand und auf fast schon gefährliche Weise anziehend. Und sie hatte ihm bereitwillig die Adressen von zwei Geschäftspartnern ihres Ex-Geliebten verraten; allerdings wusste Emilio nicht, was diese Informationen wert waren. Wahrscheinlich nichts. Dann sollte es so sein. Eigentlich hatte er den Fall schon zu den Akten gelegt. Aber was hatte er zu Tilda gesagt? In ihm schlummerte ein kleiner Springteufel, den er nicht immer unter Kontrolle hatte.

30

Den Fisch rechts unten umgedreht, den gleichen Fisch in der Mitte erinnert, die richtige Karte aufgedeckt ... Und schon wieder hatte das kleine Mädchen aus Mali ein Kartenpärchen gefunden. Zola freute sich und lachte über beide Ohren. Phina gab ihr einen Kuss auf die Stirn. Schon eine halbe Stunde spielte sie mit ihr Memory. Dabei musste sie die kleine Zola nicht absichtlich gewinnen lassen, denn das Mädchen aus dem westafrikanischen Land war einfach besser als sie. Zwei- bis dreimal die Woche schaffte es Phina, in den Meraner Ortsteil Labers zu fahren, um im «Heim der Hoffnung» bei der Betreuung der Kinder zu helfen. Die fünfjährige Zola war ihr dabei besonders ans Herz gewachsen. Sie hatte weder Eltern noch Geschwister. Keiner wusste so recht, wie sie aus dem Bürgerkriegsland nach Italien und schließlich nach Südtirol gelangt war. Und sie war immer noch zu verstört, um ihre Odyssee zu erzählen. Vielleicht hatte sie ja auch all die schrecklichen Ereignisse verdrängt und wusste sie selbst nicht mehr. Manchmal dachte Phina, dass das wohl am besten wäre.

Jetzt war Phina an der Reihe. Eine Dampflok? Okay, die hatten wir schon. Oben in der Mitte? Als sie hinlangen wollte, um sie umzudrehen, quietschte Zola vor Vergnügen. Aha, sie wusste, dass das nicht stimmte. Phina zog die Hand zurück. Es half nichts, auch beim nächsten Versuch lag sie daneben.

Phina dachte, dass es witzig wäre, wenn sie einmal zuschauen könnte, wie der siebengescheite Emilio gegen die kleine Zola verlor. Sie musste ihn doch mal überreden mitzukommen. Er tat zwar immer so, als ob er kleine Kinder nicht mochte, aber ihr war klar, dass das nicht stimmte. In unbeobachteten Momenten schenkte er den «halslosen Ungeheuern» sogar ein Lächeln. Und vor Jahren hatte er mit Mitica einen Straßenjungen aus Bozen mitgebracht und ihn für kurze Zeit, natürlich mit ihrer Zustimmung, auf dem Hof wohnen lassen. Später hatte er ihm eine Ausbildung ermöglicht. Vermutlich zahlte er noch immer für den kleinen Racker – ohne je darüber zu reden.

Die nächste Memory-Karte, die aufgedeckt wurde, zeigte eine Weinflasche. Wie passend. Unwillkürlich fiel ihr die merkwürdige Flasche Tignanello ein, von der sie wussten, dass sie gefälscht war. Ob Emilio herausfinden würde, welche Bewandtnis es mit ihr hatte? Ganz sicher würde er es, das war nur eine Frage der Zeit. Er hatte noch immer alles herausgefunden, vorausgesetzt, er hatte Lust dazu. Sie dachte an die Trauerfeier im Kloster Neustift. Und natürlich kam ihr die blonde Frau in Erinnerung, die so gar nicht zu den anderen Gästen gepasst hatte. Phina hatte sehr wohl bemerkt, dass die unbekannte Schöne Emilios Aufmerksamkeit erregt hatte. So clever wie Emilio auch war, aber er hatte noch immer keine Vorstellung davon, was Frauen so alles registrierten. Da tappte er völlig im Dunkeln. Wie ein Blinder.

31

Nach Abwägung der Risiken hatte sich Linus Foidel entschieden, mit dem Etikettendrucker Gianluca anzufangen und nicht mit der dubiosen Exportfirma Lin-Chen. Beide Kontakte hatte er auf dem Laptop von Franz gefunden. Aber bei den Chinesen konnte er nicht abschätzen, mit wem er es zu tun bekommen würde. Da schien ihm ein kleiner Druckereibetrieb entschieden ungefährlicher.

Der Eingang befand sich in einem Hinterhof. Das Firmenschild war verkratzt und die Glastür von innen mit einem vergilbten Poster beklebt, das für Südtiroler Äpfel Werbung machte. Plötzlich beschlichen ihn Zweifel, ob er hier richtig war. Vielleicht war er einem Irrtum aufgesessen, und dieser Gianluca hatte bloß harmlose Etiketten für irgendwelche Umverpackungen geliefert. Mit dem Absender der Mitterlechner Weinvertriebsgesellschaft. Von «Weinetiketten» war ja in den E-Mails nicht explizit die Rede gewesen.

Nun gut, er war hier, um das herauszufinden. Linus öffnete die Tür. Ein oben am Türrahmen angebrachtes Glöckchen bimmelte. Er sah sich im Vorraum um. Niemand war zu sehen. Hinten hörte er eine Maschine laufen. Gerade wollte er sich bemerkbar machen, da tauchte ein junger Mann auf, mit einem blauen Schurz, wie ihn eigentlich die Südtiroler Bauern trugen. Er wischte sich mit einem Tuch die Druckerschwärze von den Händen und fragte, was er für ihn tun könne.

Linus fragte, ob er Gianluca sei und der Besitzer des Betriebes.

Gianluca kniff misstrauisch die Augen zusammen. Vielleicht verwechselte er ihn mit einem Beamten der Finanzpolizei?

Vorsichtig bejahte Gianluca.

Linus versuchte, die Situation mit einem Lachen zu entkrampfen. Gianlucas Druckereibetrieb sei ihm von einem Bekannten empfohlen worden, behauptete er. Er habe einen etwas speziellen Auftrag, und er hoffe, dass Gianluca dafür der richtige Mann sei.

Offenbar hatte er nicht die richtigen Worte gefunden, denn sein Gegenüber wich unmerklich zurück. Dieses Verhalten ließ verschiedene Schlüsse zu. Entweder war Gianluca von Haus aus argwöhnisch, oder er hatte was zu verbergen. Oder beides zugleich. Die Ankündigung eines speziellen Auftrages hatte ihn jedenfalls eher verstört als beruhigt. Dabei sollte sich ein Drucker doch freuen, wenn ein interessanter Job in Aussicht stand.

Die Tür ging auf, und ein älterer Mann kam herein. Gianluca begrüßte ihn und sagte, er müsse einen Moment warten.

Linus trat zur Seite. Nein, nein, wehrte er ab, er möge doch erst diesen Kunden bedienen. Er selbst habe keine Eile.

So. Damit war klar, dass er mit ihm unter vier Augen sprechen wollte.

Gianluca nickte und holte die Visitenkarten, die der Mann bestellt hatte.

Als sie wieder alleine waren, sagte Linus, dass er nicht wisse, ob Gianluca ihm weiterhelfen könne. Umgekehrt sei es aber auch möglich, dass er selbst Hilfe anbieten könne.

Gianluca kratzte sich verständnislos hinter dem Ohr.

Er habe nämlich ein Problem, fuhr Linus fort, das mit dem vorzeitigen Ableben eines Freundes zusammenhänge.

Gianlucas Gesicht hellte sich auf. «Brauchen Sie Trauerkarten? Die drucke ich über Nacht, und Sie können sie morgen früh abholen. Auf Wunsch geklappt, auch mit Foto des Verstorbenen und mit passenden Blankoumschlägen.»

«Mein toter Freund heißt Franz Mitterlechner.»

Gianluca zuckte zusammen. Eine ähnliche Reaktion hatte Linus erwartet.

«Sie brauchen keine Trauerkarten, richtig?», sagte der Drucker nach einer Weile.

«Nein, ich dachte eher an Flaschenetiketten.»

«Tut mir leid, ich drucke keine Flaschenetiketten.»

Linus zeigte ihm das Etikett eines Tignanello.

«Auch nicht solche?»

Gianluca warf nur einen kurzen Blick drauf.

«Nein, ganz sicher nicht.»

Linus musste sich beherrschen, um diesem schmalbrüstigen Drucker nicht an den Kragen zu gehen. Es lag ihm nicht, um den heißen Brei herumzureden. Er war ein Mann der Tat. Aber in diesem besonderen Fall musste er Vorsicht walten lassen. Und er musste Gianlucas Vertrauen erwerben. Schließlich wollte er was von ihm – vorausgesetzt, er war an der richtigen Adresse, woran er nicht mehr zweifelte.

«Wir können uns gegenseitig helfen», sagte Linus eindringlich. «Aber eben nur, wenn Sie solche Etiketten drucken können.»

«Zeigen Sie mal her.»

Linus gab ihm den Tignanello-Aufkleber.

Gianluca drehte ihn in den Händen. «Sollte nicht so schwer sein.»

«So kommen wir nicht weiter», zischte Linus. «Ich weiß, dass der Franz diese und ähnliche Etiketten von dir bezogen hat. Punkt! Der Franz ist tot. Das Geschäft kommt damit zum Erliegen, und zwar für alle Beteiligten. Muss aber nicht. Die Partner müssen nur zusammenfinden, jetzt halt ohne ihn. Die Etiketten brauchen die passenden Flaschen mit Inhalt. Und die Flaschen brauchen Etiketten. Hast du es jetzt kapiert?»

Gianluca gab ihm das Tignanello-Etikett zurück.

«Und Sie haben die passenden Weinflaschen, verstehe ich das richtig?», wagte er sich aus der Deckung.

«Ganz genau.»

«Hört sich gut an.»

«Das hört sich nicht nur gut an, das ist es auch.»

«Wie sind Sie auf mich gekommen?», fragte Gianluca.

«Kannst mich duzen, wir sind ja jetzt Partner. Deinen Namen hab ich von Franz», log er.

«Wirklich? Der Franz wollte mich aus allem raushalten.»

«Keine Sorge, außer mir weiß niemand Bescheid. Übrigens fehlen noch Masseto-Etiketten.»

«Sind fertig. Aber der Franz konnte sie nicht mehr abholen.»

«Kann ich sie mal sehen?»

Gianluca musste sich überwinden, dann forderte er Linus auf, ihm zu folgen. Sie kamen an der Druckmaschine vorbei, die weiter vor sich hin ratterte und einen Handzettel nach dem anderen auswarf. Gianluca kontrollierte kurz die Qualität und machte Platz für den nächsten Stapel. Dann gingen sie ganz nach hinten zu einem Schrank mit breiten, flachen Schubladen. Er zog eine auf. Da lagen sie, die charakteristischen Etiketten des Kultweins aus Bolgheri – mit dem Schriftzug in großen Lettern, darunter das wie in Wachs gestempelte große «M» und außen herum ein Band mit kleinen Ornamenten zur Verzierung. Auch der Jahrgang stimmte. Der war beim Masseto besonders wichtig, denn neuere Jahrgänge ließen sich nicht mehr fälschen. Da waren die Flaschen mit Lasercodes und Transpondern auf der Rückseite der Etiketten gesichert. Ab 2010 sogar mit einem codierten Siegel an der Kapsel.

Linus schnalzte unwillkürlich mit der Zunge.

«Kann ich sie gleich mitnehmen?», fragte er.

«Ganz bestimmt nicht.» Gianluca schob die Schublade entschlossen wieder zu. «Oder hast du das Geld in bar dabei?»

«Nein, natürlich nicht. Ich weiß ja gar nicht, was du dafür bekommst.»

Gianluca grinste. «Wirst du noch rechtzeitig erfahren. Aber mich interessiert noch was anderes.»

«Und zwar?»

«Wer kauft uns den Wein ab? Oder hat dir das der Franz auch verraten?»

Nun, ganz so naiv, wie zunächst gedacht, war dieser Gianluca offenbar doch nicht. Jedenfalls hatte er mit dieser Frage den Nagel auf den Kopf getroffen.

«Sagen wir so: Ich weiß, mit wem der Franz zusammengearbeitet hat; ich muss aber erst den Kontakt herstellen.»

«Da will ich dabei sein.»

Mist. So hatte sich Linus das nicht vorgestellt. Das Geschäft wollte er alleine machen und Gianluca mit einem überschaubaren Honorar abspeisen. Jetzt kam diese Ratte plötzlich auf die Idee, selber mitmischen zu wollen. Und wenn er ihm einfach den Stinkefinger zeigte? Keine gute Idee, denn dann würde er von ihm keine Etiketten mehr bekommen. Und er wüsste nicht, wer sie sonst herstellen könnte.

«Okay, keine Einwände.» Linus hielt ihm die Hand hin. «Auf eine gute Partnerschaft.»

Gianluca schlug ein. «Ach, übrigens, ich weiß ja noch gar nicht, wie du heißt.»

«Ich bin der Peter», sagte Linus spontan.

«Wie kann ich dich erreichen?»

Das fehlte noch, dass Gianluca wusste, wie und wo man ihn erreichen konnte.

«Vorläufig gar nicht», antwortete Linus. «Ich weiß ja, wie ich *dich* erreiche, das reicht.»

«In einer fairen Partnerschaft sollte es keine Geheimnisse geben», entgegnete Gianluca.

Linus musste grinsen. Dieser kleine Spaghetti war also doch naiv. Oder spielte er nur den treuherzigen Trottel? Dafür sprach, dass er bei den Verhandlungen mit den Abnehmern der Ware dabei sein wollte. Linus wurde nicht richtig schlau aus ihm.

«Nicht in diesem Geschäft», stellte Linus klar. «Da ist es besser, wenn Partner möglichst wenig voneinander wissen. Ich melde mich, sobald ich einen Termin bei unseren Abnehmern habe. Hoffentlich schon bald. *Arrivederci.*»

Gianluca drohte ihm mit dem Zeigefinger.

«Mach keinen Scheiß.»

«Warum sollte ich? Wir sind aufeinander angewiesen.»

«Dann ist ja gut. Servus, Peter.»

32

Kaum hatte sein Besucher den Laden verlassen, führte Gianluca einen kurzen Freudentanz auf. Der Mann war ihm zwar nicht sympathisch gewesen, aber ihn hatte der Himmel geschickt. Plötzlich tat sich eine Chance auf, mit den Etiketten wieder ins Geschäft zu kommen. Und wenn er es richtig anstellte, könnte es sogar einträglicher sein als in der Vergangenheit. Denn der Franz hatte ihm definitiv zu wenig bezahlt. Er wusste zwar nicht, was man für eine gefälschte Flasche Masseto auf dem Schwarzmarkt erzielen konnte, aber wenig war es bestimmt nicht. Jedenfalls kämen diese Geschäfte ohne seine Etiketten nicht zustande. Wobei dieser Peter nicht zu wissen schien, wie schlecht Franz seine Arbeit honoriert hatte. Gut so, da konnte er ganz neue Preise festlegen. Hoffentlich stimmte es, dass sein Besucher einen Kontakt zu den Abnehmern herstellen konnte. Er beglückwünschte sich zu seinem Einfall, bei den Verhandlungen dabei sein zu wollen. So würde er wissen, um welche Summen und Gewinnspannen es ging. Auf der Grundlage dieser Informationen könnte er über seinen Anteil verhandeln. Natürlich war ihm klar, dass der Part von Peter der wichtigere war. Ohne den passenden Wein ging gar nichts. Aber ohne seine Etiketten eben auch nicht.

Bislang war seine einzige Hoffnung gewesen, dass er über den Schwager von Franz etwas herausbekommen könnte. Aber er hatte nicht wirklich daran geglaubt, denn am Telefon war der

Mann tatsächlich ahnungslos gewesen. Von seiner Schwester würde dieser Sepp Hofreiter wohl auch nichts erfahren. Schon deshalb, weil sie der Franz kaum ins Vertrauen gezogen hatte. Bei krummen Geschäften hielt man die Ehefrauen besser raus. Weiber stellten grundsätzlich ein Sicherheitsrisiko dar, erst recht, wenn man mit ihnen verheiratet war.

Egal, er würde den Schwager nicht erneut anrufen. Er musste es nicht mehr.

Bei aller Freude hatte Gianluca dennoch ein flaues Gefühl im Magen. Es gefiel ihm nicht, dass er von seinem Besucher außer dem Vornamen nichts wusste. Falls er sich nicht mehr melden würde, stand er genauso blöd da wie zuvor.

Gianluca eilte zu seinem Prospektdrucker und schaltete ihn ab. Rasch zog er seine Schürze aus und hängte sie an einen Haken. Im Hinausgehen setzte er sich seine Sonnenbrille auf und einen Fahrradhelm. Im Hof hatte er ein Rennrad stehen. Er schwang sich in den Sattel und nahm die Verfolgung auf. Viele Wege gab es nicht. Gianluca hatte Glück. Nach weniger als einer Minute entdeckte er weit vorne seinen Besucher. Er stieg gerade in einen roten Lieferwagen. Dabei warf er einen vorsichtigen Blick zurück. Aber er konnte ihn auf die Entfernung nicht auf dem Rennrad erkennen. Gianluca bremste und wartete, bis Peter losfuhr. Dann schoss er mit dem Rennrad hinter ihm her. In Bozen war es ein Leichtes, mit einem Auto Schritt zu halten. An der ersten roten Ampel hielt er schräg hinter ihm. Im toten Winkel. Der Lieferwagen hatte eine Aufschrift: «Foidelhof.» Daneben zwei stilisierte Weingläser. Mehr stand dort nicht, aber das reichte. Wo der Foidelhof lag, ließ sich leicht rausfinden. Zur Sicherheit merkte sich Gianluca das Kennzeichen. Die Ampel schaltete auf Grün, und der Lieferwagen fuhr weiter. Gianluca hielt locker mit. Sie kamen an der

Rittner Seilbahn vorbei. Weiter ging es unterhalb der Weinberge von Sankt Magdalena auf die Rentschner Straße. Auf Italienisch hieß sie Via Rencio. Sie führte aus Bozen hinaus. Es war somit abzusehen, dass er Peters Lieferwagen bald aus den Augen verlieren würde. Auf der ersten freien Geraden war es dann so weit.

Gianluca hielt an und schnaufte durch. Kein Problem, er wusste genug. Er drehte um und radelte zurück in den Ort. Das flaue Gefühl im Magen war verschwunden. So sich dieser Peter bei ihm nicht mehr melden würde, bekäme er Besuch von ihm. Falls es nötig sein sollte, würde er nicht alleine kommen.

Gianluca war Italiener. Er hatte viele Verwandte in Bozen. Auch solche, die keiner Auseinandersetzung aus dem Weg gingen.

33

Natürlich konnte sich Emilio an seinen Entschluss erinnern, dem Fall Franz Mitterlechner keine Aufmerksamkeit mehr schenken zu wollen. Das war zweifellos eine kluge Entscheidung gewesen, wenngleich er sie nach einigen Gläsern Vernatsch getroffen hatte, weshalb sie aber nicht weniger richtig war. Nach seiner Erfahrung förderte Alkohol seine Gehirnleistung und erst recht die intuitive Wahrnehmung. Jedenfalls für den Moment. Langfristig war jedoch zu befürchten, dass man auf diese Weise schneller verblödete. Von anderen unerwünschten Folgeerscheinungen ganz abgesehen. Weshalb er sich zwischendurch abstinente Phasen verordnete. Bei diesem Gedanken geriet er etwas ins Grübeln. Wann hatte er eigentlich das letzte Mal über einen längeren Zeitraum auf Alkohol verzichtet? Er konnte sich spontan nicht daran erinnern. Was zwei Schlüsse zuließ: Entweder war das schon länger her, oder die Verblödung setzte bereits ein. Beides wäre gleichermaßen besorgniserregend.

Wie war er eigentlich darauf gekommen, mit sich selbst über den Zusammenhang von Alkohol und Denkvermögen zu philosophieren? Ach so, ja. Ausgangspunkt war seine Entscheidung gewesen, alle Ermittlungen im Zusammenhang mit Franz Mitterlechners Tod und der gefälschten Flasche Tignanello einzustellen. Wie gesagt, eine kluge Entscheidung. Weshalb es womöglich saudumm war, sie zu revidieren. Aber genau das hatte er plötzlich vor. Ohne logische Begründung. Aus dem Bauch heraus. Und absolut nüchtern.

Sein Sinneswandel hing mit Tilda Kneissl zusammen, beziehungsweise mit dem, was sie ihm erzählt hatte. Auf seinem Handy hatte er ihre Fotos eines kleinen Druckereibetriebes in Bozen und eines Weingutes mit dem Namen Foidelhof. Zwei neue Hinweise, die nichts zu bedeuten hatten – oder vielleicht doch. Dann waren da noch der verschrobene Alte von Franz' Angelplatz und ein Jugendlicher, der mit Steinen auf Schaufenster schmiss. Summa summarum also vier potenzielle Informationsquellen. Das waren vier zu viel. Er hatte schon Kriminalfälle aufgeklärt, da hatte er über keine einzige verfügt. Wie konnte er angesichts dieser Ausgangslage die Hände in den Schoß legen und untätig bleiben? Auch wenn es niemanden gab, der es ihm danken würde. Gab es Bonuspunkte im Himmel, wenn man ein Verbrechen aufklärte? Wohl kaum. Und im irdischen Leben sowieso nicht. Aber wenn er den Versuch unterließ, gab es Maluspunkte – und zwar von seinem Gewissen. Es war die Instanz, vor der er sich am meisten fürchtete.

Er würde also einen zweiten Anlauf machen. Erst wenn alle vier Kontakte nichts brachten, würde er endgültig aufgeben. Und die Flasche mit dem gefälschten Tignanello in den Altglascontainer werfen. Dann war es das gewesen, aber er müsste sich später keine Vorwürfe machen.

Blieb die Frage, mit wem und wo er anfangen sollte. Über Emilios Gesicht huschte ein Lächeln. Am liebsten mit keinem der vier. Schließlich gab es da noch eine Dame, die seine besondere Aufmerksamkeit verdiente. Tilda und er hatten ein weiteres Treffen vereinbart. Genau genommen hatte sie ihn nach Klausen eingeladen, in ihre Wohnung. Er konnte sich nicht vorstellen, dass Tilda für ihn kochen würde. Aber was er sich stattdessen vorstellen konnte, ging vielleicht genauso an der Realität vorbei. Fast hoffte er es. Und dann auch wieder nicht.

34

Phina war nicht so leicht aus der Ruhe zu bringen. Deshalb wusste er sofort, dass etwas Dramatisches vorgefallen sein musste, als sie in fast schon hysterischer Aufregung herbeigestürzt kam. So hatte Emilio sie noch nie gesehen. Ihre Augen waren weit aufgerissen, sie fuchtelte hektisch mit den Armen und schnappte nach Luft.

Sie müssten sofort losfahren, rief sie ihm kurzatmig zu. Ohne jede weitere Erklärung rannte sie hinaus auf den Hof, wo ihre Autos geparkt waren. Emilio eilte hinterher und brachte sie davon ab, selber zu fahren. In ihrer aktuellen Verfassung würde sie gegen den nächsten Baum steuern. Er bugsierte sie in seinen Landrover und startete.

«Wäre gut, wenn ich wüsste, wo wir hinmüssen», sagte er betont gelassen.

«Nach Meran, zum ‹Heim der Hoffnung›. Nun gib schon endlich Gas!»

«Was ist passiert?»

«Das Haus steht in Flammen. Die Feuerwehr ist schon vor Ort. Noch ist nicht klar, ob alle Kinder gerettet werden konnten.»

«Oje.» Mehr fiel ihm dazu nicht ein. Jedenfalls verstand er jetzt ihre Aufregung.

«Erst gestern habe ich mit der kleinen Zola Memory gespielt. Hoffentlich lebt sie noch.»

«Ganz bestimmt», beruhigte er sie. «Es ist helllichter Tag, die Kinder wurden also nicht im Schlaf überrascht. Wirst sehen, sie sind alle wohlauf. Auch deine Zola.»

Emilio gab seinem alten Geländewagen die Sporen. Die Achsen polterten, und das Lenkrad schlug wie wild hin und her. Aber Emilio behielt die Kontrolle. Sogar als sie auf die MeBo einbogen, die Schnellstraße, die Bozen mit Meran verband. Der Landy bockte wie ein störrischer Esel. Phina hielt sich fest. Alles ging gut. Woran Emilio keine Sekunde gezweifelt hatte. Es sah zwar so aus, aber er fuhr nicht wirklich am Limit. Dafür bestand kein Anlass. Die Kinder waren sicherlich längst in Sicherheit. Aber er wollte Phina das Gefühl geben, dass er sich echt beeilte. Das brauchte sie jetzt. Ihr Adrenalinspiegel war zu hoch für eine gemütliche Landpartie.

*

Im Meraner Ortsteil Labers waren die Zufahrtsstraßen abgeriegelt. Doch Emilio hatte einen Passierschein der Polizei, ausgestellt von der Quästur in Bozen. Commissario Sandrini hatte sich mal dazu hinreißen lassen, ihm ein solches Dokument auszustellen. Als Dankeschön für Emilios Unterstützung bei einem Kriminalfall. Der Berechtigungsausweis erfüllte seinen Zweck. Sie wurden durchgewinkt. Weiter vorne war kein Durchkommen mehr. Überall standen Krankenwagen und Einsatzfahrzeuge der Feuerwehr. Hilfskräfte liefen aufgeregt hin und her. Das «Heim der Hoffnung» stand zwar nicht mehr in Flammen, aber die Feuerwehr hielt weiter ihre Wasserschläuche drauf. Dichter Rauch quoll aus dem zerstörten Gebäude. Vom Dachstuhl existierte nur noch ein verkohltes Gerippe. Zwei Feuerwehrmänner mit Schutzkleidung und Atemmasken kamen heraus. Sie gaben ein Zeichen. Offenbar bedeutete es, dass niemand mehr im Haus war. Jemand applaudierte. Ein anderer reckte seinen Daumen in die Höhe. Die Drehleiter wurde eingefahren.

Phina sprach einen Sanitäter an. Ob alle Kinder gerettet werden konnten, fragte sie.

Sie seien alle wohlauf, bekam sie zur Antwort. Einige hätten leichte Rauchvergiftungen erlitten, aber die seien nicht der Rede wert. Hätte schlimmer ausgehen können. Der Sanitäter sah sie spöttisch an. Übrigens seien nicht nur die Kinder heil davongekommen, ergänzte er, sondern auch alle Erwachsenen, die im Heim tätig waren. Falls sie das interessieren sollte.

Emilio musste grinsen. Der Sanitäter hatte recht. Die emotionale Anteilnahme sollte sich nicht auf die Kinder beschränken. Als ob das Leben einer Erzieherin oder Pflegekraft weniger wert wäre.

Er lief Phina hinterher, die sich zu den Kindern durchfragte. Unterwegs machte sie ihn mit Magister Dopfer bekannt, einem älteren Herrn, der sich in einem Zustand emotionaler Auflösung befand. Kein Wunder, er war der Vorsitzende des Vereins, der das «Heim der Hoffnung» betrieb.

Die Kinder lagerten auf einer nahe gelegenen Wiese. Nachbarn hatten rasch Decken und Gartenstühle herbeigeschafft, auf denen die Kleinen nun hockten; auch gab es Körbe mit Obst, Würsten und Brot. Auf den ersten Blick sah es fast idyllisch aus, wie bei einem Picknick. Nur hatten einige Kinder noch Ruß im Gesicht, und ein Junge bekam gar von einer Krankenschwester Sauerstoff zugeführt. Ein kleines Mädchen weinte herzzerreißend.

Emilio beobachtete, wie Phina liebevoll ein schwarzes Mädchen umarmte. Das musste Zola sein. Phina hatte oft von ihr erzählt, weshalb er ihren Namen kannte; auch wusste er, dass sie eine begnadete Memory-Spielerin war.

Er lief hin, ging in die Knie und stellte sich vor. Zola strahlte ihn an. Sie konnte ja nicht ahnen, dass er keine Kinder mochte. Aber Ausnahmen bestätigten die Regel. Sie war ganz sicher eine Ausnahme. Er schenkte ihr ein Lächeln. Das Lächeln, das er von ihr zurückbekam, war jedenfalls ein Geschenk – trotz ihrer Zahnlücke. Er sprach eine Weile mit ihr. Dann überließ er Zola wieder Phinas Fürsorge.

Emilio sah sich auf der Wiese um. Wie er von Phina wusste, hatten all diese Kinder eines gemeinsam: nämlich ein schweres Schicksal. Im «Heim der Hoffnung» hatten sie eine Zufluchtsstätte gefunden. Jetzt hatte das Schicksal wieder zugeschlagen und ihr Obdach in Schutt und Asche gelegt. Er unterhielt sich kurz mit einem Brandmeister der Feuerwehr. Bislang wisse man nicht, erklärte dieser, was das Feuer ausgelöst habe. Mit der Brandursachenermittlung würde man jetzt erst beginnen können. Vielleicht habe ein Halbwüchsiger im Haus ein Lagerfeuer entzündet, so wie er das von seinem Dorf in Afrika kannte. Solche Fälle habe es schon gegeben.

Emilio dachte, dass der Feuerwehrmann mit dieser wilden Spekulation sicher falschlag. In Flüchtlingslagern war das vielleicht denkbar, aber nicht in einem Kinderheim, in dem ehrenamtliche Mitarbeiter die Aufsicht hatten und sich rund um die Uhr um die Kleinen kümmerten.

Zurück bei Phina, erfuhr er von ihr, dass die Kinder für die kommende Nacht in der Meraner Jugendherberge untergebracht werden sollten. Allerdings würde es dort eng werden, denn die bei Gästen beliebte Unterkunftsstätte in der Carduccistraße sei fast ausgebucht. Man hoffe deshalb, dass möglichst viele Kinder privat einquartiert werden könnten. Morgen müsse man dann weitersehen. Magister Dopfer sei verzweifelt. Mit dem Feuer sei auch die Hoffnung des Vereins verbrannt, den Kindern eine bessere Zukunft bieten zu können.

Emilio blickte zwischen Zola und Phina hin und her. Er zählte eins und eins zusammen.

Schmunzelnd sagte er: «Du musst sicherlich jemandem Bescheid geben. Oder hast du schon?»

Phina sah ihn überrascht an.

«Kannst du Gedanken lesen?», fragte sie.

«Gelegentlich schon», antwortete er lächelnd. «Ist in diesem Fall aber nicht besonders schwer. Komm, mach schon! Ich passe so lange auf Zola auf.»

Phina drückte die Kleine. «Ich bin gleich wieder da.»

Dann eilte sie davon, um Zola bei Magister Dopfer und beim provisorischen Einsatzkommando abzumelden.

Emilio spielte derweil mit Zola Schnick, Schnack, Schnuck. Sie hatte das Spiel nicht gekannt, aber die Regeln gleich begriffen. Schere schneidet das Papier. Das Papier wickelt den Stein ein. Und der Stein macht die Schere stumpf. Ein reines Glücksspiel. Warum verlor er dann ständig? Die freche Göre grinste ihn herausfordernd an, sprach irgendeine afrikanische Zauberformel – und schon wieder hatte sie ihn geleimt. Na warte. Beim Memory würde er sie abzocken. Später hätten sie Gelegenheit dazu. Auf Phinas Perchtingerhof, wo Zola übernachten würde. Und falls sie ihn auch beim Memory über den Tisch ziehen sollte, was er sich entgegen Phinas Ankündigung nicht wirklich vorstellen konnte, würde er dem Frechdachs Schach beibringen.

Wäre doch gelacht …

35

Nach reiflicher Überlegung hatte sich Linus entschieden, sein Versprechen nicht zu halten. Zwar hatte er den Deal mit Handschlag besiegelt, aber warum sollte er Gianluca zu seinem Termin bei der Exportfirma Lin-Chen mitnehmen? Das machte überhaupt keinen Sinn. Jedenfalls nicht für ihn. In diesem Punkt konnte er von Franz Mitterlechner lernen. Der hatte auch mit verdeckten Karten gespielt. Weshalb keiner auf die Idee kommen konnte, ihn auszubooten – da die Geschäftspartner nichts voneinander wussten. So einfach war das. Also würde er Gianluca außen vor lassen und alleine mit den Chinesen sprechen. Linus musste lachen. Gianluca hatte sich von ihm über den Tisch ziehen lassen. Er kannte ja nicht mal seinen Namen. Den Nachnamen sowieso nicht, und der Vorname war falsch. Peter! Nicht besonders originell. Aber ein anderer war ihm auf die Schnelle nicht eingefallen.

Linus parkte im Bozner Gewerbegebiet einige hundert Meter von der *Lin-Chen Global Export and Trading Company* entfernt. So war er auch verfahren, als er Gianlucas Druckereibetrieb aufgesucht hatte. Besser, wenn er sein Auto weit weg abstellte, sodass keiner mitbekam, in welchem Gefährt er unterwegs war. Er wollte unbedingt seine wahre Identität verbergen. Erst recht bei den Chinesen. Denn etwas unbehaglich war ihm schon zumute. Ihm spukten Horrorgeschichten von chinesischen Triaden durch den Kopf, die unliebsamen Geschäftspartnern die Hand abhackten – im günstigsten Fall. Die kahlköpfig und tätowiert waren. Im Vergleich dazu war die italienische Mafia ein Kirchenchor. Na ja, nicht wirklich. Aber die Chinesen sahen furchterregender aus. Und man konnte in ihren Gesichtern nicht lesen, ob sie gerade gut oder schlecht drauf waren. So kannte er es aus fernöstlichen Actionfilmen.

Mit diesen unguten Erwartungen betrat Linus den Empfangsraum von Lin-Chen. Umso größer war seine Überraschung, als er von einer zierlichen Asiatin in ausgezeichnetem Deutsch und mit einem gewinnenden Lächeln begrüßt wurde. Sie heiße ihn in den Büros von Lin-Chen sehr herzlich willkommen. Der Geschäftsführer, Herr Wang, erwarte ihn bereits. Es wäre ihr eine Ehre, ihn in den zweiten Stock begleiten zu dürfen.

Sie tippelte vor ihm her zum Lift.

Linus war perplex. So viel Höflichkeit hatte man ihm schon lange nicht mehr entgegengebracht. Aber er machte sich klar, dass der äußere Eindruck täuschen konnte. Nein, er würde sich nicht einlullen lassen, sondern hellwach bleiben.

Oben angekommen, führte sie ihn in ein Besprechungszimmer. Sie bat ihn, kurz zu warten; Herr Wang würde gleich kommen. Linus goss sich Wasser ein, nahm auf einem der Stühle Platz und sah sich um. An der Wand gegenüber war auf einer Fototapete ein feuerspeiender chinesischer Drache abgebildet. Sehr beeindruckend. In Südtirol hatten sie kein vergleichbares Fabelmonster zu bieten. Nur unschuldige Wasserfeen und einen Zwergenkönig namens Laurin. Der immerhin konnte sich unter einer Tarnkappe verstecken. Linus hoffte, dass er keine brauchen würde.

Die Tür ging auf, und ein Mann kam herein, der ebenso wenig wie die niedliche Rezeptionistin der Klischeevorstellung entsprach, die er sich zuvor gemacht hatte. Er war zwar groß, aber von schlanker Statur. In einem gutsitzenden Anzug mit Krawatte.

«*Nin hao*», sagte er mit weicher Stimme. «Guten Tag, Herr Winkler.»

Ach so, ja, unter diesem Namen hatte er sich angemeldet.

Linus stand auf und gab dem Chinesen die Hand. Er hatte mit einem Händedruck gerechnet, der so sanft wie seine Stimme war. Stattdessen wurde er von einem eisenharten Griff überrascht. Wang ließ nicht gleich wieder los, sondern sah Linus lächelnd in die Augen. Nun hatte Linus ja selber kräftige Hände, wie fast alle Bauern, die im Weinberg arbeiteten; aber der Chinese hatte ihn übertölpelt. War das ein Spiel? Ein erster kleiner Test? Was sollte das? Jedenfalls hatte er diese Kraftprobe verloren.

Wang ließ seine Hand schließlich los und bat ihn, wieder Platz zu nehmen.

Der Chinese setzte sich am Tisch Linus gegenüber.

«Herr Winkler, was verschafft mir die Ehre? Wie kann ich Ihnen helfen?»

Linus räusperte sich. Jetzt galt es, sich jedes Wort genau zu überlegen.

«Ich bin ein Geschäftsfreund des leider viel zu früh verstorbenen Franz Mitterlechner», sagte er.

Das Gesicht von Wang zeigte keine Regung.

«Wir haben aktuell bei einem sehr speziellen Projekt zusammengearbeitet», fuhr er fort.

Wieder blieb jede Reaktion aus. Wang hatte eine Mimik wie eine Marmorbüste. Nämlich keine.

«Sie kannten ja Herrn Mitterlechner, nicht wahr?», fragte Linus.

Jetzt kam doch Bewegung in das chinesische Marmorgesicht. War das ein Grinsen? Spöttisch oder hämisch? Freundlich oder kaltherzig? Wer konnte das erkennen?

«Mitterlechner? Franz Mitterlechner? Ich kann mich nicht erinnern. Sie sagten, er sei tot?» Wang machte eine Pause und sah Linus eindringlich an. Dann sprach er weiter. «Es gibt ein altes chinesisches Sprichwort: Das Leben des Menschen ist wie eine Kerze im Wind.»

Wie meinte er das? Bezog er das auf Franz oder auf ihn? War das eine versteckte Drohung? Linus stellte fest, dass er so nicht weiterkam. Wortlos legte er das gefälschte Tignanello-Etikett auf den Tisch.

Wang beugte sich vor und betrachtete es. «Tignanello? Ein schöner Wein. Habe erst letzthin einen getrunken. Aber warum zeigen Sie mir dieses Etikett?»

«Der Masseto ist fertig», log Linus. Damit nahm er Bezug auf die letzte E-Mail von Franz an Lin-Chen.

«Masseto? Auch ein schöner Wein, sogar ein besonders schöner.»

«Und ein besonders teurer Wein.»

«Ach ja? Ist das so? Was soll ich mit der Information anfangen, dass der Masseto fertig ist? Ehrlich gesagt, verstehe ich das nicht.»

Wang stellte sich dumm. Oder hatte er wirklich keine Ahnung? Könnte ja sein, dass Franz nicht mit dem Chef persönlich seine Geschäfte getätigt hatte, sondern mit einem seiner Mitarbeiter. Und Wang wusste nichts davon. Wie wahrscheinlich war das? Sehr unwahrscheinlich! Wang sah nicht so aus, als ob er zuließe, dass etwas hinter seinem Rücken ablief. Was konnte passieren? Wang würde ihn ganz sicher nicht bei der Polizei anzeigen. Höchstens bestand die Gefahr, dass er ihn als unliebsamen Zeugen ansah, der zu viel wusste. Linus versuchte, nicht an das chinesische Sprichwort mit der Kerze zu denken. Doch in erster Linie dürfte Wang an einer Fortsetzung der Geschäfte interessiert sein. Auch nach dem Tod von Franz Mitterlechner. Linus setzte darauf, dass sich dieser Chinese ebenfalls vom Gewinnstreben leiten ließ, und beschloss, alle Vorsicht fahren zu lassen.

«Tignanello, Sassicaia, Ornellaia ... All diese Weine hat Franz Mitterlechner von mir bezogen. Auch die Weine aus dem Bordeaux und die alten Raritäten. Mit dem Masseto waren wir etwas im Verzug.» Linus rang sich ein Grinsen ab. «Er musste noch etwas reifen. Gewissermaßen.»

«Gewissermaßen? Interessant.»

«Herr Wang, um es kurz zu machen: Ich wäre an einer Fortsetzung der Geschäfte interessiert. Ich kann Ihnen jeden Wein besorgen. Und zwar jeden, Sie verstehen mich? Zu denselben Konditionen wie Franz Mitterlechner.»

Wieder setzte Wang sein Marmorgesicht auf. Keine Regung, nicht einmal ein Lidschlag.

«Ist doch eigentlich ganz einfach», fuhr Linus fort. «Ich habe den Wein, und Sie verfügen über die Vertriebsmöglichkeiten. Wäre doch schade, wenn wir das nicht fortsetzen könnten.»

«Sie sagten, der Masseto sei fertig. Wann können Sie ihn liefern?»

Hurra! Wang stieg darauf ein. Gleichzeitig bekam Linus einen Kloß im Hals. Denn der Masseto war alles andere als fertig. Er wartete noch auf den Grundwein aus Venetien. Ein sehr ordentlicher Merlot. Aber der Transport war noch nicht da. Und dann musste er ihn erst mal aufmotzen, ihn also mit anderen Weinen verschneiden und diversen Prozeduren unterziehen. Ein Verfahren war die Kryoextraktion, mit der er den Alkoholgehalt durch Flüssigkeitsentzug künstlich erhöhte und das Aroma verstärkte. Das dauerte. Zudem brauchte er von Gianluca die Etiketten.

«Im Laufe der Woche», antwortete Linus, dem klar war, dass davon alles abhing. Er musste es hinbringen. Wie auch immer. Von Franz kannte er die Zahl der bestellten Flaschen. Nur den Preis wusste er nicht. Aber ihm war klar, dass er zu diesem Zeitpunkt besser nicht danach fragte.

«Ich nehme Sie beim Wort», sagte Wang. «Bis Ende der Woche, keinen Tag länger. Sonst wird das nichts mit uns. Haben wir uns verstanden?»

Trotz der Schwierigkeiten, mit denen er erst einmal fertigwerden musste, wäre Linus am liebsten aufgesprungen und hätte Wang die Hand geschüttelt. Aber er sah nicht so aus, als ob ihm das gefallen würde.

«Sie können sich auf mich verlassen», versprach Linus.

Wang zeigte ein kaltes Lächeln. «Das hoffe ich. Nicht für mich, aber für Sie.»

Der Chinese deutete auf den rot geschuppten Feuerdrachen an der Wand. «Der *Lóng* ist unser Wappentier. Er hat eigentlich ein friedvolles Wesen, aber wenn man ihn erzürnt, wird aus ihm ein *Nie Lóng*, ein böser Drache, der über seine Feinde Verderben bringt.»

«Ich werde den Drachen nicht erzürnen.»

«Das ist ein guter Vorsatz. Am besten bleiben Sie immer bei der Wahrheit, Herr *Winkler*.»

Warum betonte er den Namen so komisch?

Wang stand auf und bedeutete mit einer leichten Verbeugung, dass das Gespräch beendet war.

«Ich wünsche Ihnen eine gute Heimfahrt, Herr …» – er machte eine dramatische Pause – «… Herr Foidel, Linus

Foidel. Übrigens können Sie das nächste Mal gerne den Besucherparkplatz verwenden. Dann müssen Sie nicht so weit laufen.»

Linus bekam eine Gänsehaut.

36

Nach einem durchaus vergnüglichen gemeinsamen Frühstück und einer Blitzpartie Memory verließ Emilio seine beiden «Damen», um zu einem Termin zu fahren, den er nicht näher spezifizierte. Letzteres war nicht ungewöhnlich, denn er setzte Phina nur selten über seine Vorhaben ins Bild, erst recht, wenn sie mit seiner Arbeit zu tun hatten. Was aber nicht der Fall war. Wäre noch nachzutragen, dass er bester Stimmung war, denn er hatte gegen Zola zwar verloren, aber mit Absicht – und zwar so, dass dies Phina, die beim Memory zugeschaut hatte, nicht entgangen war. Womit seine Reputation als kluger Kopf keinen Schaden genommen hatte. Obendrein hatte er sich so von seiner kinderfreundlichen Seite gezeigt, und Zola, die wirklich über ein verblüffend gutes Gedächtnis verfügte, blieb es erspart, Schach zu lernen. Emilio grinste. Was natürlich als Scherz gemeint war. Wobei es ihn tatsächlich interessieren würde, ob und wie schnell Zola die Regeln verstand. Wahrscheinlich erstaunlich schnell.

Was seinen Termin betraf, zu dem er unterwegs war: Dieser hatte nichts mit seiner kriminalistischen Tätigkeit zu tun. Ihm war schon gestern ein Gedanke gekommen, der ihn die halbe Nacht beschäftigt hatte und heute Morgen zum Entschluss gereift war. Aber er wusste nicht, ob er sich so einfach realisieren ließ. Vermutlich gab es Bestimmungen, die es zu berücksichtigen galt. Und es mussten Verhandlungen geführt werden, zu denen er keine Lust verspürte. Doch gottlob gab es dafür Spezialisten. Einer hieß Doktor Marthaler und hatte in Meran eine Rechtsanwaltskanzlei. Der Advokat genoss sein Vertrauen. Er hatte kurzfristig einen Termin mit ihm vereinbart, um ihn von seinem Vorhaben in Kenntnis zu setzen und ihn mit der unverzüglichen Abwicklung zu betrauen. Das Briefing sollte nicht allzu lange dauern. Doktor Marthaler hatte eine schnelle Auffassungsgabe. Und in der Regel wusste er sofort, was zu tun war. Wobei Emilios aktuelles Ansinnen auch für ihn Neuland bedeuten könnte. Sehr wahrscheinlich sogar. Doch allzu schwierig sollte der Auftrag nicht sein. Zudem versprach er durchweg positive Reaktionen.

Emilio war kein Freund von Multitasking. Er arbeitete gerne linear, was nicht ausschloss, dass seine Gedanken gleichzeitig kreuz und quer gingen. Genau genommen war es ihm gerade deshalb wichtig, Dinge, wenn möglich, nacheinander zu erledigen. Um quasi Ordnung ins mentale Chaos zu bringen. Also wollte er erst den Termin bei Doktor Marthaler hinter sich bringen, bevor er sich wieder auf seinen Fall konzentrierte. Sein Fall? Doch, das war er mittlerweile wieder. Wenigstens so lange, bis er seine Befragungen und einige dringliche Recherchen durchgeführt hatte. Ob es danach noch *sein* Fall war, würde sich zeigen. Ein Ja wäre für ihn genauso gut wie ein Nein. In diesem Punkt war er frei von Emotionen. Was seine Entscheidung betraf, die er gleich mit dem Anwalt besprechen wollte, verhielt es sich ganz anders. Diese war nämlich ausschließlich von Emotionen bestimmt. Diese Einsicht verwirrte ihn beträchtlich. Denn er hielt sich für einen kopfgesteuerten Menschen. Nur selten gestattete er sich Ausnahmen. Zum Beispiel im Liebesleben, aber darum ging es nicht.

37

Den Termin hatte er erfolgreich hinter sich gebracht. Doktor Marthaler hatte zunächst gestaunt, ihm dann aber freudig die Hand geschüttelt und versprochen, gleich loszulegen. Emilio wollte dem nicht entgegenstehen, weshalb er den Vorschlag eines gemeinsamen Mittagessens abgelehnt hatte. Leise lächelnd stellte er fest, dass wenigstens diese Entscheidung eindeutig kopfgesteuert war. Gott sei Dank. Denn gefühlsmäßig wäre er mit dem Anwalt natürlich sehr gerne zum Essen gegangen, allein schon deshalb, weil Marthaler ein Gourmet war und immer wieder mit neuen Restaurantempfehlungen aufwarten konnte.

So kam es, dass sich Emilio früher als geplant auf den Weg machte. Er beschloss, zunächst in Brixen seine Ermittlungen fortzuführen. Laut Polizeiprotokoll besuchte Norbert «Berti» Gatterer dort eine Fachoberschule. Die Gendarmerie hatte ihn am Abend des Einbruchs in Franz Mitterlechners Weinlager als einzigen der randalierenden Jugendlichen aufgegriffen. Sie hatten ihm aber nichts nachweisen können und ihn deshalb wieder laufen lassen. Emilio glaubte nicht daran, dass die Jungs aus purem Übermut Steine in Schaufenster geworfen hatten. Sehr viel wahrscheinlicher schien ihm, dass sie von den Einbrechern dazu angestiftet wurden, um Polizeikräfte zu binden.

Emilio hatte die Adresse der Fachoberschule und auch jene seiner Eltern, wo er wohnte. Fragte sich, wann und wo er diesen

Berti am besten abfangen sollte. Er konnte ja kaum in die Schule spazieren und ihn dort aus dem Klassenzimmer holen ... Oder vielleicht doch? Ja, warum eigentlich nicht? Genau das würde er tun. Unter irgendeinem fadenscheinigen Vorwand.

In Brixen angekommen, stellte er fest, dass der Unterricht in der Schule gerade zu Ende gegangen war. Jedenfalls stürmte eine Horde von Schülern aus dem Gebäude heraus. Um diese Zeit? Kein Wunder, dass die jungen Leute immer dümmer wurden. Jedenfalls nach seiner subjektiven Meinung. Wer von den Rabauken Berti war, ließ sich natürlich nicht feststellen.

Emilio fuhr auf gut Glück zum Haus seiner Eltern, parkte dort und lief die Straße in jene Richtung, aus der Berti kommen musste, falls er nach der Schule gleich heimging. Er glaubte nicht wirklich daran, dass er dem Teenager begegnen würde. Umso größer seine Freude, als sich ihm wenig später ein Bursche auf dem Skateboard näherte, den er vorhin laut brüllend vor dem Schulgebäude gesehen hatte. Emilio stellte sich ihm in den Weg und gab ihm ein Zeichen, dass er anhalten sollte. Der Junge hatte offenkundig keine Manieren, denn er zeigte ihm demonstrativ den Mittelfinger und versuchte, ihn mit einer eleganten Kurve zu umfahren. Ein solch ignorantes Verhalten konnte Emilio nicht gutheißen, weshalb er ihm spontan mit dem Gehstock gegen die Beine schlug. Nicht fest, aber ausreichend, um ihn aus dem Gleichgewicht zu bringen.

Ups. Der Bursche flog vom Skateboard, war aber geschickt genug, sich abzurollen und offenbar unverletzt wieder aufzurappeln.

«Hey Alter, spinnst du?»

Alter? Dem Burschen hatten sie wohl das Hirn vernebelt.

«Bist du der Berti Gatterer?», fragte Emilio.

«Das geht dich einen Scheiß an. Wo ist mein Brett?»

Emilio wusste, wo es war. Direkt neben der Straße befand sich eine Baustelle, auf der nicht gearbeitet wurde. Dorthin war es mit einem Überschlag entschwunden.

Emilio deutete grinsend in die Richtung. Berti hatte einen roten Kopf und war offenbar hin- und hergerissen, ob er erst sein Brett holen oder gleich Rache an Emilio nehmen sollte. Er entschied sich fürs Skateboard und rannte auf die Baustelle. Emilio sah sich um. Sie hatten keine Beobachter – erst recht nicht auf der Baustelle. Berti hatte sich von der Gendarmerie nicht einschüchtern lassen. Er war für sein Alter groß gewachsen und kräftig. Und entsprechend selbstbewusst. Er würde auch ihm nicht bereitwillig Auskunft geben.

Emilio folgte ihm auf die Baustelle. Berti hatte das Skateboard gerade unter einem Betonmischer hervorgezogen und sah Emilio wütend an.

«Du Arsch! Mein Board ist total verkratzt.»

Er näherte sich ihm in eindeutig wenig freundlicher Absicht.

Emilio dachte, dass es nicht besser laufen könnte. Er hob seinen Gehstock und zielte auf Berti.

«Bleib sofort stehen!», forderte er ihn auf. «Ich will dir nur ein paar Fragen stellen.»

Berti war wirklich schwer von Begriff. Statt Emilios höflicher Bitte zu folgen, packte er seinen Gehstock, um ihn ihm zu entreißen.

Keine gute Idee. Emilio grinste und betätigte die Entriegelung. Der Schaft des Gehstocks löste sich, und aufgrund des plötzlich fehlenden Widerstands stürzte Berti mit dem Schaft zu Boden.

Emilios Gehstock war ein Erbstück seines Großvaters. Im Inneren verfügte er über eine lange Degenklinge. Solche Degenstöcke waren in früheren Jahrhunderten durchaus gebräuchlich. Dass sie heute verboten waren, interessierte ihn nicht.

Emilio fuhr mit dem Degen pfeifend durch die Luft. Berti schaute entgeistert. Dann drückte ihm Emilio die Spitze sanft, aber nachdrücklich gegen die Brust. Berti lag da wie erstarrt.

«Wie ich schon erwähnte, habe ich nur ein paar Fragen», sagte Emilio. «Zunächst muss ich wissen, ob du wirklich der Berti Gatterer bist.»

Der Bengel nickte ganz vorsichtig.

«Zusammen mit ein paar Freunden hast du letzthin mit Steinen Schaufenster eingeschmissen. Die Gendarmerie hat dich kurz in Gewahrsam genommen, musste dich aber wieder laufen lassen. Um es gleich zu sagen – das interessiert mich nicht. Wegen mir kannst du so viele Scheiben einschmeißen, wie du willst.»

Berti sah ihn mit schreckgeweiteten Augen an. Vielleicht auch deshalb, weil Emilio den Druck mit dem Degen ein klein wenig erhöht hatte.

«Ihr seid zu der Tat angestiftet worden», fuhr Emilio fort. Manchmal war es besser, eine Frage gleich als Feststellung zu formulieren. «Ich will wissen, von wem. Wer hat euch dafür bezahlt?»

Berti schnappte nach Luft. Er hatte den Atem wohl zu lange angehalten.

«Wer sind Sie?», fragte er.

Immerhin brachte er ihm jetzt so viel Respekt entgegen, dass er ihn siezte. Gleichwohl schüttelte Emilio missbilligend den Kopf.

«Ich habe einen kurzen Geduldsfaden. Oft steche ich zu und weiß hinterher nicht mehr, warum. Ich will einen Namen! Und zwar sofort.»

«Ich kann Ihnen keinen Namen nennen. Aber der Typ hatte Schlitzaugen und hat mit Akzent gesprochen. War vielleicht ein Chinese. Oder ein Japaner. Ich kann die nicht auseinanderhalten.»

«Na bitte, geht doch. Er hat euch den genauen Zeitpunkt genannt und Geld gegeben, richtig?»

«Ja, das stimmt. Aber mehr weiß ich nicht, ich schwöre es.»

Emilio glaubte ihm. Warum sollte der Auftraggeber einer solchen Aktion seinen Namen nennen? Diese Annahme war sowieso abwegig. Ganz ergebnislos war seine Befragung dennoch nicht. Jetzt wusste er definitiv, dass die Einbrecher generalstabsmäßig vorgegangen waren. Sie hatten in Brixen für Rabatz gesorgt und die Gendarmerie abgelenkt. Außerdem waren die Diebe noch auf die Idee gekommen, einige Müllcontainer umzuwerfen. Das hatte ihnen genug Zeit verschafft, die Aktion trotz Auslösung des Alarms in aller Ruhe durchzuziehen. Auch war interessant, dass es sich beim Auftraggeber um einen Asiaten handelte. Welcher Herkunft auch immer. Noch wusste er nicht, was er mit dieser Information anfangen sollte. Aber er würde darüber nachdenken.

Emilio nahm den Degen von Bertis Brust und hob den Schaft auf.

«Du bleibst hier noch einen Moment liegen!», befahl er dem Jungen. «Am besten vergisst du, dass wir uns begegnet sind. An deiner Stelle würde ich mit niemandem darüber reden.» Er grinste. «Ich könnte sonst nicht versprechen, dass ich mich das nächste Mal so unter Kontrolle habe.»

Langsam ging er rückwärts. Noch immer mit dem Degen auf Berti zielend. Der blieb regungslos liegen. Das würde er auch die nächsten Minuten tun, da war sich Emilio sicher.

Er schob den Degen in den Schaft und verriegelte ihn. Mit

einem angedeuteten Gruß machte er kehrt und verließ die Baustelle. Eilenden Schrittes ging er zu seinem geparkten Auto. Es stand um die Ecke. Er ließ rasch den Motor an und konnte ungesehen verschwinden. Gut so! Schließlich hatte er nichts dagegen, genauso anonym zu bleiben wie dieser chinesische Japaner, der aber auch aus Korea stammen könnte. Jedenfalls hielt sich der Mann jetzt in Südtirol auf. Da war er genauso exotisch wie ein Pinguin am Äquator. Emilio zog eine Grimasse. Nun ja, leider nicht ganz. Emilio erinnerte sich, dass es in Bozen eine chinesische Community gab. Es existierten sogar chinesische Bars, Restaurants und Friseurgeschäfte. Von einer japanischen Community war ihm nichts bekannt. Auch nicht von einer koreanischen. Na, immerhin. Wahrscheinlich also ein Pinguin chinesischer Abstammung, der mit Akzent sprach und mit gestohlenen Weinen handelte. Denn selber austrinken konnte er die Flaschen nicht. So viel war sicher. Außerdem vertrugen Pinguine keinen Alkohol.

38

Sepp Hofreiter saß im Büro der Mitterlechner Weinvertriebsgesellschaft und ließ sich von Steffi den Nacken massieren. Sie machte das gut. So gut, dass er sie am liebsten um weitergehende Dienstleistungen gebeten hätte. Aber natürlich verbot sich das. Schließlich war sie eine Angestellte seiner Schwester und er selbst für den Moment gewissermaßen ihr Chef. Außerdem war sie verdammt jung. Aber volljährig war sie, das wäre also nicht das Problem. Doch hatte er, und das war entscheidend, relativ strenge Moralvorstellungen. Er hielt es mit den zehn Geboten, auch mit dem neunten: Lass dich nicht gelüsten deines Nächsten Weibes. Nun, so viel er wusste, hatte Steffi keinen festen Freund. Aber in der Bibel stand ebenfalls, dass man sich von sündigen Begierden reinhalten sollte. Sein Liebesleben lag schon seit längerem auf Eis. Das minderte die Erwartungen. Andererseits steigerte es die Phantasien. Und diese wollte er in Grenzen halten.

Fast war er froh, als das Telefon zu klingeln begann. Steffi ließ von ihm ab und nahm das Gespräch entgegen, höflich wie immer, aber offenbar schnell überfordert. Sie sagte, dass sie das Telefonat zu Herrn Hofreiter durchstellen würde, der momentan die Geschäfte des Unternehmens führe.

Sepp hatte zwar keine Lust zu telefonieren, aber was blieb ihm anderes übrig. Außerdem machte Steffi einen hilflosen Eindruck und gleichzeitig eine sehr ernste Miene, was den

Schluss zuließ, dass es sich um ein wichtiges Gespräch handelte.

Sepp nahm den Hörer und meldete sich kurz und knapp mit seinem Namen. Das übliche Gefloskel im Stile von «Was kann ich für Sie tun?» hielt er für nervtötende Zeitverschwendung.

Der Anrufer kam auch so gleich auf den Punkt. Er stellte sich als Avvocato Bruneschi vor. Seine Rechtsanwaltskanzlei in Trient habe einige bedeutende italienische Weingüter und Konsortien als Mandanten und arbeite zudem eng mit der Assekuranz zusammen, bei der sich die Mitterlechner Weinvertriebsgesellschaft gegen Einbruch und Vandalismus versichert habe.

Kurz dachte Sepp, dass vielleicht doch eine Hoffnung auf Entschädigung für die gestohlenen Weinflaschen aus dem Lager bestand, und er sprach dies sogleich an. Aber er wurde umgehend enttäuscht.

Nein, daran sei leider nicht zu denken, wurde ihm beschieden. Es gebe nun mal keinen Nachweis, dass sich die besagten Weine zum Zeitpunkt des Einbruchs im Lager befunden hätten. Mehr noch, es fehle jedwede nähere Beschreibung des gestohlenen Bestandes, sowohl in qualitativer als auch in quantitativer Hinsicht. Die Erwartung von Frau Mitterlechner, eine Versicherungsleistung in Anspruch nehmen zu können, sei deshalb, mit Verlaub gesagt, reichlich naiv.

Sepp enthielt sich eines Kommentars, gab aber dem Anwalt aus Trient insgeheim recht. Das hatte er seiner Schwester gleich gesagt. Jetzt erfuhr er, dass sie sich dennoch mit der Versicherung in Verbindung gesetzt hatte – eigenmächtig und ohne mit ihm Rücksprache zu halten. Das war nicht nur «naiv», sondern geradezu töricht gewesen. Könnte es doch im schlimmsten Fall dazu kommen, dass sich plötzlich die *Guardia di Finanza*, die für die Bekämpfung von Wirtschaftskriminalität zuständige Finanzpolizei, für die in den Büchern nicht vermerkten Geschäfte interessierte.

«Frau Mitterlechner hat der Versicherung größere Bestände von herausragenden Weinen aus der Toskana und dem Piemont genannt», fuhr Bruneschi fort. «Was aus Sicht meiner Mandanten ausgesprochen merkwürdig ist, denn der Vertrieb von Weinen dieser Preis- und Güteklasse ist streng reglementiert. Die Mitterlechner Weinvertriebsgesellschaft ist kein gelisteter Vertriebspartner.»

Sepp musste schlucken. So was hatte er befürchtet. Wie konnte Martina so blöd sein und der Versicherung konkrete Namen nennen? Jetzt hatten sie den Schlamassel. Als ob sie nicht schon so genug Probleme hätten. Am liebsten würde er alles hinschmeißen. Aber das konnte er seiner Schwester nicht antun.

«Leider kann ich dazu nichts sagen», antwortete er. «Ich bin mit den Geschäften meines verstorbenen Schwagers nicht vertraut und nur vorübergehend und der Not gehorchend meiner erkrankten Schwester bei der Abwicklung behilflich.»

Sepp atmete tief durch. Vorübergehend und der Not gehorchend? Genau so war es. Bald würde er wieder in seiner Küche stehen und Schupfnudeln in der Pfanne schwenken oder sein berühmtes Backhendl panieren. Lieber heute als morgen.

«Ihre Schwester hat als Zeugen für den betreffenden Bestand ihre beiden Lagerarbeiter benannt», berichtete Bruneschi. «Und einen gewissen Baron von Ritzfeld-Hechenstein. Ist das korrekt?»

«Wie soll ich wissen, wen Ihnen meine Schwester als Zeugen genannt hat!», brauste Sepp auf. Er hatte genug von diesem Gespräch. «Natürlich wussten unsere Lageristen Phuong und

Thien davon, ist doch klar. Und soweit ich von meiner Schwester weiß, war der Baron tatsächlich wenige Stunden vor dem Einbruch im Lager gewesen. Warum fragen Sie?»

«Weil uns der Baron von Ritzfeld-Hechenstein persönlich bekannt ist. Wir haben mal in einem früheren Fall zusammengearbeitet.»

«Na also. Dann haben Sie doch Ihren Zeugen. Am besten fragen Sie ihn selbst.»

Bruneschi räusperte sich. «Genau das werden wir tun. Außerdem könnte es sein, dass wir ihn beauftragen, die Herkunft der gestohlenen Weine zu recherchieren. Wundern Sie sich also nicht, wenn er sich mit Ihnen oder Ihrer Schwester in Verbindung setzt. Entweder der Baron oder ein anderer Ermittler, der in unserem Auftrag handelt.»

Sepp war geschockt. Scheiße, scheiße! Jetzt hatten sie also diesen furztrockenen Anwalt aus Trient an der Backe. Vielleicht lehnte Emilio den Auftrag ab? War auch egal, denn dann würde ein anderer zu ihnen kommen und womöglich überall seine Nase reinstecken. Und wenn es ganz schlimm lief, wurde wirklich die *Guardia di Finanza* auf sie aufmerksam. Vielleicht sollte er auswandern? Seine Küche war kein sicherer Zufluchtsort. Was für einen Mist hatte ihnen sein Schwager hinterlassen? Der Franz war ein großspuriger Depp gewesen. Er hatte es schon immer gewusst.

39

Emilio dachte darüber nach, ob er diesen Berti vielleicht zu hart angefasst hatte. Natürlich hatte er das, aber ihm war aufgrund des Verhaltens dieses rüpelhaften Burschen keine andere Wahl geblieben. Und außer einem gehörigen Schrecken hatte Berti keinen Schaden davongetragen. Er hatte ihm mit dem Degen nicht den kleinsten Kratzer zugefügt, nur ein wenig gekitzelt. Außerdem war es aus pädagogischer Sicht durchaus vertretbar, einem aufmüpfigen Halbwüchsigen mal die Grenzen aufzuzeigen. Jedenfalls nach seiner unmaßgeblichen Meinung. Darüber hinaus heiligte der Zweck die Mittel. Was Berti der Gendarmerie verschwiegen hatte, hatte er ihm gegenüber mehr oder weniger bereitwillig offenbart. Nämlich, dass er mit seinen Freunden gegen Bezahlung randaliert hatte. Ganz offensichtlich mit dem Ziel, so Emilios Interpretation, die Polizei abzulenken und den Einbrechern einen Zeitvorteil zu verschaffen. Hat ja auch hervorragend geklappt. Nicht dumm, diese Weindiebe. Auch schien klar, dass es sich bei der Bande um Asiaten handelte. Insofern durfte er mit dem Ergebnis seiner «Befragung» zufrieden sein.

Schmunzelnd stellte er fest, dass er gewissermaßen im vorauseilenden Gehorsam gehandelt hatte. Denn vor wenigen Minuten hatte er einen überraschenden Anruf von Bruneschi erhalten. Er kannte den Anwalt. Sie hatten schon mal zusammengearbeitet. Jetzt taten sie es wieder. Ohne lange zu überlegen, hatte Emilio den Auftrag angenommen, die Herkunft der gestohlenen Weine in Mitterlechners Lager auszukundschaften und ebenso den weiteren Verbleib zu klären. Hatte er gestern noch darüber nachgedacht, warum um Himmels willen er sich um diesen Fall kümmerte und wer es ihm je danken würde, so hatte er dafür jetzt einen handfesten Grund – nämlich ein gut dotiertes Mandat einer renommierten Rechtsanwaltskanzlei. Natürlich hatte er am Telefon verschwiegen, dass er bereits in diesem Fall ermittelte. Das ging die Freunde in Trient nichts an, war aber ausgesprochen witzig und bestätigte seine These, dass man erstens nicht wissen könne, wofür zweitens etwas gut sei.

All dies ging Emilio durch den Kopf, während er über die Landstraße zum Gasthaus fuhr, wo Franz an seinem Todestag geparkt hatte. Es war nicht weit. Emilio stellte seinen Landy ab und hoffte, den alten Mann anzutreffen, dem die Polizei in der Nähe des «Unfallorts» begegnet war. Im Protokoll stand, dass er Lois Horngacher hieß und den Franz Mitterlechner womöglich beim Angeln gesehen hatte. Vielleicht auch das Unglück selbst. Aber aus dem verschrobenen Alten lasse sich nichts herausholen, weil er mundfaul sei und mutmaßlich dement. Als Augenzeuge könne man ihn vergessen. Nun, davon wollte sich Emilio selber überzeugen. Er glaubte grundsätzlich nichts, was er nicht selber geprüft hatte.

Laut Bericht wohnte Lois Horngacher im «Austragshäusl» des Gasthauses. Offenbar war er ein Großonkel der Besitzer. Von denen hatte er ja schon bei seinem ersten Besuch bestätigt bekommen, was er schon aus dem Polizeibericht wusste: dass nämlich niemand am frühen Morgen den Franz beim Angeln gesehen habe – und demzufolge erst recht nicht, ob und was mit ihm passiert sei. Zum alten Lois hatte man ihm gesagt, dass er halt nicht mehr richtig im Oberstübchen sei. Gut, in diesem Punkt schienen sich alle einig.

Emilio lief zunächst hinunter an den Eisack und sah sich um. Vielleicht schlurfte der Alte hier irgendwo rum? Wenn er wirklich dement sein sollte, waren diese Ausflüge nicht ungefährlich. Aber offenbar interessierte es keinen, dass er in den Fluss fallen und ersaufen könnte. Jedenfalls war Lois nirgends zu sehen. Emilio ging wieder hinauf zum Gasthaus und fand auf der Rückseite ein kleines Gebäude, das einen ziemlich runtergekommenen Eindruck machte. Die Farbe blätterte von den Wänden, und die Fensterläden hingen schief in den Scharnieren. Der Kontrast zum schmucken Gasthaus hätte kaum größer sein können. Aber das «Austragshäusl», um nichts anderes konnte es sich handeln, lag versteckt und war den Blicken der Öffentlichkeit entzogen. Weil Emilio keine Glocke finden konnte, klopfte er gegen die Tür. Es dauerte eine kleine Weile, doch dann wurde ihm aufgemacht. Ein knorriger Alter sah ihn misstrauisch an.

«Grüß Gott», begrüßte Emilio ihn freundlich. «Mein Name ist Ritzfeld, und ich möchte gerne den Horngacher Lois sprechen. Bin ich da richtig? Sind Sie das?»

Als Antwort kam zunächst ein Schmatzen aus einem offenbar zahnlosen Mund. Es folgte ein gutturaler Laut, den Emilio als Bestätigung interpretierte.

«Darf ich reinkommen?», fragte Emilio.

Lois schüttelte energisch den Kopf. Na bitte, so dement konnte er nicht sein. Er hatte die Frage verstanden und war zu einer eindeutigen Willensäußerung fähig.

«Oder wollen wir ein paar Schritte zusammen gehen?», schlug Emilio vor. Er wusste ja, dass Lois gerne in der Gegend herumspazierte. Was schon mal grundsätzlich interessant war: Offenbar fand er von alleine wieder heim, sonst würden ihn seine Verwandten wegsperren. Sie hatten ein Gasthaus zu führen und sicher was Besseres zu tun, als sich regelmäßig auf die Suche nach einem verwirrten Großonkel zu machen.

«*Jo, des kannt mr mochn*», willigte Lois ein.

Dass er alte Filzlatschen anhatte, störte Lois nicht. Er ließ die Tür offen stehen und hatschte los.

Mit Blick auf Emilios Gehstock fragte er: «*Fahlt eppes be deinem Fuas?*»

Ihn zu verstehen, erforderte Emilios volle Konzentration. Dass die «Füße» von den Sohlen über die Knie bis zu den Hüften reichten, kannte er schon aus dem Bayerischen.

Emilio grinste. «Ja, ein altes Kriegsleiden.»

«*Gea, des kon jo net sein, sofft olt bisch jo gor net*», stellte Lois das behauptete «Kriegsleiden» in Frage. Spätestens jetzt wusste Emilio, dass der Alte vielleicht eine Macke hatte, aber deppert war er nicht.

«War Spaß, mir ham's bei der Jagd ins Bein g'schossen», erwiderte Emilio. Dabei bemühte er sich um eine südtirolerische Lautfärbung, aber ohne zu übertreiben. Der Alte hörte sowieso, dass er nicht von hier kam. Umgekehrt war Emilio froh, dass er ihn überhaupt verstand.

Wie von selbst wählte Lois den Weg hinunter zum Eisack und damit zu der Stelle, wo Franz beim Angeln in den reißenden Fluss gefallen war.

Anscheinend war das seine übliche Route. Oder zog es ihn dorthin, weil er hier was Schlimmes beobachtet hatte? Die theoretische Möglichkeit, dass er kein Zeuge, sondern der Täter war, kam nicht wirklich in Betracht. Lois ging so unsicher, dass man ihm einen Rollator wünschen würde. Jedenfalls war der Felsen, von dem Franz geangelt hatte, für ihn unerreichbar – mit oder ohne Filzlatschen an den Füßen.

Emilio blieb an der Uferböschung stehen und sah hinunter zum Wasser.

«Ich hab ihn gekannt, den Franz Mitterlechner», sagte er.

Der Alte nickte. «*I hon ihn a gekennt*», stellte er fest. «*Obr lei em segn.*»

Er kannte ihn also auch, wenngleich nur vom Sehen.

«Weil er hier immer zum Angeln hergekommen ist, stimmt's?»

«*Woll, so wearts gwesn sein*», grummelte er.

Emilio verstand ihn kaum, dachte aber, dass diese indifferente Äußerung als Zustimmung zu werten war.

«Ein schlimmes Unglück.»

«*Wenn moansch.*»

Emilio überlegte, dass diese einschränkende Bemerkung zwei Interpretationen zuließ. Entweder empfand Lois den Vorfall nicht als «schlimm», oder er hielt ihn für kein «Unglück».

Emilio richtete seinen Blick auf den Alten, der als Reaktion darauf heftig zu zucken begann.

«Ich vertraue Ihnen ein Geheimnis an», sagte Emilio. «Der Franz ist nicht von selber in den Fluss gefallen. Jemand hat ihn gestoßen, da bin ich mir sicher.»

Lois zog lautstark Speichel hoch und spuckte in die Wiese.

«*Woll, so wearts gwesn sein*», wiederholte er seinen Satz von gerade eben.

Was wollte er damit sagen? Dass Emilio mit seiner Vermutung richtiglag? Weil er gesehen hatte, wie Franz gestoßen wurde?

«Mich würde interessieren, wer den Franz in den Fluss gestoßen hat», sagte Emilio nachdenklich.

In Lois' Gesicht begann es wieder heftig zu zucken. Er schmatzte, dann verschluckte er sich. Der Schleim musste raus, danach ging es ihm wieder besser. Aber Emilios Hoffnung erfüllte sich nicht, dass er ihm etwas mitteilen würde. Lois gab nicht preis, ob er was gesehen hatte. Und erst recht nicht, wen.

Stattdessen machte der Alte kehrt, um zurück nach Hause zu schlurfen. Wie er sagte, brauchte er jetzt einen Obstler. Emilio wusste, dass man Menschen wie Lois nicht drängen durfte. Solchen Charakteren musste man Zeit lassen. Heute würde er dem Alten keine weiteren Fragen mehr stellen. Aber er beschloss, wiederzukommen und es erneut zu versuchen. Ganz behutsam und ohne Druck. Denn Lois wusste was, davon war er überzeugt.

40

Gerade hatte Linus mit seinem Lieferanten in Venetien telefoniert und die Auskunft erhalten, dass der bestellte Merlot unterwegs sei. Er benötigte den Grundwein dringend, denn Wang saß ihm im Nacken. In den nächsten Tagen musste er den gefälschten Masseto fertig haben. Was hatte ihm der Chinese zum Abschied geraten? Er solle den Drachen nicht erzürnen. Linus hatte fest vor, es nicht darauf ankommen zu lassen. Schon deshalb, weil er mit Wang ins Geschäft kommen wollte. Und dafür brauchte er den Masseto. Die passenden Flaschen hatte er bereits gebunkert, auch die Korken und die roten Kapseln. Es fehlten die Etiketten, die zwar fertig waren, aber noch bei Gianluca in Bozen lagen. Das war ein Problem, aber nur ein kleines. Zwar hatte er Gianluca versprochen, ihn zum Gespräch mit den «Abnehmern» ihrer Ware mitzunehmen. Doch was wollte der Spaghetti schon machen, wenn er von dem Wortbruch erfuhr? Es war kaum damit zu rechnen, dass er seine Etiketten nicht herausrücken würde. Sie waren zu schön, um sich damit den Arsch zu wischen. Nun gut, er würde vielleicht einen kleinen italienischen Tobsuchtsanfall bekommen. Dagegen half der Anblick von Geldscheinen, mit denen er ihm frische Luft zufächeln würde. Linus grinste. Nur darum ging es doch – um das liebe Geld. Wie immer im Leben. Alle wollten ihren Profit, die kleine Ratte aus Bozen, der Drachenmann Wang – und natürlich und in erster Linie er selbst. Wenn er es recht bedachte, hatte er bislang alles richtig gemacht. Mit dem kleinen Schönheitsfehler, dass Wang herausgefunden hatte, wer er war. Dafür tappte Gianluca völlig im Dunkeln. Linus musste kichern, als er daran dachte, wie er sich dem Drucker unter einem falschen Namen vorgestellt hatte. Diesen Peter könnte der Spaghetti suchen, bis er schwarz würde.

Blieb die Frage, was er Gianluca für seine Etiketten bezahlen sollte. Natürlich nicht zu viel, das verstand sich von selbst. Aber auch nicht zu wenig, denn er war ja daran interessiert, dass Gianluca weiter für ihn arbeitete. Weil es keinen Sinn machte, dieses Problem vor sich herzuschieben, entschied er, Gianluca einen erneuten Besuch abzustatten. Er ging hinunter in den Weinkeller und holte sich etwas von dem versteckten Geld. Eine Größenordnung, die ihm realistisch erschien. Linus verschloss den Edelstahltank und klopfte zum Abschied feixend dagegen. Es klang hohl. Aber der Klang täuschte, denn der Gärbehälter enthielt zwar keinen Wein, aber er war nicht leer. Er verbarg sein «Betriebskapital», das ihm Franz in seiner unendlichen Güte zur Verfügung gestellt hatte. Franz, dieser Idiot.

Linus stopfte die Geldscheine in die Hose und ging positiv beschwingt die Treppe hinauf. Oben trat er hinaus in den Hof – und erstarrte. Vor ihm stand, ähm ... Wie konnte das sein?

«Hallo, Peter», begrüßte ihn Gianluca mit einem breiten Grinsen. «Ich dachte, ich komm mal vorbei und schau nach, wie es dir geht.»

Linus sah ihn verdattert an. Gerade hatte er sich noch gefreut, dass Gianluca nichts von ihm wusste, und jetzt stand diese Ratte auf seinem Hof vor dem Weinkeller. So eine Scheiße.

«Ach so, du heißt ja gar nicht Peter», fuhr Gianluca spöttisch fort, «sondern Linus. Ein wirklich komischer Name. Hättest ihn aber trotzdem sagen können.»

«*Buongiorno*, Gianluca», quälte sich Linus zu einer Erwiderung. Mehr wusste er spontan nicht zu sagen, er musste erst seine Gedanken sortieren. Bei seinem Besuch in Bozen hatte er noch überlegt, ob Gianluca doof war oder den treuherzigen Trottel nur spielte. Okay, das war hiermit geklärt: Gianluca war kein Trottel – was die Situation nicht vereinfachte.

«Du wolltest dich doch bei mir melden, sobald du einen Termin bei unseren Geschäftspartnern hast. Du erinnerst dich?»

Natürlich erinnerte er sich. Dieser Gianluca sollte ihn nicht provozieren, sonst bekäme er gleich eine in die Fresse.

«Jetzt mach mal halblang, mein lieber Freund», entgegnete Linus gefährlich leise. «Die Dinge laufen nicht immer so, wie man sich das vorstellt. Genauso wie du jetzt unangemeldet auf der Matte stehst, sind mir auch unsere Vertriebspartner zuvorgekommen. Bevor ich zu ihnen Kontakt aufnehmen konnte, haben sie mich überrumpelt. Keine Ahnung, woher sie von mir wussten.»

«Bist halt doch nicht so clever, wie du meinst.»

Linus sah ihn mit flackernden Augen an. Vielleicht sollte er ihm nicht in die Fresse hauen, sondern ihn gleich erwürgen? Aber wie bekäme er dann die Etiketten für seinen Masseto? Und ohne Masseto würde Wang seinen bösen Drachen von der Leine lassen. Linus tat sich generell schwer, sich zu beherrschen, aber ab und zu gelang es ihm.

«Gianluca, ich gebe dir einen gut gemeinten Rat: Spar dir deine blöden Kommentare. Nimm's einfach, wie es ist. Eigentlich können wir froh sein, und zwar alle beide. Für den Vertrieb der Weine ist gesorgt. Alles läuft weiter wie unter Franz. Vorausgesetzt, ich kann den bestellten Masseto liefern. Dafür brauche ich deine Etiketten. Sobald dieses Geschäft in trockenen Tüchern ist, bekommen wir weitere Aufträge. Alles paletti.»

Linus glaubte Gianluca die Verunsicherung anzusehen. Jetzt wusste er nicht mehr weiter, der kleine Pinscher. Natürlich wollte er auch in Zukunft seine gefälschten Etiketten verkaufen. Aber die gleichberechtigte Partnerschaft konnte er sich an den Hut stecken. Blieb nur noch, einen möglichst guten Deal zu machen.

«Ich weiß mittlerweile, was dir Franz für deine Arbeit bezahlt hat», bluffte Linus. «Ich bin bereit, eine kleine Steigerung zu akzeptieren», fuhr er fort. «Sag mir, was du für die Masseto-Etiketten haben willst, dann sag ich dir, ob ich einverstanden bin.»

Gianluca schluckte. In seinem Kopf ratterte jetzt wohl die Rechenmaschine. Hoffentlich spuckte er gleich eine konkrete Summe aus, denn Linus sah sich außerstande, einen Vorschlag zu machen. Noch wusste er nicht, was Wang für die gefälschten Weine bezahlte. Somit fehlte ihm jede Kalkulationsgrundlage.

Gianluca tat ihm den Gefallen. Er nannte einen Betrag. Erst leise auf Italienisch. Dann lauter und gut verständlich auf Deutsch.

Linus setzte ein Pokerface auf. Er würde einen Teufel tun und Gianluca irgendeinen Anhaltspunkt geben. Aber insgeheim jubelte er, denn er hatte mit deutlich mehr gerechnet. Das Geld in seiner Hosentasche war zu großzügig bemessen. Dabei hatte Gianluca ganz sicher kräftig aufgeschlagen.

«Das ist zu viel», erwiderte Linus. Denn nur Weicheier akzeptierten ein erstes Angebot. Vor allem unter Italienern. Und er wollte nicht, dass ihn Gianluca für ein Weichei hielt. «Minus zehn Prozent, und wir sind uns einig.»

«Minus fünf Prozent», schlug Gianluca vor.

«Zehn Prozent! Und die Hälfte bekommst du als Anzahlung, sofort und cash in die Hand.»

Bingo. Das war's. Bevor Gianluca den Mund aufmachte, wusste Linus, dass er einverstanden war.

41

Emilio stattete Sepp Hofreiter spontan einen kurzen Besuch ab. Schließlich war es nicht weit von Franz' Angelplatz zum Sitz der Mitterlechner Weinvertriebsgesellschaft. Martinas Bruder war nicht überrascht. Der Trentiner Rechtsanwalt Bruneschi hatte ihn schon informiert, dass Emilio den Ermittlungsauftrag angenommen hatte. Entsprechend verklemmt war er. Das war nachzuvollziehen, denn er hatte es derzeit sowieso nicht leicht. Nach dem Tod seines Schwagers musste er seiner Schwester bei der Führung eines Unternehmens helfen, von dem er nichts verstand. Sie allerdings auch nicht. Erst recht hatten sie keine Ahnung, welche illegalen Geschäfte Franz nebenher getätigt hatte. Sie wussten nicht, wo die edlen Prestigeweine im Lager herkamen, auch nicht, wo sie hingeliefert werden sollten. Letzteres hatte sich von selbst erledigt, indem ihnen die Ware geklaut worden war. Nach Emilios Einschätzung genau von den Leuten, die auch diese Weine bestellt hatten. Gewissermaßen als Selbstabholer, die sich auf diese Weise die Bezahlung erspart hatten. Sepp war also sowieso überfordert, und jetzt lag auch noch seine Schwester im Krankenhaus – glücklicherweise jedoch nur noch kurze Zeit. Zu allem Überfluss schnüffelte nun Emilio bei ihm herum und stellte ihm komische Fragen. Kein Wunder also, dass Sepp verunsichert war. Er war sichtlich froh, als sich Emilio verabschiedete.

Auf dem Weg zum Auto machte Emilio einen Abstecher

ins Weinlager. Wie erhofft, traf er die beiden chinesischen Lagerarbeiter Phuong und Thien an. Sie sahen sich sehr ähnlich. Vielleicht waren sie Brüder? Beide konnten recht gut Deutsch und kamen mit Emilio bereitwillig ins Gespräch. Sie hatten ihn früher schon einige Male mit ihrem verstorbenen Chef gesehen. Er war also kein Unbekannter für sie. Als Emilio aber auf die gestohlenen Weine zu sprechen kam, veränderte sich ihr Verhalten. Sie wurden sichtlich nervös und warfen sich verunsicherte Blicke zu. Und plötzlich taten sie sich mit der deutschen Sprache schwer.

Emilio zog seine Schlüsse. Von dem Rabauken Berti wusste er, dass die Jungs in Brixen von einem Asiaten zur Tat angestiftet worden waren, mutmaßlich von einem Chinesen. Phuong und Thien waren Chinesen. Sehr wahrscheinlich kannte man sich untereinander in der hiesigen chinesischen Community, war vielleicht sogar miteinander verwandt. Es bedurfte nicht allzu viel Phantasie, um sich vorzustellen, dass Franz die Weine im Auftrag chinesischer Kunden besorgt und vertrieben hatte. Phuong und Thien wären dann ihr Brückenkopf im Weinlager gewesen. Oder die beiden hatten umgekehrt für Franz den Kontakt zu ihren Bossen hergestellt und auf diese Weise das Geschäft erst zustande gebracht. Egal, wie sich die Verbindung konkret gestaltet hatte, es sprach jedenfalls sehr viel für einen Zusammenhang. Wenn er jetzt noch die gefälschte Flasche Tignanello aus Franz' Nachlass in Betracht zog, wurde immer wahrscheinlicher, dass mit den Weinen etwas nicht stimmte. Um es konkret zu sagen: Womöglich waren sie allesamt gefälscht. Damit wäre auch Bruneschis Frage beantwortet, auf welchen seltsamen Vertriebswegen die edlen Tropfen von den Weingütern in der Toskana zu Franz Mitterlechner gelangt waren – nämlich gar nicht! Ihr Ursprung lag ganz woanders, fragte sich nur, wo. Aber das würde er herausfinden, da war er zuversichtlich. Er hatte ja gerade erst mit seinen Recherchen begonnen und bereits eine veritable Arbeitshypothese. Nicht schlecht für den Anfang. Auch wenn alles noch sehr nebulös war und bar jeden Faktenwissens.

Emilio widerstand der Versuchung, Phuong und Thien ins Kreuzverhör zu nehmen. Sie würden ihm nichts verraten, dafür aber sofort ihre Bosse informieren – sofern er mit seiner Annahme recht hatte, dass eine chinesische Bande im Hintergrund die Strippen zog. Besser war es also, erst mal jede Aufregung zu vermeiden. Zum Abschied machte er einen Scherz und klopfte den beiden lachend auf die Schultern. Phuong und Thien entspannten sich und kicherten wie kleine Kinder. Was in ihren Köpfen vorging, ließ sich nicht erahnen. Umgekehrt konnten sie nicht wissen, was er sich gerade zusammengereimt hatte. Und dass er sie für kleine Gauner hielt – die mit großen Gaunern zusammenarbeiteten.

*

Emilio fuhr auf der Landstraße Richtung Bozen. Dabei rekapitulierte er die Punkte, die er als Nächstes in Angriff nehmen würde. Aber bestimmt nicht mehr heute. Man konnte es mit dem Arbeitseifer auch übertreiben. Ganz oben standen auf seiner Liste die beiden Adressen, die er von Tildas Fotos kannte. Also die Druckerei in Bozen, wo Franz einen Karton abgeholt hatte, um ihn dann in einem Weingut namens Foidelhof abzugeben. Apropos Tilda, er war ihr für die Fotos noch einen Gefallen schuldig. Und er war bei ihr eingeladen. Das versprach spannend zu werden, womöglich auch heikel – mit ungewissem Ausgang und dem Risiko, seine Beziehung zu Phina zu gefährden. Emilio dachte, dass es folglich klug wäre, diese Einladung abzusagen. Aber er kannte sich gut genug, um zu wissen, dass sein Handeln nicht immer von Klugheit bestimmt wurde. Ganz im Gegenteil war er zu ausgesprochenen Dummheiten fähig, im Vollbesitz seiner geistigen Kräfte und ungeachtet möglicher Konsequenzen. Er hielt es für ein unveräußerliches Grundrecht eines selbstbestimmten Menschen, Dinge zu tun und Wagnisse einzugehen, die, bei Licht betrachtet, idiotisch waren. Wobei es bei ihm oft nur ein Spiel mit dem Feuer war. Meist blies er die Flamme rechtzeitig aus – aber nicht immer.

Emilio schaltete runter und versuchte, einen Lastwagen zu überholen. Aber er schaffte es nicht. Sein altersschwacher Landy hatte einen Abzug wie ein asthmatischer Esel. Wo war er mit seinen Gedanken stehen geblieben? Bei Tilda. Nun, an sie wollte er jetzt nicht denken, sondern an die Druckerei in Bozen und den besagten Foidelhof. Außerdem wollte er erneut den verrückten Alten aufsuchen, der nach seiner Meinung gar nicht so verrückt war. Er wollte versuchen, sein Vertrauen zu gewinnen. Mit dem Bertl Gatterer war er durch; der Junge hatte gesagt, was er wusste. Blieben noch die Chinesen. Die waren wichtig. Wenn seine Theorie stimmte, steckten sie hinter allem. Nun, vielleicht nicht hinter Franz' Tod, das wohl eher nicht, aber hinter den mysteriösen Weintransaktionen – das schon. Aber wie an sie rankommen? Über Phuong und Thien? Das ginge nur mit einem Trick. Aber ihm fiel keiner ein, jedenfalls nicht spontan. List und Tücke bedurften in der Regel kreativer Entspannung. Dann kam man drauf, ganz plötzlich.

42

Phina fasste die kleine Zola an den Händen und tanzte mit ihr einen Ringelreihen. Das Waisenmädchen wusste nicht, wie ihm geschah, ließ sich aber von Phinas Ausgelassenheit anstecken und drehte sich mit ihr lachend im Kreis, immer schneller, bis ihnen schwindlig wurde und sie erschöpft ins Gras sanken. Phinas Freude kam nicht von ungefähr: Sie hatte gerade einen Anruf vom Magister Dopfer erhalten, der von einer überaus glücklichen Wendung berichten konnte. Dem Verein sei zur unentgeltlichen Nutzung eine private Villa angeboten worden, und zwar nicht nur für den Zeitraum der aktuellen Notsituation, sondern auch darüber hinaus. Die notwendigen Umbaumaßnahmen könnten aus einer großzügigen anonymen Geldspende finanziert werden, die man der Stiftung avisiert habe. Was für ein Glück im Unglück. Man sei von der Anteilnahme und Großherzigkeit der Meraner Bürger geradezu überwältigt. Wenn alles glatt ginge, könnten die Kinder schon in wenigen Tagen in besagter Villa ein neues Zuhause finden. Sicher müsse anfänglich noch improvisiert werden, aber mit all den lieben Menschen an ihrer Seite würde man das ganz sicher schaffen.

«Ich freu mich so sehr», sagte Phina zu Zola, die noch immer nach Luft schnappte. «Auch wenn ich dich dann wieder hergeben muss. Aber ich komm dich ganz oft besuchen, versprochen.»

Sie nahm Zola in die Arme und drückte sie. Im Gegenzug begann das Mädchen, Phina zu kitzeln.

«Na, was ist denn hier los?»

Phina hatte Emilio nicht kommen hören. Jetzt stand er vor ihnen auf der Wiese, stützte sich auf seinen Gehstock und schüttelte mit amüsierter Missbilligung den Kopf.

«Macht total Spaß», antwortete Phina lachend. «Solltest du auch mal versuchen.»

«Was bitte soll ich versuchen? Mich auf die Wiese legen und ohne Sinn und Verstand hin und her kullern? Und mich dabei kitzeln lassen? Ist nicht dein Ernst. Die Sinnhaftigkeit dieses infantilen Treibens vermag ich nicht zu erkennen.» Emilio grinste. «Aber macht nur weiter. Ich schau euch dabei gerne zu.»

«Ach komm, du bist ja gar nicht so steif, wie du immer tust.»

«Doch, bin ich. Steif und humorlos.»

«Quatschkopf. Willst gar nicht wissen, warum wir uns so freuen?»

Er zog eine Augenbraue nach oben. «Ach so, es gibt einen Anlass? Dann lass mal hören!»

Phina setzte sich auf, kraulte Zola am Rücken und strahlte Emilio an.

«Wir haben für das ‹Heim der Hoffnung› ein neues Zuhause, und dank einer großzügigen Spende sind auch die notwendigen Umbaukosten gedeckt. Ich hab es gerade erst erfahren. Deshalb bin ich so euphorisch. Plötzlich haben die Kinder wieder eine Perspektive. Verstehst? Das macht mich so happy.»

«Die Kleinen bekommen wieder ein Dach über dem Kopf? Nun, das ist in der Tat eine gute Neuigkeit. Die Freude sei dir unbenommen.»

«Du könntest dich auch ein bisschen freuen», meinte Phina. «Hast ja mit eigenen Augen die Katastrophe gesehen.»

«Von Katastrophe würde ich nicht sprechen. Ist ja Gott sei Dank keinem was passiert. Und irgendwie geht es immer weiter. Man muss nur daran glauben.»

Emilio reichte Phina die Hand, um ihr aufzuhelfen. Sie ließ sich hochziehen. Zola machte einen Purzelbaum, kam so aber auch auf die Beine.

«Weißt du schon was Genaueres?», fragte Emilio. «Wie soll das neue Zuhause der Kinder aussehen? Und welcher Gefühlsesel hat sich zu dieser großzügigen Spende hinreißen lassen?»

«Gefühlsesel? Warum so abfällig? Aber um deine Frage zu beantworten: Nein, ich weiß nichts Genaueres. Ich hoffe nur, dass es stimmt und alles so klappt wie geplant.» Sie gab dem Mädchen einen Klaps. «Auch wenn uns Zola dann wieder verlassen muss.»

Die Kleine sah sie mit großen Augen an. «Aber du kommst mich doch besuchen? Versprochen?»

«Ja, ich versprech's.»

«Eine großzügige Spende?», wiederholte Emilio verständnislos. «Also, man kann es mit der Nächstenliebe wirklich übertreiben.»

43

Die floralen Noten waren schon mal nicht schlecht. Auch konnte er schwarze Johannisbeeren und Brombeeren identifizieren. Linus schwenkte sein großes Probierglas, steckte erneut seine Nase hinein und ergründete die Aromen. Aber wo war der Hauch von reifer Schwarzkirsche? Wo waren die Veilchen und die begleitende Symphonie indischer Gewürze? Linus zog eine Grimasse. Er war auf einem guten Weg, doch trennten ihn noch Lichtjahre von einem echten Masseto. Nun, daran würden auch seine alchemistischen Trickserein nichts ändern, denn natürlich war der Spitzenwein der Tenuta dell' Ornellaia nicht zu kopieren. Der Masseto war schon mal zum besten Wein der Welt erklärt worden. Er befand sich in einer anderen Umlaufbahn als der Merlot, den Linus jetzt glücklicherweise aus Venetien erhalten hatte. Dieser Wein trudelte sozusagen im Tiefflug dahin, während ein Masseto von der Finesse seiner Aromen in unerreichbare Höhen emporgetragen wurde. Zum Vergleich hatte Linus eine Originalflasche geöffnet – schweren Herzens, aber ohne diese Investition ging es nicht. Abwechselnd schnupperte er an den Gläsern, nahm kleine Schlucke, ließ den Wein im Mund rotieren, schmatzte und schlürfte. Beim Masseto identifizierte er Zedernholz, Bitterschokolade, Moschus ... Er schüttelte den Kopf. Er sollte es aufgeben. Immerhin hatte er die Farbe gut hinbekommen. Ein dunkles, intensives Purpurrot. Er hielt die Gläser gegen das Licht. Aber schon wenn man den Wein im Glas schwenkte, offenbarte sich der wahre Charakter. Der Masseto hatte eine lässige Trägheit, während sein Fake eine nervöse, geradezu pubertäre Unreife an den Tag legte.

Doch kam es darauf an? Nein, nicht wirklich, denn wer würde schon den von ihm gefälschten Masseto einer Vergleichsdegustation unterziehen? Von den Kunden, die womöglich im fernen Shanghai saßen oder in Seoul, tat das vermutlich keiner. Aber vielleicht der gestrenge Herr Wang von der *Lin-Chen Global Export and Trading Company*? Vor allem bei Linus' erster direkt getätigter «Lieferung» könnte er auf die Idee kommen, die Flaschen nicht nur einer äußeren Kontrolle zu unterziehen, sondern auch die inneren Werte zu prüfen. Da wollte und durfte er ihn nicht enttäuschen. Zu dumm, dass es sich um keinen einfacheren Wein handelte. Blieb nur zu hoffen, dass der Chinese kein Phantast war. Auch ihm musste klar sein, dass Fälschungen nicht die Qualität der kopierten Originale haben konnten. Und je hochwertiger die Objekte der Begierde waren, desto größer mussten die Unterschiede zwangsweise ausfallen. Da biss die Maus keinen Faden ab.

Linus, der sich in seinem «Labor» eingesperrt hatte, nahm ein Reagenzglas mit einer Weinprobe und träufelte mit einer Pipette etwas von einem seiner «Wunderelixiere» hinzu. Er schüttelte es, um den Inhalt dann in ein weiteres Glas zu gießen. Wieder steckte er seine Nase tief hinein. Na bitte, plötzlich waren sie da, die Aromen von Bitterschokolade und Moschus. Letzterer war eigentlich ein widerwärtiger Duftstoff, ursprünglich gewonnen aus einer Drüse des Moschushirsches, die sich nahe seinem Geschlechtsorgan befand. Heute wurde er synthetisch hergestellt. Ob an der aphrodisierenden Wirkung des Moschus was dran war, bezweifelte Linus. Er hatte eine Seife, die nach Moschus roch. Davon war er noch nie geil geworden. Bei Parfüm konnte er sich das schon eher vorstellen, aber auch nur dann, wenn die Dame verführerisch war. Apropos Dame: Wenn das Fälschungsgeschäft gut lief, könnte er sich wieder die Edelnutte in Mailand leisten, der er sexuell verfallen war. Bei Bianca brauchte man keinen Moschus, auch kein Viagra. Leider weigerte sie sich, ihren Beruf aufzugeben und an seiner Seite ein bürgerliches Leben zu führen. Linus musste grinsen. Dabei wäre es der ultimative Hammer, würde er mit Bianca in Südtirol auftauchen. Bei ihrem Anblick würden seine Weinspezln mit glasigen Augen vom Traktor fallen. Vielleicht wurde doch noch was draus? Wie fast alles im Leben war auch dieser Traum eine Frage des Geldes. Bianca war käuflich; das war ihre Profession. Es hing also davon ab, was für ein luxuriöses Leben er ihr bieten konnte. Er musste dem Chinesen nur genug Weine verkaufen, je teurer, desto besser. Gedankenverloren träufelte er noch etwas Moschusextrakt in den Wein – und zwar in den Original-Masseto. Boah! Jetzt roch er wie ein paarungsbereiter Moschusbock. Er lachte. So schnell konnte es gehen.

44

Martina verließ die Klinik am Arm ihres Bruders. Sie fühlte sich schwach, war aber weitgehend beschwerdefrei. Allerdings konnte sie immer noch nicht so ganz verstehen, was mit ihr passiert war. Das Letzte, woran sie sich erinnerte, war die Trauerfeier und der Anblick ihres verwüsteten Büros – mit dem geöffneten Wandsafe. Dann hatte sie einen Filmriss. Ob ihr Stunden fehlten oder Tage, wusste sie nicht zu sagen. Jedenfalls hatte sie sich plötzlich in einem Krankenzimmer wiedergefunden. Irgendwann waren ihr die Geldbündel eingefallen, die man ihr gestohlen hatte. Dann wieder fragte sie sich, ob es diese wirklich gegeben hatte oder nur in ihrer Einbildung. Aber in ihrer Erinnerung sah sie das Geld ganz plastisch vor sich. Auch fühlte sie die Scheine fast sinnlich mit ihren Fingern. Und sie sah sich selbst am Schreibtisch sitzen und sie zählen. Die konkrete Summe wusste sie nicht mehr. Nur, dass es viel war, sogar sehr viel – das war in ihrem Gedächtnis haften geblieben. Also hatte das Geld existiert. Und jetzt war es weg. Kein Wunder, dass sie einen Nervenzusammenbruch erlitten hatte. Niemand, nicht einmal Sepp, hatte von den Geldscheinen im Safe gewusst. Weshalb auch niemand den wahren Grund für ihren Schwächeanfall erahnen konnte.

«Vorsicht, Stufe.»

Martina lächelte. Gott sei Dank hatte sie ihren Bruder, der auf sie aufpasste. Das hatte er schon immer getan. Nach dem

Tod von Franz war er für sie wichtiger denn je. Und doch konnte er ihr nicht in allen Belangen helfen – allein schon deshalb, weil er vieles nicht wusste, nicht wissen konnte.

Er hatte ihr erzählt, dass die Versicherung nach erneuter Prüfung definitiv nicht für die gestohlenen Weine aufkommen würde. Das war nicht zu ändern. Immerhin hatte sie es versucht. Das entwendete Geld aus dem Safe konnte sie sowieso abschreiben; das war ihr klar. Keine Versicherung würde dafür aufkommen. Sie war in geschäftlichen Dingen zwar unerfahren, aber nicht naiv.

Zudem hatte Sepp berichtet, dass der Baron Emilio von einer Trentiner Rechtsanwaltskanzlei den Auftrag erhalten hatte, die Herkunft der gestohlenen Weine zu ermitteln. Ihr Bruder hatte dabei so komisch geschaut, als ob ihm das nicht gefallen würde. Aber wo war das Problem? Sie wollten ja selber wissen, wo die Weine herkamen – und vor allem, an wen sie hätten geliefert werden sollen. Oder bestand die Möglichkeit, dass Franz sie nicht legal erworben hatte? Das würde Sepps Reaktion erklären. Aber warum hätte ihr Mann so etwas machen sollen? Mit seiner Firma war es Franz doch möglich gewesen, ganz offiziell mit allen Weinen dieser Welt Handel zu treiben. Sollte Emilio ruhig Nachforschungen anstellen. Für sie gab es keinen Grund zur Sorge – so glaubte sie zumindest. Denn natürlich blieb unklar, wo das Geld im Safe herrührte. Oder war es üblich, dass manche Geschäfte gegen Barzahlung abgewickelt wurden? Ja, so würde es wohl sein. Sie kannte selber genug Winzer, die nie was unterschrieben, sondern alles mit Handschlag besiegelten. Und die den Banken misstrauten, keine Scheckkarten besaßen und wenn möglich alles cash bezahlten. Was freilich immer schwieriger wurde, denn in Italien war schon seit längerem die Bezahlung größerer Beträge in bar verboten. Mit wechselnden Obergrenzen. So genau wusste sie es nicht. Doch dass das Bargeld in Franz' Safe jenseits aller genehmigten Limits lag, war ihr bewusst – aber nicht, was das zu bedeuten hatte.

Sepp öffnete die Tür zum Auto und half ihr hinein. Sie hätte das auch alleine geschafft, aber die Fürsorge tat ihr gut. Von Franz hatte sie diese nur selten erfahren. Aber es war ja auch nie wirklich nötig gewesen. Also konnte sie ihm seinen eher rauen Bergbauerncharme nicht zum Vorwurf machen. Der hatte nun mal in seinem Charakter gelegen.

45

Das Schicksal der «Schwabenkinder» war wirklich anrührend. Das musste auch Emilio zugeben. Phina erzählte von den Kindern armer Bergbauern in Südtirol, die vom 16. bis zum 19. Jahrhundert alljährlich kurz vor dem Beginn des Frühjahrs über schneebedeckte Alpenpässe, frierend und mit schlechtem Schuhwerk, marschieren mussten, da man sie nach Norden geschickt hatte, um dort zu arbeiten. In Schwaben habe es zu Josephi am 19. März sogenannte Kindermärkte gegeben, wo die bemitleidenswerten und von der Schulpflicht befreiten Geschöpfe wie Sklaven für die Sommersaison als Hilfskräfte vermittelt wurden. Im Herbst ging es dann wieder über die Berge zurück in die Heimat. Phina zog Parallelen zu den heutigen Flüchtlingskindern, die vor Armut, aber auch vor Krieg und Gewalt nach Europa flüchteten. Auch ihnen mangelte es häufig am Nötigsten. Ganz besonders schlimm sei es, wenn es keine Eltern und Verwandten mehr gebe, die sich um sie kümmerten. Es sei oberste Christenpflicht, ihnen zu helfen.

In Gedanken ersetzte Emilio die Christenpflicht durch Menschenpflicht, gab ihr aber ansonsten recht. Auch stimmte er ihr zu, dass es selbst im vermeintlich reichen Europa und sogar im wohlhabenden Südtirol Straßenkinder gab und entwurzelte Waisen. Gottlob nicht viele, aber eben doch. Einige von ihnen hatte er auf der Wiese vor dem brennenden Heim in Meran gesehen. Man musste sich für deren Elend nicht zuständig fühlen, aber es war gut, wenn sich Leute fanden, die es taten.

Phina informierte ihn, dass schon in den nächsten Tagen mit einem Umzug in die neue Villa zu rechnen sei. Es gebe nur noch einige behördliche Auflagen zu erfüllen. Noch wisse sie nicht, wo sich das Gebäude genau befinde. Aus unerfindlichen Gründen habe man bislang keine Details publik gemacht. Gleiches gelte für die anonyme Spende.

Emilio machte sie darauf aufmerksam, dass genau das der Sinn anonymer Spenden sei. Der Spender wolle halt inkognito bleiben. So was komme vor. Wahrscheinlich handele es sich um einen ausbeuterischen Kapitalisten, den sein schlechtes Gewissen plage und der glaube, man könne sich auf diese Weise von seinen Sünden befreien. Aber der Ablasshandel der Kirche sei seit dem 16. Jahrhundert verboten und werde mit der Exkommunikation bestraft.

Phina warf ihm vor, immer das Schlechte in den Menschen zu sehen, selbst wenn sie sich von ihrer wohltätigen Seite zeigten.

Er nickte zustimmend. Genau so verhielt es sich.

Er wollte von ihr wissen, ob man bereits die Ursache für das Feuer kenne.

Phina antwortete, dass es von offizieller Seite noch keine Stellungnahme gebe, aber gerüchteweise sei von Brandstiftung die Rede.

Emilio hob die Augenbrauen. Brandstiftung? Dieses Gerücht interessierte ihn. Er hatte keine Sekunde an die Theorie des Feuerwehrmanns geglaubt, ein Halbwüchsiger aus Afrika könne im Haus ein Lagerfeuer entzündet haben. Schwachsinn. Aber Brandstiftung? Wer könnte ein Interesse haben, ein Heim für Waisen und Flüchtlingskinder anzustecken? Ein notorischer Kinderhasser, ein Fremdenfeind rechtsnationaler Gesinnung, ein Grundstücksspekulant, ein Versicherungsbetrüger, ein missliebiger Nachbar? Ihm fielen auf Anhieb viele mögliche Erklärungen ein, die aber alle eines gemeinsam hatten: Sie waren ziemlich abwegig. Doch wenn sich die Brandstiftung bestätigen sollte, wäre es von größter Wichtigkeit, den Täter schnellstmöglich zu finden. Denn je nach Motivlage könnte er sich bemüßigt fühlen, auch am neuen Heim Feuer zu legen. Und beim nächsten Mal kämen vielleicht nicht alle Kinder mit dem Leben davon. Ganz abgesehen von der Tatsache, dass ...

Emilio führte den Gedanken nicht weiter. In jedem Fall würde er dem Gerücht einer Brandstiftung nachgehen. Und wenn sich der Verdacht bestätigte, würde er den ermittelnden Beamten Feuer unter dem Hintern machen. Er grinste. Das Bild passte. Oder er würde selber Erkundigungen anstellen. Am besten beides zugleich.

46

Am Bozner Waltherplatz trank Emilio einen Cappuccino. Die Dompfarrkirche Maria Himmelfahrt hatte noch nicht zu Mittag geläutet. Da durfte man das. Nach zwölf Uhr tranken nur noch Touristen und herzkranke Rentner einen mit Milch aufgeschäumten Espresso. Alternativ wäre ein Caffè Corretto in Frage gekommen, also ein «korrigierter» Kaffee, veredelt durch einen Schuss Grappa oder Sambuca. Aber da verhielt es sich genau umgekehrt: Einen Corretto gönnte er sich grundsätzlich erst nach dem Mittagsläuten – Ausnahmen bestätigten die Regel. Zum Beispiel in Zuständen besonderer Anspannung. Wovon heute nicht die Rede sein konnte.

Emilio legte die abgezählten Münzen auf den kleinen Teller mit der Rechnung, trank das Glas Wasser aus, stand auf und machte sich auf den Weg. Er schlenderte durch die Südtiroler Straße in Richtung Bahnhof. Mit dem englischen Sakko, seinem Gehstock und der zusammengefalteten Tageszeitung unter dem Arm hätte man ihn für einen Müßiggänger halten können. Oder eben für einen Privatier, was ja ohnehin Emilios bevorzugte «Berufsbezeichnung» war. Doch der Eindruck täuschte. In Wahrheit hatte Emilio auf Arbeitsmodus geschaltet. Er war auf dem Weg zu einer kleinen Druckerei hinter dem Bahnhof, die er auf einem Foto von Tilda gesehen hatte. Von ihr wusste er, dass Franz dort einen Karton abgeholt hatte, um ihn zu einem Weingut namens Foidelhof zu bringen. Das Ganze war Franz so wichtig gewesen, dass er dafür ein Schäferstündchen mit Tilda abgebrochen hatte. Emilio rief sich Tildas Aussehen in Erinnerung und schmunzelte. Es musste also für Franz sehr wichtig gewesen sein. Fragte sich nur, was in dem Karton drin war.

Die Adresse der Druckerei hatte er im Internet ausgekundschaftet. Jetzt war er neugierig, ob und was er dort in Erfahrung bringen könnte. Über die Vorgehensweise war er sich im Unklaren. Er würde spontan entscheiden müssen. Was ihn nicht weiter beunruhigte, denn die Kunst der Improvisation lag ihm im Blut. Jedenfalls glaubte er fest daran.

Vor der Druckerei blieb er einen Moment stehen. Von Tildas Fotos kannte er die Mauer mit dem abgeblätterten Putz. Auch das vergilbte Poster mit der Werbung für Südtiroler Äpfel an der Glastür. Er war also definitiv am richtigen Ort und ging hinein. Beim Öffnen bimmelte ein Glöckchen. Im Vorraum blieb er wartend stehen. Niemand kam. Was kein Wunder war, denn weiter hinten ratterte eine Maschine. Wie sollte da jemand das Glöckchen hören? Emilio rief laut und mehrfach hallo. Schließlich tauchte ein junger Mann auf, mit einem blauen Schurz und einer spitzen Ahle in der Hand, wie sie im traditionellen Buchdruck häufig Verwendung fand.

«*Buon giorno*, was kann ich für Sie tun?», fragte er.

Emilio dachte, dass das eine gute Frage war, auf die er leider keine verbindliche Antwort geben konnte. Was konnte der Mann für ihn tun? Ihm die Wahrheit sagen? Aber warum sollte er? Beziehungsweise, warum sollte er es nicht – unter der Prämisse, dass sich in Franz' Karton stinknormale Druckerzeugnisse befunden hatten. Prospekte zum Beispiel. Aber daran wollte Emilio nicht glauben. Dagegen sprach sein Bauchgefühl. Und die Logik, denn warum sollte Franz den

Kurier spielen und die Prospekte zu einem Weingut bringen. Ganz abgesehen von seinem Schäferstündchen, das er dafür geopfert hatte ...

Emilio räusperte sich. «Habe die Ehre», erwiderte er die Begrüßung auf althergebrachte Art. «Ich würde gerne den Inhaber dieses Betriebs sprechen. Sind Sie das?»

Emilio konnte nicht ahnen, dass Gianluca diese Frage vor nicht allzu langer Zeit schon einmal gehört hatte, nur nicht so geschraubt formuliert. Und zwar von einem gewissen Peter, der in Wahrheit Linus Foidel hieß. Weshalb Gianluca ein unangenehmes Déjà-vu hatte, das sich im weiteren Verlauf noch verstärken sollte. Aber das konnte Emilio nicht wissen. Und selbst wenn, hätte er kaum anders beginnen können.

«Ja, mir gehört die Druckerei. Warum?»

«Dann sind Sie Gianluca Beltrini. Freut mich außerordentlich, Sie kennenzulernen.»

Den Namen hatte Emilio im Internet recherchiert. Außerdem stand er unter dem Klingelknopf am Eingang.

«Ja, das bin ich.»

Emilio reichte ihm die Hand. «Gestatten, Hohenembs. Baron von Hohenembs.»

Das war ihm so rausgerutscht. Hohenembs? Das war fast schon Majestätsbeleidigung, denn hinter diesem Pseudonym hatte sich die Kaiserin Elisabeth von Österreich auf vielen ihrer Reisen versteckt. Auch nach Genf war sie als Gräfin von Hohenembs gefahren – und dort im Jahre 1898 von einem Attentäter erdolcht worden. Emilio hätte jeden anderen Namen «erfinden» können, aber nicht gerade diesen. Doch jetzt war es zu spät. Sisi würde ihm hoffentlich Absolution erteilen.

Gianluca wischte an seiner Schürze die Hand ab und reichte sie ihm. Er wirkte verwirrt. Bestimmt nicht wegen des Namens; den kannte er wohl kaum. Aber so förmlich hatte sich wohl noch selten ein Kunde bei ihm vorgestellt. Emilio musste innerlich schmunzeln. Gelegentlich spielte er den vertrottelten und leicht degenerierten Adeligen. Das machte ihm erstens Spaß, und zweitens taten sich die meisten Menschen schwer, ihn einzuschätzen, wenn er sich auf diese Weise verhielt. Es verunsicherte sie, was grundsätzlich nicht schaden konnte.

«Mein lieber Beltrini. Sie sind mir von einem jüngst verblichenen Freund empfohlen worden, der Ihre drucktechnische Kunstfertigkeit in den höchsten Tönen gelobt hat. Gerne würde auch ich Ihre Dienste in Anspruch nehmen, sofern es Ihre Zeit erlaubt.»

Gianluca sah ihn verstört an. Wieder konnte Emilio nicht ahnen, was in ihm vorging – dass sich nämlich für Gianluca schon wieder der Film wiederholte, nur in anderer Besetzung.

«Verstorbener, ähm, verblichener Freund? Wer soll das sein?», fragte er stolpernd.

«Franz Mitterlechner, der zu meinen bevorzugten Weinlieferanten zählte. Bedauerlicherweise hat er im Eisack den Tod gefunden. Petrus, der Schutzpatron der Fischer und Angler, hat ihn in einem Moment der Unaufmerksamkeit ertrinken lassen.»

Gianlucas Gesicht verfinsterte sich, und seine Augenlider begannen nervös zu zucken. Eine vielversprechende Reaktion. Emilio konstatierte, dass allein die Nennung des Namens Franz Mitterlechner genügte, um bei Gianluca Stresshormone freizusetzen. Dass noch Weiteres hinzukam, konnte er nicht ahnen.

«Franz Mitterlechner?», wiederholte Gianluca. «Ich kenne keinen Franz Mitterlechner.»

Emilio schoss durch den Kopf, dass dies sogar möglich war. Doch einiges sprach dagegen.

Emilio lächelte süffisant und wechselte übergangslos ins Italienische. «*Non è vero*», widersprach er leise.

Emilios verstorbene Mutter war Italienerin gewesen, daher war er zweisprachig aufgewachsen. Also konnte er Gianluca auch in dessen Muttersprache mitteilen, dass er ihm nicht glaubte.

Zur Verdeutlichung schob er «*faccia di culo*» hinterher, was ziemlich vulgär war und sich wohlwollend mit «Arschgesicht» übersetzen ließe.

Jetzt war Gianluca endgültig von der Rolle. Was war denn das für ein merkwürdiger Adliger? Einer, der plötzlich Italienisch mit ihm sprach, was in Südtirol an sich nicht ungewöhnlich war – die neapolitanische Lautfärbung dagegen schon. Und die Gossensprache obendrein.

Emilio beschloss, gleich nachzulegen. «Ich weiß, dass Sie für Franz Mitterlechner gearbeitet haben», fuhr er auf Italienisch fort, jetzt aber wieder übertrieben höflich im Ton. «Was Sie bitte als Kompliment verstehen. Ihre Arbeit war ausgezeichnet. Wie gesagt, sind Sie mir von ihm wärmstens empfohlen worden, und ich möchte einen ganz ähnlich gelagerten Auftrag bei Ihnen platzieren.»

«*Non capisco*. Was für einen Auftrag?»

Emilio mochte es nicht, wenn man ihn für blöd verkaufte.

«*Mi rompe le palle*», rutschte ihm raus. Was nicht weniger bedeutete, als dass ihm Gianluca langsam auf die Eier ging.

«*Vaffanculo*», erwiderte Gianluca schmallippig. «Leck mich am Arsch» wäre eine zutreffende Übersetzung.

Emilio grinste. Es sah ganz so aus, als ob sie sich endlich verstünden. Er zeigte ihm höflich den Stinkefinger.

«*Siamo d'accordo*, wir sind uns einig, richtig?»

Wieder zuckten Gianlucas Augenlider. Wie es schien, hatte der junge Mann schwache Nerven.

«*Sì*, ich denke schon», bestätigte er schließlich.

Na bitte, es ging doch.

«Am besten machen wir es so», fuhr Emilio fort. «Als Erstes zeigen Sie mir eine Arbeitsprobe; ich möchte nur einen kurzen Blick drauf werfen. Dann sagen Sie mir, wie lange Sie für einen ähnlichen Auftrag brauchen und wie hoch Ihr Honorar ist.» Emilio hüstelte. «Wobei ich erwähnen möchte, dass mein Budget deutlich höher ist als jenes unseres ertrunkenen Sportfischers.»

Gianluca runzelte die Stirn. «Woher weiß ich, dass ich Ihnen vertrauen kann?», fragte er.

Emilio lächelte nachsichtig. Er entnahm seiner Brieftasche einige Geldscheine und drückte sie Gianluca in die Hand.

«Weil ich Ihnen blind einen Vorschuss zahle, deshalb können Sie mir vertrauen.»

Gianluca zögerte nur kurz, dann ließ er das Geld hinter seinem blauen Schurz verschwinden.

«Dann kommen Sie mal mit», sagte er und bedeutete Emilio, ihm nach hinten zu folgen.

47

Gianluca sah seinem Besucher verwirrt hinterher. Langsamen Schrittes entfernte sich der Baron durch den Hinterhof. Mit seinem Gehstock und der Zeitung unter dem Arm machte er einen harmlosen Eindruck. Doch dieser Eindruck trog, das hatte er gerade erfahren. Von diesem Baron ging etwas Gefährliches aus – nur oberflächlich getarnt durch seine höfliche Art, die allerdings urplötzlich ins Gegenteil umschlagen konnte. *Faccia di culo*, Arschgesicht, hatte er ihn genannt. Einfach so. Das musste man sich erst mal trauen. Immerhin hatte er zu diesem Zeitpunkt eine Ahle mit spitzem Metallstift in der Hand gehalten. Es gab Italiener, die hatten schon aus geringerem Anlass jemanden niedergestochen. Linus Foidel war ein aufbrausender Idiot, der sich nicht beherrschen konnte. Auch er war mit Vorsicht zu genießen; das war ihm klar. Aber er war leicht auszurechnen, und es gab keinen Grund, sich vor ihm zu fürchten. Dieser Baron Hohenembs hingegen war ein anderes Kaliber. Er spürte, dass es besser war, sich mit ihm nicht anzulegen. Vielleicht hatte er sich deshalb so schnell aus der Reserve locken lassen und ihm seine Weinetiketten gezeigt? Gianluca holte die Geldscheine hervor. Jedenfalls hatte der Mann die richtigen Argumente gefunden, ihn zu überzeugen.

Während Gianluca noch über seinen Besucher nachdachte und über die Duplizität der Ereignisse, zog er seine blaue

Schürze aus, schnappte sich seinen Fahrradhelm und machte sich daran, die Verfolgung aufzunehmen. Ganz so wie er es bei Linus getan hatte. Zwar zweifelte er nicht daran, dass sich sein Besucher korrekt vorgestellt hatte. Die adlige Herkunft war ihm anzusehen, sie schien ihm förmlich aus allen Knopflöchern. Aber er wollte sich dennoch an seine Fersen heften. Einfach so, aus Prinzip. Große Eile war nicht vonnöten, denn der Baron hatte gerade erst im Schneckentempo den Hof verlassen.

Gianluca schloss den Betrieb und schwang sich aufs Rennrad. Was war das für eine irre Geschichte? Erst hatte er nach Franz' Tod befürchtet, dass er auf seinen Etiketten sitzenbleiben würde und die Geschäfte zum Erliegen kommen könnten, und jetzt hatte er plötzlich zwei Abnehmer. Linus Foidel, der die alten *relazioni d'affari* fortzuführen gedachte, dies offenbar mit Erfolg. Und nun auch noch diesen Baron Hohenembs, der einen größeren Auftrag in Aussicht gestellt hatte. Ob sich die beiden mit ihren Aktivitäten in die Quere kommen würden? Er hoffte nicht, denn es war überaus verlockend, zweigleisig zu fahren. Falls es aber doch passierte, musste er aufpassen, nicht in die Schusslinie zu geraten. Hinterher wäre er dann immer noch im Geschäft, halt nur noch mit einem von beiden. Wer das sein würde, war ihm klar. Linus jedenfalls wäre es nicht.

Gianluca kurvte durch die Hofausfahrt. Langsam, denn der Baron konnte noch nicht weit sein, und er wollte ihn nicht versehentlich umfahren.

Rechts oder links? Gianluca bremste und sah sich verblüfft um. Verdammt, wo war er? Es gab weit und breit keine Möglichkeit, sich zu verstecken. Ein Auto war auch nicht zu sehen. Aber der Baron – er war weg, wie vom Erdboden verschluckt.

48

Der Zustand, der auf Neudeutsch Work-Life-Balance hieß, war für viele Zeitgenossen oft nur schwer zu erreichen, für Emilio jedoch eine Selbstverständlichkeit. Genau genommen verstand er den Begriff überhaupt nicht, denn Arbeit und Leben stellten für ihn keine Gegensätze dar, die unabhängig voneinander existierten. Für ihn gehörte seine berufliche Tätigkeit zum Leben. Welchen Sinn hatte da die Aufforderung, zwischen beiden Bereichen eine Balance herzustellen? Außerdem bestand bei ihm keine Sekunde die Gefahr, dass er die Annehmlichkeiten des Lebens aus den Augen verlieren könnte. Er war sogar in der Lage, bei Schlutzkrapfen, Speckknödeln und Weißburgunder seine Arbeit vollkommen zu vergessen. Und genau das tat er gerade. Er saß in der Stube einer Buschenschänke, las seine mitgebrachte Tageszeitung und löffelte eine Terlaner Weinsuppe. Er glaubte den Sauvignon herauszuschmecken, was natürlich Einbildung war. Noch toller wäre es, wenn er merken würde, ob der Sauvignon in der Suppe Kork hatte. Das wäre theoretisch möglich, obwohl sich das für den Korkgeschmack verantwortliche TCA beim Kochen normalerweise verflüchtigte – aber dies passierte in Ausnahmefällen eben doch nicht, weshalb er nie einen korkigen Wein in eine Suppe oder Rotweinsoße schütten würde.

Neben ihm saß ein älteres Touristenpaar aus Franken. Warum sie plötzlich auf die abwegige Idee kamen, ihn anzusprechen, war ihm ein Rätsel. Er teilte ihnen auf Italienisch mit, dass er sie leider nicht verstehen könne. Er spreche leider «nix tedesco». Daraufhin vertiefte er sich wieder in seine Tageszeitung. Aus den Augenwinkeln sah er, dass ihn die Feriengäste verwundert anblickten und tuschelten. Ach so, er las gerade die deutschsprachige Südtiroler Zeitung *Dolomiten*.

*

Eine gute Stunde später gelangte Emilio zum Gasthof, hinter dem sich das «Austragshäusl» des Lois Horngacher befand. Er war angenehm gesättigt und bester Stimmung, hatte er mit der Entlarvung des Gianluca als Etikettenfälscher doch bereits am Vormittag einen veritablen Erfolg erzielt. Was die Hoffnung nährte, dass es so weitergehen könnte. Emilio klopfte beim Alten an der Tür und wartete. Schließlich hörte er ein Rumpeln, dann wurde ihm aufgemacht.

Der Lois schaute ihn aus wässrigen Augen an. «*Ah, do bisch*», stellte er fest. «*Griaß di.*»

Hatte er ihn wirklich wiedererkannt? Hörte sich ganz so an.

«Grüß Gott, Herr Horngacher ...»
«*Konnsch Lois zu mir sogn.*»
«Gerne, dann bin ich der Emilio.»
«*Mogsch einerkemmen odr wieder zm Fluss oi hatschn?*»

Er konnte sich also tatsächlich an vergangene Geschehnisse erinnern. Die Gendarmerie hatte sich in ihm getäuscht. Nur weil er mundfaul und verschroben war, war er noch lange nicht verblödet. Den Eindruck hatte Emilio schon bei seinem ersten Besuch gewonnen.

Emilio hielt ihm eine mitgebrachte Flasche Marillenbrand entgegen.

«Wollen wir ein Glasel zusammen trinken?»

Lois zeigte ein zahnloses Grinsen. «*Guat, nor kimm einer.*»

Sie setzten sich in eine runtergekommene und zugemüllte Wohnküche, in der es unangenehm roch. Emilio dachte, dass er jetzt wirklich einen Schnaps brauchte. Lois kramte zwei kleine Becher aus Zinn hervor. Wie sauber sie waren, ließ sich im schummrigen Licht nicht feststellen. Vielleicht besser so. Emilio hoffte auf die desinfizierende Wirkung des Hochprozentigen.

Er versuchte, mit Lois ins Gespräch zu kommen. Es blieb beim Versuch. Lois' Entgegnungen beschränkten sich auf schmatzend hervorgebrachte und schwer verständliche Halbsätze – im besten Fall. Aber der Alte schien sich über seinen Besuch zu freuen. Er grinste immer wieder mal und popelte entspannt in der Nase. Nach dem zweiten Marillenbrand kam Emilio auf den Grund seines Besuchs zu sprechen. Er rief ihm Franz' Sturz in den Eisack in Erinnerung. Und dass sie ja beide wüssten, wie es sich in Wahrheit zugetragen habe. Dass es nämlich kein Unfall gewesen, sondern der Franz gestoßen worden sei.

Lois nickte. «*Woll, so isches gwesn*», bestätigte er.

Das war eindeutiger als das letzte Mal, als er noch im Konjunktiv gesprochen hatte. Emilio freute sich über diese klare Aussage, an deren Wahrheitsgehalt er nicht im Geringsten zweifelte.

«Du hast gesehen, wer ihn gestoßen hat, richtig?», hakte er nach.

Der Alte verzog das Gesicht und nickte. «*Logisch, i sig nimmr so guat wia friar, obr i bin net blind.*»

Das war der längste zusammenhängende Satz, den Emilio bisher von ihm gehört hatte.

«War es ein Mann oder eine Frau?», fragte Emilio.

Lois kratzte sich hinter dem Ohr. «*Jo, jo, i bin mir gonz sicher*», antwortete er.

Das ging an seiner Frage vorbei. Emilio konnte nicht anders, er musste lächeln. War ja klar, dass das Gespräch nicht gradlinig verlaufen würde.

Er versuchte es mit einer Fangfrage. «Hast du den Mann gekannt?»

Lois riss die Augen auf. «*Den Franz hon i logisch gkennt.*»

Falsche Bezugsperson. Der Schuss war ins Leere gegangen.

«Nein, ich meine den Täter.»

Lois runzelte die Stirn. «*Des mechs wissen, odr?*»

Na bitte, war doch nicht so schwierig.

«Ja, genau, das würde ich gerne wissen.»

Jetzt kratzte sich Lois hinter dem anderen Ohr.

«*Obr warum soll i dirs sogn?*»

Warum er es ihm sagen sollte? Der Alte war eine harte Nuss.

«Warum nicht?»

Lois wiegte den Kopf nachdenklich hin und her.

«*Hosch a wiedr recht*», stellte er dann fest.

Emilio nickte auffordernd.

Lois dachte angestrengt nach. «*Konnsch mir in Schnops dolossn?*», fragte er schließlich.

Ob er ihm den Schnaps dalassen konnte? Mist, jetzt war ihm der Lois kurz vor der Ziellinie durch die Maschen geschlüpft. Emilio atmete tief durch. Er hatte genug Erfahrung, um zu wissen, dass es mit Lois' «Redseligkeit» für heute vorbei war.

«Gerne, ist ein Geschenk von mir.»

«*Donk dr.*»

«Magst mir nicht sagen, wen du gesehen hast?», machte Emilio einen letzten Versuch.

«*Jo, obr iatz bin i miad.*»

Der Alte war müde? Ob er ihm aus dem Gasthof einen Kaffee bringen sollte?

«*I leg mi iatz hin.*»

Das war eine entschiedene Willenserklärung. Lois beliebte zu ruhen. Widerspruch zwecklos.

«*Obr morgn konnsch wiedr kemmen*», sagte er. «*Donn sog i dir, wos wissen willsch.*»

Das hörte sich doch gut an. Morgen würde er ihm sagen, was er wissen wollte. Emilio hatte seltsamerweise keine Sorge, dass Lois sein Wort brechen könnte. Er würde sich halt nur bis morgen gedulden müssen. Mit etwas Glück und nach vielleicht zwei weiteren Marillenbränden könnte er von Lois den entscheidenden Hinweis bekommen. Damit wäre er einen großen Schritt weiter – jedenfalls was den Tod des Franz Mitterlechner betraf. Freilich sollte er nicht allzu zuversichtlich sein. Denn natürlich könnte sich herausstellen, dass der Lois am Tag des «Unglücks» trotz der frühen Stunde betrunken gewesen war und als Täter einen Yeti gesehen hatte, der aus Reinhold Messners Himalaya-Gebirge herabgestiegen war, um am Eisack den armen Franz zu meucheln.

*

Als Emilio kurz darauf seinen Landy startete und vom Parkplatz in die Bundesstraße bog, die von Brixen über Klausen nach Bozen führte, war er unaufmerksam. Sonst wäre ihm ein anderes Auto aufgefallen, das ihm entgegenkam, sofort bremste und gleich danach wendete. Aber Emilio war mit seinen Gedanken überall – nur nicht bei den anderen Wagen auf der Straße. Er konnte nicht ahnen, dass diese zufällige und von ihm nicht wahrgenommene Begegnung dramatische Folgen zeitigen würde.

49

Ablenkung sei die beste Therapie: Diesen Tipp hatte Martina nach Franz' Tod von ihrem Bruder Sepp erhalten. Anfänglich hatte der Trick auch funktioniert, schon deshalb, weil es im Büro so viel zu tun gab. Doch dann war alles über ihr zusammengebrochen und sie selbst auf der Intensivstation gelandet. Jetzt riet Sepp ihr das Gegenteil: Sie solle zu Hause bleiben und sich schonen. Die Ärzte hatten das Gleiche gesagt. Aber nach ihrem Gefühl war das eine so falsch wie das andere. Denn es machte sie wahnsinnig, untätig auf dem Sofa zu liegen, an die Decke zu starren und vor sich hin zu grübeln. Die stimmungsaufhellenden Tabletten, die sie einnahm, hinderten sie nicht daran, sich Sorgen zu machen und eine riesengroße Angst vor der Zukunft zu haben. Wenn doch wenigstens ihr Bruder bei ihr wäre; aber der schwitzte im Büro und versuchte, ihre geschäftlichen Angelegenheiten zu regeln. Martina hatte deshalb ein schlechtes Gewissen. So kam das eine zum anderen, weshalb sie beschloss, sich über das Autofahrverbot der Ärzte hinwegzusetzen.

Eine halbe Stunde später betrat sie das Büro der Mitterlechner Weinvertriebsgesellschaft. Wie erwartet, saß ihr Bruder Sepp mit hochgekrempelten Ärmeln und zerzausten Haaren am Schreibtisch. Steffi war damit beschäftigt, eine Druckerkartusche auszuwechseln. Da ihr plötzlich etwas schwindlig war, hielt sich Martina am Türrahmen fest. Sepp sah sie entgeistert an, als ob sie ein Phantom wäre. Dabei hatte sie es nur zu Hause nicht mehr ausgehalten. Und jetzt drehte sich alles im Kreis. Immer schneller. Die Wände des Büros, die Schreibtische, Sepp, das große Bild mit dem Rosengarten ... Alles tanzte um sie herum. Oder war es umgekehrt? Sie kam sich vor wie in einem Kettenkarussell.

Steffi reagierte schnell, stürzte auf sie zu und fing sie auf. Gerade noch rechtzeitig, denn Martina hätte sich keine Sekunde länger auf den Beinen halten können. Sepp eilte herbei. Sie legten sie auf den Boden und schoben ihr ein Kissen unter den Kopf. Steffi reichte ihr ein Glas Wasser.

Wie durch eine Nebelwand hörte sie die Stimme ihres Bruders, der beruhigend auf sie einredete, ihr aber auch Vorwürfe machte. Natürlich hatte er recht: Sie hätte nicht Auto fahren dürfen, da hätte Gott weiß was passieren können. Aber sie hatte sich so einsam gefühlt. Außerdem gab es im Büro so viel zu tun.

Sepp streichelte sie. Das tat gut. Steffi legte ihr ein kaltes Tuch auf die Stirn. Langsam ging es ihr besser.

Sie müsse sich keine Gedanken machen, sagte Sepp. Bei den vielen Tabletten, die sie einnehme, sei es kein Wunder, dass ihr schwindlig werde. Deshalb solle sie sich ja schonen und viel liegen.

Martina zwang sich zu einem Lächeln. Na ja, immerhin liege sie ja jetzt – nur halt auf dem Boden.

Ihr Bruder schüttelte missbilligend den Kopf. Aber es sei schön, dass sie ihren Humor nicht verloren habe.

Steffi nahm ein Telefongespräch entgegen, wimmelte den Anrufer aber schnell ab. Martina bemerkte, dass Sepp ihr den Puls fühlte. Sie wusste gar nicht, dass er das konnte. Aber Sepp konnte viel, nicht nur begnadet kochen. Vor allem konnte er auf sie aufpassen. Das hatte er schon immer gemacht. Seit ihrer Kindheit und den schrecklichen Ereignissen, an die sie sich kaum mehr erinnern konnte, auch nicht erinnern wollte.

Als es ihr wieder besser ging, halfen ihr die beiden auf die Beine. Sie war noch etwas wacklig, aber es ging schon. Ihren Wunsch, noch etwas bleiben zu dürfen, lehnte Sepp entschieden ab. Er führte sie die Treppe hinunter und fuhr sie nach Hause. Es war nicht weit – aber weit genug, um im Auto einzuschlafen.

50

Linus war freudig erregt. Na ja, nicht so wie bei der Nutte Bianca aus Mailand, aber auf einer anderen, sozusagen spirituellen Ebene.

Er saß wohlig erschöpft auf einem Schemel vor seiner Abfüllanlage, die mit einem immer leiser werdenden Brummen signalisierte, dass die lustbringende Arbeit getan war. Alle Flaschen waren abgefüllt, verkapselt – und mit dem wunderschönen Etikett eines Masseto versehen. Im Kopf multiplizierte er die Zahl der Bouteillen mit dem üblichen Verkaufspreis des Kultweins. Unter fünfhundert Euro war dieses Spitzengewächs nicht zu haben. Der von ihm gewählte und schon ältere Jahrgang erzielte sogar sehr viel mehr. Die überschlagsmäßig errechnete Summe machte Linus fast benommen – nur schade, dass sie nichts mit der Realität zu tun hatte. Für seine Flaschen würde er nur einen Bruchteil bekommen. Wie viel genau, das wusste er nicht. Bald aber würde er es erfahren. Der undurchsichtige Herr Wang von der *Lin-Chen Global Export and Trading Company* würde es ihm sagen. Hoffentlich war die Enttäuschung nicht zu groß. Ihm fiel wieder Bianca ein. Sie hatte ihn noch nie enttäuscht. Der Sex mit ihr war über jeden Zweifel erhaben – sein Wein jedoch nicht. Das war der Unterschied. Dennoch lief ihm das Wasser im Mund zusammen. Biancas Körper hatte vieles mit einem großen Rotwein gemeinsam: Er war voller Ausdruckskraft wie ein Cabernet und konnte die Sinne betören wie ein Lagrein. Biancas Busen war üppig und opulent wie ein Syrah. Linus benetzte sich die Lippen. Sie war in jeglicher Hinsicht vollmundig. Auch saftig und harmonisch. Und geschmeidig wie ein Merlot. Bianca hatte eine duftige Note wie ein guter Blauburgunder. Linus grinste. Und sie war ordinär – was bei der organoleptischen Beschreibung von Weinen kein Kompliment war. Warum eigentlich nicht? Bianca konnte einen geil machen. Ein guter Wein konnte das auch. Am liebsten teilte er beide Freuden zur selben Zeit ...

Nach einer Phase schwelgerischer Phantasien fand er zurück in die Wirklichkeit. Der von ihm kreierte Masseto konnte es sensorisch in keinerlei Hinsicht mit Bianca aufnehmen, das war ihm klar. Auch schieden ihn Welten vom Originalwein. Aber er hatte sich Mühe gegeben und das Bestmögliche rausgeholt. Vielleicht trank Wang nur hochprozentigen Reisschnaps und hatte keine Ahnung von Weinen? Das wäre der Idealfall. Aber Linus war kein Träumer. Man sollte im Leben nicht vom Idealfall ausgehen. Zumindest sollte das äußere Erscheinungsbild Wang überzeugen. Gianluca hatte professionell gemachte Etiketten geliefert. Auch sonst stimmte auf den ersten Blick alles. Auf den zweiten allerdings nichts mehr, vorausgesetzt, man wusste, worauf man achten musste. Aber wer wusste das? Wang? Der womöglich schon. Man würde sehen.

Linus hatte bereits einen «Präsentationstermin» vereinbart. Er atmete tief durch. Er war pünktlich fertig geworden. Wangs rot geschuppter Drache hatte keinen Anlass, Feuer zu speien – noch nicht. Hoffentlich blieb das so.

51

Emilio rief im Büro der Mitterlechner Weinvertriebsgesellschaft an und erfuhr von Steffi, dass Martina wieder zu Hause sei.

Wieder?

Nun, sie sei vor einer Stunde plötzlich im Büro aufgetaucht, habe prompt einen Schwächeanfall erlitten, worauf ihr Bruder Sepp Hofreiter sie wieder heimgebracht habe. Martina müsse viele Medikamente nehmen und sich deshalb noch schonen, erklärte sie. Außerdem könne sie in der Firma momentan sowieso nicht helfen. Der Vertrieb der Südtiroler Weine klappe weitgehend reibungslos, da brauche man ihre Unterstützung nicht. Sepp habe alles im Griff. Und was die anderen Weine betreffe, also jene aus Italien, da seien die Geschäfte sowieso zum Erliegen gekommen, schon deshalb, weil ihnen diese Weine aus dem Lager geklaut worden seien. Aber das wisse er ja.

Emilio dachte, dass die kleine Steffi eine wunderbare Informantin wäre, sie plapperte einfach fröhlich drauflos. Dumm nur, dass sie nichts von Belang wusste. Es amüsierte ihn, dass sie bei den «anderen Weinen» als Herkunftsland Italien angab. Als ob Südtirol nicht schon zeit ihres Lebens zu Italien gehörte.

Er verabschiedete sich von Steffi, wünschte ihr noch einen wunderbaren Tag und bat sie, Herrn Hofreiter zu grüßen, sobald er wieder im Büro sei.

Nach kurzer Überlegung entschloss er sich, einen «Krankenbesuch» zu machen. Er hielt bei einem Blumengeschäft, und wenig später klingelte er bei Martina Mitterlechner. Falls sie von ihrem Bruder eine Schlaftablette erhalten hatte, würde sie nicht öffnen. Dann müsste er für die Blumen ersatzweise eine andere Abnehmerin finden. Zum Beispiel Tilda. Aber diese Frau war erstens kein Blumentyp, und zweitens könnte sie den Strauß fehlinterpretieren. Dann halt Phina. Aber die war auch kein Blumentyp. Sie mochte Pflanzen nur in der Natur, aber nicht abgeschnitten in der Vase. Außerdem hatte er ihr noch nie Blumen mitgebracht. Auch sie würde sich also wundern und falsche Schlüsse ziehen. Bliebe also nur die Mülltonne am Straßenrand. Oder die erstbeste Frau, der er begegnete.

Das Problem wurde ihm abgenommen, indem es sich gar nicht erst stellte, denn Martina machte ihm auf. Sie nahm die Blumen mit dankbarem Lächeln entgegen und bat ihn hereinzukommen. Leider sei ihr Bruder vor zehn Minuten gefahren, sonst hätten sie gemeinsam eine Tasse Tee trinken können.

Tee? Emilio war froh, dass er den Bruder verpasst hatte. Außerdem wollte er mit Martina unter vier Augen reden. Er hatte zwar keinen objektiven Grund dafür und auch keine konkreten Fragen, aber nach seiner Erfahrung war es nie ein Fehler, mit Menschen mal alleine und ungestört zu plaudern. So lernte man sich besser kennen. Und manches Mal brachte es sogar einen unerwarteten Erkenntnisgewinn. Erst recht in Fällen, wo man noch in mehrerer Hinsicht im Dunkeln tappte.

Im Wohnzimmer fragte sie, ob sie sich aufs Sofa legen dürfe, sie fühle sich noch immer etwas schwach und unwohl. Natürlich hatte er nichts dagegen. Das war ihm lieber, als ihr dabei zusehen zu müssen, wie sie vom Stuhl kippte.

Er begann das Gespräch, indem er sich nach ihrer seelischen Verfassung erkundigte. Wobei er der Hoffnung Ausdruck verlieh, dass es ihr bald besser gehen möge. Aber das brauche seine Zeit. Der Tod eines geliebten Menschen zähle zum Schlimmsten, was einem widerfahren könne. Martina drehte ihm vom Sofa den Kopf zu und sah ihn traurig an. Da habe er zweifellos recht, sagte sie mit belegter Stimme. Wenn das jemand schon seit langem wisse, dann sie. Flüsternd fügte sie einige Worte an, die er nicht verstand. Sie waren wohl auch nicht für ihn bestimmt. Martina hatte mit sich selbst gesprochen. Weil sich Emilio grundsätzlich für alles interessierte, was er nicht verstand, hakte er nach.

«Darf ich fragen, woher du schon seit langem weißt, wie schwer es ist, einen nahestehenden Menschen zu verlieren?»

Er sah, dass ihr die Tränen kamen. Das konnte er jetzt gar nicht brauchen. Er war kein guter Seelentröster.

«Weil es nicht das erste Mal ist», antwortete sie leise.

Emilio rückte mit seinem Sessel näher ans Sofa und nahm ihre Hand. «Tut mir leid, das konnte ich nicht ahnen.»

«Nein, das konntest du nicht.»

Jetzt war er auf eine Erklärung gespannt. Aber es kam keine. Martina schluchzte – und schwieg. Also blieb ihm nichts anderes übrig, als nachzufragen.

«Wer war es, den du schon früher verloren hast?»

Sie zog ein Taschentuch aus dem Ärmel und wischte sich die Tränen von den Wangen.

«Willst du es wirklich wissen?»

Er nickte.

«Ich war ... erst vierzehn», begann sie stockend. «Da sind meine Eltern bei einem Lawinenabgang in den Dolomiten ums Leben gekommen.»

«Wie schrecklich!» Er drückte ihre Hand und empfand ehrliche Anteilnahme, denn er wusste, was es bedeutete, seine Eltern zu verlieren. Sein Vater hatte sich im Weinkeller erhängt. Seine Mutter war wenig später gestorben. Wäre es kein Klischee, würde man sagen: an gebrochenem Herzen. Er war zu diesem Zeitpunkt kein Kind mehr gewesen, dennoch hatte es ihn schwer mitgenommen und aus der Bahn geworfen.

«Ohne meinen Bruder Sepp hätte ich nicht überlebt», fuhr sie fort. «Er hat mich aufgefangen. Du weißt ja, er ist acht Jahre älter als ich.»

Woher sollte er das wissen? So gut kannten sie sich nun doch nicht. Außerdem interessierte er sich grundsätzlich nicht für das Alter von Menschen. Er wüsste ja auf Anhieb nicht einmal sein eigenes.

«Natürlich konnte er meine Eltern nicht ersetzen», erklärte sie. «Aber Sepp hat alles für mich getan und mich behütet wie seinen Augapfel.»

«Du kannst dich glücklich schätzen, einen solchen Bruder an deiner Seite zu haben», merkte er an.

«Der Franz war ganz anders. Den hab ich geliebt, aber er war nicht so fürsorglich, wenn du verstehst, was ich meine.»

Nein, das verstand er nicht. Aber wenn sie es sagte, dann war es wohl so gewesen.

«Aber der Franz hat ja auch selber sehr darunter gelitten», flüsterte sie nach einer Weile.

Emilio runzelte die Stirn. Jetzt konnte er ihr schon wieder nicht folgen. Warum sollte ihr Mann unter dem frühen Tod ihrer Eltern gelitten haben? Sie war damals vierzehn gewesen. Da hatte er sie vermutlich noch gar nicht gekannt. Es musste eine andere Erklärung geben.

Martina schnäuzte sich. «Er hätte es sich so gewünscht ...» Ihre Stimme versagte.

Emilio wurde klar, dass Martina nicht nur ihre Eltern verloren hatte. Es gab noch ein weiteres traumatisches Ereignis in ihrem Leben. Ihn beschlich eine Ahnung.

«Er hätte es sich so gewünscht», wiederholte er ihren letzten Satz. Und er fügte an: «Fast so sehr, wie du es dir gewünscht hast?»

«Ja, aber dann hatten wir diesen Autounfall. Auf der Straße von Jenesien hinunter nach Bozen. Wir beide waren nur leicht verletzt. Aber ...»

«Aber?»

«Ich war im achten Monat schwanger. Unser kleiner Lukas ist gestorben, bevor er auf die Welt kam.»

Emilio, dem Schicksalsschläge anderer Menschen normalerweise wenig anhaben konnten, empfand jetzt schon zum zweiten Mal Mitgefühl. Für Mütter gab es nichts Grausameres, als ein Kind zu verlieren, auch ein ungeborenes. Es hatte schon einen Namen gehabt: Lukas! Jetzt verstand er ihre Bemerkung, dass auch Franz gelitten hatte. Natürlich hatte er das.

«Nach dem Unfall konnte ich nicht mehr schwanger werden.»

Auch das noch. Was sollte er dazu sagen? Gleichzeitig fragte er sich, warum sie ihm das alles erzählte. Und warum er es sich anhörte. Denn für seine Ermittlungen waren Martinas traumatische Erfahrungen ohne Belang. Franz hatte gewiss nicht aus Frust über den Tod seines ungeborenen Stammhalters begonnen, Weine zu fälschen. Und er hatte sich auch nicht aus Gram in den Eisack gestürzt.

Vom Besuch bei Martina hatte er sich andere Erkenntnisse

erhofft. Er überlegte, ob er ihr einen Themenwechsel zumuten konnte. Sie kam ihm zuvor.

«Was machen eigentlich deine Ermittlungen, die du im Auftrag dieser Trentiner Kanzlei durchführst?», erkundigte sie sich. «Hast du eine Idee, wer hinter dem Einbruch in unser Weinlager stecken könnte?»

Oje, da hatte sie was missverstanden. Sein Auftrag war es nicht, den Verbleib der Weine zu recherchieren, sondern die Herkunft. Was für die Mitterlechner Weinvertriebsgesellschaft weit unangenehmer ausgehen könnte. Vor allem, wenn sich sein Verdacht bestätigte.

Er schüttelte den Kopf. «Leider habe ich bislang nichts herausbekommen. Aber ich bin dran.»

«Dann viel Glück.»

Martina starrte eine Weile an die Decke.

«Was ist eigentlich aus der großen Flasche Tignanello geworden, die dir der Franz vermacht hat?», fragte sie unvermittelt. «Hast du sie getrunken?»

Emilio lächelte. «Alleine? Nein, ich habe sie noch nicht angerührt.»

Sie legte die Stirn in Falten. «Du weißt auch nicht, warum die Flasche für Franz so wichtig war? Und warum er unbedingt wollte, dass du sie bekommst?»

Er schüttelte den Kopf. «Ich kann mir keinen Reim darauf machen. Leider kann er es uns nicht mehr sagen.»

«Nein, das kann er nicht.»

Wieder starrte sie an die Decke. Emilio überlegte, dass es am besten wäre, sich zu verabschieden.

Sie hob eine Hand. «Darf ich dich noch was fragen?»

Fragen durfte man immer. Es lag an ihm, die Antwort zu verweigern.

«Natürlich, was willst du wissen?»

«Der Angelunfall von Franz ...»

«Ja?»

«In der Zeitung stand, dass die näheren Umstände nicht geklärt sind.»

Emilio zögerte mit der Antwort. «Das ist wohl richtig», bestätigte er. «Wahrscheinlich werden wir nie erfahren, wie es genau passiert ist.»

«Auf der Trauerfeier sind mir Gerüchte zu Ohren gekommen», berichtete Martina. «Es gibt Leute, die glauben, dass es kein Unfall war.»

Solche Leute gab es in der Tat. Er selber gehörte dazu. Ihn interessierte allerdings, wer solche Gerüchte in die Welt setzte. Und auf Basis welcher Informationen.

«Wer soll das gesagt haben?»

«Keine Ahnung. Gerede halt. Aber mich macht das Getuschel fix und fertig. Als ob alles nicht schon schlimm genug wäre. Kein Unglück? Ja, was soll es dann gewesen sein?»

Gute Frage. Erwartete sie von ihm eine Antwort? Er könnte ihr sagen, dass es einen Zeugen gab. Auch dass er von diesem am morgigen Tag mehr zu erfahren hoffte. Aber einen Teufel würde er tun. Nichts würde er ihr verraten.

Er zuckte mit den Schultern. «Ich rate dir, nicht auf das Geschwätz anderer Leute zu hören. Entspann dich! Soll ich dir ein Glas Wasser holen?»

«Nein danke. Schön, dass du mich besucht hast.»

Ihr fielen vor Erschöpfung die Augen zu.

«Schlaf ein bisschen. Ich finde alleine raus.»

«Emilio ...»

«Ja?»

«Versprich, mir immer die Wahrheit zu sagen.»

Das war ein Versprechen, das er nicht geben konnte. Weder ihr noch sonst jemandem auf der Welt.

«Dazu müsste ich die Wahrheit erst mal kennen», entgegnete er ausweichend.

Sie war so müde, dass sie sich mit dieser Antwort zufriedengab.

52

Obwohl der ehrenwerte Magister Dopfer in Südtirol die Möglichkeit hatte, den Doktortitel zu führen, verzichtete er darauf. Er war ein älterer Herr, der Bescheidenheit für eine Tugend hielt. Weshalb er nie auf die Idee gekommen war, sich wie viele andere Südtiroler für den sogenannten «Brennerdoktor» zu entscheiden. Voraussetzung dafür war es, in Österreich studiert zu haben und sich nach der Rückkehr über den Brenner auf der Grundlage eines Magisterabschlusses oder eines Ingenieursdiploms als *dottore* eintragen zu lassen. Das war in Italien rechtens und entsprach den allgemeinen Gepflogenheiten. Zum «Brennerdoktor» wurde man, indem man den *dottore* ins Deutsche übersetzte und den Doktortitel schließlich vor seinen Namen setzte, ohne je promoviert zu haben. Dopfer hatte dieser Versuchung widerstanden, ließ sich aber gerne als «Herr Magister» anreden. Das schon, denn übertreiben wollte er es mit der Bescheidenheit nun auch wiederum nicht. Als Magister Dopfer stand er auch dem Verein vor, der in Meran das «Heim der Hoffnung» betrieb. Ein Heim, das jetzt in Schutt und Asche lag.

Als Phina sich mit Magister Dopfer in seinem provisorischen Büro traf, kam sie mit Zola an der Hand herein. Bei ihrer letzten Begegnung war er noch verzweifelt gewesen und niedergeschlagen. Heute dagegen hatte er vor Freude gerötete Wangen, und er strahlte große Zuversicht aus. Alles würde sich zum Guten wenden, verkündete er. Wie der mythische Vogel Phönix würde das Heim schon in Kürze aus der Asche auferstehen. Schöner und besser als zuvor. Natürlich würde es noch großer Anstrengung bedürfen, aber er habe keine Zweifel, dass das Werk gelingen würde. Das Heim trage ja die Hoffnung im Namen, und es zeige sich einmal mehr, dass man diese nie verlieren dürfe.

Während Dopfer redete, turnte Zola auf einem Hocker herum und spielte mit den Zöpfen, die ihr Phina ins Haar geflochten hatte.

Phina hatte zuvor mit ihrer Bank gesprochen. Leider war ihr finanzieller Spielraum sehr beschränkt, weil die Modernisierung ihres Weingutes teurer wurde als geplant. Doch eine kleine Summe konnte sie entbehren. Schließlich wollte auch sie einen Beitrag zur Rettung des Kinderheims leisten.

«Das ist zu lieb von Ihnen», wehrte Dopfer ab. «Ich weiß Ihre Großherzigkeit sehr zu schätzen. Doch aufgrund der bereits erwähnten Spende ist die Finanzierung sowohl des Umbaus unseres neues Heims als auch die Fortführung des Betriebs über Jahre gesichert.»

«Was aber ist, wenn die angekündigte Spende nicht eintreffen sollte – dann brauchen Sie doch jeden Euro?»

«Das wäre wohl so, da haben Sie recht. Aber das Geld ist bereits auf dem Konto unseres Vereins eingegangen. Wir sind also unserer finanziellen Probleme enthoben. Jetzt brauchen wir nur noch die Liebe und Fürsorge der Menschen, um auf die Gesichter unserer Schutzbefohlenen wieder ein Lächeln zu zaubern.»

Er sah Zola an. «Ist doch so, meine Kleine?»

Sie tat ihm den Gefallen und strahlte von einem Ohr bis zum anderen.

«Das ist ja großartig», freute sich Phina.

«Ja, das ist es.» Einen Augenblick lang sah er nachdenklich in die Ferne, und sein gerade noch freudiges Gesicht verdunkelte sich. «Hoffen wir nur, dass uns der Feuerteufel in Zukunft verschont.»

«Der Feuerteufel? Wollen Sie damit andeuten …?»

Magister Dopfer nickte. «Dass das Heim vorsätzlich in Brand gesetzt wurde, richtig. Diese Nachricht habe ich vor knapp einer Stunde von der Feuerwehr erhalten. Es gab wohl mehrere Brandherde, und man hat Spuren leicht brennbarer chemischer Stoffe gefunden.»

«O mein Gott. Ich hatte gehofft, dass sich der Verdacht nicht bestätigt.»

«Ich auch. Aber die Beweise sind wohl eindeutig.»

«Wer sollte so was Schreckliches tun?»

«Ich kenne niemanden, dem ich so etwas zutrauen würde. Die Polizei hat auch noch keinen Verdächtigen, aber sie hat ihre Ermittlungen ja gerade erst aufgenommen. Jetzt bete ich, dass unser neues Heim nicht ebenfalls Ziel eines solchen Anschlags wird.»

«Ja, darum sollten wir den Herrgott bitten.»

Zola rutschte unruhig auf ihrem Hocker hin und her. Ihr war langweilig.

«Wo liegt die Villa, in die das Heim umziehen soll?», fragte Phina. «Ist es dort sicher?»

«Die Villa liegt im Ortsteil Obermais, nicht weit vom Schloss Trauttmansdorff. Besser hätten wir es also nicht treffen können.» Dopfer hob die Hände. «Aber wo ist man schon sicher vor einem Verrückten, der vorsätzlich ein Kinderheim anzündet?»

«Sagten Sie Obermais?»

«Richtig, östlich der Passer, sehr nobel.»

Dann nannte er ihr die Straße und die Hausnummer.

Sie sah ihn ungläubig an. Dann bat sie ihn, die Adresse zu wiederholen.

«Ich möchte gehen», quengelte Zola.

«Gleich gehen wir. Gleich.»

«Kennen Sie das Haus?», fragte er.

Phina wusste nicht, ob sie lachen oder weinen sollte. Doch die Antwort blieb sie ihm schuldig.

53

Die Franzensfeste nördlich von Brixen war ein mächtiges Bollwerk, mit dem sich das an dieser Stelle noch enge Tal komplett abriegeln und gegen alle Angriffe verteidigen ließ. Mit gewaltigem Aufwand von 1833 bis 1838 von den Habsburgern errichtet, war und ist es ein Meisterwerk des Festungsbaus – und eine grandiose Fehlinvestition. Denn gekämpft wurde hier nie. All die Schießscharten, die labyrinthischen Stollen und Gefechtskammern: Sie wurden nie gebraucht. Warum? Weil es keinen zweiten Napoleon gab, der durch das Eisacktal nach Norden ziehen und die Österreicher hinterrücks angreifen sollte. Also überdauerte die Franzensfeste die Zeit, wurde mal als militärisches Lager genutzt, 1918 kampflos von den Italienern eingenommen und Ende des Zweiten Weltkrieges kurzfristig von den Amerikanern besetzt, bevor sie wieder an die Italiener fiel. Es gibt die abenteuerliche Geschichte von den Goldreserven der Banca d'Italia, die 1943 in der Franzensfeste eingebunkert und später wieder fortgeschafft wurden. Doch blieben viele Tonnen des Goldes verschwunden – weshalb sich die Legende vom Goldschatz hält, der noch immer irgendwo in der Festung versteckt sein soll.

Seit 2005 kann die Franzensfeste besucht werden. Ein lohnenswertes Unterfangen, schon aufgrund der hinzugefügten modernen Architektur und der verschiedenen Ausstellungen und Kunstinstallationen. Und wer sich allgemein für den Festungsbau interessiert, kommt sowieso auf seine Kosten.

Dennoch wäre es Emilio nie in den Sinn gekommen, der Franzensfeste die Ehre zu geben. Ihn schreckte schon die Vorstellung, eine unterirdische und schnurgerade Treppe mit 451 Stufen zur oberen Festung bewältigen zu müssen, nur um dort dickes Gemäuer, Schießscharten und Kasematten zu besichtigen. Der Blick hinunter lockte ihn auch nicht. Was gäbe es zu sehen? Bahngleise, die Staatsstraße, den Fluss Eisack – und die Autobahn. Irgendwie quetschte sich alles unter und neben den Festungsanlagen im engen Tal. Der pure Wahnsinn. Womöglich faszinierend – aber nicht für ihn.

Dass sich Emilio am heutigen Nachmittag dennoch in der Franzensfeste einfand, hatte einen anderen, wahrhaft triftigen Grund. Dieser hatte blonde Haare, eine aufregende Figur und eine erotische Stimme. Tilda Kneissl hatte die Programmänderung vorgeschlagen und ihn zur Eröffnung einer Ausstellung eingeladen. Also kein Abendessen bei ihr zu Hause in Klausen bei Kerzenlicht? War vielleicht besser so. Doch könnte ihn das im Anschluss immer noch ereilen. Man würde sehen.

Er stellte sein Auto auf dem Parkplatz ab und schlenderte in den großen Hof der unteren Festung. Sie hatte nicht gesagt, um welche Ausstellung es sich handelte. Jetzt sah er ein Plakat: *Exhibition. Photography. Peinture. Tilda Kneissl.* Er war beeindruckt. Die Dame war voller Überraschungen. Und sie neigte nicht zur Prahlsucht.

Er fand den Weg zur ehemaligen Offiziersmensa, in der die Sonderausstellung stattfand. Die Vernissage hatte schon längst begonnen, und sie war gut besucht. Kunstsinnige Menschen standen in Grüppchen herum, viele mit einem Glas Prosecco in der Hand. Als er sich umschaute, entdeckte er Tilda, die offenbar gerade ein Interview gab. Da wollte er nicht stören. Also beschloss er, das zu tun, was bei Vernissagen gelegentlich vergessen wurde – er sah sich die ausgestellten Bilder an. Schon beim ersten blieb er länger stehen. Es handelte sich um ein riesiges Schwarzweißfoto, das eine nackte junge Frau beim Sonnenbad am Strand zeigte. Sehr ästhetisch, und doch in höchstem Maße irritierend. Denn Tilda hatte das Foto als Untergrund verwendet und es mit kräftigen Strichen und Farben übermalt – es quasi zerstört. War das die Botschaft? Ging es um Destruktion? Wollte sie die makellose Schönheit an den Pranger stellen? Nachdenklich ging er zum nächsten Bild. Auch dieses war riesengroß und hing in einem alten Tonnengewölbe. Von Strahlern perfekt ausgeleuchtet. Wieder handelte es sich um ein Foto, diesmal in Farbe. Es bot eine tolle Perspektive: Der Betrachter blickte von oben in eine Häuserschlucht hinein, wahrscheinlich New York. Für sich alleine genommen wäre die Fotografie schon beeindruckend genug. Aber Tilda hatte es erneut übermalt, und zwar so, dass man das Gefühl hatte, von einem Strudel in die Tiefe gezogen zu werden, um dann unten am Boden zwischen den winzig kleinen Autos zu zerschellen. Faszinierend. Aber auch beängstigend. Vor allem für Menschen wie ihn die an Höhenangst litten. Das musste man Tilda lassen: Sie verstand es, Emotionen freizusetzen – keine freudigen allerdings.

Im nächsten Raum empfing ihn aus Lautsprechern das Rauschen eines fließenden Gewässers. Unterlegt von sphärischen Klängen. Vor ihm eine Installation, die einen Gebirgsfluss zeigte. Lichteffekte suggerierten die Strömung. Emilio stockte zwar nicht der Atem – das kam bei ihm höchst selten vor, eigentlich nie –, aber er fühlte doch eine seltsame Beklemmung. Kein Wunder, denn aus dem Gebirgsfluss, der ihn sehr an den

Eisack erinnerte, reckten sich in Form von Plastiken zwei Arme mit verkrampften Händen empor: wie das allerletzte, verzweifelte Lebenszeichen eines Ertrinkenden. Hatte er schon bei den ersten Bildern über Tildas finstere Phantasien nachgedacht und darüber, dass die schöpferischen Arbeiten von Künstlern ja immer auch ein Blick in ihre Seele waren, so war bei dieser Arbeit der Realitätsbezug ...

«Hallo, Emilio, schön, dass Sie gekommen sind.»

Er hatte sie aufgrund der Beschallung nicht kommen hören. Ihre dunkel gefärbte Stimme war sanft und anziehend. Ganz im Gegensatz zu ihren Bildern. Die wirkten hart. Und ganz bestimmt nicht anziehend.

Emilio begrüßte Tilda mit Wangenküsschen. Er mochte ihr Parfüm. Dessen Geruch verlieh ihr etwas Animalisches. Oder kam ihm das nur so vor, weil er gerade ihre wilden Bilder gesehen hatte? Emilio blickte in ihre grünen Augen. Was sich dahinter wohl verbarg? Wer war diese Tilda? Und warum hatte sie ein Werk angefertigt, das so direkt und unmittelbar das Ertrinken eines Menschen in Szene setzte? Handelte es sich dabei um Franz Mitterlechner, ihren ehemaligen Liebhaber, den sie verstoßen hatte, weil sie von ihm verletzt worden war? Hatte sie den Wunsch verspürt, ihn im Fluss zu ertränken? Schlimmer noch: Hatte sie es womöglich sogar getan? Dann ließe sich dieses Kunstwerk als eine Art Schuldeingeständnis interpretieren. Aber würde sie es dann der Öffentlichkeit präsentieren? Und ihn zur Vernissage einladen?

Während ihm all diese Gedanken in Sekundenschnelle durch den Kopf schossen, sah er ihr immer noch in die Augen, die kein bisschen zuckten. Grüne Augen waren sinnlich, geheimnisvoll, erotisch – und erinnerten an eine Raubkatze, die gefährlich und grausam sein konnte. Aber das war Unsinn. Tilda war eine aufregende Frau, die vielleicht ihre Geheimnisse hatte, aber sie war keine Mörderin. Jedenfalls hoffte er das.

«Ich bin sehr beeindruckt», sagte Emilio. Dabei ließ er offen, ob er ihre ausgestellten Kunstwerke meinte oder ihr Aussehen.

Sie deutete auf das Bild des Gebirgsflusses mit den emporgereckten Händen.

«Sie haben die gleichen Assoziationen wie ich, stimmt's?», fragte sie.

«Vermutlich, ja.»

«Irgendwie beängstigend. Fast unheimlich.»

«Das sind ja alle Ihre Bilder.»

«Aber auf einer abstrakten Ebene, nicht so wie dieses. Da hat mich die Realität eingeholt.»

«Wann haben Sie das Kunstwerk angefertigt?»

«Wochen vor Franz' Tod. Jetzt hat es was Prophetisches. Das auf dem Bild ist übrigens nicht der Eisack, sondern die Passer. Aber das macht keinen Unterschied.»

«Waren Sie zum Zeitpunkt der Entstehung eigentlich noch mit ihm zusammen?», erkundigte er sich nach einer Weile.

«Mit ihm zusammen? Das war ich eigentlich nie, er hatte ja seine Frau. Aber damals hatten wir noch unsere Affäre, wenn Sie das meinen.»

Er sah sie von der Seite an. «Ja, das meinte ich.»

Ihm kam der Gedanke, dass das Bild in diesem Fall wirklich prophetisch war. Oder eine vorweggenommene Phantasie.

«Wissen Sie, was ich mit der Installation ausdrücken wollte?», fragte sie.

«Nein, aber es würde mich interessieren.»

«Die Passer symbolisiert den Fluss des Lebens», erklärte sie.

«Heraklit. Panta rhei.»

«Ja, alles fließt. Aber der Fluss drückt noch mehr aus. In der Jugend ist das Leben noch lebhaft, wild und ungestüm. Wie die Passer nach dem Zusammenfluss ihrer Quellbäche beim Timmelsjoch. Weiter geht's durch Schluchten mit turbulenten Strömungen. Schließlich mündet das Leben in andere Gewässer, so wie die Passer bei Meran in die Etsch. Bald kommen neue Einflüsse hinzu wie die Talfer aus dem Sarntal und der Eisack. Das Leben wird gemächlicher, verläuft in geordneten Bahnen. Aber es wird auch langweiliger ...»

«Muss es aber nicht.»

Tilda lächelte vieldeutig. «Nein, muss es nicht. Aber bei der Etsch ist es so. Der Fluss wird immer schlammiger und träger, wie ein alter Mensch. Er beginnt auch so zu riechen. Schließlich verliert er sich irgendwo im Po-Delta und der Adria. Aus und vorbei. Traurig.»

«Aber gleichzeitig entsteht oben am Timmelsjoch ständig neues Leben», ließ sich Emilio kurz auf ihre Gedankengänge ein. Um dann einzuwenden: «Dennoch wird der Fluss des Lebens durch Ihr Bild nicht wiedergegeben. Es stellt ja allenfalls eine Momentaufnahme der wilden Jugend dar. Außerdem scheint jemand gerade im Fluss zu ertrinken. Warum?»

Jetzt war er wirklich gespannt. Bisher hatte sie keine wirkliche Erklärung gegeben. Der «Fluss des Lebens» war eine schöne Metapher, aber nicht neu – und ging an dem vorbei, was ihr Werk in Wirklichkeit zeigte.

«Woher wissen Sie, dass da jemand ertrinkt?», entgegnete sie. «Vielleicht taucht gerade jemand auf? Könnte doch auch sein.»

«Sieht aber nicht so aus.»

«Nein, da haben Sie recht», gab sie zu. «Aber ich überlasse es dem Betrachter, was er sich dabei denkt.»

«In Wahrheit spiegelt die Kunst den Betrachter, nicht das Leben», zitierte er Oscar Wilde.

«So ist es.»

«Aber Oscar Wilde hat auch gesagt, dass die Kunst den Künstler weit mehr verbirgt als offenbart.»

«Tatsächlich? Oscar Wilde war ein kluger Mann.»

«Also, was verbirgt dieses Bild von Ihnen?»

Tilda sah ihn lächelnd an. «Sie sind hartnäckig.»

«Nein, bin ich nicht, nur interessiert.»

«Was es verbirgt? Vielleicht, dass ich Angst habe, im Fluss des Lebens zu ertrinken?»

Emilio musterte Tilda. Sie sah nicht so aus, als ob sie vor irgendwas Angst hätte. Aber möglich war es. In gewisser Weise fürchtete ja jeder, im Leben unterzugehen. Und Tilda hatte eben eine besonders drastische Art, diese Furcht zum Ausdruck zu bringen.

«Oder ist es doch der Franz, der hier vor unseren Augen ersäuft?», fragte er provozierend.

Tilda schwieg eine Weile. «Ja, vielleicht ist er es», antwortete sie schließlich mit leiser Stimme. Dann nahm sie seinen Arm und führte Emilio in den nächsten Raum. «Ich will Ihnen auch meine anderen Bilder zeigen; sie sind nicht alle so depressiv. Eigentlich bin ich ein freudiger und sinnesfroher Mensch.»

Oder eine Person mit zwei Gesichtern, dachte er. Es gab eine dem Leben zugewandte Tilda, die Champagner trank, mit ihm flirtete und vor nicht allzu langer Zeit eine Affäre mit einem verheirateten Weinhändler gehabt hatte. Das war gewiss. Darüber hinaus könnte es eine zweite Tilda geben, die Untergangsphantasien hatte, die zerstörerisch war und unberechenbar – und womöglich einen Mann in den Eisack gestoßen hatte. Im Affekt oder mit Vorsatz. Mit wem ging er gerade durch die Ausstellung in der Franzensfeste? Und gab es diese zweite Tilda wirklich? Er wusste es nicht, aber er würde es herausfinden.

54

Einige Stunden später war Emilio kein bisschen klüger. Aber er war stolz auf sich, das immerhin. Hatte er doch der Versuchung widerstanden, Tilda näherzukommen – also näher, als es der Anstand erlaubte. Denn während der Vernissage, die sich länger hinzog als erwartet, hatte sie ihn zu einer «ganz privaten» Nachfeier in ihre Wohnung nach Klausen eingeladen: nur sie beide. Was er eigentlich nicht ablehnen konnte; das war ein Gebot der Höflichkeit. Ihre hingehauchten Andeutungen waren so zweideutig gewesen, dass man schon auf den Kopf gefallen sein musste, um sie nicht eindeutig zu verstehen. Und Emilio war vieles, aber nicht auf den Kopf gefallen. Hinzu kam ihre erotische Ausstrahlung, die er als mindestens so expressiv empfand wie ihre Bilder. Ob genauso bedrohlich, konnte er nicht abschätzen, hätte es aber gerne herausgefunden. Es hatte also einer fast schon übermenschlichen Anstrengung bedurft, ihre Einladung auszuschlagen. Aber er hatte es geschafft. Er war ein Held. Oder ein Trottel.

Jetzt saß er am Steuer seines Landy und hatte Klausen schon hinter sich. Es blieb nicht aus, dass er Momente des Zweifels hatte. Warum hatte er nicht ein weiteres Glas Wein getrunken und sich auf das Abenteuer eingelassen? War es nicht das, was er sich insgeheim gewünscht hatte? Natürlich war es das. Aber nur triebgesteuerte Halbaffen schafften es nicht, ihre Gelüste zu kontrollieren. Infolgedessen war seine Entscheidung richtig gewesen. Erst recht, wenn er die Risiken und möglichen Folgen in Betracht zog. Außerdem war Tilda nicht aus der Welt. Sie hatte ihm zum Abschied ins Ohr geflüstert, dass sie sich auf ein baldiges Wiedersehen freue. Das würde es auch geben, da war sich Emilio sicher. Schon allein deshalb, weil Tilda urplötzlich zum Kreis der Verdächtigen zählte.

Er hegte keinen Zweifel, dass sie eine emotionale Person war. Vielleicht war sie auch etwas verrückt. Er konnte sich durchaus vorstellen, dass sie möglicherweise ausgerastet war und ihren untreuen Franz in den Fluss gestoßen hatte. Den Tod durch Ertrinken hatte sie in ihrer künstlerischen Installation schon mal vorweggenommen. Emilio fiel Sigmund Freud ein, nach dem ein Neurotiker im Handeln gehemmt sei, die Tat aber durch den schieren Gedanken ersetzt werden könne. Eine interessante Theorie. Auf Tilda bezogen, könnte sich der schiere Gedanke in einem Kunstwerk manifestiert haben. Vielleicht hatte Tilda zunächst genau diesen Versuch einer Ersatzhandlung unternommen – und dem Gedanken schließlich doch die Tat folgen lassen. Ausgeschlossen war das nicht, ganz im Gegenteil. In diesem Fall aber hätte sich Franz mit seiner Botschaft auf der Weinflasche in zweierlei Hinsicht getäuscht. Denn erstens hätte dann sein Tod nichts mit den Weinfälschungen zu tun, sondern mit seinem Sexualleben. Und zweitens wäre der Täter eine Frau. Franz aber hatte zweifelsfrei einen Mann verdächtigt. Was hatte er geschrieben? «Ich flehe dich an: Überführe meinen Mörder! Ich nenne dir *seinen* Namen. *Er* darf nicht davonkommen ...» Franz konnte also nicht Tilda gemeint haben. Und trotzdem könnte sie es gewesen sein. Franz wäre nicht das erste Mordopfer, das sich vor dem oder der Falschen gefürchtet hatte.

Emilio kam der Gedanke, dass seine Entscheidung, Tildas

vielversprechende Einladung auszuschlagen, auch unter diesem Aspekt ausgesprochen vernünftig war. Einer Frau, die womöglich den eigenen Liebhaber zu Tode befördert hatte, sollte man besser nicht zu nahe kommen. Könnte ja sein, dass sie an dieser Übung Gefallen fand und zu Wiederholungen neigte.

55

Phina war müde. Sie hatte einen anstrengenden Tag hinter sich. Dennoch hatte sie sich vorgenommen, wach zu bleiben und auf Emilio zu warten. Egal, wie lange es dauern würde. Das wusste man bei ihm nie, schon gleich nicht, wenn er wie gerade in einem Fall ermittelte.

Sie musste lächeln. Um ehrlich zu sein, wusste man das auch sonst nie. Emilio hatte keinen geordneten Tagesrhythmus – und erst recht keinen, was den Abend oder die Nacht betraf. Aber er gab ihr meistens Bescheid. Entweder hinterließ er eine Nachricht, oder er rief an oder schickte eine SMS. Letzteres hatte er auch heute getan. Er hatte geschrieben, dass er es zum Abendessen nicht schaffen würde. Er habe einen investigativen Termin. Investigativ? Darunter konnte sie sich bei ihm viel vorstellen, auch, dass es lediglich darum ging, Weine zu verkosten. In diesem Fall hoffte sie, dass er so vernünftig war, sich ein Taxi zu nehmen. Aber Vernunft im Sinne von Besonnenheit war nicht unbedingt eine von Emilios herausragenden Eigenschaften. Klugheit, Klarsicht, Scharfblick und Weisheit dagegen schon. Wieder musste Phina lächeln. In Gedanken strich sie die Weisheit. Denn irgendwelche Torheiten fielen Emilio immer wieder ein. Auf diesem Gebiet war er ausgesprochen begabt. So würde kein weiser Mann auf die Idee kommen, mit lederbesohlten Halbschuhen aus englischer Maßanfertigung in den Bergen spazieren zu gehen. Das war eine Torheit, erst recht bei Regen und glitschigem Untergrund. Bei Emilio kam das jedoch vor, zugegebenermaßen nur über kürzere Distanzen, denn ausgedehnte Wanderungen waren ihm ohnehin ein Gräuel, egal bei welcher Witterung. Auch würde kein weiser Mann einen alten Landy ohne funktionierende Benzinanzeige fahren und regelmäßig das Tanken vergessen. Schon häufig hatte sie ihm deshalb mit einem Ersatzkanister zu Hilfe eilen müssen. Doch ließ er weder die Benzinanzeige reparieren, noch achtete er auf eine ausreichende Reserve im Tank. Am unvernünftigsten verhielt sich Emilio angesichts einer Gefahr. Das hatte sie immer wieder bei ihm erlebt. Er ignorierte die Bedrohung einfach und schien keine Sekunde die Möglichkeit in Betracht zu ziehen, dass ihm etwas passieren könnte. Selbst wenn jemand mit der Pistole auf ihn zielte, ging er nicht in Deckung. Weise war das nicht. Manches Mal wunderte sie sich, dass Emilio noch lebte.

Phina öffnete eine Flasche ihres besten Sauvignons. Das tat sie ausschließlich an besonderen Tagen, weil sie nur noch über wenige Exemplare dieses schon älteren und großartigen Jahrgangs verfügte. Aber heute war solch ein besonderer Tag. Im ersten Stock schlief die kleine Zola im Gästezimmer. Seit heute Vormittag hatte sie die Gewissheit, dass Zola ein neues Zuhause finden würde. Nicht nur sie, sondern ebenso alle anderen Kinder aus dem abgebrannten «Heim der Hoffnung». Magister Dopfer hatte ihr versichert, dass die neue Villa innerhalb weniger Tage bezogen werden könnte. Natürlich habe dann vieles noch provisorischen Charakter, aber dank der zusätzlich erhaltenen Spende könne man die notwendigen Maßnahmen kurzfristig realisieren. Alles würde sich zum Guten wenden.

Sie nahm einen genussvollen Schluck vom Sauvignon. Gerne hätte sie jetzt mit dem Besitzer der neuen Villa angestoßen und sich bei ihm für seine Großherzigkeit bedankt. Ebenso freudig hätte sie das Glas auf das Wohl des anonymen Gönners erhoben, der mit seiner Geldspende sowohl den Umbau der Villa als auch die jahrelange Fortführung des Betriebs ermöglichte. Aber sie saß alleine in ihrer Stube und konnte deshalb nur symbolisch ihren geliebten Sauvignon mit den Wohltätern teilen.

Phina lächelte versonnen. Wenn Emilio schon da wäre, könnte er sie unterstützen. Sie würde auch ihm ein Glas einschenken. Kaum anzunehmen, dass er nicht mittrinken würde. Wahrscheinlich, ohne überhaupt nach dem Anlass zu fragen. Aber sie würde es ihm sagen. Und wenn er sich dann nicht mit ihr freuen sollte, würde sie ihm die Flasche auf den Kopf hauen ... nein, natürlich nicht. Erst würden sie den Sauvignon gemeinsam austrinken – aber dann. Nein, auch dann nicht.

Phina legte Zolas Memory-Karten auf den Tisch und begann, mit sich selbst zu spielen. Um sich die Zeit zu vertreiben und um wach zu bleiben. Außerdem konnte etwas Training nicht schaden. Sie verlor zwar gerne gegen Zola, aber nicht haushoch.

Schließlich hörte sie ein Auto auf den Hof fahren. Die sehr speziellen Geräusche waren eindeutig: Emilio kam zurück von seinem investigativen Termin. Und ihm war weder der Sprit ausgegangen, noch war er in eine Alkoholkontrolle geraten.

Sie räumte die Memory-Karten weg, holte ein zweites Glas und zündete eine Kerze an. Ihr war danach.

Emilio betrat die Stube und stutzte. Mit Blick auf die Kerze fragte er irritiert, ob er ihren Geburtstag vergessen habe. Oder ihren Hochzeitstag. Aber das könne nicht sein, denn schließlich seien sie überhaupt nicht verheiratet.

Phina lächelte und sagte, er solle sich keine Gedanken machen; er habe keinen Jahrestag verschludert. Aber er könne sich das heutige Datum schon mal für die nächsten Jahre vormerken, denn in Zukunft würde sie immer an diesem Tag eine Kerze anzünden.

Er legte seine Stirn in Falten, kam aber zu keinem Ergebnis. Jedenfalls ließ er nicht erkennen, dass er eine Idee hatte. Sein Blick fiel auf das Etikett der Flasche Sauvignon, auf den Jahrgang und die besondere Abfüllung. Beeindruckt stellte er fest, dass sie eine großartige Wahl getroffen habe, die seine uneingeschränkte Zustimmung und Wertschätzung verdiene. Schon allein dieser Wein sei Anlass genug, sich dieses Datum zu merken.

Er hob sein Glas und stieß mit ihr an. Was immer es zu feiern gebe, er stehe ihr dabei gerne hilfreich zur Seite.

«Wir trinken auf den Mann», sagte sie, «der mit seiner Villa unserer Zola und den anderen Kindern ein neues Zuhause geschenkt hat.»

«Geschenkt? Hat dieser gefühlsduselige Trottel seine Villa tatsächlich verschenkt? Das kann ich kaum glauben.»

«Du hast recht, das hat er nicht. Aber so gut wie.»

«Ich sag's ja, ein Trottel. Aber mir ist egal, auf wen ich anstoße. Prost, meine Liebe.»

Sie tranken vom Wein. Emilio hob anerkennend eine Augenbraue.

«Dein Sauvignon altert wie eine Diva. Er wird mit den Jahren immer göttlicher.»

«Finde ich auch. Leider habe ich von diesem Jahrgang nur noch wenige Flaschen im Keller.»

«Umso wichtiger, dass du ihn nur mit jemandem trinkst, der auf reife Geschöpfe steht.»

«Geschöpfe? Meinst du Frauen oder Weine?»

Emilio grinste. «Ich wollte Gewächse sagen.»

«Natürlich, hätte ich mir denken können.»

Sie sah ihn lächelnd an. «Freust du dich ein bisschen mit mir?», fragte sie nach einer Weile.

«Über den Wein?»

«Nein, du Dummkopf, sondern über das neue Zuhause der Kinder.»

Er zog eine Grimasse. «Wenn es denn sein muss und dich glücklich macht, dann kann ich es ja mal versuchen.»

«Du bist ein schlechter Schauspieler.»

«Warum? Weil mir der Ausdruck der Freude nicht so recht gelingen will?»

«Weil du, um deine eigenen Worte zu gebrauchen, ein gefühlsduseliger Trottel bist, der das aber nicht eingestehen will.»

«Sprichst du jetzt wirklich von mir?» Er fasste sich empört an die Brust.

«Du kannst es ruhig zugeben, es kommt sowieso raus. Magister Dopfer hat mir gesagt, um welche Villa es sich handelt.»

Emilio sah sie verstört an. «Hat er? Hätte er aber nicht sollen.»

«Warum nicht?»

Er zuckte mit den Achseln. «Na gut, dann weißt du es jetzt. Deswegen bin ich aber noch lange kein gefühlsduseliger Trottel. Ich hatte nur eine sentimentale Anwandlung, in einem Moment der Schwäche und minderer Zurechnungsfähigkeit. So was kann passieren.»

Phina schüttelte lächelnd den Kopf, stand auf und ging zu ihm hin, um ihm einen Kuss zu geben. Er machte eine verlegene Abwehrbewegung, ließ es dann aber doch zu.

«Muss dir doch nicht peinlich sein», sagte sie leise. «Bist halt nicht so ekelhaft, wie du immer vorgibst. Und von wegen ... dass du keine Kinder magst.»

«Ich mag sie wirklich nicht», grummelte er. «Alles halslose Ungeheuer. Tennessee Williams hatte schon recht. Und wenn man nicht aufpasst, schlagen sie einen beim Memory.»

Sie setzte sich zu ihm auf die Bank und umarmte ihn. «Das werde ich dir nie vergessen», schnurrte sie. «Ich bin dir so dankbar.»

«Musst nicht *mir* danken. Die Villa habe ich von Tante Theresa geerbt. Ihr kannst du danken. Ich denke, die Entscheidung ist in ihrem Sinne.»

«Ganz sicher ist sie das. Auch deine Spende ...»

«Die Spende? Damit habe ich nun wirklich nichts zu tun.»

«Schwindler. Die Spende wurde zwar anonym, aber treuhänderisch von einem Doktor Marthaler auf das Konto des Heims überwiesen. Doktor Marthaler: der Anwalt, der dein Vermögen verwaltet.»

«Der Marthaler hat noch andere Klienten», protestierte Emilio, aber leise und wenig überzeugend.

Wieder gab sie ihm einen Kuss. «Ich sag's nicht weiter.»

Phina goss ihnen Wein nach.

«Wo willst du jetzt Klavier spielen?», fragte sie.

Emilio verzog sein Gesicht. «Ich sag ja, ich war in dem Moment nicht zurechnungsfähig. Ans Klavier habe ich gar nicht gedacht.»

«Wir werden eine Lösung finden.»

«Oder ich höre mit dem Klavier auf und spiele stattdessen Golf.»

«Ist nicht dein Ernst?»

«Nicht wirklich.»

Sie schwiegen eine Weile. Phina genoss den Augenblick, den sie als besonders glücklich empfand.

«Gibt's was Neues, was die Brandursache betrifft?», fragte Emilio unvermittelt.

«Ja, leider.»

«Das heißt?»

«Laut Dopfer hat sich der Verdacht bestätigt, dass es Brandstiftung war. Es gibt wohl eindeutige Spuren.»

«Ich hab's befürchtet.» Er dachte nach. «Einen Tatverdächtigen gibt's noch nicht, oder?»

«Ich glaube nicht.»

«Mmmh.»

«Was willst du damit sagen?»

«Ich werde mich darum kümmern.»

Wieder saßen sie schweigend nebeneinander, und Phina streichelte ihm den Nacken. Sie tranken den restlichen Wein und schauten in die Kerze.

Emilio sah sie versonnen an. «Hast du heute Abend noch was vor?», fragte er.

Phina lächelte. Ja, sie hatte etwas vor. Und sie zweifelte nicht daran, dass er dasselbe meinte.

56

In Bozen gibt es das Stadtviertel Don Bosco. In früheren Jahrhunderten waren hier nur Obstwiesen und ein Augustinerkloster, das allerdings noch im Mittelalter durch Naturkatastrophen zerstört wurde. Heute steht an der Stelle des ehemaligen Chorherrenstifts die Pfarrkirche Maria in der Au. Ein weiteres Kloster ist im heutigen Viertel Gries errichtet worden. Es heißt Muri-Gries und wird von Benediktinern geführt, die es Mitte des 19. Jahrhunderts im Zuge der Säkularisation aus dem schweizerischen Muri nach Bozen verschlagen hat. Berühmt ist Muri-Gries nicht zuletzt durch seine herausragenden Weine – wie zum Beispiel den Lagrein Abtei Riserva oder den Abtei Muri Pinot Noir Riserva. Aber davon soll hier nicht die Rede sein. Auch nicht davon, dass die Besiedelung des südlich der Drususallee gelegenen Stadtviertels Don Bosco im Wesentlichen auf den Faschismus zurückgeht und auf Mussolinis Politik der Italienisierung Bozens. Mit der malerischen Altstadt Bozens hat Don Bosco schon baulich wenig gemein. Und auch sonst glaubt man sich in einer anderen Welt.

Für Gianluca Beltrini war Don Bosco jedoch sein Zuhause. Dort lebten seine Freunde und seine Familie, die aus Kalabrien stammte. Wie an vielen Abenden saß er auch heute mit seiner Clique in einer Pizzeria, in die sich nur selten Touristen verirrten. Dabei gab es hier die beste Marinara oder Margherita weit und breit. Gianluca hatte schon einiges getrunken, weshalb er nicht mehr so genau wusste, was er redete. Er sprach von Tignanello- und Masseto-Flaschen, dabei kam der Wein in ihren Gläsern aus einer Zapfanlage am Tresen. Auch philosophierte er lallend über die technischen Finessen des Etikettendrucks. Und er erwähnte drei Kunden. Wobei der eine, mit dem er Streit gehabt habe, tot sei – ertrunken im Eisack. Ein anderer versuche, ihn übers Ohr zu hauen, jedenfalls befürchte er das. Und ein dritter Kunde sei ein sonderlicher Baron, der Italienisch sprach wie ein *stronzo* und die Kunst verstand, sich in Luft aufzulösen. Gianluca kippte sich einen Sambuca hinter die Binde.

Seine Freunde hatten nicht wirklich verstanden, was er ihnen mitteilen wollte. Schon gleich nicht, worum es eigentlich ging. Doch sie hatten den Eindruck gewonnen, dass Gianluca in interessante Geschäfte verstrickt war, aber auch in Schwierigkeiten steckte und dringend ihre Hilfe brauchte. Sie gaben ihm noch was zum Trinken. Aber ihre Hoffnung, dass Gianluca noch mehr ausplaudern könnte, zerschlug sich. Denn statt zu reden, fielen ihm die Augen zu – und er schlief im Sitzen ein.

57

Linus sah auf die Uhr. Nur noch wenige Stunden, dann würde er zu seinem Termin in Bozen aufbrechen. Die Musterflasche Masseto hatte er in ein Holzkästchen gelegt, so sah sie noch hochwertiger aus. Weitere sechs Flaschen würde er in einem Karton mitnehmen, aber zunächst im Auto lassen. Darüber hinaus hatte er mit seinem Smartphone ein Foto von seinem Weinlager mit der gesamten Produktion gemacht. Dies als Beweis, dass er wirklich fertig war und sofort liefern könnte. Blieb die entscheidende Frage nach den Konditionen. Oder um es einfacher zu sagen: Was würden ihm die Chinesen für den Masseto zahlen? Nun, bald würde er es wissen – vorausgesetzt, sein Wein bestand die Qualitätskontrolle. In diesem Punkt war er ausgesprochen zuversichtlich, denn er hatte solide Arbeit geleistet. Sogar die dezente Barriquenote hatte er mit Hilfe von Eichenspänen noch hinzukomponiert. Dennoch könnte es sein, dass Wang aus taktischen Gründen am Wein herummäkelte, mit dem Ziel, den Preis zu drücken. Linus überlegte, dem Chinesen ein Lügenmärchen aufzutischen: dass er nämlich den Wein einem bekannten Sommelier zum Verkosten gegeben und dieser ihn für echt gehalten habe. Aber das wäre ein Bluff. Und vom Pokern wusste er, dass man beim Bluffen vorsichtig sein musste. Denn gewiefte Gegner würden das Blatt sehen wollen. Wenn man dann mit leeren Händen dastand – in diesem Fall also den Sommelier nicht beim Namen nennen konnte –, hatte man verschissen. Wang war ganz sicher ein gewiefter Pokerspieler. Linus dachte an sein regungsloses Gesicht. Die Entscheidung war gefallen. Er würde konservativ spielen, ganz ohne psychologische Tricks.

Linus sperrte seinen Weinkeller ab. Genauer gesagt, nur den hinteren Bereich, in dem der gefälschte Masseto lagerte. Die Stahltür war doppelt gesichert. Draußen hatte er ein Schild angebracht, auf dem in großen Lettern die Warnung stand: «Vorsicht: Starkstrom! Betreten verboten.» Als ob es sich um einen Raum mit elektrischen Schaltanlagen handelte. Auch das war ein Bluff. Aber ein guter. Seine Mitarbeiter jedenfalls hatten keine Ahnung, was sich hinter der Stahltür verbarg. Ab und zu ließ er in dem Raum einen Generator laufen, dann hörte es sich tatsächlich nach Strom an.

Linus lief an seinen Gärtanks vorbei, auch an jenem, in dem er bis vor kurzem das Geld aus dem Safe von Franz Mitterlechner versteckt hatte. Auch dieses hatte jetzt seinen Platz im «Fort Knox» hinter der Stahltür. Er hätte es gleich dort deponieren sollen; aber nach seinem Einbruch und dem unerwarteten Geldsegen war er in einer solch euphorischen Stimmung gewesen, dass er an das Naheliegende nicht gedacht hatte.

Er trat hinaus auf den Hof und setzte die Sonnenbrille auf. Vor seinem inneren Auge blitzte kurz eine unliebsame Erinnerung auf, was dazu führte, dass er sich rasch nach allen Seiten umschaute. Nein, heute stand kein kleiner Italiener vor ihm, der ihn rotzfrech anpöbelte. Das war ein heikler Moment gewesen, denn fast wäre er diesem Kerl an die Gurgel gegangen. Linus kannte sich. Wenn er wütend wurde, verlor er leicht die Beherrschung. Dann tat er Dinge, die er hinterher bereute, die vor allem unklug waren und seinen eigenen Interessen schadeten. Solche Situationen hatte es in seinem Leben schon häufiger gegeben. An eine konnte er sich noch besonders gut erinnern. Schon deshalb, weil sie noch nicht so lange zurücklag.

58

Emilio saß am Steuer seines Landy und fuhr, von Eppan kommend, die Strada del Vino hinunter nach Bozen. Es war ein herrlicher Tag. Rechts und links die Weinberge, oben der strahlend blaue Himmel. Und vor ihm ein Traktor, der sich nicht überholen ließ. Aber er übte sich in Gelassenheit. Er dachte an die vergangene Nacht und musste unwillkürlich grinsen. Kein Wunder, dass er müde war, trotz der drei Haferl Kaffee zum Frühstück. Ihm fiel Phinas Frage nach dem Klavier ein. Genau genommen handelte es sich um einen Flügel. Aber sie hatte recht; den hatte er tatsächlich vergessen. Ihn schauderte bei dem Gedanken, dass unmusikalische Kinder und Halbwüchsige mit ihren Wurstfingern auf ihm herumklimperten. Unmusikalisch? Nun, da konnte man sich gar nicht mal so sicher sein. Die einen hatten Talent für Memory, die anderen vielleicht fürs Klavierspiel. Aber Wurstfinger hatten sie trotzdem, wahrscheinlich sogar ungewaschene. Immerhin war Theresas alter Konzertflügel von Steinway und mit einer recht empfindlichen Tastatur ausgestattet. Ergo handelte es sich um kein Kinderspielzeug. Das würde auch Theresa so sehen, Gott habe sie selig. Zudem wollte er den Flügel nicht nur nicht misshandelt sehen, sondern auch zukünftig darauf spielen. Er musste ihn also aus der Villa fortschaffen lassen und einen geeigneten neuen Platz finden. Am besten ohne Zuhörer, denn an der Nocturne von Chopin biss er sich regelmäßig die Zähne aus. Aber er wollte so lange üben, bis er sie beherrschte. Das konnte dauern. Und wenn ihm danach war, wollte er ungestört *Summertime* von George Gershwin spielen. Das Stück konnte er blind, und es tat seiner Seele gut. Emilio summte den Text. *Summertime. And the livin' is easy. Fish are jumpin'. And the cotton is high.* Ja, das Leben konnte so einfach sein, und wenn die Fische sprangen ...

Die Fische? Damit waren sicher nicht jene im Eisack gemeint. Dennoch kamen sie ihm jetzt unweigerlich in den Sinn. Schließlich hatte er auf seiner aktuellen Fahrt den Angelplatz von Franz Mitterlechner zum Ziel. Genau genommen das nahe gelegene «Austragshäusl», in dem der schrullige Lois Horngacher wohnte. Wenn der Alte sein Wort hielt, würde er ihm heute verraten, wen er am Tatort gesehen hatte. Dann wäre der Fall so gut wie aufgeklärt. Emilio müsste nur noch tun, was ihm der Franz aufgetragen hatte, nämlich seinem Mörder die Tat nachweisen. Die Zeugenaussage eines grenzdebilen Alten würde vor Gericht wohl nicht ausreichen. Also brauchte er handfeste Beweise. Oder ein Geständnis. Aber das würde zu schaffen sein. Sobald er wusste, von wem der Franz beim Angeln in den Eisack gestoßen worden war, hatte er den Übeltäter gewissermaßen am Haken. Und er war gut darin, Fische an Land zu ziehen und sie mit einem Schlag auf den Kopf von ihrem Leid zu erlösen. Im übertragenen Sinne.

Sobald der Tod von Franz aufgeklärt war, bliebe noch der Auftrag des Avvocato Bruneschi, die Herkunft der gestohlenen Weine zu klären. Aber da war er gedanklich schon sehr weit. Emilio lächelte. Außerdem könnte sich das eine fast zwangsweise aus dem anderen ergeben.

Und dann? Dann würde er sich um die Brandstiftung in Meran kümmern. Theresa hätte was dagegen, wenn ein Feuerteufel auch ihre schöne Jugendstilvilla abfackeln würde. Nicht nur Theresa, auch er wäre damit ganz und gar nicht einverstanden. Also galt es, den Spinner möglichst schnell aus dem Verkehr zu ziehen. Entweder schaffte das die Polizei, oder er würde es tun.

In Gedanken setzte er den Songtext von *Summertime* fort: *Your daddy's rich. And your mamma's good lookin'. So hush little baby. Don't cry* ...

Die Kinder im «Heim der Hoffnung» hatten keine reichen Väter. Und an ihre Mütter hatten sie vielleicht nur noch schemenhafte Erinnerungen. Da war es für sie schwer, stillzuhalten und nicht zu weinen. Er dachte an Zola, die heute Morgen mit ihm und Phina gefrühstückt hatte. Sie konnte zwar weinen, aber auch herzhaft glucksen und lachen. Er verstand, dass das Phina glücklich machte. Blieb zu hoffen, dass Zola auch in ihrem neuen Heim viel zu lachen hatte. Nicht nur sie, sondern auch die anderen Kinder. Dem alten Haus würde es neues Leben einhauchen. Und Theresa würde sich gewiss darüber freuen – im Himmel, auf ihrer Wolke. Phina war sowieso happy. So gesehen hatte er ausnahmsweise mal alles richtig gemacht. Auch unter ganz egoistischen Gesichtspunkten. Denn mit diesem geradezu genialen Schachzug hatte er es geschafft, sein von Theresa ererbtes Vermögen zu mindern. Das war ihm ein Herzenswunsch. Zu viel Wohlstand stimmte ihn depressiv. Leider blieb immer noch viel zu viel übrig.

*

Eine halbe Stunde später ging Emilio von seinem geparkten Auto hinunter zum Häuschen des Lois Horngacher. Er besaß eine gute Menschenkenntnis, deshalb war er voller Zuversicht, dass der alte Mann sein Wort halten und ihm sagen würde, was und wen er zu früher Stunde am Tatort gesehen hatte.

Die Tür zum «Austragshäusl» war nur angelehnt. Emilio klopfte und rief Lois' Namen. Keine Reaktion. Entweder machte der Alte einen Spaziergang, oder er war noch schwerhöriger als gedacht. Oder er saß auf dem Klo.

Emilio schob die Türe auf und betrat den Flur. Im Haus roch es genauso unangenehm wie beim letzten Mal.

«Lois, ich bin's, der Emilio. Sind Sie da?»

Totenstille. Also war er doch spazieren gegangen und hatte nur vergessen, die Haustür zu schließen.

Emilio warf noch einen kurzen Blick in die Wohnküche, wo er gestern mit Lois den Marillenbrand getrunken hatte. Aus dem kurzen Blick wurde ein langer. Auch ein nachdenklicher und wehmütiger. Denn Lois Horngacher würde nie mehr einen Schnaps trinken; er würde auch nie mehr hinunter zum Eisack spazieren – und er würde Emilio auch ganz sicher nicht verraten, wer den Franz Mitterlechner umgebracht hatte. Lois lag rücklings auf dem Holzboden vor der Ofenbank. Steif und regungslos. Mit weit aufgerissenen, starren Augen. Eindeutiger ging es nicht – der Lois war tot.

Emilio ertappte sich bei dem Gedanken, dass der Alte mit seinem Ableben doch einige Stunden hätte warten können. Einzig, um ihm noch sein Geheimnis zu verraten. War das etwa zu viel verlangt? Im nächsten Augenblick entschuldigte sich Emilio beim Toten. Der Lois war ja nicht mit Absicht gestorben, um ihn zu ärgern. Man konnte ihm seinen Tod also nicht zum Vorwurf machen. Fragte sich nur, warum er ausgerechnet jetzt gestorben war. Rein statistisch war dieser Zufall reichlich unwahrscheinlich. Vielleicht hatte ihn die Erinnerung an die zurückliegenden Ereignisse so aufgeregt, dass sein Herz versagt hatte? Das könnte sein, aber sehr wahrscheinlich war auch das nicht. Denn der Lois hatte auf ihn den Eindruck eines geradezu tiefenentspannten Dickschädels gemacht. Blieb noch eine weitere Möglichkeit. Emilio sah auf den regungslosen Körper und in das leichenstarre Gesicht. Aus der Entfernung war keine Gewalteinwirkung zu erkennen. Kein Einschussloch, keine Messerstichwunde, keine Blutlache. Emilio kniff die Augen zusammen. Oder doch? Er machte den Lichtschalter an. Jetzt sah er, dass um den Kopf des Toten herum der Dielenboden rot gefärbt war. Als Nächstes entdeckte er die Flasche Marillenbrand, die er gestern mitgebracht hatte; sie lag einige Meter von dem Leichnam entfernt, direkt neben dem Ofen. Szenario eins: Der Lois hatte sich mit dem Schnaps besoffen, hatte Probleme mit dem Gleichgewicht bekommen und war mit der Flasche in der Hand unglücklich gestürzt. Die Flasche war ihm beim Aufprall entglitten und dann zum Ofen gerollt. Szenario zwei: Lois hatte ungebetenen Besuch erhalten – und war ausgerechnet mit dieser Flasche erschlagen worden. Im Endergebnis kam es auf dasselbe raus: Der Lois war mausetot.

Emilio widerstand der Versuchung, sich den Leichnam genauer anzusehen. Einen Teufel würde er tun. Stattdessen nahm er sein Handy und führte ein Telefonat mit der Quästur in Bozen. Mariella verband ihn mit dem Commissario Sandrini. Der versprach, gleich zu kommen, mit der kompletten Kavallerie. Emilios Einwand, dass es sich vielleicht um einen schlichten Alkoholunfall handeln und den Aufwand deshalb nicht rechtfertigen würde, ließ Sandrini nicht gelten. Nach seiner Erfahrung seien alle Leichen, über die Emilio mit schöner Regelmäßigkeit stolpere, grundsätzlich gewaltsam aus dem Leben geschieden. Das sei fast ein Naturgesetz.

59

Ein Naturgesetz? So ein Blödsinn. Emilio saß in der Nähe des «Austragshäusls» auf einer Bank und rauchte einen Zigarillo. Es gab keinen vernünftigen Grund, warum ausgerechnet er immer über Mordopfer «stolpern» sollte. Dummerweise hatte Sandrini im konkreten Fall recht. Der Lois Horngacher war erschlagen worden, und zwar offensichtlich mit der Flasche Marillenbrand. So viel hatte die Untersuchung vor Ort bereits ergeben. Emilio blies nachdenklich in die Glut seines Zigarillos. Er hatte Sandrini schon gesagt, dass sich auf der Schnapsflasche ganz sicher seine Fingerabdrücke finden würden, schließlich habe er sie gestern dem Lois mitgebracht.

Auch das sei typisch für Emilio, hatte Sandrini entgegnet. Der Baron schaffe es immer wieder, sich in Schwierigkeiten zu bringen.

Emilio sah das anders. Natürlich kam er nicht als Täter in Betracht, was auch Sandrini klar sein musste. Wenn also einer Schwierigkeiten hatte, dann war es der Kommissar selbst, denn der hatte keinen blassen Schimmer, wer ein Motiv haben könnte, einen grenzdebilen Greis umzubringen, der keine Zähne im Mund hatte und niemandem etwas zuleid tat. Er dagegen hatte durchaus einen Schimmer. Allerdings nur, was das Motiv betraf. Bei der Person des Täters stand auch er auf dem Schlauch.

Sandrini hatte höchstpersönlich seine Zeugenaussage zu Protokoll genommen. Angaben zur Person musste Emilio keine machen. Im Polizeicomputer war wahrscheinlich sogar seine Schuhgröße gespeichert. Und der Mädchenname seiner Großmutter.

Morgen solle Emilio in der Quästur vorbeikommen, um seine Aussage zu unterschreiben. Sobald der Todeszeitpunkt feststand, wäre auch ein Alibi von Vorteil, hatte ihm Sandrini mitgeteilt. Der guten Form halber. Außerdem könne er dann nochmals und bitte etwas genauer erzählen, warum er den Alten besucht hatte. Doch wohl kaum, um mit ihm bei einem Schnaps über das Wetter zu sprechen. Oder über Franz Mitterlechner, den der alte Lois womöglich am Tag des Unglücks gesehen hatte, aber sich daran nicht mehr erinnern konnte. So stand es jedenfalls im Protokoll. Mit ihm über Mitterlechners Tod zu reden wäre daher völlig sinnlos gewesen, denn was hätte er berichten können? Nichts als konfuses Anglerlatein.

Ein Polizist kam zu Emilio und teilte ihm mit, dass er gehen könne.

Emilio machte seinen Zigarillo aus und trat den Rückzug an. Hier hatte er nichts mehr verloren.

*

Weil es nicht weit war und er dem heutigen Tag noch ein Erfolgserlebnis abgewinnen wollte, beschloss er, einen weiteren Besuch zu tätigen, bei dem er hoffentlich einen lebendigen Zeitgenossen antreffen würde. Von der Adresse besaß er ein konkretes Bild – dank Tilda, die ihm ein Foto von der Einfahrt zum Foidelhof übermittelt hatte. Inzwischen wusste er, dass der Eigentümer dieses Weinguts Linus Foidel hieß und offenbar einen cholerischen Charakter hatte. Immerhin war er schon mehrfach wegen Streitereien und Strafvergehen vor Gericht gewesen, unter anderem wegen einer Ohrfeige, die er in Bozen einer Politesse verpasst hatte, die ihn wegen Falschparkens aufschreiben wollte. Als Emilio das las, hatte er schmunzeln müssen. Damit hatte dieser Linus eigentlich nur das getan, was sehr viele Leute gerne machen würden, sich jedoch nicht trauten. Besonders klug war das freilich nicht.

Emilio fand die Abzweigung zum Foidelhof, die wie bei den meisten Weingütern in Südtirol gut ausgeschildert war. Allerdings gab es einen zusätzlichen Hinweis, der zum Ausdruck brachte, dass man dort auf die sonst übliche Gastfreundschaft keinerlei Wert legte: «Kein Direktverkauf. Keine Besichtigungen.»

Emilio kam an dem alten Handkarren mit dem kleinen Holzfass vorbei, den er von Tildas Foto kannte. Er fuhr über eine mit groben Steinen gepflasterte Straße hinauf zum Gutshof. Davor stand ein roter Lieferwagen mit der Aufschrift «Foidelhof» und zwei stilisierten Weingläsern. Ein Mann kam nach draußen, der einen Weinkarton trug und eine längliche Holzbox, wie man sie für einzelne Weinflaschen verwendete. Er hatte eine sportliche Figur, trug Jeans und ein blaues Hemd darüber. Die Sonnenbrille hatte er nach oben in die gegelten Haare geschoben.

Emilio stoppte neben ihm, grüßte höflich und fragte aus dem geöffneten Seitenfenster nach Herrn Foidel.

Der Mann reagierte nicht, geschweige denn, dass er eine Antwort gab; er marschierte einfach weiter. Emilio dachte, dass er entweder begriffsstutzig war oder eine solche Frage als Zumutung empfand. Letzteres traf wohl eher zu. Der Kerl war ihm sofort unsympathisch.

Emilio schaute zu, wie der Mann den Karton und die Weinbox auf dem Beifahrersitz seines Lieferwagens abstellte. Erst dann ließ er sich dazu herab, sich zu Emilio umzudrehen und an dessen Auto zu kommen. Sein gerade noch bräsiger Gesichtsausdruck wich einem Grinsen.

«Schöner alter Landy», sagte er anerkennend. «Rechtsgesteuert und noch mit geteilter Frontscheibe.»

Emilio revidierte seinen ersten Eindruck. Vielleicht war der Typ doch nicht so unsympathisch. Wer seinen geliebten Landy lobte, hatte eine zweite Chance verdient.

Der Mann klopfte aufs Blech. «Und in einem perfekten Zustand. Voller Beulen und Kratzer. Und in diesem Jahrtausend noch ungewaschen.»

Emilio nickte. «Ich sehe, Sie verstehen was von geländegängigen Oldtimern. Ich lege tatsächlich großen Wert auf eine authentische Patina.»

«Das merkt man.» Er machte eine Pause. «Sie haben nach Herrn Foidel gefragt?»

Na bitte, der Mann war nicht begriffsstutzig, er fremdelte nur ein wenig.

«So ist es; vielen Dank, dass Sie auf meine Frage zurückkommen. Ja, ich suche Herrn Linus Foidel.»

Den spöttischen Unterton konnte sich Emilio nicht verkneifen.

«Das bin ich. Was kann ich für Sie tun?»

«Ich würde mich mit Ihnen gerne ein paar Minuten unterhalten.»

«Worüber?»

«Das wäre Gegenstand unseres Gesprächs.»

Linus runzelte die Stirn. «Darf ich wissen, wer Sie sind?»

«Mein Name ist Ritzfeld», antwortete Emilio. Für eine Sekunde hatte er überlegt, sich wie bei Gianluca als Baron von

Hohenembs auszugeben. Den Gedanken hatte er aber wegen erwiesener Unsinnigkeit wieder verworfen. «Uns verbindet ein gemeinsamer Freund: Franz Mitterlechner.»

Linus kniff die Augen zusammen. An der Sonne lag das nicht. Emilio erinnerte sich, dass auch bei Gianluca allein die Nennung des Namens zu sichtbarer Nervosität und Misstrauen geführt hatte.

«Franz Mitterlechner war kein Freund von mir», zischte Linus.

Das war eindeutig. Und so spontan und unüberlegt, wie einer Politesse eine Ohrfeige zu verpassen.

Das fiel Linus wohl selber auf, weshalb er sofort ergänzte: «Dass Sie mich nicht falsch verstehen – ich habe ihn nicht einmal gekannt.»

Emilio grinste. Zur Spontanreaktion kam eine Lüge. Besser hätte ihr Gespräch nicht beginnen können.

Linus sah fahrig auf seine Armbanduhr. «Außerdem habe ich jetzt keine Zeit, mich mit Ihnen zu unterhalten. Ich muss dringend zu einem Termin.»

Das mochte sogar stimmen. Immerhin hatte er seinen Lieferwagen nicht abgeschlossen und hielt den Autoschlüssel noch in der Hand. Emilio fragte sich, ob er aussteigen und ihm den Schlüssel wegnehmen sollte, dann würde er sich die Zeit schon nehmen müssen. So etwas könnte allerdings zu einer kleinen Rangelei führen, die zwar kurzweilig, aber kein Beitrag zur Entspannung wäre.

«Hätten Sie morgen vielleicht Zeit für mich?», fragte Emilio stattdessen freundlich.

«Nein. Und auch nicht übermorgen.»

Idiot. Dann also doch der Autoschlüssel? Aber Emilio war heute sanftmütig gestimmt. Er hatte vor kurzem noch vor einer Leiche gestanden und den irdischen Mangel an Friedfertigkeit beklagt.

«Wunderbar. Dann komme ich morgen um dreizehn Uhr», entschied Emilio.

«Haben Sie was an den Ohren? Ich sagte doch gerade ...»

«Dass Sie den Franz Mitterlechner gar nicht gekannt haben, ich weiß. Und weil das eine dreiste Unwahrheit ist, werden Sie mich morgen um eins erwarten. Sollten Sie nicht da sein, werde ich die Polizei verständigen und Sie verhaften lassen.»

Linus bekam einen roten Kopf, schnappte nach Luft und erwiderte dann empört: «Mich verhaften? Dir haben sie wohl ins Hirn gepinkelt ...»

Emilio legte blitzschnell den Gang ein und fuhr unvermittelt los. Dass er Linus dabei über die Füße rollte, war nicht seine Schuld, der gute Mann hätte ja nicht so nah am Auto stehen müssen.

«Entschuldigung!», rief er ihm zu. «Wir sehen uns morgen. Zum Trinken hätte ich gerne einen Tignanello.»

*

Emilios Stimmung hatte sich seit dem deprimierenden Vormittag deutlich verbessert. Freundliche Gespräche wie soeben mit Linus Foidel schütteten bei ihm Glückshormone aus und steigerten sein Wohlbefinden. In Bozen machte er einen Umweg, um zu tanken. Er wollte sich bessern und nicht mehr so häufig mit leerem Tank liegen bleiben – schon deshalb, um Phina keine erneute Gelegenheit zu geben, ihn wegen seiner Schusseligkeit aufzuziehen.

Emilio hätte nicht damit gerechnet, dass sich diese Entscheidung als Glücksfall erweisen sollte. Denn durch den

Umweg und den beim Tanken entstandenen Zeitverlust traf es sich, dass er genau zum richtigen Augenblick wieder die Straße erreichte, auf der er weiterfahren wollte: Von der Seite kommend, sah er einen roten Lieferwagen mit der Aufschrift «Foidelhof» und zwei aufgedruckten stilisierten Weingläsern vorbeirollen. Augenblicklich nahm Emilio die Verfolgung auf. Dabei achtete er darauf, dass zwischen ihm und dem Transporter stets ein paar andere Autos waren, um nicht in Linus' Rückspiegel zu erscheinen. Aber er hielt Kontakt. Von dem Weingut aus hätte er Linus nicht nachfahren können, dazu war sein Landy zu auffällig. Aber hier, im relativ dichten Straßenverkehr von Bozen, konnte er sich an ihn dranhängen. Warum er das tat, wusste er selber nicht. Es gab nur eine Erklärung: die Neugier. Emilio hatte einen oft paranoiden Wissensdrang.

Der Weg des roten Lieferwagens führte ins Gewerbegebiet. Schließlich parkte er vor einem Geschäftsgebäude. Emilio stoppte und beobachtete aus sicherer Entfernung, wie Linus mit der Holzbox unterm Arm im Haus verschwand. Schmunzelnd stellte er fest, dass hier wohl kaum eine alte Tante wohnte, der Linus mit einem Fläschchen Wein eine Freude bereiten wollte. Ein Gewerbegebiet war per definitionem ein Gebiet, in dem Gewerbebetriebe ansässig waren, die ihren Geschäften nachgingen. Folglich handelte es sich hier um einen geschäftlichen Termin, zu dem Linus eine Flasche Wein mitbrachte. Stellte sich die Frage, wem der gute Mann gerade seine Aufwartung machte.

Emilio stellte den Landy auf einem der Parkplätze ab, setzte sich eine alte Baseballkappe auf und machte sich zu Fuß auf den Weg zum Bürohaus, in dem Linus verschwunden war. Er tat dies ohne Stock und zügigen Schrittes. Ein Gewerbegebiet war keine Flaniermeile. Wer hier nicht auffallen wollte, musste sich den Anschein zielgerichteter Betriebsamkeit geben. Deshalb hatte er auch den Werkzeugkoffer aus dem Auto dabei. Das hatte zwar keinen Sinn, sah aber geschäftig aus. Als er über den Parkplatz marschierte, auf dem Linus' Lieferwagen stand, bemerkte er vor dem Fahrzeug ein Schild mit der Aufschrift: «Besucher. Lin-Chen Co.»

Emilio schaute nur kurz hin. Vielleicht war er übertrieben vorsichtig. Aber er hatte eine ungewöhnlich hohe Zahl an Überwachungskameras bemerkt. Er lief zum Eingang des Gebäudes und erfasste dort mit schnellem Blick die Firmenschilder. Eines hatte als Logo einen roten Drachen. Daneben stand: «*Lin-Chen Global Export and Trading Company.*» Emilio schüttelte den Kopf und tat so, als ob er an der falschen Adresse wäre. Das war nun wirklich übertrieben, und niemand, der die Monitore von Videoüberwachungssystemen beobachtete, würde auf solche Gesten achten. Aber er glaubte gerade fast selber daran, dass er sich auf dem Weg zu einem Montagetermin verlaufen hatte. Er machte auf dem Absatz kehrt und eilte zurück.

Innerlich jubilierte er. Was wollte Linus Foidel mit einer Flasche Wein bei einer chinesischen Export- und Handelsgesellschaft? Dafür konnte es nur einen Grund geben; und plötzlich passten etliche Puzzleteile zusammen: der Chinese, der Berti und seine Kumpels zum Steinewerfen angestiftet hatte, die beiden Lagerarbeiter Phuong und Thien, der Etikettenfälscher Gianluca und der Weinmacher Linus Foidel – und nun diese chinesische Firma mit dem roten Drachen. Man musste nur alles in die richtige Reihenfolge bringen. Blieb als Wermutstropfen, dass sich jetzt zwar vieles erklärte, aber leider nicht die beiden Morde. Für seine Geschäftspartner machte es ökonomisch wenig Sinn, Franz Mitterlechner umzubringen. Und warum sollte jemand den alten Lois mit einer Flasche Schnaps erschlagen? Einen Tattergreis, der nicht mal von der Polizei ernst genommen wurde und deshalb auch als möglicher Tatzeuge keine Gefahr darstellte.

Emilio stellte den Werkzeugkasten zurück ins Auto, startete und versuchte zu wenden. Weil dies hier aufgrund einer bescheuerten Fußgängerinsel nicht möglich war und er nicht einfach drüberrumpeln wollte, musste er ein Stück vorfahren – bis zum Gebäude mit den Büros der *Lin-Chen Global Export and Trading Company*. Dort hielt er an einer Wendestelle, um einige Autos vorbeizulassen. Dabei fiel sein Blick auf einen weiteren Parkplatz, den er vorhin übersehen hatte. Dort stand, nur wenige Meter von ihm entfernt, ein Kleintransporter der Marke Iveco, an dem nichts auffällig war. Er wies weder eine markante Lackierung auf, noch trug er eine Aufschrift. Aber über der Frontscheibe war eine große Sonnenblende montiert. Er hatte dunkle Türschweller, eine seitlich angebrachte Antenne vor dem Außenspiegel und runde Aussparungen in den Felgen. Wo hatte er einen solchen Laster schon mal gesehen? Ihm kam ein Gedanke. Emilio fischte nach Mariellas Akte, die unter dem Beifahrersitz lag, und suchte die Fotos der Überwachungskamera heraus, die den Überfall auf Mitterlechners Weinlager zeigten. Dort war ein Kleintransporter zu sehen, der ebenfalls unauffällig wirkte – und dessen erkennbare Details, einschließlich der großen Sonnenblende, mit denen des vor ihm stehenden Fahrzeugs übereinstimmten.

Er schreckte zusammen, als plötzlich hinter ihm ein Auto hupte. Emilio blickte sich um und erkannte, dass er die Zufahrt versperrte. Er klappte die Mappe zu und steckte sie zwischen die Sitze. Dann fuhr er auf den Parkplatz, um hinter dem Kleintransporter zu wenden. Er registrierte zwei große Scheinwerfer, die am Heck über den Flügeltüren montiert waren. Auch das passte zum Wagen auf den Bildern in Mariellas Akte. Mit dem Handy schoss er schnell einige Fotos. Das erforderte akrobatisches Geschick, denn eigentlich benötigte er beide Hände, um am Lenkrad zu kurbeln und mit dem langen Schalthebel die richtigen Gänge zu finden. Wieder hupte das Auto. Blödmann, warum wollte er ausgerechnet auf diesen Parkplatz? Emilio würgte versehentlich den Motor ab. Endlich hatte er es geschafft. Er fuhr mit Karacho an dem Drängler vorbei und reihte sich in den Verkehr ein. Er fuhr zurück, um irgendwo im Asphalt-Gewirr zwischen der Brennerautobahn und den diversen Zufahrtsschleifen den Weg zur Strada del Vino nach Eppan zu finden.

Seine Freude über den erkenntnisreichen Ausflug ins Gewerbegebiet wurde von einem dummen, mulmigen Gefühl überlagert. Denn er hatte zwar zunächst zu Fuß und inkognito Linus Foidels Geschäftstermin ausgeforscht. Dann aber hatte er sich unvorsichtigerweise mit dem Auto im Blickfeld der reichlich vorhandenen Videokameras hinter einem möglichen Tatfahrzeug in Position gebracht, ein anderes Auto behindert und dessen Gehupe provoziert. Zweifellos konnte man diskreter vorgehen. Blieb zu hoffen, dass keiner, der Zugang zu den Bildern der Überwachungskameras hatte, mit argwöhnischem Interesse auf einen alten Landrover achtete – an dessen Steuer ein Trottel saß, der offensichtlich Schwierigkeiten mit dem Rückwärtsgang hatte. Na also, es gab keinen Anlass zur Sorge.

60

Diesmal konnte ihn Wang mit seinem kräftigen Händedruck nicht überraschen. Linus hielt dagegen.

Wang lächelte. «*Nin hao*, Herr Foidel, guten Tag. Ich freue mich, Sie zu sehen.»

Linus deutete zur Holzbox auf dem Tisch.

«Ich habe Ihnen was mitgebracht.»

«Das habe ich ehrlich gesagt nicht anders erwartet.»

Linus schob den Deckel auf und machte eine theatralische Handbewegung.

«Hier ist er, der versprochene Masseto. Der vielleicht beste Merlot der Welt, auf jeden Fall einer der teuersten.»

Wang verzog keine Miene. Na klar, er wusste ja selber am besten, warum er diesen Wein haben wollte. Weil man mit ihm gutes Geld machen konnte. Er erwartete von Linus sicherlich keine Lobpreisung des Originalweines, er erwartete eine möglichst perfekte Kopie.

Linus nahm die Flasche aus der Box und hielt sie ihm hin.

«Sie wollen sich die Flasche sicher genauer anschauen.»

Wang verschränkte die Arme und schüttelte den Kopf.

«Nein, diese Absicht habe ich nicht. Für so etwas habe ich meinen Experten.»

Ohne dass er ein Zeichen gab, öffnete sich genau in diesem Moment die Tür zum Besprechungszimmer. Linus stockte der Atem. Denn der Mann, der hereinkam, war nicht irgendwer, sondern ein ehemals sehr berühmter Weinkritiker. Allerdings hatte Linus von ihm länger nichts mehr gehört oder gelesen. Er war in der Versenkung verschwunden. Aus welchen Gründen auch immer. Er hätte auch tot sein können. Aber das war er ganz offensichtlich nicht.

Hinter ihm trippelte eine niedliche kleine Chinesin. Auf dem Tablett hatte sie zwei Gläser und einen Sommelier-Korkenzieher.

«Ich bin nicht der Mann, für den Sie mich halten», sagte der Weinkritiker zu Linus anstelle einer Begrüßung.

Unsinn, natürlich war er es.

Er setzte sich eine Lesebrille auf, nahm die Flasche und begutachtete sie. Er drehte sie, stellte sie auf den Kopf und fummelte am Etikett herum. Sicher wusste er, wie die neueren Jahrgänge gegen Fälschung gesichert waren, mit elektronischen RFID-Etiketten, codierten Siegeln an der Kapsel und so weiter. Aber Linus war ja nicht blöd. Sein Masseto stammte aus einem Jahrgang, wo es diesen neumodischen Schnickschnack noch nicht gab. Im nächsten Moment musste er schlucken, da ihm eine Sache wieder einfiel. Trotz seiner Achtsamkeit war ihm ein kleiner Fehler unterlaufen, aber er hatte ihn zu spät bemerkt. Seit dem Jahrgang 2001 war in das Flaschenglas der Name Masseto als Relief eingeprägt. Dieses Detail fehlte bei ihm.

Der Weinkritiker sagte etwas auf Chinesisch zu Wang. Der zeigte keine Reaktion. Linus war es ein Rätsel, wie man eine so starre Mimik haben konnte. Als ob Wangs Gesicht komplett mit Botox unterspritzt wäre.

Der Weinkritiker nahm den Korkenzieher, klappte das kleine Messer raus und entfernte mit geübtem Schnitt den Kapselhut. Dann drehte er die Spindel des Korkenziehers in die Flasche. Beim Rausziehen schloss er die Augen. Was sollte dieser Unfug? Als ob er am Flutschen des Korkens die Qualität des Weines erkennen könnte.

Er hielt sich den Korken unter die Nase, dann musterte er ihn durch seine Lesebrille. Linus dachte, dass er sich das sparen könnte. Natürlich sah ein Experte dem Korken an, dass er ganz frisch war. Dabei reifte jeder echte Masseto nach der Abfüllung mindestens zwölf Monate in der Flasche. Auch entsprach das Brandzeichen nicht dem Original. Aber es sah ziemlich gut aus.

Was der Weinkritiker anschließend zu Wang sagte, konnte er natürlich erneut nicht verstehen. Linus überlegte, ob er um eine Übersetzung bitten sollte. Aber er kam zu dem Schluss, dass er schweigen sollte. Was ihm nicht leichtfiel, denn der Experte ging ihm mit seinem Getue auf die Eier.

Jetzt goss er den Wein in die Gläser und begann mit dem üblichen Brimborium: Kontrolle der Farbe, Schwenken im Glas, Schnuppern des Bouquets ... Wang machte dieses Spiel nicht mit. Stattdessen nahm er gleich einen großen Schluck. Zum ersten Mal fand ihn Linus fast sympathisch.

Beim Weinkritiker dauerte es länger. Aber irgendwann war er auch so weit und probierte vom Wein. Auch dieser Vorgang zog sich hin. Wieder schloss er kurz die Augen. Er suchte nach einer Möglichkeit, den Wein auszuspucken, was zum üblichen Ritual eines berufsmäßigen Verkosters zählte. Weil dazu keine Möglichkeit bestand, schluckte er ihn herunter. Anschließend gab er Wang einen längeren Kommentar. Woher konnte die Weinnase so gut Chinesisch?

Kaum war er fertig, verließ er den Raum. Ohne sich von Linus zu verabschieden. Begrüßt hatte er ihn ja auch nicht. Wenigstens war er in seiner Unhöflichkeit konsequent. Linus wollte sich darüber nicht ärgern. Jetzt hing alles davon ab, wie das Urteil dieses Mannes ausgefallen war.

Linus beschloss, in die Offensive zu gehen. «Ich denke, Ihr Experte hat die Qualität dieses Masseto bestätigt, nicht wahr?»

«Nein, hat er nicht», entgegnete Wang.

Linus sank das Herz in die Hosentasche. Dabei hatte er sich so viel Mühe gegeben. Was war dieser abgehalfterte Weinkritiker doch für ein blöder Idiot. Er hätte ihm zum Abschied in den Hintern treten sollen.

Wang nahm erneut sein Glas und trank es aus.

«Aber er meint», fuhr er fort, «dass die Fälschung unterm Strich gerade noch akzeptabel ist.»

Linus atmete tief durch. Mit diesem Urteil konnte er leben, auch wenn es eine Frechheit war.

«Der Wein ist wesentlich besser als ‹gerade noch akzeptabel›», stellte Linus klar. «Das weiß auch Ihr Experte.»

«Entspannen Sie sich. Er hat grünes Licht gegeben. Damit sollten Sie zufrieden sein.»

«Das heißt?»

«Wir nehmen den Wein ab – das heißt es. Sie haben die komplette Lieferung fertig?»

«Ja, natürlich.»

Linus zeigte ihm auf dem Display seines Handys das Foto vom Flaschenlager. Die bestellte Menge wusste er von Franz. Aber nicht, was Wang für den Wein bezahlen wollte.

«Die Kartons können jederzeit verladen werden», fuhr Linus fort. «Im Auto hätte ich noch einen Karton mit sechs Flaschen, damit Sie die gleichbleibende Qualität überprüfen können.»

«Geschenkt. Ich vertraue Ihnen.»

Linus war überzeugt, dass Wang eines ganz bestimmt nicht tat – nämlich ihm zu vertrauen. Doch machte es natürlich wenig Sinn, bei der lächerlichen Menge von sechs Flaschen Stichproben durchzuführen. War halt nur so eine Idee gewesen, um einen guten Eindruck zu machen.

«Wo kann ich den Wein abholen lassen?», fragte Wang.

«Auf meinem Weingut. Sie wissen, wo es ist?»

Jetzt huschte doch der Anflug eines Lächelns über Wangs stoisches Gesicht. «Natürlich wissen wir das. Ich schicke morgen Mittag meine Leute vorbei. Ihren Mitarbeitern geben Sie am besten frei, damit wir ungestört sind.»

Linus nickte. «Ja, selbstverständlich.» Er hüstelte verlegen. «Wäre noch eine Frage zu klären.»

«Die wäre?»

«Wie erfolgt die Bezahlung?»

«Auf dem üblichen Wege.»

Was sollte er mit dieser Information anfangen? Als ob er den üblichen Weg kennen würde.

Offenbar schaute er ratlos, denn Wang ließ sich zu einer Präzisierung hinreißen. «Mein Assistent bringt morgen das Honorar in einem Umschlag mit. Ware gegen Cash. So sind in diesem Geschäft die Modalitäten.»

Linus war kein Angsthase. Doch bei Wang traute er sich nicht, die naheliegende und alles entscheidende Frage zu stellen. Nämlich die Frage nach der Höhe des Honorars. Für diese Zurückhaltung gab es aber auch einen sachlichen Grund. Denn damit würde er Wang gegenüber zu erkennen geben, dass er die getroffenen Honorarvereinbarungen mit Franz nicht kannte. Wang wäre ein schlechter Geschäftsmann, wenn er diese Unwissenheit nicht sofort ausnutzen und den Preis drücken würde. Und Wang war ganz sicher kein schlechter Geschäftsmann. Ware gegen Cash? Linus nahm sich vor, morgen erst den Umschlag entgegenzunehmen und das Geld zu zählen, bevor er den Wein zum Verladen freigab.

«Einverstanden», sagte Linus. «Dann sehen wir uns morgen.»

«Nein, das ganz sicher nicht», erwiderte Wang. «Wir werden uns auch in Zukunft so selten wie möglich sehen.»

In Zukunft? Das klang verheißungsvoll.

«Ich verstehe, natürlich. Kann ich also mit einer Fortsetzung unserer ...»

Linus wurde unterbrochen, weil die Tür aufging und ein Mitarbeiter hereinpolterte.

«Ich bin in einer Besprechung. Was gibt's so Dringendes?», rüffelte ihn Wang an.

Der Mann war kein Chinese, weshalb er in Deutsch antwortete.

«Ich bitte vielmals um Entschuldigung. Aber ich habe gerade jemanden beobachtet, der auf dem Parkplatz unseren Transporter fotografiert hat.»

«Ganz sicher?»

«Ja. Er hat mir mit seiner Schrottkiste den Weg versperrt, deshalb konnte ich ihn aus meinem Wagen genau sehen. Er hat definitiv mit dem Handy unseren Iveco fotografiert. Dabei ist ihm der Motor abgestorben.»

Wang warf Linus einen prüfenden Blick zu. Der tat so, als ob ihn das Gespräch nicht interessierte.

«Kennst du den Mann?», fragte Wang seinen Mitarbeiter.

«Nein, hab ihn noch nie gesehen. Er fuhr einen alten Landrover.»

Einen alten Landrover? Linus versuchte, keine Reaktion zu zeigen. Dabei schoss ihm gerade das Adrenalin ins Blut. Und zwar aus zwei Gründen. Erstens fiel ihm sein durchgeknallter Besucher vom Nachmittag ein. Der hatte ihm mit der Polizei gedroht und war ihm zum Abschied glatt über die Füße gefahren.

Hatte er ihn bis hierher verfolgt? Nein, das konnte nicht sein; das wäre ihm aufgefallen. Zweitens fiel ihm schlagartig ein, dass er für morgen um dreizehn Uhr sein Kommen angekündigt hatte. Das passte überhaupt nicht. Wenn es dumm lief, waren die Chinesen noch mit dem Verladen des Weins beschäftigt.

«Lass dir vom Sicherheitsdienst die Videoüberwachung zeigen!», befahl Wang. «Ich will wissen, wer bei uns rumschnüffelt.»

Linus dachte, dass er die Videoüberwachung auch gerne sehen würde. Wenn sein Verdacht zutraf, verfügte der alte Landy über eine geteilte Frontscheibe, war grün lackiert und hatte ein weißes Dach. Und der Mann am Steuer hieß Ritzfeld. Sollte er eine Andeutung machen? So eine Scheiße. Besser nicht. Am Ende zog Wang irgendwelche falschen Schlüsse. Er musste morgen mit dem Verladen der Weinflaschen möglichst schnell fertig werden und gleichzeitig hoffen, dass dieser Ritzfeld nicht zu früh kam. Und dann würde er ihm auf den Zahn fühlen – nach allen Regeln der Kunst.

«Ich kümmere mich darum», sagte der Mitarbeiter und eilte davon.

Wang wandte seine Aufmerksamkeit wieder Linus zu.

«Sie kennen nicht zufällig einen Mann, der einen alten Landrover fährt?», fragte er.

Linus dachte an den rot geschuppten Feuerdrachen, der laut Wang zum *Nie Lóng* wurde, wenn man ihn erzürnte und nicht die Wahrheit sprach. Dennoch stellte er sich dumm.

«In Südtirol fahren viele alte Geländewagen rum», antwortete er ausweichend. «Bestimmt kenne ich jemanden, der einen alten Landrover hat, aber spontan fällt mir niemand ein.»

«Falls doch, sagen Sie mir Bescheid. Ansonsten vergessen Sie, was Sie gerade gehört haben.»

Das war ein Widerspruch. Wie konnte er das Gehörte vergessen und gleichzeitig überlegen, ob er jemanden kannte?

«Selbstverständlich, das mache ich.» Linus versuchte, sich zu konzentrieren. «Vorhin, als wir unterbrochen wurden, wollte ich fragen ...»

«Ob Sie mit einer Fortsetzung unserer Geschäftsbeziehung rechnen können, ich weiß. Lassen Sie es mich so sagen: Wenn es zu keinen Komplikationen kommt, spricht einiges dafür.»

«Warum sollte es Komplikationen geben? Ich freue mich schon sehr auf den nächsten Auftrag.»

Linus stand auf und reichte Wang die Hand, um den Deal zu besiegeln.

Der Chinese sah ihn durchdringend an. Den Handschlag verweigerte er.

61

Die Zeit der Hektik war vorbei. Jedenfalls im Büro der Mitterlechner Weinvertriebsgesellschaft. Die größten Probleme waren vom Tisch. Sepp Hofreiter hatte es trotz fehlender Fachkenntnisse in bemerkenswert kurzer Zeit geschafft, die Abläufe zu verstehen und das meiste in Ordnung zu bringen. Die junge Bürogehilfin Steffi war ihm dabei eine größere Unterstützung gewesen als anfangs gedacht. Und da es auch Martina besser ging, konnte er mit ihrer Hilfe manche offene Frage klären. Hinzu kam der Beistand einiger Weinproduzenten aus der näheren Nachbarschaft, die ihm mit Rat und Tat unter die Arme griffen. Nicht ganz selbstlos, denn auch sie waren ja daran interessiert, dass der Vertriebsweg über die Firma Mitterlechner weiter funktionierte, wenngleich er für keinen Winzer der wichtigste war.

Doch nicht alles lief so, wie Sepp es sich wünschte oder erhoffte. So hatten erst vor einigen Stunden ganz überraschend die zwei Lagerarbeiter Phuong und Thien gekündigt. Aber das war im Prinzip kein Problem, denn für die beiden ließe sich rasch Ersatz finden. Erst gestern hatten sich bei ihm Rumänen vorgestellt, die einen zuverlässigen Eindruck machten.

Auch blieb weiterhin rätselhaft, was es mit den gestohlenen Edelweinen aus der Toskana, dem Piemont und Frankreich auf sich hatte. Sepp war auf keinen Hinweis gestoßen, der Licht in diese dubiosen Geschäfte hätte bringen können. Er war inzwischen überzeugt davon, dass Franz hier ein krummes Ding gedreht hatte. Das passte zu ihm. Nach Sepps Überzeugung war sein Schwager schon immer ein Gauner gewesen, weshalb er damals auch nicht gewollt hatte, dass seine Schwester diesen Kerl heiratete. Aber dieses eine Mal hatte sie nicht auf ihn gehört.

Sepp hatte heute Morgen mit seiner Chefin gesprochen, der das Wirtshaus gehörte, in dem er als Koch arbeitete, und die ihm «solange wie nötig» frei gegeben hatte. Er war mit ihr übereingekommen, dass er schon in den nächsten Tagen wieder seine berühmten Backhendl zubereiten würde und natürlich auch alle anderen Spezialitäten des Hauses. Aber nur viermal die Woche. Die anderen drei Tage würde er sich weiterhin um die Firma seiner Schwester kümmern – und um sie selbst, was für ihn am wichtigsten war. Denn er fühlte sich seit dem tragischen Lawinenunglück ihrer Eltern für Martina verantwortlich. Damals war sie vierzehn Jahre alt gewesen und er zweiundzwanzig. Natürlich hatte es Großeltern, Tanten und Onkels gegeben, aber für ihn war außer Frage gestanden, dass fortan vor allem er auf die kleine Schwester aufpassen würde. Und auch später, als sie schon eine erwachsene Frau war, hatte er sie in allen Lebenslagen beschützt und beraten. Bis heute. Daran würde sich nichts ändern bis zu seinem Tod.

Wie viele Lebenskrisen hatten sie schon gemeinsam gemeistert? Die schlimmste war wohl die Zeit nach dem Verkehrsunfall, bei dem sie ihr noch ungeborenes Kind verloren hatte. Damals wäre sie vor lauter Kummer fast verrückt geworden. Der Franz hatte ihr nicht helfen können. Vielleicht weil er selber traumatisiert war? Martina hatte sein Verhalten damit entschuldigt. Aber Sepp waren schon damals Zweifel an dieser Erklärung gekommen. Natürlich hatte ihn der Unfall mitgenommen, das schon. Auch die Totgeburt des Stammhalters, keine Frage. Aber diese Tragödie hatte ihn nicht wirklich aus der Bahn geworfen. Statt in Depressionen zu verfallen oder Martina zu helfen, hatte er sich in Frauenabenteuer gestürzt. Das aber hatte Sepp lange nicht mitgekriegt. Sonst hätte er Franz sofort zur Rede gestellt. Wie konnte er seine Schwester Martina, die er als Frau sowieso nicht verdient hatte, ausgerechnet in dieser schweren Zeit mit irgendwelchen dahergelaufenen Schlampen betrügen?

Und jetzt? Jetzt trauerte Martina um ihn und weinte sich die Augen aus. Sie fragte sich, wie das Leben weitergehen sollte – ohne ihren Franz. Es war völlig natürlich, dass sie auf diese Frage noch keine Antwort hatte. Sepp war klar, dass sie den Verlust erst seelisch verarbeiten und die Verzweiflung und den Schmerz überwinden musste. Dieser Prozess würde dauern. Er wollte ihr nach Kräften dabei helfen. Sepp glaubte fest daran, dass die Zeit alle Wunden heilen konnte. Jedenfalls würde seine Schwester bald feststellen, dass der Verlust eines Ehemanns nicht so schlimm war wie der Tod ihres ungeborenen Kindes. Ein Ehemann war ersetzbar, erst recht ein solcher wie Franz. Ein Kind war es nicht – vor allem, weil sie nicht mehr schwanger werden konnte.

62

Emilio liebte es, mit einem Glas Wein an Phinas großem Küchentisch zu sitzen und ihr beim Kochen zuzusehen. Das barg zwar gewisse Risiken, denn Phina rekrutierte ihn gelegentlich zum Schneiden von Gemüse, insbesondere von Zwiebeln. Aber damit kam er klar, vorausgesetzt, er musste ähnliche Dienste, für die er wenig qualifiziert war, nicht allzu häufig verrichten. Heute war er von der Küchenarbeit befreit. Denn während Phina ein Südtiroler Gröstl zubereitete, saß er mit der kleinen Zola am großen Bauerntisch und malte. Auch dafür hatte sie Talent. Sicher mehr als er, weshalb sich Emilio darauf beschränkte, sinnvolle Details hinzuzufügen. Zum Beispiel vermisste er bei ihrem Auto die Räder. Zola sah zu, wie er sie ergänzte, antwortete dann aber in einem kindlichen Mischmasch aus Französisch und Deutsch, dass er sich das hätte sparen können, denn ihr Auto könne selbstverständlich fliegen und brauche deshalb keine Räder. Vielleicht zum Landen und Starten, schlug er vor. Nein, auch das nicht. Zola versah das Auto mit einem großen Rotor und erklärte es zum Hubschrauber. Jetzt hatte sie ihn ausgetrickst. Die Räder waren nun wirklich überflüssig.

Emilio schaute sich die Bilder an, die sie schon vor seinem Kommen gemalt hatte. Sie zeigten bunte, phantasiereiche Traumwelten und Fabeltiere. Unwillkürlich dachte er an Tildas düstere und bedrückende Bilder und Installationen. Was war das für ein erfrischender Gegensatz. Die kleine Zola hatte in ihrem noch jungen Leben gewiss nicht viel zu lachen gehabt, und dennoch versprühte ihre Malerei pure Lust und Fröhlichkeit.

Dann aber stieß Emilio auf ein Bild, das sich von den anderen dramatisch unterschied. Es war in dunklen Farben gehalten und ließ jegliche Heiterkeit vermissen. Er erinnerte sich, wie er mit Tilda darüber gesprochen hatte, inwieweit Kunstwerke auch einen Blick in die Seele des Urhebers eröffneten. Sie waren sich nicht ganz einig gewesen, aber bei einem Kind war das ganz sicher der Fall. Emilio sah sich die Zeichnung deshalb genauer an. Außen herum zuckten Blitze, und am Himmel waren finstere Wolken zu sehen. Im Hintergrund hohe Zacken, die wohl Berge darstellten. In der Mitte stand ein kleines schwarzes Mädchen mit einem fransigen Rock und Zöpfen. Es sprach viel dafür, dass sich Zola hier selbst gemalt hatte. Das Kind stand vor einem riesenhaften Mann. Sein fratzenhaftes Gesicht war in Gelb gehalten, was den Schluss zuließ, dass dieser bedrohliche Kerl kein Afrikaner war. Außerdem erinnerte seine Kopfbedeckung an einen Trachtenhut. Der Mann hielt einen Prügelstock in der Hand. Und mit diesem schien er auf das Mädchen einzuschlagen. Ganz eindeutig war die Darstellung freilich nicht, die kleine Zola war ja keine Vertreterin des modernen Realismus. Aber viel Spielraum für Fehlinterpretationen blieb auch nicht – vor allem mit Blick auf die Prügel.

Phina fragte vom Herd, ob es ihnen gut ginge. Noch zehn Minuten, dann könnten sie das Malzeug wegräumen und den Tisch decken. Das Bauerngröstl sei bald fertig. Emilio fand, dass es schon mal ganz hervorragend roch. Doch vor dem Essen wollte er noch herausfinden, was sich Zola bei diesem Bild gedacht hatte. Weil Phina besser mit ihr kommunizieren konnte, bat er sie, die Pfanne kurz zur Seite zu schieben und zu ihnen zu kommen. Er zeigte ihr das Bild. Zola schaute bewusst weg und konzentrierte sich auf ein Tier, das sie gerade zeichnete und das aussah wie eine Kreuzung aus Giraffe und Haflinger. Jetzt kam noch ein Geweih dazu.

Phina runzelte die Stirn. Sie hatte das Bild mit dem prügelnden Mann zuvor nicht gesehen. Und es ging ihr wie ihm. Es beunruhigte sie, und sie wollte wissen, was es darstellte.

Doch Zola weigerte sich, das Bild auch nur anzusehen. Emilio stand auf und überließ Phina den Platz an ihrer Seite. Sie legte einen Arm um Zolas Schulter und redete ruhig auf sie ein. Dann legte sie das Prügelbild über das aktuelle Fabeltier. Zolas Reaktion fiel heftig aus. Sie stieß einen kurzen Schrei aus und begann, mit dem Stift, den sie gerade in der Hand hielt, wie wild darauf herumzukritzeln. Emilio dachte an Tildas kreative Zerstörungstechnik. Von Zola könnte sie noch was lernen, denn die Kleine zerriss sogar das Papier dabei.

«Alles gut, beruhige dich», flüsterte Phina.

Zola hörte mit ihrer Aktion auf, schmiss den Stift in die Ecke und begann zu schluchzen.

Phina streichelte sie. Sie deutete auf das gezeichnete Mädchen. «Bist du das?», fragte sie leise.

«Klar, das bin ich», bestätigte die Kleine. «Mit meinem Lieblingsrock. Weißt du, wo er ist?»

«Nein, weiß ich nicht. Aber wir werden ihn gemeinsam suchen. Und wenn wir ihn nicht finden, kaufe ich dir einen neuen.»

Zola sah sie mit großen Augen an. «Wirklich?»

«Ja, versprochen.»

Emilio war immer wieder überrascht, wie schnell sich bei Kindern die Stimmung ändern konnte. Von einer Sekunde auf die andere. Eben noch himmelhoch jauchzend, dann plötzlich zu Tode betrübt. Und umgekehrt. Schon deshalb waren ihm Kinder unheimlich. Dieses wechselhafte Gemüt strapazierte seine Nerven. Aber jetzt war er froh darüber. Denn er hatte sich schon Vorwürfe gemacht, Zola ausgerechnet mit diesem Bild konfrontiert zu haben. Doch schon lächelte sie wieder. Aus Freude über den Rock.

Emilio hatte sich allerdings zu früh gefreut. Denn wie zum Beweis seiner These begann Zola, sofort wieder zu weinen, als Phina fragte, wer denn der große Mann auf dem Bild sei.

«Das ist *Georges*», antwortete Zola unter Tränen. «*Le Démon*.»

«Der Teufel?», wiederholte Phina, nicht sicher, ob sie die Kleine richtig verstanden hatte.

«*Oui, oui, Démon*. So war sein Spitzname im Heim.»

«Und dieser Teufel hatte einen französischen Vornamen?», hakte Emilio nach. *Georges*? Das kam ihm nun doch komisch vor. Im Heim gab es seines Wissens keine erwachsenen Franzosen, erst recht keine mit Tirolerhut.

«Doch, er hieß *Georges*», behauptete Zola fast trotzig.

Phina warf ihm einen ratlosen Blick zu.

Emilio hatte einen Geistesblitz. «Meinst du Schorsch?», fragte er.

«Natürlich, *Georges*, das sage ich doch.»

Phina lachte und gab Zola einen Kuss.

«Und dieser Schorsch hat dich geschlagen?»

Emilio befürchtete, dass Zola gleich wieder heulen würde. Aber diesmal zitterte sie nur leicht.

«Ja, er hat mich geschlagen. Er hat alle geschlagen, nur nicht die großen Jungs.»

«Mit einem Prügel?»

«Nein, mit einem Stock oder mit der Hand.»

«Und wer ist dieser Schorsch?»

«Er ist weg!»

«Gott sei Dank. Aber er war im Heim, richtig?»

Zola nickte. «Er war der Hausmeister. Aber er ist nicht mehr da.»

Phina nahm Zola in die Arme.

«Alles wird gut, meine Liebe. Alles wird gut.»

«So, jetzt decken wir den Tisch», entschied Emilio. «Ich habe Hunger.» Und zu Zola: «Komm, hilf mir! Die Teller sind im Bauernschrank.»

Phina stand auf und flüsterte Emilio zu: «Eine schlimme Geschichte. Diesen Schorsch müssen wir uns vorknöpfen.»

«Das mache ich. Da kannst du sicher sein.»

63

Am nächsten Tag hatte Emilio das Problem, dass er nicht wusste, was er als Erstes tun sollte, was als Nächstes – und was er am besten unterlassen sollte.

Zum Beispiel könnte er auf seinen um dreizehn Uhr angekündigten Besuch bei Linus Foidel verzichten. Das Zusammentreffen würde außer Ärger nicht viel bringen. Schließlich schienen ihm die Zusammenhänge längst klar zu sein. Da brauchte er keine konfliktträchtige Befragung mehr. Offenbar war Linus Foidel der Mann, der die Weine fälschte, Gianluca Beltrini druckte die Etiketten, und diese ominöse chinesische Handelsfirma in Bozen sorgte für den Export der heißen Ware. Ursprünglich war noch der Franz Mitterlechner mit von der Partie gewesen, wahrscheinlich sogar als Kopf des Ganzen. Dafür sprach, dass sein Depot offenbar als Drehscheibe für die Weine diente. Schon die schiere Menge der Edelflaschen, die er dort gesehen hatte, legte diesen Schluss nahe. Dass sie allesamt gefälscht waren, konnte nicht als bewiesen gelten, war aber mehr als wahrscheinlich. Nach seinem Tod hatten sich die Chinesen ihre Weine aus seinem Lager geholt. In einer Nacht- und Nebelaktion. Und zwar mit dem Kleintransporter, der neben ihrem Büro geparkt war. Emilio hatte die Fotos verglichen, und für ihn gab es keinen Zweifel an der Identität des Fahrzeugs. Kein Detail war für sich genommen aussagekräftig, aber in der Summe von der Sonnenblende bis zu den

Heckscheinwerfern eben doch. Die Lagerarbeiter Phuong und Thien standen wahrscheinlich auf der Payroll der Chinesen. Er würde sich nicht wundern, wenn sie demnächst bei der Mitterlechner Weinvertriebsgesellschaft kündigten. Dort wurden sie als Brückenkopf nicht mehr gebraucht.

Emilio saß auf der Bank an der Hauswand, unter der Pergola und mit einer Kaffeetasse in der Hand. Phina war schon unterwegs und hatte Zola mitgenommen. Was ihn gedanklich zum Hausmeister brachte, der die Kinder geschlagen hatte. Er war sich sicher, dass Zola die Wahrheit erzählt hatte. Mit diesem Schorsch würde er dringend sprechen müssen. Den würde er zur Rechenschaft ziehen. Aber wenn es stimmte, dass er nicht mehr da war, dann hatte das auch Zeit. Auf die Kinder würde er nicht länger einprügeln können, außerdem waren sie gerade in alle Richtungen verstreut. Somit konnte er zunächst andere Dinge erledigen. Dinge? Es handelte sich wohl eher um Menschen, um die er sich kümmern musste. Manche waren schon tot. Der Franz zum Beispiel und der Lois. Aber die anderen lebten. Viele von ihnen hatten Dreck am Stecken – aber kamen sie auch als Mörder in Betracht?

Er rührte in seiner Kaffeetasse, und ein Gefühl der Frustration beschlich ihn. Da glaubte er einerseits, das Rätsel der gestohlenen «edlen» Weine so gut wie gelöst zu haben. Freilich ohne konkrete Beweise, aber das machte nichts; das war nicht sein Job. Andererseits war er hinsichtlich des ursprünglichen Auftrags nicht weitergekommen. Des Auftrags, den ihm der Franz Mitterlechner auf einer Flasche Tignanello erteilt hatte. Sehr wahrscheinlich gab es da einen Zusammenhang. Aber welchen? Franz war in kriminelle Machenschaften verstrickt gewesen; da blieb es nicht aus, dass man sich Feinde machte. Hatte ihn dieser cholerische Linus umgebracht, weil der das

Geschäft ohne ihn machen wollte? War es zu einem Streit zwischen den beiden gekommen? Welches Motiv könnte alternativ ein Gianluca haben? Und die Chinesen? Sie mussten Franz nicht umbringen, wenn sie seiner überdrüssig waren, sie brauchten ihn nur aufs Abstellgleis schieben. Wer hatte den alten Lois erschlagen? Und warum? Weil er den Mord an Franz beobachtet hatte?

Emilio überlegte, dass zwar alles für einen Zusammenhang sprach, dieser aber nicht zwingend war. In der Logik gab es die Maxime, dass man sich vor voreiligen Schlussfolgerungen hüten sollte, denn diese könnten von falschen Grundannahmen ausgehen und deshalb zu falschen Ergebnissen führen. Die Grundannahme war, dass Franz wusste, wer ihm nach dem Leben trachtete. Auf der Rückseite des Flaschenetiketts hatte er den Namen des potenziellen Mörders notiert, was jedoch nicht mehr zu entziffern war. Womöglich aber war Franz einem Trugschluss erlegen, weil er von einer falschen Grundannahme ausgegangen war. In diesem Fall hätte er den Falschen verdächtigt. Was wiederum einen ganz anderen Zusammenhang ergeben würde. Aber welchen?

Emilio war kein Morgenmensch, weshalb er sich trotz des Kaffees nicht in der Lage sah, eine vernünftige Theorie zu entwickeln. Ihm fiel kein anderes Szenario ein, als dass der Täter wahrscheinlich aus dem Triumvirat der Flaschenfälscher stammte. Zudem kannte er noch eine Kandidatin, die er nicht völlig außer Betracht lassen wollte: die Fotografin und Bildkünstlerin Tilda Kneissl. Ihre Motivlage wäre eine ganz andere gewesen. Nicht logisch nachvollziehbar, weil sehr emotional und affektgeladen, aber zu verstehen, wenn man unterstellte, dass sie psychisch instabil war – um nicht zu sagen: ein wenig verrückt. Er dachte an ihre Bilder und Installationen, vor allem an den Ertrinkenden im rauschenden Gebirgsfluss. Wer sich so was ausdachte, hatte zumindest sehr spezielle Phantasien. Und wenn man zudem noch die ersten Bilder in ihrer Ausstellung in Betracht zog, die sie mutwillig zerstört hatte, musste man zu dem Schluss gelangen, dass sie über ein nicht unbeträchtliches Aggressionspotenzial verfügte. Ob sich dieses nur in ihrer künstlerischen Arbeit ausdrückte oder auch im realen Leben, galt es herauszufinden.

Emilio griff zum Telefon und rief sie an. Er erwischte sie noch im Bett, wie sie ihm ungefragt offenbarte. Er war schwer beeindruckt. Es gefiel ihm, dass jemand am Morgen noch später aus den Federn kam als er selbst. Ob sie wohl nackt schlief? Emilio mahnte sich zur Disziplin und fragte, ob sie sich am frühen Nachmittag treffen könnten. Sie hätten ja noch eine kleine Nachfeier zur Vernissage ausstehen. Tilda meinte, dass sie sich diese persönliche Nachfeier nicht am Nachmittag, sondern am Abend bei Kerzenlicht vorgestellt hatte. Sie lachte. Aber weil das eine das andere ja nicht ausschloss, könnten sie sich gerne treffen. Sie habe heute in Wolkenstein zu tun. Dort könne er sie abholen, um anschließend gemeinsam in ihrer kulinarischen Lieblingshütte was Feines zu essen und dabei guten Wein zu trinken.

Warum hatte sie nur immer so gute Vorschläge? Bei ihrem ersten Treffen eine Champagnerbar und jetzt eine «kulinarische» Hütte. Er musste zugeben, dass Tilda und er gefährlich kompatibel waren. Wie auch immer, er stimmte zu, und sie verabredeten, kurz nach Mittag noch einmal zu telefonieren.

Als Nächstes rief Emilio bei Bruneschi in Trient an, um ihm einen Zwischenbericht zu geben. Faktisch hielt er ihn hin, denn es schien ihm nicht sinnvoll, den Anwalt über den tatsächlichen Stand seiner Recherchen ins Bild zu setzen. Denn natürlich würde seine Kanzlei sofort in Aktion treten und unter den Beteiligten mit irgendwelchen Verfügungen oder Strafanzeigen für Aufruhr sorgen. Das aber würde seine weiteren Mordermittlungen erschweren oder sogar unmöglich machen. Bruneschi war dennoch erfreut, dass ihm Emilio für die nächsten Tage einen Bericht versprach. Verbunden mit der Aussage, dass er bereits sehr weit sei und kurz vor der Aufklärung stehe.

*

Eine gute Stunde später spazierte Emilio durch die Altstadt von Bozen. Er hätte in unmittelbarer Nähe der Quästur, die an der Ecke Dante- und Marconistraße lag, seinen Wagen parken können. Aber ganz wollte er auf seine liebgewordenen Gewohnheiten nicht verzichten. Dazu gehörte ein Bummel über den Obstmarkt und anschließend durch die Laubengasse, wo er einmal mehr beklagte, dass immer häufiger alteingesessene Geschäfte durch Filialen internationaler Ketten ersetzt wurden. Auch vermisste er den wunderbaren Feinkostladen Seibstock, der ebenso wie das Stammhaus in Meran nach einhundertfünfundzwanzig Jahren Familiengeschichte geschlossen hatte. Für immer – aber das war der Gang der Zeit. Am Waltherplatz, der oft als «gute Stube» der Bozner bezeichnet wurde, setzte er sich vor das Café Città und trank einen Macchiato. Dann schlenderte er über den Dominikanerplatz zum futuristischen Bau des Kunstmuseums Museion und von dort durch die Dantestraße zum Sitz der Kriminalpolizei, wo er bei Commissario Sandrini einen Termin hatte.

Mariella erwartete ihn bereits. Sie begrüßte ihn mit gewohnter Herzlichkeit und forderte ihn auf, zunächst bei ihr

Platz zu nehmen. Ihr Chef könne ruhig noch ein paar Minuten warten. Sie schob ihm den obligatorischen Teller mit Maronenplätzchen hin.

Augenzwinkernd fragte sie: «Na, haben Sie die Dame kontaktiert, der Sie versehentlich das Auto beschädigt haben?»

Emilio stand kurzfristig auf dem Schlauch. «Wessen Auto soll ich beschädigt haben?», rutschte ihm heraus. Dann erst fiel ihm seine Ausrede ein. Aber Mariella hatte ihm sowieso nicht geglaubt.

«Ach so, Sie meinen diese Tilda Kneissl. Natürlich habe ich mich bei ihr gemeldet ...» – er grinste – «... und mich mit ihr gütlich geeinigt.»

«Wie schön. Ich freue mich, dass ich Ihnen helfen konnte. Sieht sie im wahren Leben so gut aus wie auf dem Foto?»

Er schüttelte mit gespielter Enttäuschung den Kopf. «Nein, ganz und gar nicht. Sie ist sogar ausgesprochen hässlich.»

Mariella lächelte. «Ich glaube Ihnen kein Wort. Wollen Sie noch ein Maronenplätzchen?»

«Aber gerne.»

«Und was machen Ihre Recherchen zum Unfalltod des Franz Mitterlechner?» Sie senkte ihre Stimme. «Ich hoffe, meine kleine Mappe konnte Ihnen weiterhelfen.»

Er grinste. «Welche Mappe? Sie würden mir doch nie vertrauliche Informationen geben.»

«Das käme mir nicht in den Sinn, da haben Sie natürlich recht.»

«Aber um Ihre Frage zu beantworten – ich bin dran.»

«Sie glauben, dass es kein Unfall war?»

Er sah keinen Grund, sie anzuschwindeln. «Ja, das glaube ich. Auch wenn ich es nicht beweisen kann, noch nicht.»

«Und der Einbruch im Weinlager?»

«Da bin ich schon weiter. Habe aber auch noch nichts Konkretes.»

Mariella blinzelte ihn belustigt an. «Früher haben Sie schneller gearbeitet. Sind Sie außer Form oder nicht ganz ehrlich zu mir?»

Emilio grinste. «Beides, meine liebe Mariella. Aber Sie sind die Erste, die es erfahren wird.»

«Das hoffe ich doch sehr. Und jetzt wollen Sie zu Sandrini, um Ihre Zeugenaussage zu unterschreiben? Der Commissario glaubt doch tatsächlich, dass der Mord an Lois Horngacher nichts mit dem Tod des Franz Mitterlechner zu tun hat.»

Emilio nahm noch ein Maronenplätzchen.

«Und was glauben Sie?», fragte er.

«Dass er sich täuscht. Da gibt's garantiert einen Zusammenhang. Das sagt mir meine weibliche Intuition.»

Emilio lachte und stand auf. «Nicht zum ersten Mal kommt mir der Gedanke, dass Sie die Jobs tauschen sollten. Sandrini im Vorzimmer und ...»

«Wer sollte die Jobs tauschen?», wollte Sandrini wissen, der von Emilio unbemerkt die Verbindungstür geöffnet hatte. «Und was soll ich im Vorzimmer?»

Mariella hielt ihm geistesgegenwärtig den Teller mit dem Gebäck hin. «Sie sollen hier von meinen Plätzchen probieren, sie sind heute besonders gut.»

Er nahm eines. «Schmecken wie immer», stellte er fest.

Gott sei Dank vergaß der Commissario den ersten Teil seiner Frage. Denn Emilio war noch keine gute Antwort eingefallen.

«Dann kommen Sie mal rein», forderte Sandrini ihn auf.

Emilio folgte ihm, nicht ohne Mariella über die Schulter zuzuzwinkern. Diese hielt sich lächelnd die Augen zu. Gerade noch mal gut gegangen.

Sandrini bot Emilio einen Besucherstuhl an und ließ sich in seinen großen Chefsessel fallen. Er deutete auf ein Dokument auf dem Schreibtisch.

«Bitte lesen Sie die Zeugenaussage, die Sie mir gestern am Tatort gegeben haben, noch einmal sorgfältig durch, bevor Sie sie unterschreiben.»

Emilio überflog den Text nur flüchtig. «Scheint alles zu stimmen», meinte er und setzte seine Unterschrift darunter.

«Entschuldigen Sie, aber ich muss Sie nach Ihrem Alibi fragen. Wo waren Sie zum Tatzeitpunkt?»

Emilio schmunzelte. «Alter Bauerntrick. Als ob ich den Tatzeitpunkt kennen würde.»

«Oh, den könnten Sie ja nur wissen, wenn Sie der Täter wären», erwiderte Sandrini lachend. «Wie wäre es mit der vorangegangenen Nacht zwischen zweiundzwanzig Uhr und zwei Uhr morgens?»

«Ihre Frage ist indiskret. Da hatte ich ein intimes Rendezvous.»

Sandrini beugte sich nach vorne und sah ihn neugierig an.

«Mit wem?»

«Mit meiner Freundin Phina Perchtinger.»

Sandrini schien enttäuscht. «Ach so.»

Er hatte offenbar einen spannenderen Einblick in Emilios Privatleben erwartet. Emilio dachte, dass genau das hätte passieren können, wäre er an jenem Abend Tildas Einladung gefolgt.

«Phina war mir in dieser Zeitspanne fortwährend sehr nahe», sagte Emilio doppeldeutig. «Sie kann sich bestimmt daran erinnern und wird es gerne bezeugen.»

Sandrini hüstelte verlegen. «Ich verstehe. Aber das wird nicht nötig sein.»

«Ich danke Ihnen für Ihr Vertrauen.» Das war spöttisch gemeint, was Sandrini aber nicht bemerkte.

«Jetzt verraten Sie mir mal ganz ehrlich, warum Sie dem Lois Horngacher am Vortag eine Flasche Schnaps mitgebracht haben und warum Sie ihn noch ein zweites Mal besuchen wollten.»

Emilio beschloss, bei der Wahrheit zu bleiben.

«Weil ich von diesem älteren Herrn ...»

Sandrini lachte. «Älterer Herr? Das haben Sie nett gesagt. Der Lois war ein dementer Tattergreis.»

«Das sehe ich anders. Dement war er nicht, nur ziemlich schrullig und wortkarg. Jedenfalls habe ich gehofft, er würde mir erzählen können, wie es zu Franz Mitterlechners Sturz in den Eisack kam.»

Sandrini zuckte mit den Achseln. «Selbst wenn – und mal angenommen, er hätte sich noch daran erinnert –, was hätte er schon erzählen können?»

«Keine Ahnung; aber für mich wäre es von großem Interesse gewesen.»

«Weil Sie nicht an einen Unfall glauben; das ist mir klar. Aber mir liegen mittlerweile alle Ermittlungsergebnisse und forensischen Untersuchungen vor. Werter Herr Baron, es gibt keinen Grund, am Unfallhergang zu zweifeln. Ihr Misstrauen und detektivisches Gespür in Ehren, aber diesmal liegen Sie falsch. Da würde ich mit Ihnen wetten.»

Emilio, der einen Hang zum Glücksspiel hatte, konnte nicht widerstehen.

«Einverstanden», sagte er spontan. «Ein Abendessen in einem Restaurant meiner Wahl.»

«Warum Ihrer Wahl? Da ich gewinnen werde, bestimme ich die Lokalität.»

Emilio grinste. «Nun gut, der Gewinner bestimmt das Restaurant, der Verlierer bezahlt.»

Sandrini rieb sich freudig die Hände. «Ich freue mich schon drauf.»

Emilio wurde klar, dass Sandrini die Wette nicht recht durchdacht hatte. Es war nicht möglich, den Unfall zu beweisen, nur das Gegenteil. Emilio konnte also gar nicht verlieren. Aber gewinnen.

«Andere Frage», wechselte Emilio das Thema. «Haben Sie schon eine heiße Spur im Fall des Lois Horngacher?»

«Nein, aber wir ermitteln im Kreis seiner Familie. Laut Kriminalstatistik stammt in über siebzig Prozent der Fälle der Mörder aus dem familiären Umfeld.»

«Welches Motiv könnte es geben? Der Lois sah nicht so aus, als ob er was zu vererben hätte.»

«Nein, er war arm wie eine Kirchenmaus. Aber vielleicht wollte die Familie, dass das ‹Austragshäusl› endlich frei wird?»

Emilio kam der Gedanke, dass dies tatsächlich möglich war. Trotzdem hielt er es für eine schwachsinnige Erklärung. Von einem Mitglied seiner Familie wäre Lois so getötet worden, dass es nach einem natürlichen Ableben aufgrund seines hohen Alters ausgesehen hätte. Zum Beispiel wäre er mit einem Kissen erstickt worden. Aber doch nicht so – mit einem Schlag auf den Kopf. Am liebsten hätte Emilio erneut gewettet. Aber er wollte den Bogen nicht überspannen. Ein formidables Abendessen in einem Sternerestaurant reichte voll und ganz.

64

Zu sagen, er fühle sich nervös, wäre untertrieben. Linus Foidel stand mächtig unter Stress. Gerade waren die Chinesen mit einem Kleintransporter bei ihm eingetroffen, um den Wein abzuholen. Er glaubte das Fahrzeug wiederzuerkennen, das er beim Einbruch in Franz Mitterlechners Weinlager beobachtet hatte. Aber erstens war er sich dessen nicht sicher, weil er damals in der Dunkelheit das Auto nicht genau hatte sehen können. Und zweitens konnte er auf die Schnelle nicht abwägen, ob das für ihn gut oder schlecht war – oder vollkommen egal. Jedenfalls hatte Wang Wort gehalten und seine Leute pünktlich zu ihm geschickt. Auch er selbst hatte sich an die Vereinbarung gehalten und seinen Mitarbeitern frei gegeben. Trotz der Anspannung musste Linus leise vor sich hin lachen. Das war leicht gewesen, denn er hatte momentan sowieso keine festen Angestellten. Die wenigen Arbeiten im Weinberg und im Kellereibetrieb machte er entweder selbst, oder er ließ sie von freien Mitarbeitern auf Stundenbasis erledigen. Das hatte nicht nur ökonomische Vorteile, sondern war auch eine notwendige Vorsichtsmaßnahme. Bei seinen «Nebengeschäften» konnte er keine Mitwisser brauchen.

Was Linus momentan am meisten Sorge bereitete, war die Befürchtung, dass plötzlich dieser Kerl mit seinem verbeulten Landrover auftauchen könnte. Dann wäre die Scheiße am Dampfen. Er hatte Wang gegenüber den Ahnungslosen gespielt. Faktisch stimmte es ja auch, denn er hatte keinen Schimmer, was der Idiot von ihm wollte. Aber allein die Erwähnung des Tignanello zum Abschied verhieß nichts Gutes. Erst recht nicht sein Rumschnüffeln vor dem Büro von Lin-Chen. Dieser Ritzfeld wusste was über ihre speziellen Geschäfte. Und zwar ganz sicher mehr, als es seiner Gesundheit zuträglich war. Entweder knöpfte sich Wang den Typen vor, oder er musste es selber tun.

Zunächst aber musste er die Übergabe des Masseto abwickeln. Ware gegen Cash – so lautete der Deal. Die Chinesen waren zu dritt. Ihr Vorarbeiter reichte Linus einen Umschlag. Jetzt kam der Moment der Wahrheit. Linus öffnete ihn und zählte das Geld. Er hatte sich vorher ausgerechnet, wie viel es mindestens sein musste, damit sich das Geschäft für ihn lohnte. Er versuchte, sich seine Anspannung nicht anmerken zu lassen. Er bewunderte die Chinesen für ihre Selbstbeherrschung. Schließlich atmete Linus tief durch. Er war erleichtert, fast enthusiastisch. Das Honorar war deutlich über seinem Limit. Wang war ein fairer Geschäftspartner. Die Zusammenarbeit begann vielversprechend und ließ auf eine rosige Zukunft hoffen.

Unwillkürlich schoss ihm durch den Kopf, dass Franz für diesen Masseto wohl mehr bekommen hätte, denn Wang hatte die Situation gewiss ausgenutzt und den Preis um einiges gesenkt. Damit bestätigte sich seine Vermutung, dass ihn Franz in der Vergangenheit über den Tisch gezogen hatte. Der Saukerl hatte viel zu viel für sich behalten. Also war er im Recht gewesen, als er ihm genau dieses vorgeworfen und sich mit ihm mehr als ein Mal heftig gestritten hatte. Sie waren sich richtig in die Wolle geraten. Aber daran wollte er jetzt nicht denken …

Linus ging voraus und schloss das Lager auf. Er zeigte auf

die bereitstehenden Kartons mit dem Masseto. Die Chinesen waren misstrauisch. Sie öffneten jeden einzelnen, kontrollierten den Inhalt und zählten die Flaschen. Erst dann luden sie die Ware auf Sackkarren und schafften sie zum Transporter.

Linus wurde ungeduldig, blickte auf die Uhr und atmete erleichtert aus. Sie waren gut in der Zeit. Für dreizehn Uhr hatte Ritzfeld sein Kommen angekündigt. Bis dahin würden die Chinesen längst weg sein. Und nicht nur sie. Auch er würde sich aus dem Staub machen. Er hatte keine Lust und sah auch keinen Sinn darin, sich von diesem Typen ausquetschen zu lassen. Sollte er doch dumm vor dem verschlossenen Haus stehen und unverrichteter Dinge wieder Leine ziehen. Linus befürchtete, dass er seine frisch geknüpfte Geschäftsverbindung zu Wang aufs Spiel setzte, wenn es zu einem weiteren Kontakt kam.

Doch natürlich würde er den Kopf nicht in den Sand stecken. Er wollte auf jeden Fall herausfinden, wer dieser Ritzfeld war und was der Typ im Schilde führte. Und wenn ihm nicht gefiel, was er in Erfahrung brachte, würde er dafür Sorge tragen, dass dieser Kerl seinen beruflichen Perspektiven nicht im Wege stand.

Die Chinesen hatten zu viele Kartons auf den Sackkarren geladen. Der oberste fiel herunter und zerschepperte auf dem Boden hinter dem Transporter. Der Vorarbeiter ließ einen chinesischen Fluch hören und bat dann bei Linus um Entschuldigung. Aus dem Karton floss der Wein. Offenbar waren die Flaschen zerbrochen. Linus deutete auf einen Müllcontainer. Die Chinesen entsorgten den Karton und brachten ihre Arbeit zügig zum Abschluss. Linus gab ihnen zum Abschied schnell die Hand und bat den Vorarbeiter, Herrn Wang seine besten Grüße auszurichten.

Erleichtert sah er dem Transporter hinterher. Dann schloss

er eilig alles ab. Wenige Minuten später setzte er seinen Helm auf, startete seine Vespa und fuhr vom Hof. Er hielt noch kurz an, um das schmiedeeiserne Eingangstor zu versperren, und dann gab er Gas.

65

Bei Sandrini war Emilio schneller fertig als erwartet. Den Strafzettel fürs Falschparken zerknüllte er und stopfte ihn unter den Sitz. Da befand er sich in bester Gesellschaft. Emilio legte die Hände aufs Lenkrad und dachte darüber nach, was er als Nächstes tun sollte. Für Tilda war es noch zu früh. Blieb also sein Termin bei Linus Foidel um dreizehn Uhr. Aber auch dafür war er zu früh dran. Außerdem war er ja zu der Ansicht gekommen, dass ein Besuch außer Ärger nicht viel bringen würde. Also könnte er sich irgendwo in den Schatten setzen, zum Beispiel beim Banco 11 am Obstmarkt, und zur Einstimmung auf sein Treffen mit Tilda gemütlich ein Glas Wein trinken. Aber jetzt saß er schon im Auto. Und der Strafzettel war irgendwo unterm Sitz. Das hätte er sich also vorher überlegen sollen. Oder sollte er doch dem Linus Foidel einen Besuch abstatten und ihm auf den Zahn fühlen? Ein großer Umweg war das nicht.

Emilio zog eine Grimasse und startete den Motor. Na denn, zu ihm hinfahren konnte er ja mal.

*

Als er sich dem Foidelhof näherte, war es noch nicht einmal halb eins. Gerade wollte er in die Zufahrt einbiegen, da sah er oben einen Kleintransporter stehen. Das Modell kannte er.

Er bremste kurz, dann fuhr er auf der Hauptstraße langsam weiter. Nach etwa hundert Metern erblickte er links oben ein hübsches Versteck; allerdings führte kein Weg dorthin, sondern nur eine steile Wiese. Aber wofür hatte er einen Geländewagen? Er holperte durch einen kleinen Graben und fuhr durchs Gras hinauf zu einer verwilderten Hecke, hinter der er seinen Landy parkte. Er schnappte sich sein Fernglas und sah über die natürliche Deckung hinweg zum Gutshof. Auf einem Sackkarren wurden aus dem Haus Weinkartons zum Transporter gebracht und dort verladen. Der Kleinlaster hatte eine Sonnenblende über der Frontscheibe, dunkle Türschweller, Lochfelgen und eine Seitenantenne vor dem Außenspiegel. Kein Zweifel, das waren die Leute von Lin-Chen. Er erkannte Linus Foidel, der danebenstand und zuschaute.

Emilio holte sich aus dem Auto eine Kamera mit Teleobjektiv. Das war noch besser als sein Fernglas. Er konnte sehen, dass Linus Foidel einen weißen Umschlag in der Hand hielt. Emilio drückte mehrfach auf den Auslöser. Auch fotografierte er den Transporter und die Männer mit den Weinkartons. Plötzlich fiel einer davon auf den Boden. Nach einer kurzen Diskussion deutete Foidel zu einem Müllcontainer; daraufhin wurde der Karton dort entsorgt. Offenbar waren die Flaschen zu Bruch gegangen.

Wenige Minuten später war die Aktion beendet. Die drei Männer verabschiedeten sich von Foidel mit Handschlag, stiegen in ihren Kleinlaster und fuhren ab. Emilio schoss noch einige Fotos. Foidel verschwand unterdessen in seinem Haus.

Während Emilio noch überlegte, was er jetzt tun sollte, beobachtete er, wie Foidel mit einem Motorradhelm wieder auftauchte und das Haus absperrte. Dann schwang er sich auf eine Vespa und fuhr hinunter zum Tor, wo er kurz anhielt, um es zu schließen und zu verriegeln. Das sah nun wirklich nicht so aus, als ob er daran dächte, in wenigen Minuten einen Besucher zu empfangen. Dieser unhöfliche Mensch machte sich einfach vom Acker.

Emilio verstaute Fernglas und Kamera im Auto, bevor er seinen Gehstock nahm und aufbrach. Zuerst stieg er über die Hecke sowie einen niedrigen Stacheldrahtzaun dahinter. Anschließend schritt er hinauf zum vereinsamten Foidelhof. Schon beim letzten Mal war ihm aufgefallen, dass keine Mitarbeiter zu sehen waren. Er wusste von Phina, dass man als Eigentümer eines Weinguts viel selbst machen konnte, vor allem zu dieser Jahreszeit, wo keine großen Arbeiten anstanden. Dennoch kam ihm die Ruhe fast schon gespenstisch vor. Ihm sollte es recht sein, denn so konnte er ungestört herausfinden, was ihn brennend interessierte.

Er ging zum Müllcontainer, machte ihn auf und holte den durchweichten Karton heraus. Dass hier Flaschen mit Rotwein zu Bruch gegangen waren, offenbarte schon die Farbe des heraustropfenden Rebensaftes. Er stellte den Karton auf dem Boden ab und öffnete ihn. Es roch intensiv nach … nach …? Emilio lächelte versonnen. So gut war seine Nase nun doch nicht, dass er die Aromen auf Anhieb einer bestimmten Rebsorte zuordnen könnte. Mit spitzen Fingern und der gebotenen Vorsicht zog er eine gesplitterte Flasche heraus. Emilio schnalzte mit der Zunge. Aber hallo, ein Masseto. Jetzt hatte sich der Linus Foidel aber richtig ins Zeug gelegt. Er schloss kurz die Augen und schnupperte. Okay, ein Merlot; das könnte sein. Das Etikett war auch nicht schlecht, wahrscheinlich stammte es vom Bozner Druckkünstler Gianluca. Doch dass der Wein eine Fälschung war, erkannte Emilio sofort. Denn seit dem Jahrgang 2001 trug jede Flasche aus Sicherheitsgründen ein eingeprägtes Relief mit dem Namen «Masseto». Das fehlte hier. Linus hätte einen älteren Jahrgang wählen sollen. Zudem sprach schon die schiere Zahl der Kartons gegen die Echtheit. Denn die herausragende Einzellage Masseto brachte jedes Jahr kaum mehr als dreißigtausend Flaschen hervor. Wer davon einige wenige ergattern konnte, durfte sich glücklich schätzen. Und dass jemand einen Karton Masseto vom Sackkarren fallen ließ, um ihn dann ohne viel Gram in einem Müllcontainer zu entsorgen, war geradezu undenkbar.

Emilio entdeckte zwischen den Scherben noch eine unversehrte Flasche. Vorsichtig nahm er sie an sich und deponierte den Karton wieder im Container. Mit seiner Trophäe lief er zurück zum Auto. Sein Ausflug hatte sich gelohnt. Jetzt hatte er sogar ein Corpus Delicti, ein Beweisstück, das Linus Foidel eindeutig einer Straftat überführte. Zusammen mit seinen Fotos, auch jenen aus dem Gewerbegebiet in Bozen, ergab sich ein stimmiges Bild. Sein Auftraggeber Bruneschi würde zufrieden sein. Vor allem war er es selber.

Am Auto angekommen, reinigte er die Flasche. Er wickelte sie in eine Decke und verstaute sie an einem sicheren Platz. Dabei wurde ihm bewusst, wie schön der Name Masseto war. So hieß eine Figur in Mozarts Oper *Don Giovanni*. Allerdings anders geschrieben, mit einem «s» und zwei «t»: Masetto. So wie der Masetto der bekannten Trentiner Kellerei Endrizzi. Vor allem der Gran Masetto aus getrockneten Teroldego-Trauben erfreute sich hoher Anerkennung – hatte aber nun gar nichts mit dem Masseto von Ornellaia zu tun. Vor allem preislich trennten die Weine Lichtjahre. Da sah man mal wieder, wie verwirrend die Welt der Weine war. Auch bei *Don Giovanni* blickte man am Schluss kaum mehr durch. Irgendwie bekam Masetto seine von Don Giovanni umgarnte Braut Zerlina zurück. Und der Frauenverführer Don Giovanni wurde von den Flammen der Hölle verschlungen. Na ja, so oder so ähnlich. Jedenfalls hatte Mozarts Oper einen langen und leidenschaftlichen Abgang – so wie jeder gute Wein.

66

Emilio war ein berühmter Alpinist und herausragender Kletterer. Nein, natürlich nicht Emilio Baron von Ritzfeld-Hechenstein, der schon die Sinnhaftigkeit moderater Bergwanderungen in Zweifel zog und zudem unter Höhenangst litt.

Die Rede ist von Emilio Comici, dem in den dreißiger Jahren des vorigen Jahrhunderts viele Erstbegehungen in den Dolomiten gelangen, der zudem Bürgermeister von Wolkenstein war – und 1940 tödlich abstürzte. Ihm zu Ehren heißt ein Schutzhaus am Fuße des majestätischen Langkofels Emilio-Comici-Hütte. Seit 1955 wird sie von der Familie Marzola bewirtschaftet, und zwar so vortrefflich, dass sie zur Pilgerstätte für Feinschmecker geworden ist. An den Wänden hängen Bilder prominenter Gäste: von Fürst Albert von Monaco bis hin zu Michael Schumacher. Sie alle haben sich an einer Küche gelabt, die für eine Berghütte auf einer Höhe von über zweitausend Metern mehr als ungewöhnlich ist. Denn die Comici-Hütte ist auf mediterrane Fischgerichte spezialisiert.

Baron Emilio hatte von dieser Hütte und ihren charakteristisch blauen Fensterläden schon gehört, wäre aber nie auf die Idee gekommen, sich freiwillig dorthin zu begeben. Kulinarische Genüsse sollten nach seiner Meinung keine körperlichen Strapazen zur Voraussetzung haben. Die für andere Zeitgenossen üblichen Formen der Annäherung – per Wanderung oder gar auf einem Fortbewegungsmittel namens Mountainbike oder im Winter auf Skiern – schieden für Emilio grundsätzlich aus. Dass er jetzt doch in der Comici-Hütte saß, verdankte er seiner charmanten Begleitung. Er hatte Tilda wie verabredet in Wolkenstein abgeholt. Als Einheimische wusste sie, wie er die Comici-Hütte mit seinem Landrover erreichen konnte. Die bösen Blicke, die ihnen von Wanderern zugeworfen wurden, hatte er mit stoischem Gleichmut ertragen. Das letzte Wegstück waren sie zu Fuß gegangen, um das schlechte Gewissen seiner Begleiterin zu beruhigen.

Sie hatten einen Tisch in der roten Stube. An der Eingangstür stand «Privat». Die Wände zierten Bilder legendärer Skigrößen. Als Vorspeise hatten sie bereits Spaghetti mit Venusmuscheln gegessen, und gerade wurde ihnen ein halber Hummer vom Grill serviert. Emilio stellte fest, dass er sich ausgesprochen wohl fühlte. Auch die Weinbegleitung stimmte. Zur Einstimmung hatten sie einen Südtiroler Spumante von Franz Haas genossen. Danach waren sie per du. Jetzt hatten sie einen Weißburgunder Sirmian von Nals-Margreid im Glas.

Ob es an der Höhenluft lag, am Alkohol oder an Tildas Gesellschaft – jedenfalls hatte Emilio bis gerade eben völlig vergessen, warum er hier war. Fast war er versucht gewesen zu fragen, ob man auf der Comici-Hütte auch übernachten könnte, wobei er definitiv an ein Doppelzimmer dachte, da schaltete sein Kopf gerade noch rechtzeitig in den Arbeitsmodus um. Nun ja, nicht radikal, aber ein wenig, das immerhin.

Er wartete, bis sie mit dem Hummer fertig waren.

«Darf ich dich mal was Persönliches fragen?»

«Nur zu!» Sie lächelte erwartungsvoll.

Er fürchtete, dass er sie gleich enttäuschen würde.

«Warum hast du den Franz Mitterlechner vor die Tür gesetzt?»

Ups, jetzt schaute sie tatsächlich etwas bedröppelt. Ein Schluck vom Weißburgunder brachte sie wieder in die Spur.

«Das weißt du doch. Weil er ein notorischer Fremdgeher war, deshalb. Erst hat er mir erzählt, dass er für mich seine Frau verlassen wolle, weil ich die Liebe seines Lebens sei. Dann habe ich ihn mit einer anderen ‹Liebe seines Lebens› im Bett erwischt. Das war's dann. *Arrivederci amore, ciao!*»

«Hast du keine Lust verspürt, ihm mit der Bratpfanne auf den Kopf zu hauen?»

«Doch, natürlich. Aber nicht mit der Bratpfanne. Mir wäre was Besseres eingefallen.»

Emilio glaubte ihr aufs Wort. Die entscheidende Frage war, ob sie es auch getan hatte. Aber die wollte er nicht stellen. Dazu war es gerade zu schön.

Tilda schmunzelte. «Na, trau dich schon!», forderte sie ihn auf.

«Was soll ich mich trauen?»

«Du willst mich doch sicherlich fragen, ob ich den Franz von seinem Angelplatz in den Eisack gestoßen habe. Richtig?»

«So direkt würde ich das nicht formulieren.» Er sah sie nachdenklich an. «Na gut, warum eigentlich nicht? Hast du?»

«Gegenfrage: Würdest du mir das zutrauen?»

«Nachdem ich deine Bilder gesehen habe, würde ich dir viel zutrauen.»

Sie fuhr mit dem Finger über den Rand des Weinglases. Emilio fand, dass sie schöne Hände hatte.

Sie schaute eine Weile ins Leere, dann erst blickte sie Emilio wieder in die Augen.

«Ich kann dich sogar verstehen», sagte sie. «Aber du täuschst dich. Radikal bin ich nur in meinen künstlerischen Phantasien. Im wahren Leben bin ich sanft wie ein Lamm.»

Emilio lächelte. Sanft wie ein Lamm? Das war sie ganz bestimmt nicht, aber eben auch nicht zwingend das Gegenteil.

«Dich irritiert meine Installation mit dem Gebirgsfluss und den beiden Händen», fuhr sie fort. «Ist doch so?»

Er nickte. «Ja, das muss ich zugeben.»

«Ich finde es ja selber verstörend, dass dieses Bild irgendwas Prophetisches hat.» Sie zuckte mit den Schultern. «Aber ich kann's nicht ändern. Und um deine Frage endlich zu beantworten: Nein, ich habe Franz nicht in den Fluss gestoßen, weder in meinen finstern Träumen noch in der Realität. Warum sollte ich? Ich habe ihm nie geglaubt, dass ich die Frau seines Lebens bin. Es war mir stets klar, dass wir bloß eine Affäre auf Zeit hatten. Ich habe ihm keine Träne nachgeweint. Idioten wie der Franz kommen und gehen. So ist das Leben.»

Emilio glaubte zwar, dass sie nicht ganz so abgeklärt war, wie sie gerade tat. Aber er glaubte auch, dass sie unschuldig war. Denn Tilda konnte vielleicht in einem plötzlichen Streit ausrasten; das traute er ihr zu. Aber warum sollte sie Franz am frühen Morgen mit Mordgelüsten zu seinem Angelplatz folgen? Das passte nicht zu ihr. Außerdem war sie Langschläferin.

«Ja, so ist das Leben», wiederholte er ihre letzten Worte.

«Bei dir ist es anders», meinte sie. «Du gehst schon, bevor du überhaupt angekommen bist.»

«Wie meinst du das?»

«Du hast dich nach der Vernissage verdrückt. Und auch heute wird's mit uns nichts werden. Du willst dich auf keine Beziehung einlassen, das spüre ich. Nicht einmal auf ein Abenteuer. Vielleicht bin ich für dich nur eine Tatverdächtige oder eine Zeugin, die dabei gewesen ist, als der Franz etwas in Bozen abgeholt und zu einem Weingut gebracht hat. Übrigens, haben dir meine Fotos weitergeholfen?»

«Ja, das haben sie», antwortete er fast kleinlaut. Tilda hatte den Nagel auf den Kopf getroffen. Obwohl er sich ein Abenteuer mit ihr sehr gut vorstellen konnte, es vielleicht sogar herbeisehnte, war er innerlich blockiert. Warum? Weil er an Phina denken musste? Aber vielleicht konnte er zweigleisig …? Er verwarf den Gedanken.

Tilda nahm seine Hand. «Emilio, du bist ein cooler Typ. Ich mag dich. Ich glaub auch, dass wir viel Spaß zusammen haben könnten. Aber ich akzeptiere deine Zurückhaltung, ich finde sie sogar gut. Du bist eben anders als der Franz. Deine Phina kann sich glücklich schätzen.»

Phina? Woher kannte sie ihren Namen? Und woher wusste sie …?

Tilda sah ihn schmunzelnd an. «Aber du weißt nicht, was dir entgeht.»

Da hatte sie zweifellos recht. Wie konnte er es wissen, wenn er es nicht ausprobiert hatte? Immerhin konnte er es ahnen.

«Magst noch einen Nachtisch?», fragte sie. «Das Tiramisu ist hier wirklich gut.»

*

Eine knappe Stunde später hatten sie nach einer kurzen Fußstrecke wieder Emilios Landy erreicht. Das Rendezvous, das keines war, aber eines hätte werden können, war vorbei. Ebenso das Verhör, das keines war, aber eines hätte werden können. Doch wozu? Wenn Emilio etwas hatte, dann war das Lebenserfahrung. Und aufgrund dieser Erfahrung und seiner Menschenkenntnis hielt er Tilda für unschuldig. Punkt. Ausrufezeichen! Er war kein Polizeibeamter, der nach Beweisen oder Alibis suchen musste. Es reichte völlig, wenn er zu einer Überzeugung gelangt war.

Sie hatten eine längere Fahrt ins Tal vor sich. Er startete den Landy und fuhr gemächlich los, zunächst im ersten Gang – dabei musste er nicht bremsen, denn das erledigte der Motor. Auf Schnee und Eis hätte Emilio die Differenzialsperre eingelegt, aber es war Sommer und der Untergrund griffig. Weil die Drehzahl immer weiter anstieg, schaltete er mit Doppelkuppeln in den zweiten Gang. Noch immer musste er nicht bremsen.

Sie näherten sich einer Kurve. Und da geschah es. Emilio trat auf die Bremse – und ins Leere. Keine Wirkung. Er versuchte es erneut. Vergeblich. Das war alles andere als lustig. Die Kurve kam immer näher, der Motor heulte immer höher. Er riss an der Handbremse, aber auch da tat sich nichts. Aus dem Augenwinkel sah er, wie sich Tilda am Haltegriff festklammerte. Er rief ihr zu, dass die Bremsen nicht funktionierten. Überflüssigerweise, denn das hatte sie schon selber bemerkt. Sollte er sie auffordern, aus dem Auto zu springen? Nein, das war zu gefährlich, außerdem konnte es sein, dass der Landy genau in dem Moment umkippte, wenn sie sprang. In der Kurve vor ihnen würde sein Gefährt sogar ganz sicher umstürzen. Springen war also keine Option. Seinen hilflosen Versuch, mit Zwischengas erneut in den ersten Gang zurückzuschalten, beantwortete das Getriebe mit lautem Kreischen. Reduziergetriebe? So ein Quatsch, das ging jetzt natürlich auch nicht. Er war mit seinem Latein am Ende. Noch nie waren bei seinem guten alten Landy die Bremsen ausgefallen. Die Scheibenwischer, das Radio, fast alles – aber doch nicht die Bremsen.

Spontan beschloss Emilio, an der Kurve einfach geradeaus zu fahren. Seitenbegrenzungen gab es keine, nur eine platte

Almwiese, die allerdings bergab führte. Das konnte ja heiter werden! Er rief Tilda zu, sie solle sich festhalten. Aber das tat sie sowieso. Die Frau verhielt sich super; sie kreischte nicht und gab keine dummen Ratschläge. Der Landy vollzog auf der Wiese einige Bocksprünge. Emilio kurbelte wie wild am Lenkrad. Es ging auf einen kleinen Buckel zu, der ihr Tempo verminderte, aber nicht ausreichend, um das Wagnis einzugehen, nun doch rauszuspringen. Oder sollten sie es trotzdem versuchen? War das womöglich ihre letzte Chance, um halbwegs heil aus der Sache rauszukommen? Nach dem Buckel tauchte schräg vor ihnen ein Heuschober auf. Ein Geschenk des Himmels? Sein Landy hatte eine vorsintflutliche Ausstattung: Airbags zählten nicht dazu, aber eine außerordentlich stabile Stoßstange, die diesen Namen noch verdiente.

Emilio nahm den Schober ins Visier. Er schien gut mit Heu gefüllt zu sein und war auf ihrer Seite offen. Das nannte man Glück im Unglück. Noch wenige Meter. Er ließ das Steuer los und versuchte, sich festzuhalten. Sein Landy hatte ein massives Gitter vor dem Kühler und den Frontscheinwerfern. Er hatte sich schon immer gefragt, wozu das gut sein könnte; jetzt wusste er es. Es krachte fürchterlich, Heuballen flogen gegen die Frontscheibe und übers Dach. Dann war Ruhe. Fast schon gespenstische Ruhe. Der Motor war von selbst ausgegangen. Emilio schnappte nach Luft, er war mit dem Oberkörper gegen das Lenkrad geschlagen. Hoffentlich waren alle Rippen ganz.

Tilda hielt noch beide Arme vorm Gesicht. «Alles gut bei dir?», fragte sie.

«Großartig», antwortete er japsend. «Könnte mir nicht besser gehen. Und bei dir?»

«Ich glaub, ich muss kotzen, aber sonst passt alles. Glaube ich jedenfalls.»

Sie versuchte, die Tür zu öffnen, was ihr nach einigem Ruckeln auch gelang. Dann torkelte sie aus dem Auto, sank auf die Knie und übergab sich. Weil die Fahrertür nicht aufging, kletterte Emilio auf ihre Seite und von dort hinaus.

Tilda richtete sich auf, wischte sich den Mund am Ärmel ab und umarmte Emilio. Das tat ihm zwar weh, aber es fühlte sich dennoch gut an. Eine Weile standen sie nur da und sprachen kein Wort.

«Du bist ein stürmischer Autofahrer», sagte sie schließlich.

Er mochte ihren Humor.

67

Tilda hatte einige Telefonate geführt. Jetzt machte sie Fotos. Nicht, um den Unfall zu dokumentieren, sondern weil ihr das Motiv gefiel: die Heckansicht eines alten Landrover, der über und über mit Stroh bedeckt war und frontal in einem alpenländischen Schober steckte. Zunächst als Nahaufnahme, dann mit wechselnder Perspektive – mal mit dem Langkofel im Hintergrund, mal mit den Fermeda-Spitzen jenseits des Grödnertals im Bild. Emilio beobachtete sie dabei und freute sich, dass sie ihren Ausritt ins Gelände unversehrt überstanden hatte. Auch ihr Fotoapparat schien noch zu funktionieren. Und wie er zuvor kurz überprüft hatte, war sogar die Flasche Masseto heil geblieben. Sie hatte einen erstaunlichen Überlebenswillen: Die Flasche hatte schon als einzige ihrer Artgenossen einen Sturz vom Sackkarren überstanden, danach ihre Entsorgung in einem Müllcontainer und nun einen weiteren Crashtest. Wobei dem Masseto zugutekam, dass Emilio ihn zuvor fürsorglich in eine Decke gewickelt hatte. Zu Weinflaschen war er grundsätzlich sehr liebevoll.

Sie warteten auf einen Traktor, den Tilda mit ihrem Handy angefordert hatte. Der sollte den Landy aus dem Heuschober ziehen. Auch war aus Wolkenstein ein geländegängiger Abschleppwagen unterwegs, der das Fahrzeug huckepack nehmen konnte. Tilda hatte alles ruck, zuck organisiert. Es zahlte sich aus, dass sie im Grödnertal geboren war und sowohl den

Bauern mit dem Traktor kannte als auch den Inhaber eines Werkstattbetriebs in der Nähe. Emilio war kein Automechaniker, genau genommen verstand er nicht viel von der Technik seines Landy; es reichte ihm völlig, wenn er einigermaßen funktionierte. Aber dass die Bremsen ohne Vorankündigung komplett ausfielen, und zwar inklusive Handbremse – und dies ausgerechnet bei einer anstehenden Bergabfahrt –, wollte ihm nicht einleuchten. Die Wahrscheinlichkeit ging gegen null. Also drängte sich ihm der Verdacht auf, dass ihm ein übelgesinnter Zeitgenosse die Bremsschläuche durchtrennt und irgendwie auch die Handbremse manipuliert hatte. Emilio hatte keine Lust, unters Auto zu kriechen, aber bald würde er es wissen. Ausgehend von dieser Annahme, gelangte er zu der Vermutung, dass für diesen unfreundlichen Akt ein Mensch wie Linus Foidel in Frage kam. Vielleicht hatte er ja herausgefunden, dass Emilio als Privatdetektiv arbeitete. Dem Etikettenfälscher Gianluca Beltrini traute er es weniger zu. Zudem kannte dieser seine Identität nicht. Die Aktion wäre zudem ausgesprochen unverhältnismäßig gewesen. Blieben noch die Chinesen, mit denen Linus Foidel in Geschäftsbeziehung stand. Wäre sogar am wahrscheinlichsten … Aber die Leute von Lin-Chen wussten überhaupt nicht, dass es ihn gab. Oder doch? Hatten die Lagerarbeiter Phuong und Thien die richtigen Schlüsse gezogen?

Während Emilio seiner Leidensgenossin beim Fotografieren zusah, gingen seine Gedanken weiter. Irgendjemand hatte den Franz umgebracht und den alten Lois. Der Täter hatte ein starkes Motiv, auch ihn abzuservieren. Vielleicht, weil er ihm schon zu dicht auf den Fersen war? Nun, Tilda kam dafür nicht in Betracht. Sie hätte sich ja sonst gleich selbst mit umgebracht. So verrückt wäre nicht einmal eine Geistesgestörte. Wer aber dann? Linus Foidel, Gianluca Beltrini oder ein Handlanger der Chinesen?

Tilda drehte sich um und entdeckte Emilio als neues Fotomotiv, wie er sinnierend auf der Almwiese stand, gestützt auf seinen Stock und ziemlich zerzaust. Hinter ihm der majestätische Langkofel, der auf Ladinisch Saslonch hieß. Wäre er Luis Trenker, hätte das ein schönes Bild abgeben können – aber doch nicht mit ihm. Er protestierte. Leider vergeblich. Na, egal. Wo war er gerade mit seinen Gedanken gewesen? Er stellte fest, dass diese dem aktuellen Erkenntnisstand vorausgeeilt waren. Denn noch wusste er nicht, ob ihm wirklich jemand die Bremsschläuche durchgeschnitten hatte. Und selbst wenn, würde sich die Frage stellen, wie jemand sein Auto gefunden haben könnte. Hinterhergefahren war ihm niemand, denn das hätte er bemerkt, spätestens auf dem einsamen Forstweg hinauf zur Comici-Hütte. Ihm fiel noch eine weitere Möglichkeit ein. Vielleicht hatte ihm ein erboster Wanderer einen Denkzettel verpasst? Weil er mit seinem Gefährt die Bergluft verpestete? Er lächelte versonnen und rieb sich die noch immer schmerzenden Rippen. Aber das war nun doch mehr als abwegig. So verrückt waren nicht mal fanatische Naturschützer.

*

Es dauerte zum Glück nicht allzu lang. Dann zog ein Traktor den Landrover aus dem Heuschober und rückwärts die Almwiese hinauf zum Forstweg, wo bereits der Abschleppwagen wartete. Zu Emilios freudiger Überraschung schienen sich die Schäden am Fahrzeug in Grenzen zu halten. Das Gitter vor dem Kühler und den Scheinwerfern hatte offenbar Schlimmeres verhindert. Ein Außenspiegel war abgebrochen. Die linke

Frontscheibe hatte einen Riss, was im Prinzip keine sofortige Reparatur verlangte, denn bei seinem Landy war das Steuer rechts. Welche Beulen und Kratzer auf der Kühlerhaube neu waren oder schon älteren Datums, ließ sich nur schwer feststellen. Nun ja, unbedingt schöner war sein Auto nicht geworden – aber es hatte an Patina dazugewonnen.

Noch auf dem Abschleppwagen kontrollierte Tildas Mechaniker die Bremsschläuche. Er bestätigte Emilios Annahme: Die Schläuche waren durchgeschnitten! Und an der Handbremse hatte sich auch jemand zu schaffen gemacht.

«Jo, verreck, do hot enk uanr umbringen welln», konstatierte der Mechaniker mit Sachverstand. *«Mitn Stodl hobs a groasses Glick ghobt, dahinter wird's richtig steil.»*

Da hatte er recht, das war Emilio auch schon aufgefallen. Er wollte sich das gar nicht erst vorstellen.

«Vielleicht galt der Anschlag mir?», mutmaßte Tilda.

Diese Möglichkeit hatte er bislang gar nicht in Betracht gezogen.

«Hast du Feinde? Also solche, die dich sogar umbringen würden?»

«Sagen wir es mal so: Ich hab nicht nur Freunde. Aber dass mir jemand nach dem Leben trachtet? Nein, das kann ich mir nicht vorstellen.»

«Somit scheidet diese theoretische Möglichkeit aus. Außerdem wäre es ganz schön rücksichtslos, mich als Kollateralschaden gleich mit zu beseitigen.»

Tilda lächelte traurig. «Umgekehrt wäre es aber auch nicht nett.»

Er sah sie betroffen an. «Nein, da hast du recht.»

Emilio verabschiedete sich mit Handschlag vom Traktorfahrer. Obwohl der für seine Dienste nicht bezahlt werden wollte, steckte er ihm einen Geldschein zu. Tilda gab dem Bauern ein Bussi auf die Wange. Bei seiner Geldzuwendung hatte er nicht annähernd so selig gelächelt.

Sie nahmen im Abschleppwagen Platz und fuhren hinunter nach Wolkenstein. Unterwegs führte der Kfz-Meister einige Telefonate, um neue Bremsschläuche für den Landy zu organisieren. Dann teilte er Emilio freudig mit, dass er den Wagen schon morgen Vormittag in der Werkstatt abholen könne. Sogar mit ausgewechselter Frontscheibe. Vorausgesetzt, es stellten sich keine anderen gravierenden Schäden heraus. Er warf Emilio einen schrägen Blick zu und grinste. Denn er gehe davon aus, dass die Spuren an der Karosserie keinen Vorrang hätten. Jedenfalls lasse der allgemeine Pflegezustand des Fahrzeugs diesen Schluss zu.

Pflegezustand? Nun, das war sehr freundlich formuliert. Er hatte seinen uralten Landy noch nie gepflegt. So etwas stand im Widerspruch zum Charakter dieses legendären Geländewagens.

Ob sie die Polizei verständigen wollten, fragte der Meister. Schließlich handele es sich ganz eindeutig um einen gefährlichen Sabotageakt. Eine Anzeige gegen unbekannt sei das mindeste, was man machen solle.

Emilio schüttelte den Kopf. Nein, das würde nur Scherereien mit sich bringen. Und bei so was käme doch nichts heraus.

Tilda bot an, Emilio nach Hause zu fahren. Das war sehr freundlich von ihr, aber wahrscheinlich keine wirklich gute Idee. Eine Begegnung mit Phina würde die Notwendigkeit unnötiger Erklärungen mit sich bringen. Womöglich lag es an seinem zweifelnden Gesichtsausdruck, dass sie ihm gleich einen alternativen Vorschlag unterbreitete. Er könne ja bei ihr in Klausen übernachten, schlug sie vor, das sei viel einfacher, und sie würden die Gelegenheit haben, ausgiebig ihre Rettung zu feiern.

Das war nun auch keine wirklich gute Idee; das hieß, einerseits schon, aber andererseits ...

Sie einigten sich darauf, dass ihn Tilda nach Bozen brachte. Dort würde er sich später von Phina abholen lassen – mit einem großzügig bemessenen zeitlichen Sicherheitsabstand.

68

Linus Foidel war bester Stimmung. Dies war ein Tag, den er sich rot im Kalender anzeichnen könnte. Oder besser grün, denn es hatte alles geklappt, was er sich vorgenommen und erhofft hatte. Angefangen vom Honorar, das ihm Wang für seinen Masseto bezahlt hatte. Bis hin zu …

Linus lachte und klatschte sich auf die Oberschenkel. Morgen würde er nach Mailand zu Bianca fahren und mit ihr die Sau rauslassen. Die größte Freude machte keinen Spaß, wenn man sie nicht teilen konnte. Er grinste. Und Geld allein machte auch nicht glücklich. Noch so ein blöder Spruch, der aber meistens falsch verstanden wurde. Linus interpretierte ihn so, dass Geld nur dann glücklich machte, wenn man es sinnvoll ausgab. Also die Kohle lustbringend investierte. Doch lange würde er nicht bleiben können. Nur eine Nacht. Dann wurde er wieder hier gebraucht, um die Geschäfte voranzutreiben. Und er musste sicherstellen, dass er alles unter Kontrolle behielt. Auch sich selber, aber das stand auf einem anderen Blatt. Er meinte vor allem diesen aufmüpfigen Gianluca, der sich für wichtiger hielt, als er war. Er sollte brav seine Etiketten herstellen, ansonsten die Klappe halten und ihm vor allem nicht hinterherspionieren. Er hatte dem kleinen Italiener einen Denkzettel verpasst. Leider ohne dabei sein dummes Gesicht sehen zu können.

*

Gianluca war schlechter Stimmung. Irgendein Idiot hatte ihm eine tote Ratte an die Ladentür genagelt. In seinen Kreisen bedeutete das was. Nämlich, dass man eine Ratte war, also zum Beispiel jemanden über den Tisch gezogen hatte. Aber genau das hatte er nicht getan. Im Gegenteil, er war es, der fürchtete, über den Tisch gezogen zu werden, und zwar von Linus Foidel. Oder war die Botschaft eine andere? Aber welche? Und von wem? Er erinnerte sich an den Paten von Mario Puzo. Doch eine Ratte war kein abgehackter Pferdekopf, sondern ein ekliges Nagetier. Und sie befanden sich in Bozen und nicht in Palermo.

Er konnte es drehen und wenden, wie er wollte, ihm fiel nur ein Schwachkopf ein, dem er die tote Ratte zutraute. Dieser *coglione* panschte gefälschten Wein und glaubte, er könne ihn an der Nase herumführen. Wahrscheinlich war Linus besoffen gewesen und hatte das für einen genialen Scherz gehalten. Doch da hatte er sich getäuscht. Er würde sich den Typen vorknöpfen. Aber nicht alleine. Wozu hatte man gute Freunde?

*

Bei den Chinesen galt die Ratte als Symbol für Glück und Wohlstand. Und wer im Jahr der Ratte geboren wurde, galt als intelligent und einfallsreich. Beides war Wang ganz sicher, aber seine Gedanken kreisten nicht um chinesische Sternzeichen.

Ihn beschäftigte vielmehr die Inkompetenz mancher Mitarbeiter. Er mochte es nicht, wenn jemand Fehler machte. Das konnte zwar passieren, aber sollte nicht zu häufig vorkommen. Von den vielen Geschäftszweigen, die Lin-Chen verfolgte, war der Handel mit gefälschten Weinen von eher nachrangiger Bedeutung. Umso wichtiger war es, dass alles reibungslos lief und

Risiken vermieden wurden. Aufwand und Ertrag mussten in einem gesunden Verhältnis zueinander stehen. Das war keine chinesische Weisheit, das lernte man auf der Business School. Bislang waren Aufwand und Risiken vergleichsweise gering gewesen, doch mit der aktuellen Entwicklung konnte Wang nicht zufrieden sein. Erst der Tod von Franz Mitterlechner, der keinen Vorteil brachte. Dazu die eine oder andere ungeplante Komplikation, die sich allerdings bereinigen ließ. Ein Linus Foidel, durch den Lin-Chen zwar wieder ins Geschäft kam, der aber ein unsicherer Kantonist war. Und schließlich der Mann, der ihm derzeit die größten Sorgen bereitete. Über das Kennzeichen seines Autos hatten sie seine Identität festgestellt und herausgefunden, dass er Privatdetektiv war. Zudem einer, der in seinem Beruf überaus erfolgreich schien. Dieser Baron Emilio von Ritzfeld-Hechenstein passte nicht ins Spiel. Er war in der ursprünglichen Aufstellung nicht vorgesehen. Er stellte eine unkalkulierbare Gefahr dar – nicht nur für den Handel mit gefälschten Weinen, sondern für Lin-Chen insgesamt. Denn auch einige andere und zudem wichtigere Unternehmenszweige der *Global Export and Trading Company* nahmen es mit den Gesetzen nicht so genau. Worauf es dieser Baron auch immer abgesehen hatte, er musste kaltgestellt werden. Wie auch immer. Dafür hatte er seine Leute. Aber dabei durften keine Fehler passieren. Das war inakzeptabel. Der rot geschuppte Feuerdrache *Lóng* duldete keine Versager.

69

Als Dankeschön fürs Abholen in Bozen hatte er Phina spontan zum Abendessen eingeladen. Sie saßen am Kalterer See im gemütlichen «Panholzer», unter altem Gewölbe und mit einer guten Flasche Wein auf dem Tisch. Genauer gesagt, tranken sie einen Sauvignon Tannenberg von Manincor. Emilio dachte kurz daran, dass er heute schon zum zweiten Mal in weiblicher Begleitung speiste. Mittags mit Tilda auf der Comici-Hütte und jetzt mit Phina im «Panholzer». So gesehen war das ein schöner Tag. Sah man einmal davon ab, dass er die zweite Hälfte fast nicht mehr erlebt hätte.

Weil Emilio ein reines Gewissen hatte, erzählte er ihr wahrheitsgemäß von seinem Treffen mit Tilda. Diese Zusammenkunft sei eine ermittlungstechnische Notwendigkeit gewesen, erklärte er. In gewisser Weise.

Phina lächelte und stieß mit ihm an.

«Das glaube ich dir aufs Wort. Sagen wir mal so, ich denke, du hast das Angenehme mit dem Nützlichen verbunden.»

«Es war eher umgekehrt, ich habe das zwingend Nützliche mit dem Angenehmen verbunden», korrigierte er sie.

Jetzt hatte er doch geflunkert, aber nur ein kleines bisschen.

Er berichtete ihr von den durchgeschnittenen Bremsschläuchen. Vom Unfall wusste sie bereits, aber bislang hatte er ihr die Ursache verschwiegen.

Phina sah ihn betroffen an. «Das ist heftig», stellte sie fest.

«Stimmt.» Er zuckte mit den Schultern. «Aber was soll's. Ist ja gut ausgegangen.»

«Meinst du, dich wollte jemand umbringen?»

«Vielleicht nicht gleich umbringen – aber einen Denkzettel verpassen, das schon.»

«Denkzettel? Das ist aber eine optimistische Annahme, mein Lieber.»

Er grinste. «Ja, ich glaube halt an das Gute im Menschen.»

Sie lachte. «Du doch nicht. Hast du eine Ahnung, wer dafür verantwortlich sein könnte?»

«Noch nicht, aber ich werde es herausfinden.»

«Pass gut auf dich auf!»

*

Nach der Hauptspeise – es gab Zanderfilet, Tomatensalat mit Rauke und Olivenfocaccia – kam Phina auf Meran zu sprechen, auf das «Heim der Hoffnung», das bereits die ersten Zimmer in Emilios Villa bezogen hatte. Und sie erzählte von Zola, die heute das erste Mal dort nächtigte. Phina freute sich, dass alles so schnell voranging. Dank eines Mäzens, der bei diesem Thema regelmäßig ein mürrisches Gesicht aufsetzte. So wie er jetzt gerade.

«Hast du mit Magister Dopfer über den Hausmeister Schorsch gesprochen?», fragte er.

«Ja. Den haben sie vor einigen Wochen hochkant rausgeschmissen.»

«Weil er die Kinder geschlagen hat?»

«Er hat das wohl lange im Geheimen getan. Als Dopfer davon Kenntnis bekam, hat er ihn gefeuert.»

«Und ihn bei der Polizei angezeigt?»

«Nein, das hat er nicht getan. Er wollte dem Heim die schlechte Presse ersparen. Und ganz so schlimm sei es wohl auch nicht gewesen. Der Schorsch sei fast siebzig und ein Südtiroler von altem Schrot und Korn. Schallende Ohrfeigen und Schläge mit dem Besenstiel waren in seinen Augen ganz normale Erziehungsmaßnahmen, wie er sie aus seiner eigenen Kindheit kannte.»

«Dann war er aber fürs Heim eine drastische Fehlbesetzung.»

«Das hat auch Dopfer eingesehen. Den neuen Hausmeister haben sie auf Herz und Nieren geprüft.»

«Das will ich hoffen, sonst erteile ich ihm Hausverbot», drohte Emilio und sah Phina grübelnd an. «Weißt du sonst noch was von diesem Schorsch?»

«Nicht viel. Dopfer hat herausgefunden, dass der Schorsch mal einem faschistischen Kameradschaftsverein angehört hatte.»

«Das wird ja immer toller.»

«Außerdem ist er Alkoholiker.»

«Na großartig. Diesen Schorsch würde ich gerne mal kennenlernen. Hast du seine Adresse?»

«Nein, die kann ich aber morgen bei Dopfer in Erfahrung bringen.»

«Bitte tu das.»

Sie runzelte die Stirn. «Warum willst du mit ihm sprechen? Hältst du es etwa für möglich …?»

Er nickte. «Ganz genau – das halte ich für möglich.»

Zum Dessert bestellten sie Marillenknödel aus Topfenteig.

70

Der Landy war tatsächlich schon fertig. Die Bremsen funktionierten, und sogar die linke Frontscheibe war ausgewechselt, wie Emilio feststellte. Er hatte sich von Oskar nach Wolkenstein fahren lassen; und bis Phinas Mitarbeiter wieder zurückgekehrt war, blieb die Vinothek auf ihrem Weingut halt geschlossen. Der Werkstattmeister überreichte Emilio in einem Karton die durchgeschnittenen Bremsschläuche. Emilio beschloss, sie mitzunehmen. Als Beweismittel. Und als Mahnung, das Schicksal nicht häufiger als nötig herauszufordern. Wobei er zugeben musste, dass er beim aktuellen Fall nicht mit so etwas gerechnet hatte. An eine Gefährdung seiner Person hatte er keine Sekunde gedacht.

«Ich hab noch was für Sie», sagte der Werkstattmeister. Er zeigte ihm ein kleines schwarzes Kästchen. «Das ist ein GPS-Tracker», erklärte er. «Habe ich unter Ihrem Auto gefunden. Der Magnet ist so stark, dass er sogar bei Ihrem Ausritt ins Gelände gehalten hat.»

Emilio nahm den Tracker und betrachtete ihn. Er kannte solche Ortungssysteme, er hatte sie schon selber verwendet. Dieses Modell war besonders kompakt und sah sehr robust aus. Jedenfalls wusste er jetzt, wie man sein Auto gefunden hatte, ohne ihm hinterherzufahren. Und er wusste auch, dass der Täter vergessen hatte, den Tracker wieder mitzunehmen. Wo er doch schon mal unter dem Auto gelegen hatte, wäre das für ihn ein Leichtes gewesen. Ob man ihn zurückverfolgen konnte? Im Idealfall führte die Spur zu einer Handynummer. Emilio kannte jemanden, der ihm vielleicht helfen könnte. Von ihm bezog er seine eigenen Tracker, wenn er wissen wollte, wo sich Verdächtige so herumtrieben.

«Ich habe das Gerät deaktiviert», sagte der Mechaniker.

Hoffentlich hatte das keine Daten gelöscht. Dennoch war es gut so, denn Emilio wollte nicht, dass seine Bewegungen weiterverfolgt werden konnten – von wem auch immer. Er legte großen Wert auf seine Privatsphäre.

Emilio bezahlte die Reparatur. Für das Abschleppen wollte der Werkstattmeister nichts verlangen. Freunde von Tilda hätten bei ihm besondere Vergünstigungen. Bei ihrem Namen bekam er glänzende Augen.

*

Weil sich Emilio nicht entscheiden konnte, was er als Nächstes tun sollte, beschloss er, einen Höflichkeitsbesuch abzustatten. Er rief im Büro der Mitterlechner Weinvertriebsgesellschaft an und erfuhr von Steffi, dass Martina zu Hause sei. Es ginge ihr zwar zunehmend besser, aber ihr Bruder wolle nicht, dass sie zu viel arbeite.

Diesmal verzichtete er auf Blumen. Jene von seinem letzten Besuch sollten noch frisch sein. Vor dem Haus entdeckte er das Auto von Sepp. Kein Grund, nicht zu stören.

Sepp machte auf und führte ihn ins Wohnzimmer, wo Martina auf dem Sofa lag, sich aber sogleich aufsetzte und ihn mit einem Lächeln begrüßte. Sie schien sich über seinen Besuch wirklich zu freuen. Das überraschte ihn. In ihrer Situation würde er auf seine Gesellschaft gerne verzichten.

Sepp bot ihm einen Sessel an und setzte sich zu Martina aufs Sofa. Er nahm ihre Hand und tätschelte sie. Mit ihm hatte sie wirklich einen fürsorglichen Bruder. Emilio erinnerte sich, wie sie ihm das letzte Mal von den Schicksalsschlägen in ihrem Leben erzählt hatte. Dabei war mehrmals deutlich geworden, dass sie es ohne ihren Bruder nicht geschafft hätte, diese Krisen zu bewältigen. Emilio war ein Einzelkind. Von Geschwistern verstand er nichts. Er hätte sich mit ihnen wahrscheinlich nur gestritten. Aber konnte man das wissen?

Martina fragte ihn, ob er etwas über den Einbruch in ihrem Weinlager herausgefunden hätte. Schließlich habe er ja einen Auftrag von dieser Rechtsanwaltskanzlei in Trient.

Natürlich interessierte sich auch ihr Bruder dafür. Aber Emilio winkte ab. Leider nein, er tappe noch völlig im Dunkeln.

«Wie schade», sagte Martina.

Wie schade? Da täuschte sie sich. Für sie wäre es gut, wenn er tatsächlich nichts herausgefunden hätte. Aber warum sollte er ihr von den betrügerischen Geschäften ihres verstorbenen Mannes erzählen? Sie würde es noch früh genug erfahren. Auch ihr Bruder.

«Und was ist mit dem Angelunfall vom Franz?», fragte sie leise. «Es ist doch nichts dran an dem Gerede, oder?»

Sepp blickte sichtlich verunsichert zwischen den beiden hin und her. Ihm war das Getuschel wohl noch nicht zu Ohren gekommen.

Emilio schüttelte den Kopf. «Da spricht keiner mehr drüber. Was soll es denn sonst gewesen sein als ein Unfall? Der Franz ist beim Fischen unglücklich ausgerutscht. Das war Pech, riesiges Pech.»

Martina sah ihn eindringlich an. «Du hast versprochen, mir die Wahrheit zu sagen.»

Nun, das stimmte nicht. Genau dieses Versprechen hatte er ihr verweigert. Aber in dem Moment war sie schon am Einschlafen gewesen.

«Ich hab noch mal mit der Polizei gesprochen. Die Untersuchungen sind abgeschlossen; es gibt keinerlei Hinweise auf ein Fremdverschulden.»

Sepp nahm seine Schwester beruhigend in den Arm. «Da hörst du es. Belaste dich nicht mit so abwegigen Gedanken. Schau, Martina, am Angelplatz hat man seine komplette Ausrüstung gefunden, auch seine teure Angelrute. Glaubst du, ein Dieb hätte ihn ins Wasser gestoßen und dann alles liegen gelassen? Das ergibt keinen Sinn.»

Da hatte Sepp recht. Das würde keinen Sinn ergeben. Aber seine Phantasie reichte offenbar nicht weit genug, um sich ein anderes Motiv vorzustellen.

Martina deutete auf eine Tageszeitung, die auf dem Couchtisch lag. «Ich hab gelesen, dass ganz in der Nähe des Unfallorts ein alter Mann erschlagen aufgefunden wurde. Das ist doch seltsam, oder? Vielleicht liegt über dem Platz ein schlimmer Fluch?»

Sepp lächelte nachsichtig. «Aber Martina, du bist doch kein kleines Mädchen mehr. Du glaubst doch nicht wirklich an so was wie einen Fluch. Es gibt keine Hexen oder schauerliche Gespenster. Der alte Mann wurde ganz irdisch mit einer Schnapsflasche erschlagen. Ein böser Zauberer hätte ihn in eine Kröte verwandelt.»

Emilio musste schmunzeln. Sepp nahm seine Schwester nicht ernst. Aber er wusste, wie man ihr den Quatsch mit dem Fluch ausreden konnte.

«Ich glaub's ja auch nicht», erwiderte sie kleinlaut. «War halt nur so eine Idee.»

«Ich stimme deinem Bruder zu», merkte Emilio an. «Ich hab den Lois Horngacher gekannt. Der war ganz gewiss immun gegen Hexenwerk. Dennoch ist er umgebracht worden. Und keiner weiß, warum.»

«Jetzt ist aber hoffentlich Schluss», sagte sie. «Ich will nicht, dass um uns rum noch irgendwas geschieht. Ich will meinen Frieden.»

Sepp drückte sie. «Den sollst du auch haben. Darfst halt nicht mehr Zeitung lesen, denn irgendwas passiert immer.»

Da hatte er schon wieder recht. Der Lois hatte ganz sicher keine Zeitung gelesen. Trotzdem war er jetzt tot.

71

Auf der Fahrt nach Hause machte er einen Stopp in Bozen und suchte das Fachgeschäft seines Elektronikspezialisten auf. Der musste sich den GPS-Tracker nur kurz anschauen, um festzustellen, dass es sich um die neueste Generation handelte, die für alle gängigen GSM-Frequenzen geeignet war. Witzigerweise habe er dieses Modell in letzter Zeit selber häufig verkauft, meist über seinen Onlineshop, aber auch direkt im Laden. Emilio müsse wissen, dass dieser Tracker erst vor kurzer Zeit auf den Markt gekommen und selbst im Internet nur schwer erhältlich sei. Inwieweit er die Spur zu einem gekoppelten Handy feststellen könne, wisse er nicht. Aber er versuche es gerne. Weil Emilio ein gut zahlender Kunde war und sie schon gemeinsam die eine oder andere Flasche Wein geleert hatten, ließ er sich zudem überreden, eine Liste mit den Käufern dieses Geräts auszudrucken. Er drehte den Tracker in den Fingern und lächelte. Vielleicht sei alles sogar viel einfacher. Das Gerät habe eine Registriernummer. Wenn es wirklich bei ihm gekauft worden sei, was gar nicht so unwahrscheinlich sei, dann könne er womöglich den Käufer identifizieren. In diesem Fall wäre aber eine angemessene «Erfolgsprämie» fällig.

Emilio hielt ihm die Hand hin. Versprochen!

*

Wenig später lag er auf dem Perchtingerhof unter der Pergola im Liegestuhl und sinnierte vor sich hin. Anfänglich hatte er noch recht vernünftige, zusammenhängende Gedanken, dann aber wurden sie immer diffuser – was daran lag, dass er im Begriff war einzuschlummern. Er liebte diese Übergangsphase. Nach seiner Erfahrung ging sie oft mit kreativen Einfällen einher. Die Herausforderung bestand darin, diese Eingebungen während der folgenden Schlafphase nicht zu vergessen.

Er war schon fast komplett eingenickt, da zuckte eine Erkenntnis durch sein Hirn, die ihn so elektrisierte, dass an Schlaf nicht mehr zu denken war. Emilio stand auf und ging in sein Zimmer. Er blätterte durch die Polizeiakten. Dann setzte er sich vor den Computer, um sich davon zu überzeugen, dass er nicht auf dem Holzweg war. Er telefonierte mit Mariella im Vorzimmer des Commissario Sandrini. Es gelang ihm, seine Fragen so zu stellen, dass sie keine Schlussfolgerungen ziehen konnte. Außerdem bemühte er sich um einen unverbindlichen Plauderton. Und er sprach weitere Punkte an, die ihn überhaupt nicht interessierten. Das nannte man Verwirrungsstrategie.

Schließlich ging Emilio wieder hinaus auf die Terrasse und legte sich erneut in den Liegestuhl. Auf dem Kopf trug er einen alten Strohhut, den er sich über die Augen zog. Er fühlte keine Müdigkeit mehr. Gewiss würde er nicht einschlafen – und schon gleich nicht vergessen, was er in den letzten Minuten herausgefunden hatte. Wenn er es recht bedachte, stand er kurz vor der Aufklärung des Falls. Er korrigierte sich. Die Aufklärung war bereits erfolgt. Jedenfalls in seinem Hirn. Blieb nur noch die Frage, wer ihm die Bremsschläuche durchgeschnitten hatte. Das betraf ihn persönlich, da war er nachtragend. Außerdem hatte jemand billigend in Kauf genommen, seinen Landy zu verschrotten. Das ging gar nicht. Es war eine

Sache, ihn umbringen zu wollen; dafür mochte es gute Gründe geben. Aber eine Ikone des britischen Geländewagenbaus zu zerstören war ein unverzeihlicher Gewaltakt.

*

Am frühen Abend fiel ihm ein, dass es doch noch was Wichtiges zu erledigen gab. Er verabschiedete sich von Phina, die gerade zusammen mit Oskar in der Vinothek arbeitete. Er hoffe, bald wieder da zu sein, aber sie solle mit dem Abendbrot nicht auf ihn warten. Dann setzte er sich ins Auto und fuhr nach Meran. Von Phina wusste er inzwischen, wo dieser Schorsch wohnte, der Mann, der Kinder drangsalierte und rechtem Gedankengut nachhing. Allerdings wusste er nicht, ob er sich auf das Gespräch freuen sollte.

Der frühere Hausmeister vom «Heim der Hoffnung» war nicht zu Hause. Von einer Nachbarin erfuhr er, dass der Schorsch um diese Zeit immer in einer nahen Weinbar sitzen und sich besaufen würde. Emilio ließ den Landy stehen und machte sich zu Fuß auf den Weg. Dabei fiel ihm ein, dass er den ganzen Tag noch nichts getrunken hatte. Flüssigkeitsmangel war ungesund. Eine Weinbar somit schon aus medizinischen Gründen keine schlechte Idee.

Der Schorsch saß abseits an einem Ecktisch und stierte vor sich hin. Er trank Wein aus einer Glaskaraffe. Sie war fast leer. Nach dem ersten Eindruck stand bei ihm kein Flüssigkeitsmangel zu befürchten. Auch kein plötzliches Absinken des Alkoholpegels.

Emilio ging leicht torkelnd auf ihn zu. Er tat so, als müsste er sich am Tisch festhalten. «Darf ich mich hinsetzen?», fragte er mit kratziger Stimme. «Ich hab Durst und trink nicht gerne allein.» Er schnippte dem Wirt zu. «Bring uns noch eine Karaffe!» Dann nahm er einfach Platz. Sein Handy legte er mitten auf den Tisch.

Schorsch sah ihn aus blutunterlaufenen Augen an. «*Du bisch net ven do, odr? I hon di nia gsechn.*»

Nein, er war nicht von hier, da hatte er recht. «Ich wohn seit zwei Jahren in Meran», log Emilio. Dabei sprach er nuschelnd, so als ob er auch schon einen mächtig in der Krone hätte. «Aber auf der anderen Seite.» Er deutete in eine unbestimmte Richtung. «Da drüben, du weißt schon. Ich komm aus Deutschland. Da wollt ich nicht mehr leben. So viele Ausländer und Flüchtlinge, du verstehst?»

Schorsch nickte schwerfällig. Dann musste er rülpsen. Emilio wertete diese Reaktion als Zustimmung.

Der Wirt brachte den bestellten Wein. Emilio füllte ihre Gläser und prostete Schorsch zu.

«Auf Südtirol. Da ist die Welt noch in Ordnung.»

Er trank das Glas in einem Zug aus und schenkte nach.

«*Desch glabsch a lei du*», widersprach Schorsch lallend.

«Was meinst?»

«*Dass die Welt in Südtirol noch in Ordnung isch.*» Schorsch tippte sich mit dem Finger gegen die Stirn. «*Muasch di lei umschaun, olls Negr und Moslems. Dreckpack elendigliches.*»

Oh weh, dieser Schorsch hatte wirklich einen Schuss weg. Doch genau das hatte Emilio erwartet. Diese kranke Einstellung würde alles erklären.

«Hast ja recht», stimmte ihm Emilio zu. Er machte eine wegwerfende Handbewegung. «Aber in Deutschland ist's noch viel schlimmer. Da traust dich nicht mehr in die Fußgängerzonen.»

Schorsch kratzte sich am Kinn. «*Schun? So schlimm isches schun?*»

Emilio nickte. «Das hätte es früher nicht gegeben.»

Es fiel ihm zunehmend schwerer, diesen Unsinn von sich zu geben. Er hoffte, dass keiner seine Worte mitbekam. Gott sei Dank saß niemand an den Nebentischen.

«*Friar hatts des net gebn*», bestätigte Schorsch. Nach einem erneuten Rülpser fügte er hinzu: «*Do hat man di Kameltreiber zrugg zu ihre Hittn gschickt.*»

Emilio wäre es lieber gewesen, er hätte Schorsch aufgrund seines Dialekts nicht verstanden. So aber hätte er seinem Trinkkumpan am liebsten den Karaffenwein ins Gesicht geschüttet. Aber das wäre wenig zielführend, also beherrschte er sich.

«Jetzt haben wir sogar ihre Kinder hier», sagte er stattdessen. Wobei er hoffte, dass Schorsch nicht misstrauisch wurde. Taktisch klüger wäre es, nicht so schnell auf den Punkt zu kommen. Aber er hatte keine Lust, sich mit dieser Dumpfbacke eine Minute länger zu unterhalten als unbedingt nötig.

«Und die werden wir nie mehr los», sattelte Emilio noch eins drauf.

«*Jo, genau so isches. Scheiß Flüchtlingskinder.*»

«Wenigstens ist ihr Heim hier abgebrannt», stellte Emilio fest. «Das hat jemand angezündet. Der Kamerad hat sich einen Orden verdient.»

Schorsch blickte ihn fast wehmütig an. «*Jo, fir des hat i friar an Ordn gekriagt*», flüsterte er. Und er fügte hinzu, dass er keinen Orden wolle, es reiche ihm völlig, wenn die Kanaken und ihre Schratzen wieder abhauten.

Er wollte keinen Orden für diese Tat? War das ein Schuldeingeständnis? Natürlich war es das. Auch wenn es Schorsch für eine Heldentat hielt.

Emilio tat so, als ob er sich vor Begeisterung nicht mehr einkriegte. «Sag bloß, du bist der Kamerad, der das Feuer gelegt hat? Da würde ich aufstehen und vor dir salutieren.»

Schorsch grinste schief. «*Konnsch mr a di Fiass küssn. I war's, und i bin stolz drauf.*»

Emilio schlug ihm auf die Schulter. «Das kannst du auch sein, mein Freund. Du hast Courage. Darauf möchte ich mit dir anstoßen. Magst einen Schnaps?»

«*Olm gern, obr mit an doppelten.*»

Emilio stand auf und ging an den Tresen. Bis er mit den Schnäpsen zurückkam, was nicht lange dauerte, hatte Schorsch den restlichen Wein ausgetrunken. Er war tatsächlich ein Mann der Tat.

«Hier, mein tapferer Kämpfer», sagte Emilio und reichte ihm das Schnapsglas. «Auf dein Wohl.»

«*Afs Voterlond!*»

Emilio interessierte nicht, was Schorsch unter «Vaterland» verstand, ihm reichte es völlig, dass er die Tat soeben gestanden hatte. Und weil Emilios Handy direkt vor Schorsch auf dem Tisch lag und zudem die Sprachaufnahme aktiviert war, sollte alles gut zu verstehen sein.

Sie kippten die Schnäpse auf ex weg.

«Sag mir, wenn du wieder was vorhast», bat Emilio in einem verschwörerisch klingenden Tonfall. «Ich bin dabei. Aber du musst mir vorher beibringen, wie man ein gescheites Feuer legt. Ich kann noch nicht mal einen Kamin richtig anzünden.»

Schorsch grinste. «*Desch isch gonz oanfach.*» Dann beugte er sich vor und erklärte Emilio – zwar stockend und mit Unterbrechungen, aber bis ins letzte Detail –, wie er das «Heim der Hoffnung» abgefackelt hatte. Er erzählte, an welchen Stellen er das Feuer gelegt und welche Brandbeschleuniger er verwendet hatte, die es, wie er betonte, in jedem besseren Baumarkt gab.

Emilio war fassungslos. Dieser Schorsch hatte sich wirklich dumm gesoffen. Wie konnte er einem Wildfremden das alles erzählen? Nur weil dieser seine fremdenfeindliche Gesinnung teilte und scheinbar ebenso wie er dem Alkohol verfallen war. Emilio war klar, dass Schorschs «Geständnis» nicht justiziabel war. Denn die Sprachaufzeichnung würde kein Gericht als Beweis anerkennen, zudem ließ seine offensichtliche Trunkenheit an seiner Zurechnungsfähigkeit zweifeln. Dennoch hatte er sich soeben ans Messer geliefert. Denn alles, was er erzählt hatte, stimmte mit dem Brandprotokoll überein. Nur der Täter konnte diese Einzelheiten wissen. Es würde den Ermittlungsbehörden nicht schwerfallen, ihn zu überführen. Sollte er gleich die Polizei verständigen? Emilio sah Schorsch an, der so betrunken war, dass er wohl bald vom Stuhl rutschen würde. Eines war sicher: Heute Abend war der Suffkopf nicht mehr in der Lage, eine Straftat zu begehen. Also reichte es völlig, wenn er morgen Vormittag Sandrini informierte. Der konnte dann die nötigen Schritte in die Wege leiten.

Schorsch wackelte bedenklich mit dem Schädel. Wie er in diesem Zustand nach Hause kommen wollte, war Emilio ein Rätsel. Aber das war nicht sein Problem. Es wurde Zeit, sich abzusetzen.

Weil Schorsch plötzlich die Augen verdrehte und vornüber mit der Stirn auf den Tisch knallte, erübrigte sich jegliche Verabschiedung. Emilio steckte sein Handy ein, ging zum Tresen und bezahlte. Und zwar alles, auch das, was Schorsch schon zuvor getrunken hatte. Das war ihm seine Redseligkeit wert. Er warf einen letzten Blick in die Ecke, wo Schorsch entweder in Ohnmacht gefallen oder eingeschlafen war, dann suchte er eilig das Weite.

72

Auf der morgendlichen Rückfahrt von Mailand fühlte sich Linus Foidel wie im siebten Himmel. Nach seiner Erinnerung hatte er keine Sekunde geschlafen, dennoch war er hellwach. Nur sah er die anderen Autos gerade etwas unscharf, gelegentlich geriet auch die Straße ein wenig ins Schwanken. Vielleicht hätte er nicht so viel von dem weißen Pulver schnupfen sollen? Dazu der Alkohol. Scheiß drauf, er fühlte sich saugut. Und wenn er an Bianca zurückdachte und an die letzte Nacht, kam er sich vor wie ein ... Verdammt, ihm fiel kein Vergleich ein, der seinem Hochgefühl nur annähernd gerecht wurde. Bei Bianca tat er sich leichter. Diese geile Schlampe war wie ein Vulkan. So ausdauernd wie ein Stromboli, dessen Aktivität nie nachließ, so heiß wie ein Ätna, der glühende Lava in die Luft schleuderte, und so eruptiv wie ein Vesuv, der Pompeji in Schutt und Asche gelegt hatte. Linus grinste. An ihm war ein Poet verlorengegangen. Wie auch immer, ihm war es anders ergangen als Pompeji; er hatte den Vulkanausbruch überlebt. Mehr noch, er fühlte sich wie neugeboren.

Er wusste, dass er noch immer high war. Deshalb auch die wirren und irren Gedanken, die durch seinen Kopf wogten. Er tastete nach seiner Brieftasche auf dem Beifahrersitz. Er hielt sie sich vor die Nase und stellte fest, dass sie leer war. Nun gut, die Kreditkarten waren noch alle da, aber das besagte nichts, denn denen sah man von außen nicht an, ob und wie sehr sie letzte Nacht geblutet hatten. Aber das Bargeld war komplett draufgegangen, so viel stand fest. Ihm fiel das Honorar für den Masseto ein. Das hatte er in einer einzigen Nacht verpulvert. Respekt! Das musste man erst mal schaffen. Keine Ahnung, wen er alles zur Party eingeladen hatte. Doch war er weit davon entfernt, die letzten Stunden zu bereuen. Noch nicht. Könnte sein, dass der Katzenjammer später kommen würde. Sobald das Kokain nicht mehr durch seine Adern flutete. Aber daran wollte er jetzt nicht denken.

Warum fuhren die anderen Autos so langsam und in Schlangenlinien? Linus musste sich konzentrieren, um all diesen Idioten auszuweichen. Sobald er zu Hause war, würde er sich aufs Ohr hauen. Erst nach einer Mütze voll Schlaf wollte er die anstehenden geschäftlichen Schritte planen. Wichtig war ein erneuter Termin bei Wang, um die nächsten Aufträge einzutüten. Anschließend könnte er bei Gianluca die passenden Etiketten ordern. Linus lachte. Ob der Spaghetti wohl schon die tote Ratte an seiner Tür verdaut hatte? Nun, «verdauen» war in diesem Zusammenhang sicherlich das falsche Wort. Bei dem Gedanken wurde ihm fast übel. Blieb noch dieser Ritzfeld, der ihm mit seinem verbeulten Geländewagen über die Füße gefahren war und seine Nase in Dinge steckte, die ihn nichts angingen. Entweder hatten ihn die Chinesen schon unter Kontrolle gebracht, was er stark annahm – oder er würde es selber tun.

Jetzt musste er erst mal heil in Südtirol ankommen. Die Autostrada A4, auf der er von Mailand bis nach Verona fahren würde, war eine einzige Zumutung. Nur weil sie weiter nach Venedig führte, gab es keinen Grund, sie *Serenissima* zu nennen. An ihr gab es nichts Heiteres, und ruhig und gelassen war sie schon gleich gar nicht. Auf ihr waren obendrein lauter Verrückte unterwegs, die keine Ahnung vom Autofahren hatten und besser den Zug nehmen sollten. Darüber hinaus hatte die Autostrada am heutigen Morgen erstaunlich viele Kurven. Sie ringelte sich wie eine betrunkene Schlange durchs Land. Oder kam ihm das nur so vor?

73

Im Etschtal zwischen Bozen und Verona gelegen, umgeben von hohen Bergen wie dem Monte Bondone, ist Trient eine Stadt mit ebenso alpenländischem wie italienischem Flair. Auch an Sehenswürdigkeiten hat es keinen Mangel, angefangen vom Castello del Buonconsiglio über den Domplatz mit der Kathedrale San Vigilio und dem Palazzo Pretorio bis hin zum modernen Wissenschaftsmuseum MUSE des Architekten Renzo Piano. Weil in Trient italienisch gesprochen wird, gibt es als Pendant zum Walther-Denkmal in Bozen ein Dante-Denkmal. Während Bozen also dem deutschsprachigen Dichter Walther von der Vogelweide huldigt, erweist Trient in den Giardini Pubblici dem italienischen Dichter Dante Alighieri die Ehre. Interessanterweise wurde das Dante-Denkmal im 19. Jahrhundert zu einer Zeit gebaut, als das Trentino noch zu Österreich-Ungarn gehörte. Aber schon damals verlief die deutsch-italienische Sprachgrenze im Etschtal weit nördlich von Trient bei der Salurner Klause.

Weil Emilio durch seine italienische Mutter zweisprachig aufgewachsen war, mochte er es, nach Trient zu fahren, selbst wenn er sich nur wenige Stunden in der Stadt aufhielt. Dort durch die Altstadt zu flanieren genoss er in besonderem Maße. Nur hatte er heute keine Zeit dafür. Er stellte sein Auto an der Via Francesco Petrarca ab, um von dort auf kürzestem Weg zur Rechtsanwaltskanzlei zu marschieren, wo er bereits vom

Avvocato Bruneschi erwartet wurde. Sie zogen sich in ein Besprechungszimmer zurück. Zwei Assistenten kamen mit Notizblöcken hinzu.

Emilio musste lächeln. Bruneschi kannte ihn offenbar gut genug, um zu wissen, dass er keinen schriftlichen Untersuchungsbericht bekommen würde. Tatsächlich drückte sich Emilio vor jeder Schreibarbeit. Im Zweifelsfall behauptete er, Legastheniker zu sein, der beim Schreiben alle Buchstaben durcheinanderbrachte. Das hatte ihm zwar noch niemand geglaubt, aber als Ausrede funktionierte es.

Er konnte also keinen schriftlichen Bericht vorweisen, aber seine Recherchen mit einer Vielzahl hübscher Fotos dokumentieren. Er hatte zudem eine spannende Story zu erzählen, die völlig plausibel und in sich stimmig war. Und als kleinen Höhepunkt seines Vortrags konnte er eine gefälschte Flasche Masseto auf den Tisch stellen.

Bruneschi schüttelte zunächst ungläubig den Kopf. Dann aber war er sichtlich erleichtert, dass hinter all dem eine großangelegte Weinfälschung steckte. Viel beunruhigender wäre es aus Sicht seiner Mandanten gewesen, wenn es sich bei den Weinen in Mitterlechners Lager um echte, authentische Flaschen gehandelt hätte. Deren Existenz hätte nämlich auf dramatische Lecks in den bestehenden Vertriebskanälen hingedeutet und entsprechende Untersuchungen nach sich gezogen. Fälschungen gab es bei teuren Prestigeweinen dagegen immer wieder. Daran war man fast gewöhnt. Doch setzte man natürlich alles daran, sie zu unterbinden und es den Fälschern so schwer wie möglich zu machen. Und wenn es dann doch wieder passierte, galt es, die Flaschen schnell aus dem Verkehr zu ziehen und die Übeltäter dingfest zu machen.

Bevor Emilio Namen nannte, nahm er Bruneschi das Versprechen ab, die Informationen noch ein bis zwei Tage für sich zu behalten und nichts zu unternehmen. Er müsse zuvor noch was herausfinden, das für Bruneschi irrelevant sei und an der Sachlage nichts ändere. Für ihn dagegen habe es eine hohe Priorität. Es sei wichtig, dass alle Beteiligten so lange auf freiem Fuß blieben, bis er grünes Licht gebe. Wahrscheinlich schon morgen, spätestens übermorgen.

Der Avvocato erklärte sich dazu bereit und bedankte sich für das Vertrauen. Emilio glaubte ihm und legte los. Er fing mit Franz Mitterlechner an, den man nicht mehr belangen könne, weil im Eisack ertrunken. Aber das wusste Bruneschi ja bereits. Dann berichtete er von Linus Foidel, der die Weine gefälscht hatte und dies noch immer tat. Der Masseto auf dem Tisch war seine jüngste Arbeit. Emilio nannte Gianluca Beltrini, von dem die Etiketten stammten. Dann, und jetzt wurde es für Bruneschi besonders interessant, kam er auf die *Lin-Chen Global Export and Trading Company* in Bozen zu sprechen, die als Auftraggeber und Abnehmer der Weine mutmaßlich hinter allem steckte. Auch war die Firma mit an Sicherheit grenzender Wahrscheinlichkeit für den Einbruch in Mitterlechners Weinlager verantwortlich. Anhand der verschiedenen Fotos, sowohl der Überwachungskamera als auch seiner eigenen, zeigte er, dass der Kleintransporter vom Diebstahl ziemlich eindeutig mit jenem übereinstimmte, der bei Lin-Chen auf dem Parkplatz gestanden hatte und laut Kennzeichen auch auf diese Firma zugelassen war. Auf den nächsten Fotos war zu sehen, wie auf dem Weingut von Linus Foidel in denselben Transporter Kartons verladen wurden, was die Geschäftsbeziehung bewies. Und zumindest in einem dieser Kartons waren gefälschte Flaschen Masseto – darunter jene auf dem Tisch der Anwaltskanzlei.

Bruneschi bemerkte, dass in den anderen Kartons wohl kaum echte Weine seien. Das widerspreche jeder Logik. Jetzt müsse man nur noch wissen, wo sich diese aktuell befänden. Ebenso die Weine aus Mitterlechners Lager.

Dies herauszufinden war nach Emilios Meinung nicht mehr seine Aufgabe. Lin-Chen habe sicherlich eigene Lagerräume. Sobald er grünes Licht gebe, könne Bruneschi Strafanzeige erstatten und die Räumlichkeiten des chinesischen Unternehmens von der Polizei durchsuchen lassen. Er empfehle, direkt mit der Quästur in Bozen zusammenzuarbeiten, wo ein gewisser Commissario Sandrini ebenso kompetent wie tatkräftig sei.

Jetzt hatte er geflunkert, denn kompetent war Sandrini nur in Ausnahmefällen, tatkräftig dagegen schon – aber oft handelte er unüberlegt und schoss weit über das Ziel hinaus. Weshalb man ihn normalerweise genau instruieren musste, was zu tun war. Doch in diesem Fall spielte es keine Rolle – da konnte man ihn unbedenklich von der Leine lassen, da konnte er nicht viel falsch machen. Und er würde sich wie ein Schnitzel freuen.

Emilio berichtete, dass er sowieso gleich im Anschluss einen Termin bei Sandrini in Bozen habe. Bruneschi fand seinen Vorschlag gut und versprach, sich mit dem Commissario in Verbindung zu setzen, er solle seinen Anruf schon mal avisieren. Dann machte der Rechtsanwalt einen etwas gequälten Gesichtsausdruck. Er hoffe nur, dass er von Emilio möglichst bald grünes Licht bekommen werde. Schließlich habe er die Sorge, dass die Ware nicht mehr auffindbar und schon irgendwo im Ausland sei.

Emilio versprach, sich zu beeilen. Das war nicht gelogen. Denn genau das hatte er vor. Dafür verzichtete er sogar auf ein Mittagessen in seiner Lieblingstrattoria an der Piazza Duomo.

74

Emilio verabscheute jegliche Hektik. Vor allem wenn sie von ihm selbst verursacht wurde, fehlte ihm dafür jegliches Verständnis. Von Konfuzius kannte er ein schönes Zitat: «Wenn Ameisen und Frauen in Eile sind, droht immer ein Erdbeben.» Und er hielt sich weder für eine Ameise, noch war er eine Frau. Wobei die Gleichsetzung dieser Spezies, jedenfalls was ihre tektonische Wirkung betraf, natürlich in höchstem Maße diskriminierend war. Emilio grinste. Für die Ameisen?

Ihm fiel noch eine weitere Weisheit des großen chinesischen Philosophen ein: «Der höhere Mensch hat Seelenruhe und Gelassenheit, der gewöhnliche ist stets voller Unruhe und Aufregung.»

Nun, auch das war politisch alles andere als korrekt. Emilio unterschied nicht zwischen «höheren» und «gewöhnlichen» Menschen. Doch reklamierte er für sich ein hohes Maß an Seelenruhe und Gelassenheit. Weshalb es ihm ein Rätsel war, warum er jetzt so aufs Tempo drückte. Erst der Termin in Trient bei Bruneschi, jetzt mit leerem Magen auf dem Weg zum nächsten Termin nach Bozen – und zwar auf der Autostrada, was all seinen Prinzipien zuwiderlief. Und für die Zeit danach hatte er weitere Vorhaben auf der Agenda. Hoffentlich löste er im konfuzianischen Sinne kein Erdbeben aus. Wieder musste er grinsen. Nun ja, ein kleines Erdbeben könnte es schon geben, jedenfalls für die Betroffenen.

In Bozen angekommen, fuhr er als Erstes zu seinem Elektronikhändler. Der sah ihn feixend an und fragte nach der versprochenen «Erfolgsprämie».

Emilio runzelte die Stirn. Wolle er damit etwa sagen, dass …?

Richtig, genau das wolle er damit sagen. Der Tracker sei tatsächlich über seinen Onlineshop gekauft worden. Und er wisse auch, von wem.

«Mach's nicht so spannend. Von wem?»

«Erst die Erfolgsprämie.»

Emilio dachte zunächst an die Flasche Masseto. Er könnte ja verschweigen, dass sie nicht echt war. Aber er hatte sie nicht mehr; sie war jetzt in Trient und ein wichtiges Beweismittel.

«Ich bin großzügig, das weißt du.»

«Stimmt, aber ich will mehr als eine Tafel Schokolade.»

Emilio sah ihn empört an. «Als ob ich dir schon je Schokolade geschenkt hätte.»

«War ja nur ein Beispiel. Ist mir nur eingefallen, weil ich eben eine Tafel Schokolade von einer alten Dame bekommen habe, der ich ihren elektrischen Lockenwickler repariert habe.»

Das war zwar witzig, interessierte Emilio aber nicht die Bohne. Er verlor allmählich die Geduld. «Also, jetzt rück endlich raus damit.»

«Okay, also der Tracker, den du mir gegeben hast, wurde mit exakt dieser Registriernummer von einer in Bozen ansässigen Handelsfirma namens Lin-Chen erworben. Überrascht?»

Emilio schüttelte den Kopf. War er überrascht? Nein, nicht wirklich. Höchstens darüber, dass es so einfach war.

«Ich bin weit und breit der Einzige, der diese Marke im Sortiment hat. Brauchst du die Adresse von Lin-Chen?»

«Danke, nicht nötig.»

«Habe ich mir fast gedacht.»

Emilio überlegte kurz. Dann entschied er, den Tracker wieder mitzunehmen.

«Ich komme die nächsten Tage vorbei», versprach er zum Abschied. «Dann gehen wir zum Mittagessen.»

Der Elektronikverkäufer sah ihn enttäuscht an. «Das ist deine Erfolgsprämie?»

Emilio grinste. «Nein, aber beim Mittagessen lassen wir uns eine einfallen.»

«Das klingt schon besser.»

*

Eine halbe Stunde später saß Emilio bei Commissario Sandrini im Büro.

«Na, haben Sie eingesehen, dass Sie Ihre Wette verloren haben?», fragte dieser schmunzelnd. «Franz Mitterlechner ist einem tragischen Unfall zum Opfer gefallen. Jetzt stellt sich nur die Frage, in welches Lokal Sie mich einladen wollen. Heute Abend hätte ich Zeit.»

«Wir wollen nichts überstürzen», erwiderte Emilio. «Ich bin aus einem anderen Grund hier.»

«Wie schade. Aber lassen Sie hören!»

Es klopfte. Mariella brachte eine Schale mit Maronenplätzchen herein. Sie war wirklich ein Schatz – und neugierig. Denn sie ließ sich Zeit, um etwas von ihrem Gespräch mitzubekommen. Und ganz sicher vergaß sie gleich, die Verbindungstür zu schließen.

«Vorab eine Information: Es wird Sie demnächst ein Avvocato aus Trient anrufen. Ich habe in seinem Auftrag in einem Kriminalfall ermittelt ...»

«Ermitteln tut die Polizei», korrigierte ihn Sandrini.

Ab und zu war der Commissario wirklich amüsant. Warum sprach man dann wohl von einem Privatermittler?

«Sagen wir so: Ich habe Recherchen angestellt zu einem größeren Betrugsfall. Meine Ergebnisse liegen dem Anwalt bereits vor. Er wird auf Sie zukommen, damit Sie aktiv werden können.»

Sandrini griff zum Telefon. «Warum warten? Am besten rufen wir ihn gleich an. Wie ist seine Nummer?»

Emilio grinste. «Sie werden sich ein wenig gedulden müssen. Aber dann haben Sie einen richtig schönen Fall am Haken, das verspreche ich Ihnen. Etwas, womit Sie in die Zeitung kommen.»

Der Commissario langte sich an die Brust. «Als ob es mir darauf ankäme. Sie wissen, dass ich mich nicht gerne der Öffentlichkeit präsentiere.»

Emilio unterdrückte ein Lachen.

Sandrini drückte auf seine Sprechanlage und bat Mariella, seine Teilnahme an einem Kongress in Padua abzusagen.

«Das ist aber nicht der Grund, warum ich hier bin», sagte Emilio.

«Also doch die Wette?»

«Nein, etwas ganz anderes. Wobei ich nicht weiß, ob Sie dafür zuständig sind.»

«Ich bin grundsätzlich für alles zuständig. Also schießen Sie los!»

«In Meran ist vor kurzem ein Heim für obdachlose Jugendliche und Flüchtlingskinder abgebrannt.»

Sandrini nickte. «Ich hab davon gelesen. Soll Brandstiftung gewesen sein, richtig?»

«Genau, das steht mittlerweile zweifelsfrei fest. Bisher gibt es aber keinen Tatverdächtigen.»

«Und jetzt wollen Sie, dass ich mich dieses Falls persönlich annehme?»

«Das überlasse ich Ihnen.»

«Warum sollte ich das tun?»

«Weil ich Ihnen sagen kann, wer der Täter ist. Ich kenne sein Motiv und habe sein Geständnis auf Tonband.»

«Tatsächlich? Herr Baron, Sie sind voller Überraschungen.» Um Sandrinis Mundwinkel zuckte es. «Wenn das so ist, werde ich mich selbstredend darum kümmern. Und zwar unverzüglich.»

75

Gegen Ende ihres Gesprächs hatte Emilio von Commissario Sandrini noch in Erfahrung gebracht, dass man im Falle des ermordeten Lois Horngacher bislang auf keine konkrete Spur gestoßen war. Im engeren Umkreis der Verwandten gab es niemanden, der als Tatverdächtiger in Frage käme. Zudem hätten alle Familienangehörigen stichhaltige Alibis, und ein nachvollziehbares Motiv habe man auch bei keinem festgestellt. Am Tatort habe die Spurensicherung keine verwertbaren Hinweise gefunden. Sah man einmal von Emilios Fingerabdrücken auf der Schnapsflasche ab. Fehlanzeige also auf der ganzen Linie.

Emilio wunderte das nicht. Er hatte nichts anderes erwartet.

Jetzt saß er wieder mal auf dem Waltherplatz und dachte über die nächsten Schritte nach. Eigentlich hatte er Hunger. Uneigentlich aber keinen Appetit. Hunger und Appetit, das war nicht das Gleiche. Hunger war ein körperliches Verlangen, das man ignorieren konnte. Appetit dagegen hatte was mit Lust auf Essen zu tun. Letzteres war ihm irgendwie vergangen – was bei ihm selten passierte. Dabei gab es keinen Grund dafür.

Während er vor sich hin grübelte, erreichte ihn ein Anruf von Tilda. Damit kam sie ihm zuvor, denn auch er hatte sich bei ihr melden wollen. In ihrer Gesellschaft hätte er vielleicht Appetit. Fragte sich nur, auf was? Tilda eröffnete ihm, dass sie kurzfristig für einige Tage nach Rom müsse. Sie sei für eine Fotoproduktion gebucht. Von der Kunst allein könne sie schließlich nicht leben. Sie stellte die Frage, ob er sie begleiten wolle. Sie könnten sich einige schöne Tage machen. Er wisse ja, Rom sei die Stadt der Sünde.

Oh, là, là, die Dame konnte ganz schön direkt sein. Aber er würde lügen, wenn er behauptete, dass ihn das störte. Ganz ehrlich fand er ihren Vorschlag sogar ausgesprochen verlockend. Dennoch gab er ihr einen Korb. So charmant wie möglich, denn er wollte es sich mit ihr nicht verscherzen. Er lächelte versonnen. Man wusste ja nie. Natürlich musste er sich die Frage stellen, ob sich mit Tilda gerade eine Verdächtige aus dem Staub machte. Aber dem war nicht so. Sie stand nicht mehr auf seiner Liste der möglichen Täter.

Genau genommen stand da nur noch ein Name drauf.

*

Eine halbe Stunde später begab sich Emilio ins Gewerbegebiet. Er fuhr direkt zum Eingang des Gebäudes mit den Büros von Lin-Chen. Er parkte quer davor, spazierte hinein und gab am Empfang den Tracker ab. Er äußerte die Bitte, das Gerät an die Geschäftsleitung weiterzuleiten. Mit den besten Empfehlungen. Auf die Frage der Rezeptionistin, wen sie als Absender vermerken dürfe, grinste er. Er richtete den Blick nach oben auf die unter der Decke angebrachte Überwachungskamera und erwiderte, dass sich im Unternehmen sicher jemand finden würde, der das ganz genau wisse.

Er verabschiedete sich und ging gut gelaunt wieder hinaus zum Landy. Der stand auch genau im Blickwinkel einer Kamera. Freundlich winkte er hinein, startete und fuhr davon.

Er war sich darüber im Klaren, dass diese Aktion gerade ein

völliger Blödsinn war. Aber sie hatte ihm gutgetan. Er mochte es nicht, verarscht zu werden. Noch weniger mochte er es, wenn ihm nach dem Leben getrachtet wurde. Da war es ein Gebot der Höflichkeit, sich wenigstens höhnisch dafür zu bedanken. Zudem war das eine Art Rückversicherung, dass sich Ähnliches nicht wiederholen würde. Denn jetzt wussten diese hinterhältigen Mistkerle, dass er sie als Urheber der durchgeschnittenen Bremsschläuche identifiziert hatte. Allerdings konnten sie nicht wissen, ob und wem er davon erzählt hatte. Bei einem erneuten «Zwischenfall», erst recht bei einem erfolgreichen, der zu seinem Ableben führte, könnte sofort die Polizei vor ihrer Tür stehen. Vermutlich stellten sie sich die Frage, warum das jetzt noch nicht der Fall war. Darüber durften sie sich gerne den Kopf zerbrechen.

76

Phina hatte eigentlich allen Grund, um glücklich zu sein. Die Trauben im Weinberg hatten die Frühjahrstrockenheit überwunden und entwickelten sich prächtig. Der Weinverkauf in der Vinothek brummte. Zola hatte wieder ein Dach über dem Kopf und oft einen Anlass zum Lachen – vor allem, wenn Phina sie besuchte und kitzelte. Von Emilio wusste sie, dass der «Mann mit dem Prügel» tatsächlich der Brandstifter war und die Polizei ihn aus dem Verkehr ziehen würde. Auch das war eine gute Nachricht. Apropos Emilio: Er bereitete ihr gerade große Freude, indem er sich von einer unerwartet teilnahmsvollen und kinderfreundlichen Seite zeigte. Freilich gut getarnt und hinter einer misslaunigen Fassade versteckt. Alles entwickelte sich also zum Positiven. Dennoch fühlte sich Phina nicht wirklich wohl und zufrieden. Sie beobachtete bei sich eine gesteigerte Nervosität, von der sie immer dachte, dass sie dagegen immun sei. Vor einigen Tagen hatte sie einen depressiven Durchhänger gehabt. Einfach so, ohne Grund. Und vorhin war ihr schlecht geworden, und sie hatte sich übergeben müssen. Das war ihr seit ihrer Kindheit nicht mehr passiert. Phina lächelte. Oder doch, ein einziges Mal, als Teenager nach einem Sommerfest, bei dem sie die Jungs aus Eppan mit Grappa abgefüllt hatten. Aber danach nicht mehr. Sie hatte einen robusten Magen.

Phina überlegte, was es war, das ihr aufs Gemüt schlug.

Ihre Mutter hatte mit zunehmendem Alter unter Schwermut gelitten. Jetzt fürchtete sie, dass sie diesen Wesenszug geerbt haben könnte. Das beunruhigte sie. Ihre Mutter war deshalb in Behandlung gewesen und hatte sogar Antidepressiva genommen. Die erhoffte Wirkung war ausgeblieben; sie war immer melancholischer geworden und eigenartiger. Phina hatte geglaubt, dass sie davor gefeit sei, weil sie sich täglich an der frischen Luft aufhielt und in der Natur arbeitete. Umgeben von der schönsten Landschaft der Welt, in der nicht nur ihre Rebstöcke wurzelten, sondern auch sie selbst.

Natürlich hatte sie Emilio nichts von ihren Stimmungen erzählt. Erstens war er selber ein Melancholiker, der seinen gelegentlichen Trübsinn sogar kultivierte und für nichts Schlimmes hielt. Und zweitens war Emilio vieles, aber kein guter Seelentröster.

Momentan hatte er wenig Zeit für sie, aber das würde sich bald ändern. Seinen Andeutungen zufolge rechnete er mit einem baldigen Abschluss seiner Ermittlungen. Sie selbst glaubte auch daran, denn Emilio zog seine detektivischen Tätigkeiten nur ungern in die Länge. Wie er von sich selbst sagte, hatte er eine kurze Aufmerksamkeitsspanne. Weshalb er seine Aufträge meist in relativ kurzer Zeit erledigte. Auf die Auflösung war sie gespannt. Sie konnte sich beim besten Willen nicht vorstellen, was ein gefälschter Tignanello mit Franz' Sturz in den Eisack zu tun haben könnte. Dann gab es ja noch den alten Mann, den Emilio tot aufgefunden hatte. Da war ein Zusammenhang noch weniger vorstellbar. Und warum hatte jemand bei seinem Auto die Bremsschläuche durchgeschnitten? Das fand sie wirklich besorgniserregend. Da Emilio ihr immer nur Bruchstücke erzählte und das meiste verschwieg, war es allerdings ganz normal, dass sie aus all dem nicht schlau wurde. Aber sie machte sich Sorgen um ihn. Auch das war nichts Neues. Und was war mit dieser Tilda, auf die er schon bei der Beerdigung ein Auge geworfen hatte? Auch deswegen könnte sie sich Sorgen machen. Aber seltsamerweise tat sie es nicht. Außerdem würde es nichts helfen. Und für ihr angegriffenes Nervenkostüm wäre es auch nicht gut.

Warum hatte sie gerade über Emilio und seinen aktuellen Fall nachgedacht? Ach ja, wenn er wirklich bald damit fertig sein sollte, könnten sie zusammen wegfahren. Vielleicht half ihr das. Am Luganersee hatte er von Theresa ein Grundstück geerbt; das könnten sie sich ja mal ansehen und dort ein paar Tage Urlaub machen. Es wäre eine nette Abwechslung und würde ihr guttun.

77

Sepp Hofreiter war bester Stimmung, als er im Büro eintraf. Seine Schwester Martina saß heute den ersten Tag wieder am Schreibtisch und sah ihm entspannt entgegen. Entweder lag das an den sedierenden Tabletten, oder es ging ihr wirklich besser. Steffi brachte ihm eine Tasse Kaffee.

«Ich komm gerade vom Treffen mit unseren Winzerfreunden», berichtete er. «Und ich hab gute Nachrichten. Sie halten dir ausnahmslos die Treue.»

Martina runzelte ihre Stirn. «Wie meinst du das?», fragte sie.

Das war doch nicht schwer zu verstehen? Sepp kam sogleich zu dem Schluss, dass sie nicht ganz so fit war, wie sie aussah. Offenbar stand sie doch unter dem Einfluss von Beruhigungstabletten. Die dämpften nicht nur ihre Angstgefühle, sondern auch die geistigen Leistungen ihres Gehirns. Aber das machte nichts, das war sogar gut so. Keinesfalls durfte sie sich aufregen. Und es lag an ihm, dafür zu sorgen, dass nur positive Nachrichten zu ihr durchdrangen.

«Keiner der Winzer aus unserer Region springt ab», erklärte Sepp. «Sie werden alle auch in Zukunft an ihren Vertriebsvereinbarungen mit der Mitterlechner Weinvertriebsgesellschaft festhalten. Das ist doch großartig. Findest du nicht?»

«O ja, das ist schön.»

Steffi klatschte in die Hände. «Super, super ist das», stellte sie begeistert fest. «Außerdem sichert das meinen Arbeitsplatz.»

Da hatte sie recht. Sonst hätten sie den Laden zusperren müssen.

«Demzufolge können wir auch den neuen Lagerarbeitern zusagen», sagte Martina.

«Genau, das können wir. Du hast mit ihnen gesprochen? Machen sie einen guten Eindruck auf dich?»

Martina nickte träge. «Doch, doch. Sie kommen aus Rumänien, können aber besser Deutsch als Phuong und Thien.»

Steffi kicherte. «Das ist nicht schwer.»

Na ja, ganz so konnte man das nicht sagen. Die beiden Chinesen, deren Kündigung seiner Ansicht nach bedauerlich war, hatten sogar ganz gut Deutsch gesprochen, aber nur, wenn sie es wollten.

«Ich freu mich, dass jetzt alles wieder gut läuft!», rief Sepp.

Er meinte das ehrlich. Er freute sich wirklich. Und es entwickelte sich tatsächlich alles zum Besten, weshalb er schon früher als geplant seine Tätigkeit als Koch wieder aufnehmen würde. Heute Abend wurde er in der Küche gebraucht. Er hatte seiner Chefin zugesagt. Morgen Vormittag könnte er wieder im Büro nach dem Rechten sehen und die Korrespondenz bearbeiten.

«Bleib nicht zu lang im Büro», riet er seiner Schwester. «Es gibt nichts Wichtiges zu tun. Fahr heim und schlaf ein bissel.»

«Und was machst du?»

«Ich mach später auch ein Nickerchen. Damit ich heute Abend fit bin.»

«Warum? Was hast du vor?»

Er lächelte. «Nichts Schlimmes. Ich koch mal wieder.»

«Dein berühmtes Backhendl?»

«Nicht nur, aber auch. Magst zum Essen kommen?»

Sie schüttelte den Kopf. «Dafür bin ich noch zu schlapp. Aber bald mal, versprochen.»

78

Es kam ausgesprochen selten vor, dass Emilio bei einem Abendessen auf Weinbegleitung gänzlich verzichtete und nur Wasser trank. Dass er das genau heute tat, hatte seine Gründe.

Phina, die nicht ahnen konnte, was in seinem Kopf vorging, war reichlich verwundert. Sie hatte sich die Zeit genommen, ein köstliches Ossobuco vom Lamm zuzubereiten, nach einem Rezept vom Restaurant «miil» in Tscherms. Dazu ein Kartoffelpüree mit geriebenem Bergkäse. So viel Arbeit machte sie sich sonst nie, jedenfalls nicht an einem normalen Wochentag. Dazu hatte sie einen Blauburgunder geöffnet – und jetzt trank Emilio nur Wasser. Sie fragte ihn, ob er gesundheitliche Probleme hätte. Oder ob seine Leberwerte nicht in Ordnung seien.

Emilio musste lachen. Ihm gehe es hervorragend, erwiderte er. Und was seine aktuellen Leberwerte anbelange, die kenne er nicht. Beim letzten Routinecheck seien sie jedoch nicht erhöht gewesen, zu seiner eigenen Verwunderung.

Daraufhin entschied er, doch ein Glas Rotwein mitzutrinken. Aus Höflichkeit und weil sie sich so viel Mühe mit dem Ossobuco gegeben hatte, das im Übrigen ganz hervorragend schmeckte. Er hatte zudem den Eindruck, dass Phina irgendwas auf dem Herzen lag. Aber er respektierte es, wenn sie nicht darüber sprechen wollte.

Nach einer Weile rückte sie damit heraus, dass sie gerne einige Tage Urlaub machen würde.

Emilio interpretierte ihren Wunsch so, dass sie Urlaub auch von ihm machen wollte. Dafür hatte er vollstes Verständnis. Er wunderte sich fast jeden Tag, wie sie es mit ihm aushielt. Umso überraschter war er, als Phina ihm offenbarte, dass sie gerne mit ihm zusammen verreisen würde. Sie könnten ja an den Luganersee fahren, schlug sie vor, und sich Theresas Grundstück ansehen, das er geerbt hatte. Aber gerne auch woandershin und weiter weg.

Er schaute sie nachdenklich an. Irgendwas stimmte nicht mit ihr. Warum wollte sie plötzlich verreisen?

Im Moment sah er sich allerdings nicht in der Lage, näher auf sie einzugehen. Seine Gedanken kreisten um ein anderes Thema. Er hatte den Kopf nicht frei.

«Klar doch, das machen wir», antwortete er. «Sogar mit dem größten Vergnügen.»

«Wann meinst du, dass es geht?»

Ihm war nicht so ganz klar, worauf sie hinauswollte. «Wie bitte?»

«Ich würde gerne sehr bald fahren, am liebsten schon in den nächsten Tagen. Aber du möchtest ja wahrscheinlich erst den Tod vom Franz aufklären, den Mörder vom alten Lois überführen und das Rätsel um die gefälschten Weine lösen. Richtig?»

Ja, da hatte sie recht, natürlich wollte er das. Aber wer sagte, dass das noch lange dauerte?

Über sein Gesicht huschte ein Lächeln. «Wenn alles glatt geht, können wir schon morgen fahren.»

Phina riss die Augen auf. «Ist nicht dein Ernst?»

«Na ja, übermorgen wäre besser. Dann habe ich noch Zeit

zum Packen, und wir können uns genau überlegen, wohin die Reise gehen soll.»

«Aber was ist mit deinem Fall? Willst du ihn nicht erst abschließen?»

«Doch, doch, natürlich. Deshalb muss ich später noch mal weg.»

«Wie? Du musst später noch mal weg, um ... Nein, da habe ich dich falsch verstanden, oder?»

Er grinste. «Du hast mich schon richtig verstanden. Ich will jemandem einen Besuch abstatten. Wenn das Gespräch so verläuft, wie ich mir das vorstelle, ist danach alles klar. Falls du dann noch wach bist, können wir später darauf anstoßen.»

Phina war ihre Überraschung anzusehen. «Ehrlich? Da kannst du sicher sein, ich bleibe wach. Und falls ich doch eingeschlafen sein sollte, dann weck mich bitte.»

«Alles klar, das mach ich.»

Sie blickte ihn zweifelnd an. «Was ist, wenn das Gespräch nicht so verläuft, wie du es dir erwartest?»

«Das wäre bitter. Dann würde ich an meiner Intelligenz zweifeln.»

Phina lächelte. «O mein Gott, das wäre hart für dich. Wird aber wohl nicht passieren. Pass nur auf, dass dir nichts geschieht. Versprich mir, dass du dich nicht in Gefahr begibst.»

«Mach ich doch nie.»

«Eben doch. Wie war das noch mit den durchgeschnittenen Bremsschläuchen?»

«Ich pass auf, versprochen, deshalb halte ich mich ja beim Wein zurück.»

Phina beugte sich neugierig zu ihm hin. «So, und jetzt verrate mir, wem du einen Besuch abstattest. Glaubst du, von ihm zu erfahren, wer hinter all den Scheußlichkeiten steckt?»

Wieder musste er grinsen. «Das willst du gerne wissen?»
«Na klar. Mir kannst du es doch sagen.»
«Und falls ich mich täusche?»
«Dann hast du dich bis auf die Knochen blamiert. So, und jetzt rück schon raus damit!»

79

Emilio sah auf die Uhr. Er wusste nicht, wann genau der richtige Zeitpunkt war. Überhaupt hatte er erst am Nachmittag erfahren, wo er hinmusste. Natürlich könnte er auch bis morgen warten, aber warum sollte er das tun? Dafür gab es keinen Grund. Noch eine Stunde bis Mitternacht. Emilio lächelte. Er war eine Eule. Und die meisten Eulen jagten bevorzugt in der Nacht. Da war ihre Beute müde und ihnen hoffnungslos unterlegen.

Er saß schon eine ganze Weile im geparkten Landy und wartete. Eulen konnten das. Sie lauerten geduldig im Verborgenen und warteten auf ihre Chance.

Es blieb nicht aus, dass seine Gedanken Flügel bekamen. Unversehens kam ihm eine schöne Frau in den Sinn, die ihn eingeladen hatte, sie nach Rom zu begleiten. Das hatte er abgelehnt. Schon deshalb, weil er gerade keine Zeit hatte. Auch die Einladung zu ihr nach Hause hatte er ausgeschlagen. Da hätte er Zeit gehabt, aber er hatte sich nicht getraut. Emilio lächelte versonnen. Nun ja, getraut hätte er sich schon, hätte sogar Lust dazu gehabt, aber er hatte gekniffen. Und jetzt? Jetzt war Tilda weg. Doch sie würde wiederkommen. Emilio hatte im Moment nichts Besseres zu tun, also schrieb er ihr eine spontane Textnachricht. Kaum hatte er auf «Senden» gedrückt, kamen ihm Bedenken. Gelegentlich neigte er zu unüberlegten Aktionen, die mit unkalkulierbaren Risiken verbunden waren. Seine

Textnachricht an Tilda gehörte ganz sicher dazu. Aber jetzt war es zu spät.

Emilio fand in die Realität zurück. Er sah, dass gerade die letzten Gäste in ihre Wagen stiegen und wegfuhren. Jetzt stand nur noch ein Auto auf dem Parkplatz. Er wusste, wem es gehörte. Im Gasthaus brannte Licht. Emilio stieg aus und machte sich auf den Weg. Die Eingangstür war noch nicht geschlossen. Er betrat das verwaiste Lokal und fand den Weg zur Küche, wo er Geräusche hörte.

Emilio drückte die Glastür auf.

«Hallo, Sepp, noch fleißig?»

Sepp Hofreiter drehte sich erschrocken um. Er hatte Emilio nicht kommen hören.

«Ach, Emilio, du bist's», sagte er erleichtert.

Er war gerade damit beschäftigt, die Glaskeramik der Induktionskochplatten zu säubern. Jetzt sah er seinen nächtlichen Besucher verwundert an.

«Wenn du noch was zum Essen willst, dann kommst du leider zu spät», beschied er Emilio. «Wir haben längst geschlossen.»

«Ist mir klar. Ich hab schon zu Abend gegessen. Ossobuco vom Lamm, um genau zu sein.»

Sepp schnalzte mit der Zunge. «Klingt lecker. Aber Lamm geht bei uns nicht so gut.» Er kniff die Augen zusammen. «Wenn du nicht zum Essen kommst, warum bist du dann da?»

«Weil ich mit dir reden will.»

«Über Martina?», fragte Sepp. «Meiner Schwester geht's besser, heute war sie schon wieder im Büro. Aber ich hab ihr gesagt, sie soll es langsam angehen lassen.»

Emilio dachte, dass Sepp gerade eine Frage beantwortet hatte, die er gar nicht gestellt hatte. Er war nicht hier, um mit ihm über seine Schwester zu reden. Zumindest nicht in erster Linie.

«Nein, um Martina geht's mir jetzt nicht», entgegnete Emilio. «Ich will mit dir über dich reden, wenn du verstehst.»

Sepp war anzusehen, dass er es nicht verstand. Jedenfalls nicht sofort.

Emilio lehnte sich gegen eine Kühltruhe und spielte mit seinem Gehstock. Er hatte keine Eile. Irgendwann würde der Groschen fallen.

Martinas Bruder war ein großer, kräftiger Kerl, der sich behäbig bewegte wie ein Bär. Offensichtlich brauchte er auch im Kopf für manches etwas länger. Er legte den Putzlappen zur Seite und wischte sich die Hände an seiner Schürze ab.

«Über mich gibt's nichts zu reden», stellte er fest. «In zehn Minuten bin ich mit der Küche fertig, dann fahr ich nach Hause.»

Nach Emilios Ansicht war das eine allzu optimistische Annahme. Aber man würde sehen.

«Du erinnerst dich an meinen letzten Besuch bei Martina?»

Das war eine rhetorische Frage.

«Bei ihr daheim? Natürlich erinnere ich mich. Warum?»

«Weil mir dabei klargeworden ist, dass wir uns ganz dringend mal unter vier Augen unterhalten sollten.»

«Unter vier Augen?» Sepp runzelte die Stirn. «Was ist dir dabei klargeworden? Emilio, du drückst dich oft so unklar aus, dass dich kein Mensch versteht. Außerdem ist es spät am Abend, und ich bin hundemüde. Können wir unser Gespräch nicht auf morgen verschieben?»

«Könnten wir schon, aber ich möchte es jetzt führen. Wenn du willst, komme ich auch gleich auf den Punkt.» Emilio machte eine dramatische Pause. Dann fuhr er mit leiser Stimme fort:

«Ich will von dir nur wissen, warum du den Franz in den Eisack gestoßen hast. Das ist alles.»

So, jetzt war es raus.

Sepp Hofreiter stand da wie vom Donner gerührt. Dann wich er langsam zurück. Dabei kam er dem Holzblock mit den großen Küchenmessern näher. Ob das absichtlich oder zufällig geschah, war ihm nicht anzusehen. Sicherheitshalber entriegelte Emilio den Griff seines Gehstocks.

Weil es jetzt sowieso egal war, setzte Emilio noch eins drauf. «Warum du den Lois Horngacher erschlagen hast, ist mir klar», fügte er hinzu. «Da müssen wir nicht drüber reden.»

Sepps Gesicht lief rot an. «Du bist verrückt», zischte er. «Ich hab's schon immer gewusst: total verrückt.»

Emilio mochte es nicht, wenn man ihn für verrückt erklärte. Dies zu beurteilen war allein seine Sache. Und im vorliegenden Fall war er es ganz sicher nicht.

«Ich wäre vielleicht verrückt, wenn ich so was behaupten würde, ohne Beweise zu haben», erwiderte er seelenruhig. «Außerdem hast du nicht genau zugehört. Ich hab nicht gefragt, *ob* du es getan hast, sondern ich habe dich nach dem *Warum* gefragt.» Emilio grinste schief. «Und nun würde ich dich sehr bitten, mir eine vernünftige Antwort zu geben. Wir sind doch unter uns, da kannst du doch ehrlich sein.»

Jetzt stand Sepp direkt neben dem Messerblock.

«Du traust dich was», sagte er. «Kommst mitten in der Nacht allein zu mir und behauptest, ich hätt zwei Menschen umgebracht. Wenn's so wär, käm's doch auf einen dritten auch nicht an, oder?»

Diese Aussage entbehrte nicht einer gewissen Logik.

«Das käme einem Schuldeingeständnis gleich», erwiderte Emilio.

Sepp musste laut lachen. «Stimmt, aber dann wärst du tot. Hättest also nichts mehr davon.»

Wie von Emilio erwartet, zog Sepp ein großes Tranchiermesser aus dem Block. Es machte einen ebenso soliden wie scharfen Eindruck.

«Vorsicht, tu dir nicht weh», warnte Emilio in spöttischem Tonfall.

«Witzbold. Woher willst du wissen, dass ich den Franz in den Fluss gestoßen habe? Hat das etwa der Lois Horngacher behauptet? Dem alten Schwachkopf glaubt doch eh keiner. Außerdem lebt er nicht mehr.»

«Du hast dich selber ans Messer geliefert.» Emilio musste lächeln, denn diese Formulierung passte gerade allzu gut ins Bild. «Bei unserem Zusammentreffen bei Martina hast du Franz' teure Angelrute erwähnt, die man an seinem Angelplatz gefunden hat.»

«Na und?»

«Wie kommst du darauf? Das ist nirgendwo erwähnt worden, in keinem Zeitungsartikel, nirgends. Die Polizei hat diese Information nicht weitergegeben, weil sie unwichtig erschien; aber das war sie nicht. Falls Franz beim Angeln ausgerutscht wäre, hätte logischerweise auch seine Angel im Fluss landen müssen. Aber sie lag tatsächlich ganz ordentlich neben seiner Ausrüstung. Das kann nur der Täter wissen.»

Sepp sah ihn mit zitternden Lidern an. Emilio vermutete, dass er fieberhaft nach einer Erklärung suchte.

«So ein Schmarrn. Die Angelrute war bei seiner Ausrüstung, die Martina von der Polizei übergeben wurde. Deshalb wusste ich es.»

«Doppelt falsch. Erstens könnte auch die Angel aus dem Fluss geborgen worden sein, was aber nicht der Fall ist. Und zweitens lagert die komplette Ausrüstung noch in der Asservatenkammer der Gendarmerie. Dort wartet man darauf, dass sie endlich mal abgeholt wird.»

Sepp wechselte das Messer von einer Hand in die andere. War er Rechts- oder Linkshänder? Wurde es jetzt ernst?

«Das ist doch lächerlich. Wegen einer beschissenen Angelrute kannst du mir keinen Mord anhängen.»

«Mord? Ich hätte eher an Totschlag gedacht, an eine Tat im Affekt. Na, auch egal, dagegen war's beim Lois ganz sicher Mord. Da hast du dich übrigens auch verplappert. Du hast gesagt, man hätte ihn mit einer Schnapsflasche erschlagen.»

«Na klar, war doch so. Das stand nun wirklich in der Zeitung.»

Emilio winkte ab. «Irrtum. In allen Zeitungen stand das Gleiche – nämlich dass der Alte mit einer Flasche erschlagen wurde. Von Schnaps war nirgends die Rede. Aber ist nicht so wichtig, damit hast du mich nur auf die Spur gebracht. Am Tatort und der Leiche wurden genetische Spuren sichergestellt. Die Forensik hat die DNA mit deinem genetischen Fingerabdruck abgeglichen und eine hundertprozentige Übereinstimmung festgestellt.»

Das war gelogen. Nichts hatte man am Tatort gefunden. Nur Unmengen von Dreck und tote Kakerlaken. Ob er auf den Bluff hereinfiel?

Wieder kniff Sepp die Augen zusammen.

«Wer weiß davon?», fragte er nach einer Weile.

Emilio unterdrückte jede Gefühlsregung. Was gar nicht leicht war, denn indirekt hatte Sepp soeben die Tat gestanden. Und er stand offensichtlich mächtig unter Stress. Weshalb er nicht auf die Idee gekommen war, erst einmal zu fragen, woher die Forensik eigentlich seinen genetischen Fingerabdruck hatte.

«Natürlich weiß die Rechtsmedizin in Bozen davon», antwortete Emilio. «Ich hab die Analyse vorab bekommen. Morgen früh geht sie an Commissario Sandrini.»

«Scheiße.»

Das kam von Herzen. Und es setzte ein Ausrufezeichen hinter sein Schuldeingeständnis.

Wieder wechselte das Messer in seinen Händen. Doch wenn Sepp einigermaßen logisch dachte, ging von ihm keine Gefahr mehr aus. Es brachte nichts, sein Gegenüber abzustechen. Die Polizei wusste Bescheid. Und morgen früh war alles vorbei, so oder so. Dass alles ein Bluff war, konnte er nicht ahnen. Doch Emilio blieb wachsam. Denn natürlich konnte man nicht sicher davon ausgehen, dass Sepp in der augenblicklichen Situation rational handeln würde. In Panik passierten die dümmsten Sachen.

«Scheiße. Scheiße. Scheiße.»

Das waren quasi drei Ausrufezeichen.

«Ich hab dich ... vom Parkplatz fahren sehen», berichtete Sepp mit stockender Stimme. «Bin gerade zufällig vorbeigekommen ... Da ist mir klargeworden, wie gefährlich der alte Horngacher für mich werden könnte. Am Ende hat er mich doch gesehen und erzählt es jemandem, der ihm glaubt. Zum Beispiel dir.»

Emilio legte die Stirn in Falten. Sepp hatte ihn gesehen? In diesem Fall wäre er sogar der Auslöser für Sepps Kurzschlusshandlung gewesen. Kein schöner Gedanke, Anlass für einen Mord gewesen zu sein.

«Du hast den Franz wegen Martina in den Fluss gestoßen, stimmt's?»

Sepp lockerte den Kragen seiner Kochjacke. Ihm schnürte es wohl den Hals ab, und er bekam schlecht Luft. Am Kragen lag das nicht.

«Der Arsch hat's verdient», quetschte er hervor. «Aber ich hab's nicht wollen. Ich wollt ihm nur klarmachen, dass er die Martina nicht ständig mit anderen Weibern betrügen darf. Da ist er auf mich losgegangen; das hätte er nicht tun dürfen.»

«Die Martina ist für dich das Wichtigste auf der Welt, nicht wahr?»

«Klar ist sie das. Sie ist meine kleine Schwester, sie braucht mich. Ich muss auf sie aufpassen. Sie hat schon so viel Schlimmes im Leben durchmachen müssen.»

«Ich weiß. Das Lawinenunglück, bei dem eure Eltern umgekommen sind. Der Verkehrsunfall, bei dem sie ihr ungeborenes Kind verloren hat ...»

«Der Franz ist damals zu schnell gefahren. Er hat den Lukas auf dem Gewissen.»

«Im Unfallbericht steht nicht drin, dass er schuld war», wandte Emilio ein, obwohl das keine Rolle spielte.

«Aber ich weiß, dass es so war. Die Martina hätte den Franz nie heiraten dürfen.»

Alles klar. Eigentlich hätte Emilio sich seine Frage nach dem Motiv sparen können. Aber er wollte es von dem Täter selbst hören und bestätigt bekommen. Sepp hatte eine extrem starke Bindung zu seiner Schwester. Wie weit diese «Geschwisterliebe» ging, wollte Emilio sich weder ausmalen noch darüber spekulieren. Aber der Bruder konnte es nicht ertragen, dass Martina von ihrem Mann erniedrigt wurde, dass sie hintergangen und betrogen wurde. Er hatte verhindern wollen, dass sie weiteren seelischen Schaden davontrug. Er hatte Sepp an seinem Angelplatz zur Rede gestellt, vermutlich nicht das erste

Mal – aber definitiv zum letzten Mal. Die Situation war außer Kontrolle geraten. Emilio glaubte ihm, dass er seinen Schwager nicht hatte umbringen wollen. Aber er hatte wohl auch keinen Versuch unternommen, ihn aus dem Eisack zu retten. Und beim alten Lois Horngacher war er in Zugzwang geraten. Der hatte ihren Streit beobachtet und hätte ihn wiedererkennen können. Das Risiko war zu groß, ihn am Leben zu lassen. Vielleicht war der Lois doch nicht so dement, wie er aussah? Konnte man es wissen? Und am Ende glaubte dem Alten doch noch jemand. Da war Sepp auf fatale Weise zu dem Schluss gelangt, dass er den Lois endgültig zum Schweigen bringen musste.

Und jetzt? Emilio sah, wie Sepps Blick ins Leere ging. Er stand vor ihm, pendelte leicht mit dem Oberkörper hin und her und spielte mit dem Messer. Das gefiel ihm nicht. Schließlich könnte er auf die Idee kommen, es gegen sich selbst zu richten. Das stand ihm frei, aber bitte nicht in seiner Anwesenheit.

«Hast recht; deine Schwester hätte den Franz nie heiraten dürfen», griff er Sepps letzten Satz auf. Irgendwie musste er seine Aufmerksamkeit zurückgewinnen. Mit einer Bestätigung könnte das am ehesten klappen.

Sepp holte aus – und rammte das Messer in eine hölzerne Arbeitsplatte. Emilio hatte für einen Moment der Atem gestockt. Ein anderes Ziel, und er hätte es nicht verhindern können.

«Jetzt hat der Franz auch mein Leben zerstört», stöhnte Sepp. «Das schafft dieser Arsch sogar noch nach seinem Tod.»

Emilio enthielt sich eines Kommentars. Was hätte er auch erwidern können? Dass der Sepp das schon selber geschafft hatte?

«Jetzt weißt du, warum ich dich so spät am Abend noch sprechen wollte», sagte Emilio stattdessen. «Ich wollte, dass du es von mir erfährst. Ist doch besser, als wenn die Polizei plötzlich vor deiner Tür steht. Jetzt hast du eine Nacht Zeit, über all das nachzudenken. Morgen früh kannst du dich von deiner Schwester verabschieden. Wenn es was zu regeln gibt, kannst du auch das noch erledigen. Dann fährst du um zwölf Uhr zur Quästur in Bozen und stellst dich freiwillig. Das kommt später bei Gericht gut an. Melde dich bei Commissario Sandrini. Ich sag ihm Bescheid; er wird dich erwarten und vorher nichts unternehmen.»

Sepp hörte ihm mit gesenktem Blick zu. Emilio fand, dass er gerade einen guten Vorschlag unterbreitet hatte, der allerdings einige Risiken barg. So könnte Sepp auf die Idee kommen, den zeitlichen Aufschub zu nutzen und zu fliehen. Doch wohin? Seines Wissens hatte Sepp sein ganzes Leben in Südtirol verbracht. So jemand setzte sich nicht nach Thailand ab – oder wohin auch immer. Außerdem würde er auf diese Weise seine Schwester nie mehr sehen. Und mitnehmen konnte er sie auch nicht, dazu war sie zu schwach. Alternativ könnte er doch noch auf die Idee kommen, sich umzubringen. Aber auch das hielt Emilio für wenig wahrscheinlich. Sepp würde seine Schwester nicht alleine auf der Welt zurücklassen. Selbst aus dem Gefängnis könnte er versuchen, auf sie aufzupassen. Martina könnte ihn besuchen, er würde ihr die Hand halten und mit ihr alle Probleme besprechen. Und irgendwann war er wieder frei.

Nur hypothetisch: Was wäre, wenn er sich entgegen dieser Annahme doch selbst umbrachte? Dann wäre das für Emilio auch in Ordnung. Er billigte jedem das Recht zu, über sein Lebensende selbst zu entscheiden. Er war kein Kleriker, der den Suizid für eine Todsünde hielt.

Sepp sah ihn ungläubig an. «Das heißt, ich kann jetzt einfach weggehen? Draußen wartet nicht die Polizei auf mich?»

Emilio deutete zur Tür. «Keine Polizei. Du kannst gehen.» Er machte eine Pause. «Unter der Voraussetzung, dass du mir versprichst, dich morgen um zwölf Uhr der Polizei zu stellen.»

«Dir reicht mein Versprechen?»

Emilio sah Sepp an. Er machte den Eindruck eines gebrochenen Mannes. Erstaunlich, wie schnell so was ging. Vor wenigen Minuten noch hatte er vor Kraft und Selbstbewusstsein gestrotzt.

Emilio nickte. «Natürlich reicht mir das.» Und mit einem Lächeln fügte er hinzu: «Bei dir schon. Bei Franz hätte es mir nicht gereicht, dem hätte ich nicht geglaubt.»

«Ja, dem Franz, dem konnte man nichts glauben. Ich mach noch den Herd sauber, dann sperre ich ab und fahr heim. Und morgen stelle ich mich, versprochen.»

Typisch, dass er die Küche in einem ordentlichen Zustand zurücklassen wollte. Das passte zum Bild, das sich Emilio von ihm gemacht hatte. Sepp war ein rechtschaffener und gesetzestreuer Mann. Und vermutlich wäre er es auch ein Leben lang geblieben – hätte sich Franz nur besser beherrscht.

Fast wollte er ihm zum Abschied die Hand reichen. Im letzten Moment verzichtete er darauf. Es gab keine Garantie, dass Sepp nicht doch plötzlich die Sicherungen durchbrannten. Außerdem hatte er zwei Menschen getötet – den einen wohl im Streit, vielleicht sogar in Notwehr, den anderen mit Vorsatz. Einem solchen Mann musste man nicht die Hand geben. Auch wenn er ihm fast leidtat.

Epilog

Phina hielt Wort. Als er kurz nach Mitternacht zurückkam, war sie noch wach und wartete auf ihn. Sie umarmte ihn. Und wie sollte es anders sein: Sie öffneten eine Flasche Wein.

Dann erzählte er ihr alles – nun ja, fast alles. Sie gestand, sie habe sich Sorgen gemacht und sei froh, dass endlich alles vorbei sei. Er stimmte ihr zu. Sorgen hatte er sich zwar keine gemacht, aber auch er war froh, dass alles vorbei war. Zumindest für ihn. Für Sepp dagegen war es nicht vorbei; für ihn fing es erst richtig an.

Phina ging es wie ihm, auch sie empfand spontan Mitleid mit Sepp. Oder sollte man es Mitgefühl nennen oder Erbarmen? Sie war davon überzeugt, dass Sepp seinen Schwager nicht hatte umbringen wollen. Aus ihrer Sicht war der Tod von Franz Mitterlechner der unglückliche Ausgang eines Streits gewesen.

Emilio stimmte ihr zu, gab aber zu bedenken, dass Sepp den Versuch unterlassen habe, Hilfe zu rufen und Franz aus dem Fluss zu retten. Also sei es doch ein Tötungsdelikt gewesen. Moralisch sowieso und gewiss auch juristisch.

Und Lois? Sie waren sich einig, dass Sepp unter normalen Umständen wohl nie jemandem etwas zuleide getan hätte. Schon gleich nicht wäre er je auf die Idee gekommen, einen vorsätzlichen Mord zu begehen. Aber die zweite Tat habe sich mit tödlicher Konsequenz aus der ersten ergeben. Offenbar sei er nach Franz' Tod in einer verzweifelten Situation gewesen, die für ihn keine andere Möglichkeit zuließ, als den alten Lois zu erschlagen.

Emilio verschwieg, dass ihn Sepp bei Lois gesehen hatte. Womöglich hatte das zu einer Kurzschlusshandlung geführt. Das mochte sein, war aber irrelevant. Denn nach seiner Überzeugung hätte Sepp auch ohne diese Zufallsbeobachtung den einzigen Zeugen beseitigt. Vielleicht etwas später. Und womöglich hätte er die Tat intelligenter ausgeführt, als den alten Mann einfach mit der erstbesten Flasche zu erschlagen, die ihm in den Blick gekommen war. Im Ergebnis wäre es aufs Gleiche rausgekommen. Es brachte nichts, darüber nachzudenken, geschweige denn, mit Phina darüber zu reden. Eine Verkettung unglücklicher Umstände entzog sich seiner Verantwortung.

Sie sprachen darüber, dass Franz mit seiner versteckten und im entscheidenden Teil unleserlichen Botschaft auf der Flasche Tignanello sehr wahrscheinlich falschgelegen hatte. Denn mit den Weinfälschungen hatte sein Schwager ganz offenbar nichts zu tun gehabt. Auf dem Etikett war wohl ein anderer Name gewesen. Aber welcher? Emilio vermutete, dass sich Franz vom Linus Foidel bedroht gefühlt hatte. Der war wie er ein Choleriker und ein Komplize im Fälschungsgeschäft. Emilio konnte sich gut vorstellen, dass die beiden immer wieder mal aneinandergeraten waren.

Abschließend stellte er fest, dass die «Flaschenpost» dennoch ihren Zweck erfüllt hatte. Ohne sie wäre der Täter wohl unentdeckt geblieben – weil keiner nach ihm gesucht hätte. Ergo hatte er den Auftrag von Franz erfüllt. «Ich flehe dich an: Überführe meinen Mörder ... Er darf nicht davonkommen ...»

Er darf nicht davonkommen? Phina sah ihn zweifelnd an.

Genau das könnte passieren, wenn sich Sepp nicht an sein Versprechen halten würde. Statt sich freiwillig zu stellen, könnte er doch das Weite suchen?

Emilio zuckte mit den Achseln. Dann könne er das auch nicht ändern. Dann müsse halt Sandrini nach ihm suchen. Aber er glaube nicht, dass es dazu kommen werde.

Phina gab ihm einen Kuss. Dann gingen sie zu Bett. Die Flasche Wein nahmen sie mit.

*

Am nächsten Tag überstürzten sich die Ereignisse. Aber nicht für Emilio, denn der schlief sich erst mal aus. Wie sich das für eine Eule gehörte, die in der Nacht Beute gemacht hatte. Allerdings war er in der Früh kurz aufgestanden und hatte mit Commissario Sandrini telefoniert. Doch diese Unterbrechung hatte er fast in Trance vollzogen, eine Eule wurde durch ein solches Intermezzo nicht wirklich wach.

Was jetzt ablief, entzog sich seinem Einfluss – mit voller Absicht, denn gedanklich hatte er den Fall bereits abgehakt. Jetzt war Sandrini am Zug.

*

Während Emilio noch im Bett lag, telefonierte der Commissario mit Bruneschi in Trient. Im Anschluss trommelte er seine Leute zusammen. Er formierte drei Teams, die zeitgleich losschlugen. Zumindest versuchten sie es. Bei einer Zielperson hatten sie Erfolg. Bei einer anderen hatten sie das Pech, dass sie ihnen durch die Finger schlüpfte. Und im dritten Fall scheiterte das Unterfangen auf klägliche Weise.

Commissario Sandrini, der die «konzertierte Aktion» vom Büro aus steuerte, bekam einen dicken Hals.

*

Linus Foidel stand gerade unter der Dusche, als die Polizei bei ihm auftauchte. Mit einem Handtuch um die Hüften war er in einer denkbar ungünstigen Situation. Flucht war keine Option. Weil er Kopfschmerzen hatte, verstand er nicht richtig, was man ihm zum Vorwurf machte. Das war aber auch nicht nötig, denn er konnte es sich denken. Man erlaubte ihm, sich anzuziehen, bevor man ihm die Handschellen anlegte.

*

Gianluca Beltrini dagegen kam gerade mit seinem Rennrad um die Ecke, als er im Hof seiner Druckerei die Polizei sah. Er reagierte schnell – machte kehrt und trat in die Pedale. Entweder hatten sie ihn nicht gesehen, oder sie waren zu langsam. Jedenfalls folgten sie ihm nicht. Auch war er nicht so blöd, nach Hause zu radeln. Gianluca steuerte die Wohnung eines Onkels an.

Mit ihm würde er beratschlagen, was zu tun sei. Er hatte ja kein Kapitalverbrechen begangen, nur lächerliche Weinetiketten gefälscht. Er könnte sich also stellen und die hoffentlich überschaubare Strafe hinnehmen. Alternativ bestand die Möglichkeit, dass er sich aus dem Staub machte und Zuflucht bei seinen Verwandten in Kalabrien suchte. Den Druckereibetrieb würde er bei dieser Variante Knall auf Fall aufgeben. Das wäre schmerzlich. Andererseits hatte er schon länger jegliche Lust an seiner Arbeit verloren. Nur die Weinetiketten machten ihm noch Spaß. Wenn es diese Aufträge dann auch nicht mehr gab, könnte er genauso gut in Reggio Calabria auf der Hafenmauer sitzen oder im Dorf seiner Familie bei der Weinernte helfen – und eine Frau finden, die besser zu ihm passte als die Tussi, die ihn vor einigen Wochen verlassen hatte.

*

Ganz anders die Situation bei der *Lin-Chen Global Export and Trading Company*. Als die Polizisten dort auftauchten, kamen sie nicht weit. Obwohl sie vermeintlich über die erforderlichen Papiere verfügten, die sie dazu befugten, die Büroräume und das Auslieferungslager zu durchsuchen, mussten sie unverrichteter Dinge wieder abziehen.

Wangs persönlicher Assistent war Jurist mit Einser-Examen. Er war sofort zur Stelle und machte sie darauf aufmerksam, dass ihr Durchsuchungsbeschluss aufgrund diverser formaler Mängel nicht das Papier wert wäre, auf dem man ihn geschrieben hatte. Das nächste Mal sollten sie eine Razzia professioneller vorbereiten. Mit besten Grüßen an die Staatsanwaltschaft – und an Commissario Sandrini.

*

Sepp Hofreiter hatte keine Sekunde geschlafen. Er war fix und fertig – und in jeglicher Hinsicht desorientiert. Trotzdem hatte er es geschafft, mit seiner Schwester Martina zu frühstücken und sie auf die bevorstehenden Ereignisse vorzubereiten. Denn natürlich würde er sich der Polizei stellen. Er hatte alle Alternativen durchgespielt, vom Suizid bis zur Flucht. Nichts ergab einen Sinn. Außerdem war er ein gläubiger Christ. Er hatte gegen Gottes Gebote verstoßen, also musste er Buße tun.

Martina hatte ihn schluchzend umarmt. Sie zumindest erteilte ihm Absolution.

Beim Verlassen ihres Hauses stellte er fest, dass am Ende der Straße ein Polizeiwagen wartete. Sepp sah auf die Uhr. Er hatte noch eine gute Stunde. Tatsächlich wurde die Polizei nicht aktiv – aber sie fuhr ihm hinterher.

*

Derweil saß der fremdenfeindliche Brandstifter Schorsch schon seit gestern in Untersuchungshaft. In seinem speziellen Fall handelte es sich wohl eher um eine Ausnüchterungszelle. So viel hatte er begriffen: Er war offensichtlich nicht hier, weil man ihm einen Orden für Heimatschutz und besondere Vaterlandsliebe verleihen wollte. Trotzdem verstand er nicht, warum man aus der Sache so ein Aufheben machte. Was hatte er getan? Er hatte ein kleines Feuerchen gemacht, na und? Schorsch lachte heiser. Halt so eine Art Rauchzeichen. Das war die einzige Sprache, die diese Kanaken verstanden.

*

Vor Tilda Kneissls Kamera posierten Models auf der Spanischen Treppe in Rom. Die Location war für eine Modeproduktion wenig originell – und doch immer wieder von besonderer Schönheit. Später würden sie am Fuße der Treppe auf der Piazza di Spagna fotografieren und am malerischen Travertin-Brunnen Fontana della Barcaccia.

In den Pausen, die sich zwangsweise ergaben, dachte Tilda über die letzten Tage nach. Und über diesen wundersamen Baron Emilio. Er gefiel ihr, auch seine unkonventionelle, leicht schrullige Art. Sie hatte genug von Männern wie Franz Mitterlechner, die so tiefgründig waren wie eine Pfütze vor dem Kolosseum. Es hatte Spaß gemacht, mit Emilio zu flirten. Vielleicht hätte sie ihn ins Bett bekommen, wenn sie aufs Ganze gegangen wäre? Sie schmunzelte. Natürlich hätte sie das, aber das wäre ihr zu wenig. Was sie wollte, war mehr als eine Affäre. Emilio schien dafür nicht zu haben, weil er in festen Händen war. Jedenfalls war das ihr Eindruck gewesen. Doch da hatte sie sich womöglich getäuscht. Verstohlen sah sie auf ihr Handy und las eine längere Textnachricht, die er letzte Nacht geschickt hatte. Diese war zwar verschwurbelt formuliert, was für ihre Authentizität bürgte, ließ aber in der Aussage keinen Zweifel: Emilio wollte sie wiedersehen! Er könne sich sogar vorstellen, sie bei ihrem nächsten Fototermin zu begleiten. Wow! Das Leben steckte wirklich voller Überraschungen. Aber sie war kein unerfahrenes Küken mehr, deshalb nahm sie sich vor, nicht zu viel zu erwarten. Emilio war ein Quergeist und wusste wahrscheinlich selber nicht so recht, was er wollte. Tilda lächelte. Vielleicht reichte es, wenn sie selbst es wusste – dann würde sie ihm auf die Sprünge helfen.

*

Emilio war noch im Halbschlaf und hatte gerade einen schönen Traum, als ihm plötzlich der Duft von Kaffee in die Nase stieg. Vorsichtig öffnete er die Augen. Vor ihm stand Phina mit einem Tablett und servierte ihm das Frühstück ans Bett. Das hatte sie noch nie getan. Es erfreute und verunsicherte ihn in gleichem Maße. Denn noch war er in seinem Traum gefangen. Da lag er zwar auch im Bett, aber zusammen mit einer offenbar entblößten Frau, und sie tranken Champagner. Die weiteren

Details waren schon im Nebel des Vergessens entschwunden. Aber an eines erinnerte er sich genau: Die Frau neben ihm war nicht Phina, vielmehr sah sie so aus wie eine Fotokünstlerin, die seines Wissens gerade in Rom weilte. Musste er jetzt ein schlechtes Gewissen haben? Wahrscheinlich schon, aber nur ein bisschen. Er versuchte zu lächeln.

Phina gab ihm einen Kuss und wünschte ihm einen guten Morgen, verbunden mit dem Hinweis, dass dieser definitiv vorbei sei; andere Leute würden sich schon zum Mittagessen treffen.

Das war eine frohe Botschaft. Endlich hatte er mal wieder ausgeschlafen. Blieb die Frage, womit er sich Phinas besonderen Service verdient hatte. Oder was sie damit bezweckte. Er war noch nicht fähig, klar zu denken. Deshalb trank er erst mal vom Kaffee und aß ein Vinschger Paarl mit hausgemachter Marillenmarmelade. Mit vollem Mund sprach man nicht. Das verschaffte ihm die Zeit, die er brauchte, um sich endgültig von seinem sündigen Traum zu verabschieden und in die Wirklichkeit zurückzufinden.

Phina setzte sich auf die Bettkante und reichte ihm einen frisch ausgepressten Orangensaft. Ihr sonderbares Verhalten wurde ihm langsam unheimlich.

«Wann können wir fahren?», fragte sie unvermittelt.

Emilio runzelte die Stirn. Er war gerade schwer von Begriff.

«Wohin sollten wir fahren?»

Sie zuckte mit den Schultern und lachte. «Egal, nur weg.»

Ach so, jetzt erinnerte er sich. Er hatte versprochen, mit ihr in den Urlaub zu fahren. An den Luganersee oder sonst wohin. Hoffentlich wollte sie nicht nach Rom. Er verschluckte sich am Kaffee. Das Leben konnte schön sein – manches Mal war es aber auch ziemlich kompliziert. In seinen Kriminalfällen war es gelegentlich sogar grausam und deprimierend. Apropos Kriminalfall: Er könnte sich bei Commissario Sandrini nach dem Stand der Dinge erkundigen. Er könnte es aber auch sein lassen.

Demonstrativ schlug er sich an die Stirn. «Du meinst unseren Urlaub, jetzt habe ich es endlich kapiert. Tut mir leid.»

«Ganz genau, mein Lieber.»

«Du fragst, wann wir fahren können? Wegen mir noch heute.»

«Wirklich? Das ist großartig. Und wohin?»

«Du hast freie Wahl», antwortete er. «Ich fahre überall hin, nur nicht nach Rom.»

Ups, das war ihm so rausgerutscht. Er war wirklich noch nicht Herr seiner Sinne.

«Warum nicht nach Rom?», wollte sie prompt wissen.

Emilio quälte sich ein Grinsen ab.

«War ein Spaß. Es gibt doch den Spruch: Rom sehen und sterben. Mir ist gerade nicht nach Sterben zumute.»

Phina lachte. «Okay, dann fahren wir an den Luganersee und besichtigen Theresas Grundstück, das du geerbt hast.»

Emilio atmete tief durch. Noch mal gut gegangen.

«Einverstanden. Aber erwarte dir nicht zu viel. Ist wahrscheinlich eine aufgelassene Kiesgrube mit Blick auf eine Mülldeponie.»

«Du hast ein Talent, dir alles in den schönsten Farben auszumalen», stellte sie fest.

Da hatte sie recht, das konnte er wirklich. Aber auf diese Weise konnte er nur schwer enttäuscht werden.

ANHANG

Leser der drei ersten Südtirol-Krimis mit Baron Emilio («Tod oder Reben», «Mord in bester Lage» und «Mörderischer Jahrgang») kennen große Teile dieses Anhangs bereits. Aber er ist überarbeitet, ergänzt und aktualisiert worden. Bei den Weinen gibt es eine erfreuliche Kontinuität auf hohem Niveau. Weil die Handlung diesmal mehr im Eisacktal spielt, sind die Ergänzungen bei den aufgeführten Weingütern vor allem aus dieser Region. Darüber hinaus werden im Anhang ausnahmsweise drei Weine vorgestellt, die nicht aus Südtirol, sondern aus der Toskana stammen: Tignanello, Sassicaia und Masseto. Das hat seinen Grund darin, dass sie in diesem Roman eine besondere Rolle spielen. Hinzu kommt als vierter Nicht-Südtiroler der Masetto aus dem nahen Trentino, allein schon deshalb, um Verwechslungen vorzubeugen. Bei den Restaurants und Buschenschänken finden sich diverse Neuentdeckungen. Und einige ältere Adressen gibt es (leider) nicht mehr. Es zahlt sich aus, dass unser Protagonist Emilio viel herumfährt und lieber isst und trinkt, als in einem Kriminalfall zu ermitteln.

Auch für diese Ausgabe gilt: Der Anhang soll keinen Wein- oder Restaurantführer für Südtirol ersetzen – obwohl er mittlerweile so umfangreich ist, dass er diesem Anspruch fast gerecht wird. Er hat allerdings weder eine umfassende Darstellung zum Ziel, noch bemüht er sich in der Auswahl um Objektivität. Vielmehr stellt er Adressen vor, die bei einer weinaffinen und kulinarisch geprägten Reise als Orientierung dienen können. Die großartige Bergwelt der Dolomiten wird jedoch ausgespart, was dem Thema und der Handlung geschuldet ist. Aber auch hier gibt es Ausnahmen: die Comici-Hütte am Fuße des Langkofel (weil sie im Roman vorkommt) und das Restaurant St. Hubertus in St. Kassian (weil Norbert Niederkofler oft als bester Koch Südtirols bezeichnet wird). Darüber hinaus kann den Leser(inne)n nur empfohlen werden, auf eigene Erkundungsreise zu gehen. Südtirol ist für Menschen, die gerne essen und Wein trinken, ein Reiseziel voller lustvoller Entdeckungen.

Weine

Südtirol ist die nördlichste Weinregion Italiens. Weingeographisch kann man sich an einem Ypsilon orientieren: rechts oben der Schenkel mit dem Eisacktal bzw. Valle Isarco (u. a. Brixen und Klausen). Links oben vom Reschenpass kommend das westliche Etschtal (Vinschgau, Meran). Im Schnittpunkt Bozen (mit dem Magdalener Hügel). Und nach unten bzw. Süden auf der Landkarte links die Region Überetsch mit der berühmten Weinstraße (Strada del Vino) und Orten wie Eppan und Kaltern. Rechts parallel verlaufend und durch eine Hügelkette getrennt das tiefer liegende Unterland.

Charakterisiert wird Südtirol durch die Gegensätze der Alpen im Norden und dem mediterranen Einfluss vom Süden. Obwohl Südtirol eine der kleinsten Weinbauregionen Italiens ist, ist es aufgrund der klimatischen Besonderheiten, der unterschiedlichen Höhen-, Hügel- und Steillagen sowie Sonnenexpositionen, aufgrund der vielfältigen Böden (z.B. vulkanischer Porphyr, Quarz, Kalk, Dolomitgestein) und mit rund 5000 Weinbauern außerordentlich abwechslungsreich. Hinzu kommen große Temperaturunterschiede zwischen Tag und Nacht – was sich auf viele Rebsorten qualitätssteigernd auswirkt.

Neben den autochthonen (in Südtirol heimischen) Rebsorten Vernatsch, Gewürztraminer und Lagrein haben in Südtirol auch viele internationale Trauben (wie Blau- und Weißburgunder, Sauvignon, Cabernet und Merlot) eine lange Tradition. Insgesamt sind rund 20 verschiedene Rebsorten für Qualitätsweine (DOC) zugelassen. Südtirol hat die größte Dichte an DOC-Weinen in ganz Italien. Die weißen Reben haben heute einen Anteil von deutlich über 50 Prozent. Gleichzeitig gibt es eine Rückbesinnung auf traditionelle Rotweine wie den Lagrein, der über ein erstaunliches Potenzial verfügt.

Andrian, Kellerei (Terlan)

Seit 2008 wird die älteste Kellereigenossenschaft Südtirols (gegründet 1893) von der Kellerei Terlan geführt (s. dort), präsentiert sich aber weiterhin als eigenständige Marke.
Weinempfehlungen: Tor di lupo Lagrein, Andrius Sauvignon, Anrar Blauburgunder u. a.

39018 Terlan, Silberleitenweg 7, Tel. 0471 257135,
office@kellerei-andrian.com, www.kellerei-andrian.com

Arunda Sektkellerei (Mölten)

Gilt als führende Sektkellerei Südtirols, hoch gelegen zwischen Bozen und Meran (über 1000 Meter), klassische Flaschengärung. Inhaber: Josef Reiterer.
Weinempfehlungen: Arunda Cuvée Marianna, Arunda Extra Brut Millesimato, Arunda Excellor, Arunda Talento Brut u. a.

39010 Mölten, Prof.-Josef-Schwarz-Straße 18, Tel. 0471 668033,
info@arundavivaldi.it, www.arundavivaldi.it

Baron Di Pauli (Kaltern)

Der Kellerei Kaltern (s. dort) angegliedertes, traditionsreiches Weingut der Familie Baron Di Pauli.
Weinempfehlungen: Gewürztraminer Exilissi, Weißweincuvée Enosi, Kalterersee Kalkofen, Cabernet-Merlot Arzio.

39052 Kaltern a. d. Weinstraße, Kellereistraße 12, Tel. 0471 963696, info@barondipauli.com, www.barondipauli.com

Blatterle (Blaterle)

Fast in Vergessenheit geratene und entsprechend rare Südtiroler Rebsorte (die womöglich so heißt, weil die Beeren ein plattgedrücktes Äußeres haben).

Blauburgunder

Der Blauburgunder bzw. Pinot Nero ist synonym mit dem französischen Pinot Noir (mit seiner Heimat im Burgund) und dem deutschen Spätburgunder. Die anspruchsvolle Rebsorte wird in Südtirol schon seit Generationen kultiviert und findet in entsprechenden Lagen (z. B. auf Kalkböden) ideale Bedingungen.

Bozen, Kellerei (Bozen)

Große Genossenschaftskellerei (Zusammenschluss von Sankt Magdalena und Gries), die hochklassige und vielfach ausgezeichnete Weine hervorbringt.
Weinempfehlungen: Lagrein Taber Riserva, Chardonnay

Kleinstein, Sauvignon Mock, Sankt Magdalener Huck am Bach u. a.

39100 Bozen, Grieser Platz 2, Tel. 0471 270909,
info@kellereibozen.com, www.kellereibozen.com

Brigl, Josef (St. Michael/Eppan)

Das Weingut hat eine lange Tradition (bis ins 14. Jh.) und ausgezeichnete Lagen, die Weine sind entsprechend bekannt.

Weinempfehlungen: Lagrein Birglhof Riserva, Pinot Nero Kreuzbichler, Sauvignon u. a.

39057 Sankt Michael / Eppan, Tel. 0471 662419, brigl@brigl.com, www.brigl.com

Dipoli, Peter (Neumarkt)

Als Südtiroler Winzer von prägendem Einfluss erzeugt Peter Dipoli aufsehenerregende Weine mit viel Charakter.

Weinempfehlungen: Sauvignon Voglar, Merlot Fihl, Rotweincuvée Yugum. Sehenswerter Weinkeller.

39044 Neumarkt, Villnerstr. 5, Tel. 0471 813400, www.peterdipoli.com

DOC

Die kontrollierte Ursprungsbezeichnung DOC ist die Abkürzung für «Denominazione di Origine Controllata». Nirgendwo in Italien gibt es einen höheren Anteil an DOC-Weinen an der gesamten Weinproduktion einer Region: über 98 Prozent aller Südtiroler Weine sind DOC-Weine.

Eisacktaler Kellerei (Klausen)

Die noch relativ junge Eisacktaler Genossenschaftskellerei hat einen ausgezeichneten Ruf, v. a. bei Weißweinen, die in der Spitze unter «Aristos» firmieren. Kellermeister: Thomas Dorfmann.

Weinempfehlungen: Sylvaner Aristos, Kerner, Veltliner und Riesling Aristos, Gewürztraminer Passito Nectaris, Dominus (rot und weiß) u. a.

39043 Klausen, Leitach 50, Tel. 0472 847553,
info@eisacktalerkellerei.it, www.eisacktalerkellerei.it

Erste + Neue (Kaltern)

Seit 2016 gehört die ehemals eigenständige Genossenschaftskellerei zur Kellerei Kaltern (s. dort), wobei die Marke Erste + Neue fortgeführt wird. Im Sortiment hervorzuheben sind die Puntay-Weine, die in Holzfässern ausgebaut sind. Sehenswerter Barrique-Keller.

Weinempfehlungen: Puntay Sauvignon, Puntay Lagrein Riserva, Prunar Pinot Bianco, Puntay Kalterersee Classico Superiore u. a.

39052 Kaltern a. d. Weinstraße, Tel. 0471 963122, info@erste-neue.it,
www.erste-neue.it

Falkenstein (Naturns)

Bis auf 900 Meter Höhe reichen die Reben von Franz und Bernadette Pratzner am «Sonnenberg» über Naturns. Bekannt geworden ist das Weingut Falkenstein vor allem durch seinen Riesling, der als einer der besten südlich des Brenners gilt.

Weinempfehlungen: Riesling, Weißburgunder, Blauburgunder

39025 Naturns, Schlossweg 19, Tel. 0473 666054,
info@falkenstein.bz, www.falkenstein.bz

Genossenschaftskellereien

In Südtirol gibt es rund 5000 Weinbauern, die im Durchschnitt kaum mehr als einen Hektar Rebfläche bewirtschaften. Aufgrund dieser kleinteiligen Struktur haben sich traditionell viele der Weinbauern in Kellereigenossenschaften zusammengeschlossen. Die ersten Gründungen erfolgten noch im 19. Jh. Aktuell gibt es in Südtirol 12 Genossenschaftsbetriebe, die über zwei Drittel der Weine produzieren. Dabei stehen sie für eine hohe Qualität. Zusammen mit den privaten Weingütern und den freien Weinbauern gehören sie zum «Konsortium Südtiroler Wein».

Gewürztraminer

Zwar wird die Herkunft der Traube kontrovers diskutiert, aber schon der Name verweist auf den Ort Tramin in Südtirol. Wird auch als Traminer Aromatico bezeichnet. Intensiv duftend, Gewürzaromen. International im Trend. Nach Rebfläche drittwichtigste Sorte in Südtirol.

Girlan, Kellerei (Girlan)

Traditionsreicher Genossenschaftsbetrieb, der sich in den letzten Jahren stark verjüngt hat. Kellermeister: Gerhard Kofler.

Weinempfehlungen: Chardonnay Flora, Weißburgunder Plattenriegl, Sauvignon Indra, Gewürztraminer Spätlese Pasithea, Vernatsch Gschleier u. a.

39057 Girlan, St.-Martin-Straße 24, Tel. 0471 662403, info@girlan.it, www.girlan.it

Glögglhof – Franz Gojer (Bozen)

Seit Generationen steht die Familie Gojer im Herzen des St. Magdalener Anbaugebietes v. a. für charaktervolle Vernatsch-Weine. Kellermeister: Florian Gojer.

Weinempfehlungen: Sankt Magdalener Rondell, Vernatsch Alte Reben, Lagrein Riserva, Weißburgunder Karneid u. a.

39100 Bozen, St. Magdalena, Rivelaunweg 1, Tel. 0471 978775, info@gojer.it, www.gojer.it

Goldmuskateller

Die Rebsorte hat in Südtirol eine lange Tradition und verströmt einen charakteristischen Muskatduft. Wird meist süß als Dessertwein ausgebaut (siehe Passito). In der trockenen Variante ein beliebter Aperitif.

Gottardi (Neumarkt)

Die Innsbrucker Weinhändlerfamilie Gottardi hat sich mit einem eigenen Weingut in der berühmten Südtiroler Lage Mazzon (s. dort) einen Traum verwirklicht. Alexander Gottardi konzentriert sich mit hohen Qualitätsansprüchen auf die Rebsorte, für die Mazzon berühmt ist: auf Blauburgunder.

Weinempfehlung: Blauburgunder Mazzon

39044 Neumarkt / Mazzon, Gebirgsjägerstraße 17, Tel. 0471 812773, weingut@gottardi-mazzon.com, www.gottardi-mazzon.com

Gumphof (Völs am Schlern)

Seit 2000 führt Markus Prackwieser das historische Familienweingut am Fuße des Schlern und kreiert in bevorzugter Lage v. a. herausragende Weißweine.

Weinempfehlungen: Sauvignon Renaissance (nur in ausgewählten Jahrgängen), Sauvignon und Weißburgunder Praesulis u. a.

39050 Völs am Schlern, Völser Straße 11, Prösler Ried, Tel. 0471 601190, info@gumphof.it, www.gumphof.it

Haas, Franz (Montan)

Bekannt u. a. für seinen ehrgeizigen Pinot Grigio und Pinot Nero.

Weinempfehlungen: Pinot Nero Schweizer (Künstleretiketten), Manna (Weißweincuvée), Gewürztraminer u. a.

39040 Montan, Villnerstraße 6, Tel. 0471 812280, sabine@franz-haas.it, www.franz-haas.it

Hoandlhof (Brixen)

Manfred «Manni» Nössing gilt im positiven Sinne als «weinverrückt». Die Weine seines Hoandlhofs in Brixen sind entsprechend ausgefallen – und hochklassig.

Weinempfehlungen: Sylvaner, Kerner, Veltliner, Müller Thurgau u. a.

39042 Brixen, Weinbergstraße 66, Tel. 0472 832672, manni.n@brennercom.net, www.manni-noessing.com

Hofstätter (Tramin)

Traditionsreiches Weingut in Tramin, das zwar u. a. auch Gewürztraminer und Lagrein produziert, v. a. aber bekannt ist für seinen hochklassigen (und entsprechend teuren) Blauburgunder.

Weinempfehlung: Barthenau Vigna Sant'Urbano (Blauburgunder)

39040 Tramin, Rathausplatz 7, Tel. 0471 860161, info@hofstatter.com, www.hofstatter.com

Kalterersee

Anbaugebiet rund um den Kalterer See. Die Rotweine aus dem DOC-Bereich werden aus der Vernatsch-Traube gekeltert. Oft besser als sein Ruf. Am besten jung und leicht gekühlt.

Kaltern, Kellerei (Kaltern)

Kellereigenossenschaft (die größte Südtirols) mit modernem Winecenter (s. dort), einer breiten Palette erfolgreicher Weine, dem angegliederten Weingut Baron di Pauli (s. dort) und biodynamischen Weinen unter der Marke Solos. Seit 2016 gehört auch die Kellerei Erste + Neue dazu (s. dort).

Weinempfehlungen: Moscato Giallo Passito Serenade, Cabernet Pfarrhof Riserva, Sauvignon Castel Giovanelli, Gewürztraminer Solos u. a.

39052 Kaltern a. d. Weinstraße, Kellereistraße 12, Tel. 0471 963149, info@kellereikaltern.com, www.kellereikaltern.com

Kerner

Kreuzung aus Trollinger (Vernatsch) und Riesling. Wird v. a. im Vinschgau und im Eisacktal angebaut.

Köfererhof (Neustift/Vahrn)

Der Köfererhof (Günther Kerschbaumer) in Neustift ist sogar älter als das darunterliegende Kloster. Die Weinberge zählen zu den nördlichsten in Italien. Entsprechend liegt der Schwerpunkt bei Weißweinen. Zum Weingut gehört eine Buschenschank mit herrlicher Aussichtsterrasse (s. dort).

Weinempfehlungen: Sylvaner, Pinot Grigio, Kerner, Veltliner u. a.

39040 Neustift / Vahrn, Pustertalerstr. 3, Tel. 0472 836649, info@koefererhof.it, www.koefererhof.it

Kränzelhof (Tscherms)

Das seit Generationen im Familienbesitz befindliche Weingut (Franz Graf Pfeil) verarbeitet Trauben von Moränenböden im Meraner Becken. Die Rebsorten reichen von Weißburgunder und Sauvignon blanc bis zu Vernatsch und Cabernet Sauvignon. Zum Kränzelhof gehört

das Restaurant «miil» (s. dort) und ein Labyrinthgarten mit
Skulpturenausstellung.

Weinempfehlungen: Baslan (Vernatsch), Helios (Weißburgunder), Blauburgunder u. a.

39010 Tscherms, Gampenstraße 1, Tel. 0473 564549,
info@kraenzelhof.it, www.kraenzelhof.it

Kretzer

Steht in Südtirol für Roséweine wie z. B. den Lagrein Kretzer.

Kuenhof (Brixen)

Renommiertes Weingut im Eisacktal oberhalb von Brixen (Peter Pliger). Biodynamischer Weinbau.

Weinempfehlungen: Riesling Kaiton, Sylvaner, Veltliner

39042 Brixen, Mahr 110, Tel. 0472 850546,
pliger.kuenhof@rolmail.net

Kurtatsch, Kellerei (Kurtatsch)

Genossenschaft mit einer Vielzahl von Lagen rund um Kurtatsch an der Weinstraße.

Weinempfehlungen: Gewürztraminer Brenntal, Müller Thurgau Graun, Sauvignon Kofl, Cabernet Kirchhügel, Pinot Bianco Hofstatt u. a.

39040 Kurtatsch, Weinstr. 23, Tel. 0471 880115,
info@kellerei-kurtatsch.it, www.kellerei-kurtatsch.it

Lageder, Alois (Margreid)

Alois Lageder gilt als Pionier der Südtiroler Qualitätsweine sowie des biologisch-dynamischen und somit nachhaltigen Weinbaus. Zu unterscheiden sind die beiden Linien Alois Lageder und Tenutae Lageder (aus Einzellagen familieneigener Weinberge). Für die Verkostung des breiten Sortiments empfiehlt sich die Weinschenke «Vineria Paradeis» (s. dort) am alten Dorfplatz von Margreid.

Weinempfehlungen: Chardonnay Löwengang, Cabernet Löwengang, Cabernet Sauvignon Cor Römigberg, Weißburgunder Haberle, Rosso Mitterberg Cason Hirschprunn u. a.

39040 Margreid a. d. Weinstraße, Tel. 0471 809500, info@aloislageder.eu, www.aloislageder.eu

Lagrein

In Südtirol heimische (autochthone) Rebsorte. Ergibt dunkle Rotweine, die sich aktuell einer Renaissance erfreuen. Wurde früher häufig mit Vernatsch verschnitten. Bekannt auch als Rosé-Wein Lagrein Kretzer. Der hochwertige Lagrein Riserva muss vor dem Verkauf mindestens zwei Jahre gelagert werden – oft einige Zeit in Barriques und/oder im großen Holzfass, anschließend in Flaschen.

Laimburg, Landesweingut (Auer)

Die Versuchsanstalt für Weinbau der Provinz Bozen produziert auch eigene Weine (z. B. Gewürztraminer, Lagrein). Sehenswerter Felsenkeller.

Weinempfehlungen: Pinot Bianco, Pinot Grigio, Oyèll Sauvignon, Barbagol Lagrein Riserva u. a.

39040 Auer, Laimburg 6, Tel. 0471 969500, laimburg@provinz.bz.it, www.laimburg.it

Loacker-Schwarhof (Bozen)

Loacker gilt in Südtirol als Vorreiter des biodynamischen und homöopathischen Weinbaus. Auf chemische Produkte wird schon seit langem konsequent verzichtet. Die Rebflächen des Schwarhofs liegen in sonnenverwöhnter Lage oberhalb von Bozen. Zur Familie gehört auch der bekannte Süßwaren- und Waffelhersteller Loacker.

Weinempfehlungen: Lagrein Gran Lareyn, Merlot Ywain, Pinot Nero Norital, Silvaner Ysac u. a.

39100 Bozen, St. Justina 3, Tel. 0471 365125, lo@cker.it, www.loacker.net

Manincor (Kaltern)

Exquisites und traditionsreiches Weingut im Familienbesitz (Michael Graf Goëss-Enzenberg), oberhalb des Kalterer Sees an der Weinstraße gelegen. Mit spektakulärem Weinkeller, der nahezu unsichtbar im Weinberg verborgen ist (Führungen nach Anmeldung). Die Weinberge werden zur Gänze biodynamisch bewirtschaftet. Mit drei Weinlinien: Hand und Herz (abgeleitet aus «Man-in-cor») sowie Krone (extreme Selektion aus alten Reben). Zum Weingut gehört das nahegelegene Restaurant «Panholzer» am Kalterer See (s. dort).

Weinempfehlungen: Weißburgunder Eichhorn, Chardonnay Sophie, Castel Campan, Reserve della Contessa, Pinot Noir Mason, Cuvée Cassiano, u.a.

39052 Kaltern a. d. Weinstraße, St. Josef am See 4, Tel. 0471 960230, info@manincor.com, www.manincor.com

Masetto (San Michele all'Adige / Trentino)

Der Masetto (mit einem «s» und zwei «t») ist kein Südtiroler Wein, sondern stammt vom renommierten Weingut Endrizzi im Trentino. Er kommt in diesem Anhang deshalb vor, weil er im Roman Erwähnung findet und nicht mit dem Masseto aus der Toskana (s. unten) verwechselt werden sollte. Der Name Masetto vereint die Spitzengewächse von Endrizzi – allen voran den vielfach ausgezeichnete Gran Masetto (Teroldego aus angetrockneten Trauben).

Weinempfehlungen: Gran Masetto, Masetto Bianco, Masetto Nero

38010 San Michele all'Adige (Trento), Località Masetto, Tel. 0461 650129, info@endrizzi.it, www.endrizzi.it

Masseto (Bolgheri / Toskana)

Der Masseto der Tenuta Ornellaia e Masseto (im Besitz der Familie Frescobaldi) ist ein (sündhaft) teurer Kultwein aus der Toskana. Achtung: Im Unterschied zur Opernfigur Masetto aus Mozarts *Don Giovanni* und dem Masetto von Endrizzi (s. oben) wird dieser Masseto mit zwei «s» und einem «t» geschrieben. Der Masseto stammt von einer Einzellage bei Bolgheri, die gerade einmal sieben Hektar groß ist. Entsprechend wenige Flaschen dieses sortenreinen und heiß begehrten Merlot gibt es von jedem Jahrgang (beginnend mit 1987). Der Masseto wird auf Auktionen gehandelt – und gelegentlich gefälscht (wie in diesem Roman).

57022 Castagneto Carducci (Li), Località Ornellaia,
Via Bolgherese 191, Tel. 0565 71811, www.ornellaia.it

Mazzon

Liegt oberhalb von Neumarkt (im Südtiroler Unterland) und gilt aufgrund des Klimas und der Bodenbeschaffenheit als eine der besten Blauburgunder-Lagen Italiens. Renommierte Weinerzeuger wie Gottardi, Hofstätter, Franz Haas und Nals-Margreid haben dort Parzellen.

Meran Burggräfler, Kellerei (Marling)

Die Kellereigenossenschaft hat ihren Sitz in Marling und vinifiziert vorwiegend Trauben aus dem Meraner Gebiet. Es gibt mehrere Linien, darunter Festival und Graf von Meran. Sehenswerte Architektur von Werner Tscholl.
Weinempfehlungen: Weißburgunder Tyrol, Sauvignon Mervin, Vernatsch Schickenburg u. a.

39020 Marling, Kellereistraße 9, Tel. 0473 447137,
info@kellereimeran.it, www.kellereimeran.it

Müller-Thurgau

Vom Schweizer Hermann Müller aus dem Kanton Thurgau wurde die weiße Traube im deutschen Geisenheim aus Riesling mit Silvaner (bzw. Chasselas) gekreuzt. Wenn sie im Ertrag reduziert wird, kann sie hochwertige Tropfen hervorbringen – wie in Südtirol z. B. im Eisacktal.

Muri-Gries (Bozen)

Kellerei des Benediktinerklosters im Bozner Stadtteil Gries. Bekannt v. a. für Lagrein.

Weinempfehlungen: Lagrein Abtei Riserva, Bianco Abtei Muri, Lagrein Rosato (Kretzer), Abtei Muri Pinot Noir Riserva, Abtei Muri Rosenmuskateller u. a.

39100 Bozen, Grieser Platz 21, Tel. 0471 282287, info@muri-gries.com, www.muri-gries.com

Nals-Margreid (Nals)

Eine nicht nur durch ihre Architektur bemerkenswerte genossenschaftliche Cantina mit 150 Hektar Rebfläche von Nals über Bozen bis nach Margreid im südlichen Unterland.

Weinempfehlungen: Pinot Bianco Sirmian, Pinot Grigio Punggl, Chardonnay Baron Salvadori u. a.

39010 Nals, Heiligenberg 2, Tel. 0471 678626, info@kellerei.it, www.kellerei.it

Neustift, Stiftskellerei (Vahrn)

Stiftskellerei im Eisacktal mit langer Weintradition (bis ins 12. Jh.) und ausgezeichneten Weinlagen rund um das Chorherrenstift sowie auch in Bozen.

Weinempfehlungen: Riesling Praepositus, Sylvaner Praepositus, Kerner Praepositus, Müller-Thurgau u. a.

39040 Vahrn, Stiftstraße 1, Tel. 0472 836189,
info@kloster-neustift.it, www.kloster-neustift.it

Niedermayr, Josef (Girlan)

Historisches Weingut im Familienbesitz, mit moderner Kellertechnik und einem großen Namen v. a. bei Süßweinen (Passito).

Weinempfehlungen: Passito Aureus, Lagrein Gries Blacedelle, Sauvignon Naun u. a.

39057 Girlan, Jesuheimstraße 15, Tel. 0471 662451,
info@niedermayr.it, www.niedermayr.it

Niedrist (Eppan)

Das Weingut von Ignaz und Elisabeth Niedrist verfügt über verschiedene Lagen rund um Girlan, aber auch in Gries und im Eppaner Ortsteil Berg. Entsprechend vielfältig sind die Weine.

Weinempfehlungen: Riesling «Berg», Weißburgunder «Berg», Sauvignon Porphyr & Kalk, Mitterberg Weiß «Trias» u. a.

39057 Girlan, Runggweg 5, Tel. 0471 664494,
info@ignazniedrist.com, www.ignazniedrist.com

Nusserhof (Bozen)

Im «Bozner Boden» am Eisackufer gelegenes (Bio-)Weingut, das sich seit 1788 im Besitz der Familie Mayr-Nusser befindet. Kultiviert neben dem Lagrein auch die fast in Vergessenheit geratene Weinsorte Blatterle (s. dort).

Weinempfehlungen: Blaterle (B ... Vino Bianco), Gloria (Lagrein) u. a.

39100 Bozen, Josef-Mayr-Nusser-Weg 72, Tel. 0471 978388

Pacherhof (Neustift/Vahrn)

Historisches Weingut (seit 1142) bei Brixen oberhalb des Klosters Neustift, mit sehenswerter Architektur und bemerkenswerten Weinen (Andreas Huber) sowie zugehörigem Restaurant und Hotel (siehe Vinum Hotels).

Weinempfehlungen: Grüner Veltliner, Sylvaner, Kerner, Riesling u. a.

39040 Neustift/Vahrn, Pacherweg 1, Tel. 0472 835717, info@pacherhof.com, www.pacherhof.com

Passito

Weine aus teilgetrockneten, fast rosinierten Trauben. Durch den Entzug von Wasser erhöhen sich die Zuckerkonzentration und der Alkoholgehalt. Nach diesem Verfahren entstehen ausgezeichnete Süß- bzw. Dessertweine.

Pergola

Die für Südtirol typische Reberziehung an horizontalen Stangen führt zwar zu schönen Laubengängen, ist aber für viele Rebsorten wenig geeignet, sodass sich die «Pergeln» im Rückzug befinden. Bei Vernatsch aber weiter dominierend.

Pfitscher (Montan)

Weingut im Südtiroler Unterland mit zusätzlichen Lagen, u.a. auch im Eisacktal. Beeindruckende zeitgenössische Architektur (KlimaHaus Wine-Kellerei).

Weinempfehlungen: Weißburgunder Langefeld, Merlot Kotznloater, Sauvignon Saxum u.a.

39040 Montan, Dolomitenstraße 17, Tel. 0471 1681317, www.pfitscher.it

Puni Destillerie (Glurns)

Erste und (bisher) einzige Whisky-Destillerie Italiens am Fuße des Ortlermassivs im Vinschgau. Außergewöhnliche Architektur in Gestalt eines Kubus.

39020 Glurns, Punistraße 10, Tel. 0473 831616, info@puni.com, www.puni.com

Riserva

Diese Weine dürfen erst zwei Jahre nach der Weinlese in den Verkauf gehen, sind in der Regel höherwertiger und teurer – wobei nicht geregelt ist, wie der Ausbau und die Lagerung zu erfolgen haben (siehe Lagrein).

Rosenmuskateller

Stammt ursprünglich aus Sizilien (Moscato Rosa) und bringt aromatische Süßweine hervor, die einen Rosenduft verströmen.

Sallegg, Castell (Kaltern)

Vom hochherrschaftlichen Familiensitz des Grafen von Kuenburg kommt nicht nur vorzüglicher Kalterersee und Lagrein.

Weinempfehlungen: Kalterersee Bischofsleiten, Moscato Giallo (Rosenmuskateller), Sauvignon, Lagrein Riserva, Lagrein Rosé u. a.

39052 Kaltern, Unterwinkl 15, Tel. 0471 963132, info@castelsallegg, www.castelsallegg.it

Sankt Magdalener

Der Rotwein wird aus der Vernatsch-Traube gekeltert und kommt aus der Region Bozen (mit Karneid und Ritten). Als Classico stammt er direkt aus dem Ortsanbaugebiet von Sankt Magdalena.

Sankt Michael-Eppan, Kellerei (Eppan)

Hoch angesehene Kellereigenossenschaft in Eppan (Kellermeister: Hans Terzer). Mit legendärem Sauvignon blanc. Die Spitzengewächse etikettieren unter Sanct Valentin.

Weinempfehlungen: Sauvignon Sanct Valentin, Blauburgunder Sanct Valentin, Chardonnay Sanct Valentin, Weißburgunder Schulthauser u. a.

39057 Eppan a. d. Weinstraße, Umfahrungsstraße 17–19, Tel. 0471 664466, kellerei@stmichael.it, www.stmichael.it

Sankt Pauls, Kellerei (St. Pauls)

Genossenschaftskellerei, deren Weine unter verschiedenen Labels (z. B. die hochwertige Linie Passion) auf den Markt kommen.

Weinempfehlungen: Sauvignon Passion, Gewürztraminer Passion, Merlot Huberfeld, Weißburgunder Plötzner u. a.

39050 St. Pauls, Schloss-Warth-Weg 21, Tel. 0471 662183,
info@kellereistpauls.com, www.kellereistpauls.com

Sassicaia (Bolgheri / Toskana)

Dieser Kultwein der Tenuta San Guido stammt nicht aus Südtirol, sondern aus der Toskana. Der Sassicaia zählt wie der Tignanello (s. dort) zu den ersten Supertoskanern und durfte anfangs nur als einfacher *Vino da Tavola* verkauft werden. Heute hat der Sassicaia (80 % Cabernet Sauvignon) eine eigene DOC und zählt zu den bekanntesten Weinen Italiens. Seine Prominenz macht ihn für Fälscher attraktiv. Die Tenuta San Guido gehört der Familie Incisa della Rocchetta.

57022 Castagneto Carducci, Tenuta San Guido,
www.sassicaia.com

Schreckbichl, Kellerei (Girlan)

Traditionsreiche Kellereigenossenschaft in Girlan (Kellermeister: Wolfgang Raifer). Neben den Basisweinen gibt es die höherwertige Praedium Selection sowie die Edellinie Cornell.

Weinempfehlungen: Praedium Pinot Bianco, Lafòa Sauvignon, Praedium Siebeneich Merlot Riserva, Sigis Mundus Cornell Lagrein u. a.

39057 Girlan, Weinstraße 8, Tel. 0471 664246, info@colterenzio.it, www.colterenzio.it

Strasserhof (Vahrn)

Eines der nördlichsten Weingüter Südtirols, gelegen oberhalb des Klosters Neustift und bekannt für charaktervolle Eisacktaler Gewächse. Beliebte Einkehr zur Törggelen-Zeit.

Weinempfehlungen: Sylvaner, Veltliner, Müller-Thurgau, Riesling u. a.

39040 Vahrn, Unterrain 8, Tel. 0472 830804, info@strasserhof.it, www.strasserhof.it

Stroblhof (Sankt Michael/Eppan)

Das Weingut mit dem gleichnamigen Hotel und Restaurant (s. dort) liegt über Eppan und ist v. a. bekannt für seine Weißweine und Blauburgunder. Inhaber: Familie Hanni-Nicolussi. Kellermeister: Andreas Nicolussi-Leck.

Weinempfehlungen: Weißburgunder Strahler, Chardonnay Schwarzhaus, Blauburgunder Pigeno, Blauburgunder Riserva (von alten Reben) u. a.

39057 Sankt Michael/Eppan, Pigenoer Weg 25, Tel. 0471 662250, weingut@stroblhof.it, www.stroblhof.it, www.stroblhof-eppan.com

Sylvaner

Die weiße Rebsorte (Silvaner) findet sich v. a. im Eisacktal, weil es dort ausreichend kühl und dennoch sonnig ist.

Terlan, Kellerei (Terlan)

Genossenschaftskellerei mit ausgezeichnetem Ruf und einigen Weinen, die nicht nur international bekannt sind, sondern fast schon Kultstatus genießen.

Weinempfehlungen: Sauvignon Quarz, Weißburgunder Vorberg, Lagrein Porphyr, Gewürztraminer Lunare u. a.

39018 Terlan, Silberleitenweg 7, Tel. 0471 257135,
office@kellerei-terlan.com, www.kellerei-terlan.com

Tiefenbrunner (Kurtatsch)

Schlosskellerei, die schon alleine mit dem Müller-Thurgau Feldmarschall einen legendären Ruf genießt. Gemütliche Jausenstation.

Weinempfehlungen: Feldmarschall von Fenner zu Fennberg (Müller-Thurgau), Chardonnay Linticlarus, Gewürztraminer Castel Turmhof, Lagrein Castel Turmhof u. a.

39040 Kurtatsch, Schlossweg 4, Tel. 0471 880122,
www.tiefenbrunner.com

Tignanello (Florenz/Toskana)

Der Tignanello gilt als Mutter aller Supertoskaner bzw. «Supertuscans». So werden die Edelweine aus der Toskana genannt, die nicht den DOC-Bedingungen entsprechen und deshalb «nur» als einfache IGT-Weine auf den Markt kommen. Grober Irrtum: Denn sie repräsentieren das Beste (und Teuerste), was es aus Italien in Flaschen zu kaufen gibt (siehe auch Masseto und Sassicaia). Der Tignanello kam erstmals mit dem Jahrgang 1971 in den Verkauf und stammt aus einer Einzellage der Tenuta Tignanello im Chianti-Gebiet (im Besitz der Familie Antinori). Der Kult-Klassiker enthält heute vorwiegend Sangiovese, mit Anteilen Cabernet Sauvignon und Cabernet Franc. In schlechten Jahrgängen kann es passieren, dass Antinori keinen Tignanello abfüllt. So geschehen z. B. im Jahr 2002. Im Roman spielt dieser Jahrgang, den es nicht gibt, eine wichtige Rolle. Wäre noch zu erwähnen, dass vom Tignanello immer wieder mehr oder weniger gelungene Fälschungen entdeckt werden.

50123 Florenz, Piazza degli Antinori 3, Tel. 0552 3595, www.antinori.it

Törggelen

Im Herbst wird der neue, frisch gekelterte Wein zu gerösteten Kastanien oder einer deftigen Brotzeit getrunken. Torggl ist der alte Name für eine hölzerne Weinpresse und für den Raum im Weinbauernhaus, wo die neuen Weine verkostet wurden.

Tramin, Kellerei (Tramin)

Genossenschaftskellerei mit aufsehenerregender Architektur und breitem Sortiment (Kellermeister: Willi Stürz). Legendär sind die Gewürztraminer.

Weinempfehlungen: Gewürztraminer Nussbaumer, Gewürztraminer Terminum (Passito), Grauburgunder Unterebner, die Cuvées Stoan (weiß) und Loam (rot) u. a.

39040 Tramin a. d. Weinstraße, Tel. 0471 096633, info@cantinatramin.it, www.cantinatramin.it

Unterganznerhof (Bozen)

Bis auf 1629 geht die Geschichte des Erbhofs Mayr-Unterganzner zurück, der unter der Regie von Josephus Mayr herausragende Weine produziert.

Weinempfehlungen: Lagrein dunkel Riserva, Lamarein (aus getrockneten Trauben), Sauvignon Platt & Pignat u. a.

39053 Kardaun (Bozen), Kampillerweg 15, Tel. 0471 365582, info@mayr-unterganzner.it, www.mayr-unterganzner.it

Unterortl/Castel Juval (Kastelbell)

Das Weingut Unterortl gehört zum Schloss Juval im Vinschgau und ist damit im Besitz des berühmten Bergsteigers Reinhold Messner. Geführt wird das Weingut von Martin und Gisela Aurich, die v. a. für ihre Riesling- und Weißburgunderweine höchste Auszeichnungen erhalten.

Weinempfehlungen: Riesling Valle Venosta, Weißburgunder Valle Venosta, Juval Glimmet, Juval Gneis u. a.

39020 Kastelbell, Juval 1b, Tel. 0471 667580, familie.aurich@dnet.it, www.unterortl.it

Veltliner

Die weiße Traube (mit dem typischen «Pfefferl») ist v. a. aus Österreich bekannt, wird aber auch in Südtirol kultiviert, mit Schwerpunkt im Eisacktal.

Vernatsch

Noch immer rangiert die traditionsreiche Traube in Südtirol an erster Stelle hinsichtlich der angebauten Rebfläche (circa 15 Prozent Anteil). Sie hat aber gegenüber früheren Jahrzehnten stark an Bedeutung eingebüßt. Aktuell erfreut sie sich allerdings wieder steigender Wertschätzung. Die Rotweine sind leicht, fruchtig und gerbstoffarm. So der Kalterersee, der St. Magadalener und Meraner – allesamt sortenreine Vernatsch-Weine. Im Trentino heißt der Vernatsch Schiava. Mit ihm verwandt ist der deutsche Trollinger (leitet sich ab von «Tirolinger»). Es gibt die Sorte in verschiedenen Unterarten wie Edel-, Groß- und Grauvernatsch.

Walch, Elena (Tramin)

International renommierte Weinerzeugerin, die auf konstant hohem Niveau elegante Weine kreiert. Im Park des Weinguts lädt das Bistrot zum Genuss der Tropfen und kleiner Köstlichkeiten ein.

Weinempfehlungen: Gewürztraminer Kastelaz, Lagrein Riserva Castel Ringberg, Weißweincuvée Beyond the Clouds, Sauvignon Castel Ringberg u. a.

39040 Tramin, Andreas-Hofer-Str. 1, Tel. 0471 860172, info@elenawalch.com, www.elenawalch.com

Waldgries (Bozen)

Im klassischen Sankt-Magdalener-Gebiet liegt das im Familienbesitz (Plattner) befindliche historische Weingut, von dem hochgeschätzte Weine kommen.

Weinempfehlungen: Lagrein Mirell, Sankt Magdalener klassisch, Cabernet Laurenz, Sauvignon

39100 Bozen, Sankt Justina 2, Tel. 0471 323603, info@waldgries.it, www.waldgries.it

Winecenter Kaltern (Kaltern)

Das moderne Informationscenter und Weingeschäft, das direkt an der Weinstraße im Dorf Kaltern liegt, gehört zur Kellerei Kaltern (s. dort). Informationsveranstaltungen, Weinverkostungen etc.

39052 Kaltern, Tel. 0471 966067, info@winecenter.it, www.winecenter.it

Zemmer, Peter (Kurtinig)

Im Südtiroler Unterland gelegen, produziert das Familienweingut Peter Zemmer charaktervolle Rot-, Weiß- und Schaumweine.

Weinempfehlungen: Pinot Grigio Giatl, Chardonnay Crivelli, Lagrein Riserva Furggl u. a.

39040 Kurtinig a. d. W., Weinstraße 24, Tel. 0471 817143, info@peterzemmer.com, www.peterzemmer.com

Essen und Trinken

Südtirol ist ein Dorado für Schlemmerreisende. Freunde einer zünftigen Jause (Marende) mit Speck, Schlutzkrapfen oder Knödel kommen in Buschenschänken genauso auf ihre Kosten wie Gourmets, die sich an Sternen und Hauben orientieren. Im Folgenden wird eine aktualisierte Auswahl von Empfehlungen präsentiert. Manche der genannten Vinotheken und Gasthöfe kommen im Roman vor. Sie alle sind dem Baron Emilio (und dem Autor) persönlich bekannt. Auch gibt es wieder einige köstliche Rezepte, die authentischer nicht sein könnten, denn sie stammen von bekannten Südtiroler Restaurants: vom «miil» in Tscherms, vom «Vitis» in Brixen und dem «Panholzer» in Kaltern.

Auener Hof (Sarntal)

Das Restaurant des Auener Hofs im Sarntal gilt als höchstgelegener Michelinstern Italiens (Geschwister Gisela und Heinrich Schneider).

39058 Sarntal, Auen 21, Tel. 0471 623055, info@auenerhof.it, www.auenerhof.it, geschl. So

Banco 11 (Bozen)

Direkt am Bozner Obstmarkt trifft man sich in der kleinen Weinbar Banco 11 (Stand 11) zu einem Sprizz oder einem Snack. Mit Feinkostladen.

39100 Bozen, Obstplatz 11, Tel. 0471 3496 238465, geschl. So

Batzen Häusl (Bozen)

In einem der ältesten Gasthäuser Bozens (ehemalige Schänke des Deutschen Ordens) gibt es zwar auch Wein, aber vor allem Bier aus dem eigenen Sudkessel. Mit Garten.

39100 Bozen, Andreas-Hofer-Straße 30, Tel. 0471 050950, www.batzen.it

Baumann, Buschenschank (Signat)

Ob hauchdünne Schlutzkrapfen oder Strauben (Teigkringel) zum Nachtisch – Mali Höller zeigt, wie's geht. Die Wirtin der Buschenschank ist berühmt für ihre authentische Küche. Draußen mit Blick auf die Dolomiten, innen in gemütlichen Stuben.

39054 Signat, Oberlaitach 6, Tel. 0471 365206

Berg-Heu-Suppe
(Rezept vom Restaurant «miil» in Tscherms, s. dort)

Dass das Heu von den Südtiroler Bergwiesen nicht nur an Tiere verfüttert wird, sondern zunehmend auch menschliche Feinschmecker beglückt, zeigt die Berg-Heu-Suppe vom Restaurant «miil». Wer keine geeignete Bergwiese vor der Tür hat, kann abgepacktes Bio-Heu zum Kochen im Feinkosthandel oder online kaufen. (Rezept für vier Personen)

Zutaten: 1 l Fleischsuppe, 100 g Heu aus erster Mahd (erstem Schnitt), 1 weiße Zwiebel, 1 Stück Speckschwarte, 1 Knoblauchzehe, 1 Zweig Rosmarin, 2 Salbeiblätter, 1 kleine Stange Lauch (fein geschnitten), 2 große geschälte und in dünne Scheiben geschnittene Kartoffeln, Weißwein.

Zubereitung: Fleischbrühe zum Kochen bringen, Heu dazugeben, Topf vom Feuer nehmen und mit Klarsichtfolie 15 Min. abdecken. Anschließend durch ein Sieb passieren. Zwiebel in Julienne schneiden und in Olivenöl andünsten, Speckschwarte, Knoblauch, Kräuter und Lauch dazugeben, ebenso die Kartoffeln hinzufügen und einige Minuten mitdünsten. Kräuter, Speckschwarte und Knoblauch entfernen, mit Weißwein ablöschen und Heubrühe darübergießen. Bei kleiner Flamme kochen, bis die Kartoffeln weich sind, mit Salz und Pfeffer würzen, fein pürieren und anschließend durch ein Sieb passieren. Warm servieren.

Binderstube (Völs am Schlern)

Modern gestaltetes Zirbelholz-Ambiente mit einer ambitionierten Küche, die v. a. für ihre Nudelgerichte bekannt ist.

39050 Völs am Schlern, Dorfstr. 10, Tel. 0471 725089, geschl. So

Blindprobe Sensorium (Völs am Schlern)

Hier werden Wein- und Sensorikseminare angeboten, die in völliger Dunkelheit stattfinden. Die «Blindprobe» steigert die Geschmacks- und Geruchswahrnehmung. Gleichzeitig wird das Weinwissen vertieft.

39050 Völs am Schlern, Kirchplatz 5, Telefon 0335 254780
Kontakt in Deutschland: Jörg Linke, 85662 Hohenbrunn, Dorfstraße 19, Tel. 08102 895868, www.blindprobe.com

Buchweizenknödel mit Sarner Blaugold
(Rezept vom Restaurant «Vitis» in Brixen, s. dort)

Buchweizenknödel zählen zu den Südtiroler Spezialitäten. Das Rezept des Restaurant «Vitis» (für vier Personen) verwendet als Besonderheit «Sarner Blaugold», also einen Blauschimmelkäse aus dem Sarntal. Für jene Leser, die keinen Blauschimmel mögen, empfiehlt Christoph Mayr Valser Almkäse.

Zutaten: 60 g Zwiebel, 300 g Grünzeug (Spinat, Lauch, Kräuter, Schnittlauch), 2 Eier, 2 Tassen grobes Buchweizenmehl, ½ Tasse Roggenmehl, ½ Tasse kaltes Wasser, 6 kleine Würfel vom Blauschimmelkäse.

Zubereitung: Den Lauch klein schneiden. Buchweizenmehl in eine Schüssel geben. Lauchwürfel und die gehackten Kräuter dazugeben, mit Salz und Pfeffer würzen und durchrühren. Das Wasser und die Eier beigeben und den Knödelteig gut durchkneten. Den Teig 1 Stunde ruhen lassen, danach Knödel formen, die Käsewürfel in die Mitte des Teiges geben und in Salzwasser kochen (circa 20 Minuten).

Empfohlene Beilage: mariniertes Weißkraut.

Tipp: Kochen Sie immer einen Probeknödel! Falls der Knödel beim Formen zerfällt, geben Sie ein wenig Weizenmehl dazu. Ist der Teig zu trocken, können Sie ein bisschen Wasser einrühren.

Carrettai (Bozen)

Die Osteria dai Carrettai (Zum Kärrner) ist für ihre Crostini berühmt. Die Bestellungen werden an einer Theke aufgegeben, der Wein wird aus kleinen Fässern gezapft. Die Plätze an den Holztischen (auch vor dem Lokal an der Hauswand) sind ebenso rar wie begehrt.

39100 Bozen, Dr.-Streiter-Gasse 20 b, Tel. 0471 970558, geschl. So

Comici-Hütte (Wolkenstein)
(siehe Emilio-Comici-Hütte)

Elephant (Brixen)

Traditionsadresse in Brixen (seit 1695) mit gepflegtem Ambiente und klassischer Küche. Auch bei Durchreisenden ein beliebter Stopp. Restaurant und Hotel.

39042 Brixen, Weißlahnstraße 4, Tel. 0472 832750, www.hotelelephant.com

Emilio-Comici-Hütte (Wolkenstein)

Die Schutzhütte liegt in den Dolomiten am Fuße des Langkofels und gilt sommers wie winters als Promi- und Gourmettreff, wobei der Schwerpunkt auf mediterranen Fischgerichten liegt. Benannt ist sie nach dem berühmten (und 1940 tödlich abgestürzten) Alpinisten Emilio Comici. Geführt wird sie seit ihrer Eröffnung 1955 von der Familie Marzola.

39048 Wolkenstein in Gröden, Via Plan de Gralba 24, Tel. 0471 794121, info@rifugiocomici.com, www.rifugiocomici.com

Enovit (Bozen)

Angesagte Weinbar mit runder Theke, gut sortierten Regalen und einigen Tischen im Nebenraum für kleine Gerichte.

39100 Bozen, Dr.-Streiter-Gasse 30, Tel. 0471 970460, geschl. Sa Nachmittag & So

Finsterwirt (Brixen)

Das traditionsreiche Restaurant im Herzen der Altstadt ist eine Brixner Institution. Mit gemütlichen Stuben, Künstlerstübele und Innenhofterrasse, mit verfeinerter regionaler Küche und großer Weinauswahl. Im Erdgeschoss findet sich die zugehörige Vinothek Vitis (s. dort).

39042 Brixen, Domgasse 3, Tel. 0472 835343, info@finsterwirt.com, www.finsterwirt.com, geschl. So Abend & Mo

Fischbänke (Bozen)

Die Bruschetteria des Cartoonkünstlers Rino Zulla (Cobo) hat keine Galerie, sondern befindet sich im Freien unter großen Schirmen rund um vier Marmortheken (über die früher Fisch verkauft wurde). Sie hat einen charmant provisorischen Charakter – und Kultstatus.

39100 Bozen, Dr.-Streiter-Gasse 26, Tel. 0471 971714, geschl. So

Fischerwirt (Durnholz)

Die Anreise im Sarntal hinauf zum Durnholzer See dauert, aber lohnt sich nicht nur für Wanderer; denn im modern gestalteten Fischerwirt (Fam. Premstaller) lockt eine gute (Fisch-)Küche mit feinen Weinen und Blick auf den See.

39058 Sarntal, Durnholz 16, Tel. 0471 625523, www.fischerwirt.it, geschl. Mo

Griesserhof (Vahrn)

Buschenschänke unweit vom Kloster Neustift, die nicht nur zur Törggelen-Zeit hoch im Kurs steht. Gemütliche Bauernstube.

39040 Vahrn, Griessweg 5, Tel. 0472 834805, griesserhof@brennercom.net, www.griesserhof.it, geschl. Di

Gummererhof (Brixen)

Schlutzkrapfen, Surfleisch, Keschtn ... und dazu ein hausgemachter Blaterle-Sekt. Der Gummererhof pflegt die Tradition des geselligen Törggelens.

39042 Brixen, Pinzagen 18, Tel. 0472 835553, info@gummererhof.it, www.gummererhof.it

Hidalgo (Burgstall)

Das Restaurant von Otto Mattivi hat sich einer leichten mediterranen Küche verschrieben, mit z. B. köstlichen Risotti. Berühmt ist das Hidalgo vor allem bei Steak-Kennern, denn im integrierten «Hidalgo Beef Tasting» werden japanisches Wagyu und Kobe Beef auf einem speziellen Grill perfekt zubereitet. Im bemerkenswerten Weinkeller lagern Tausende von Flaschen.

39014 Burgstall bei Meran, Romstraße 7, Tel. 0473 292292, www.restaurant-hidalgo.it

In Viaggio (Bozen)

Kleines, ambitioniertes Gourmet-Restaurant von Claudio Melis (siehe Kaiserkron). Menü-Information und Reservierung nur über das Internet.

39100 Bozen, Musterplatz 2, booking@inviaggioristorante.com, www.inviaggioristorante.com, geschl. So und Mi

Italia & Amore (Bozen)

Auf sechs Stockwerken wird die italienische Ess- und Trinkkultur gepflegt. Mit einer Enoteca, einem Mercato und einem Ristorante (mit Terrasse über den Dächern von Bozen).

39100 Bozen, Silbergasse 3, Tel. 0471 1963400, ciao@italiaamore.it, www.italiaamore.it, geschl. So

Johnson & Dipoli (Neumarkt)

In Neumarkt finden Weinreisende zielsicher den Weg zur Vinothek mit Restaurant von Vincenzo de Gasperi, mit dem sich vortrefflich über die Südtiroler Weine diskutieren lässt.

39044 Neumarkt, Andreas-Hofer-Str. 3, Tel. 0471 820323

Juval, Schlosswirt (Kastelbell-Tschars)

Zum Schloss Juval von Reinhold Messner gehörender Gasthof (nur zu Fuß oder mit dem Shuttlebus erreichbar), der auf Produkte aus eigenem Anbau oder unmittelbarer Nachbarschaft setzt. Die Weine stammen von Messners Weingut Unterortl (s. dort).

39020 Kastelbell-Tschars, Juval 2, Tel. 0473 668056, www.schlosswirtjuval.it, geschl. Mi und in den Wintermonaten

Kaiserkron (Bozen)

Bozner Restaurant («Zur Kaiserkron») mit kreativer Küche, gehobener Atmosphäre und kleiner Terrasse unter weißen Markisen. Chefkoch ist Claudio Melis, der eine beeindruckende Karriere in vielen Sterne-Restaurants hinter sich hat. Zusammen mit seiner Frau Monica und Robert Wieser führt er auch das angrenzende Gourmet-Restaurant «In Viaggio» (s. dort).

39100 Bozen, Musterplatz 1, Tel. 0471 303233, info@zurkaiserkron.com, www.zurkaiserkron.com, geschl. So

Köfererhof (Neustift/Vahrn)

Zum Weingut Köfererhof (s. dort) gehört ein Gasthof, der neben einer typischen Südtiroler Küche einen großartigen Blick auf den Brixner Talkessel und das direkt darunterliegende Kloster Neustift bietet (Sonnenterrasse).

39040 Neustift/Vahrn, Pustertalerstr. 3, Tel. 0472 836649, info@koefererhof.it, www.koefererhof.it

Kohlern (Bozen)

Von Bozen geht es hoch hinauf, entweder mit dem Auto (und der Schwierigkeit, es zu parken) oder mit der Seilbahn. Oben hat man einen grandiosen Ausblick – und im weithin bekannten Gasthof Kohlern gibt's dazu eine regionaltypische Küche.

39100 Bozen (Kohlern), Tel. 0471 329978, www.kohlern.com, geschl. Mo

Kürbis-Kartoffelnocken mit Speck und Thymian
(Rezept vom Restaurant «Panholzer» in Kaltern, s. dort)

Nocken zählen zu den unverzichtbaren Klassikern der Südtiroler Küche, und es gibt sie in vielen Varianten. Daniel Giuliani vom Restaurant «Panholzer» in Kaltern tischt hier köstliche Kürbis-Kartoffelnocken auf (Rezept für vier Personen).

Zutaten: 500 g gekochte, passierte mehlige Kartoffeln, 1 Eigelb, 100 g geputzter Kürbis, 150 g Mehl, 25 g grober Grieß, 100 g Speckstreifen, Thymian, Butter, Walnüsse.

Zubereitung: Den Kürbis in kleine Würfel schneiden und mit etwas Salz in Alufolie verpacken. Im Ofen bei 140 Grad Umluft ungefähr 30 Minuten lang weich schmoren. Den abgekühlten Kürbis passieren und mit den Kartoffeln, dem Eigelb und Grieß vermengen. Dann das Mehl unterheben und Kartoffelnocken formen. Die Nocken in Salzwasser aufkochen und in der Pfanne mit den in Butter gebratenen Speckstreifen und dem Thymian schwenken. Mit gerösteten Walnüssen garnieren.

Kuppelrain (Kastelbell)

Zu den besten Restaurants Südtirols wird regelmäßig Jörg Trafoiers Kuppelrain in Kastelbell im Vinschgau gezählt.

39020 Kastelbell, Bahnhofstr. 16, Tel. 0473 624103,
www.kuppelrain.com, geschl. So & Mo

Lanzenschuster (Jenesien)

Hoch oben in Jenesien (bei Bozen) gelegener Berggasthof.

39050 Jenesien, Lanzenweg 12, Tel. 0471 340012,
www.lanzenschuster.com, geschl. Mo

Laurin (Bozen)

Zum altehrwürdigen Parkhotel im Zentrum Bozens zählen ein lauschiger Park, eine legendäre Bar und ein gepflegtes Restaurant – mit stimmungsvoller Terrasse und einer Küche, die die kulinarische Brücke schlägt von Südtirol zum mediterranen Italien.

39100 Bozen, Laurinstraße 4, Tel. 0471 311291, www.laurin.it,
geschl. So Mittag

Löwengrube (Bozen)

Kreativ verfeinerte traditionelle Küche (Michael Meister) mit trendiger Weinbar und gemütlicher Gaststube.

9100 Bozen, Zollstange 3, Tel. 0471 970032, info@loewengrube.it,
www.loewengrube.it, geschl. So und Mo

Messner (Jenesien)

Deftige Südtiroler Klassiker gibt's im einfachen, aber authentischen Gasthof Messner in Jenesien am Südhang des Tschögglberges.

39050 Jenesien, Glaning 3, Tel. 0471 281353, geschl. Mo

Miil (Tscherms)

Zum Kränzelhof (s. Weine) in Tscherms bei Meran gehört das Restaurant «miil». In den alten Gemäuern wurde einst Getreide gemahlen, heute gibt's ein modernes Interieur und die kreative Küche von Othmar Raich und seinem Team. Die Leser dieses Buches haben die Gelegenheit, zwei köstliche Rezepte des «miil» nachzukochen: eine «Berg-Heu-Suppe» und «Ossobuco vom Lamm mit Kartoffel-Bergkäse-Püree» (s. dort).

39010 Tscherms, Gampenstraße 1, Tel. 0473 563733, info@miil.it, www.miil.it, geschl. Sa & So

Muchele (Burgstall)

Das Muchele zählt zu den Vinum-Hotels (s. dort) und hat ein ambitioniertes Restaurant (mit Vinothek und gemütlicher Bauernstube), das auch externe Gäste willkommen heißt (Reservierung erwünscht).

39014 Burgstall, Maiergasse 1, Tel. 0473 291135, info@muchele.com, www.muchele.com

Noafer (Jenesien)

Der Gasthof liegt hoch über Bozen in Jenesien und ist nicht nur zur Törggelen-Zeit im Oktober und November ein beliebtes Ausflugsziel für eine mittägliche Marende.

39050 Jenesien, Glaning 37, Tel. 0471 266539,
geschl. Di & Juli/August

Oberwirt (Marling)

Die kreative Küche des traditionsreichen Hauses erfreut nicht nur Hotelgäste, sondern wird auch sonst von Feinschmeckern geschätzt. Gemütliche Stuben, Gartenterrasse und große Weinauswahl.

39020 Marling bei Meran, St.-Felix-Weg 2, Tel. 0473 222020,
info@oberwirt.com, www.oberwirt.com

Ossobuco vom Lamm mit Kartoffel-Bergkäse-Püree
(Rezept vom Restaurant «miil» in Tscherms, s. dort)

Das Gericht schlägt die kulinarische Brücke von der italienischen zur Südtiroler Küche. «Ossobuco» heißt wörtlich übersetzt «Knochen mit Loch» und basiert klassischerweise auf Beinscheiben von der Kalbshaxe. Im Rezept (für vier Personen) vom Restaurant «miil» stammen die Beinscheiben jedoch vom Lamm, denn in Südtirol gibt es ausgezeichnetes Lammfleisch (z. B. aus dem Sarntal). Und auch die Beilage trägt schon aufgrund des verwendeten Bergkäses unverwechselbar Südtiroler Züge.

Zutaten Ossobuco: 8 Scheiben Lamm-Ossobuco (Beinscheiben

von der vorderen Stelze), schwarzer Pfeffer, Olivenöl,
1 Zwiebel, 50 g Sellerie, 50 g Lauch, 3 Knoblauchzehen, 2 EL
Tomatenmark, 2 Thymianzweige, 2 Rosmarinzweige, je
125 ml Rot- und Weißwein, 100 g Pelati (geschälte Tomaten
aus der Dose), Rindsuppe, dunkler Kalbsfond, 1 Zitrone,
1 Limette, Meersalz.

Zubereitung Ossobuco: Ossobuco mit Pfeffer würzen und in
einem Topf in Olivenöl beidseitig kräftig anbraten. Herausnehmen und die grob geschnittenen Zwiebel, Sellerie,
Lauch und den angedrückten Knoblauch anbraten. Tomatenmark und Kräuter zufügen, mit Wein ablöschen und die
Pelati hinzugeben. Fleisch zugeben und alles je zur Hälfte
mit Rindsuppe und Kalbsfond gut bedecken. Topf mit Alufolie abdecken und im Ofen bei 140 Grad etwa 2 Stunden
schmoren. Fleisch aus dem Topf geben und warm stellen.
Soße durch ein feines Sieb seihen und mit Zitronen- und
Limettenabrieb, Olivenöl und Meersalz abschmecken. Vor
dem Servieren Ossobuco vorsichtig erwärmen.

Zutaten Kartoffel-Bergkäse-Püree: 150 g Kartoffel, 60 g kalte
Butter, 40 g Crème fraîche, 50 g geriebener Bergkäse,
Muskatnuss, Salz, weißer Pfeffer.

Zubereitung Kartoffel-Bergkäse-Püree: Die Kartoffeln kochen
und passieren. Kalte Butter einrühren, Crème fraîche und
geriebenen Bergkäse untermischen und mit Muskatnuss,
Salz und weißem Pfeffer abschmecken.

Panholzer (Kaltern)

Das idyllisch in Kaltern am See gelegene «Panholzer» versteht sich als Weinbar und Restaurant. In der Küche wirkt
Daniel Giuliani und im Service Martina Stuefer. Weil das

«Panholzer» zum Weingut Manincor (s. dort) gehört, ist die Weinkarte exzellent sortiert – mit feinen Tropfen nicht nur von Manincor. Für dieses Buch hat Daniel Giuliani dankenswerterweise zwei Rezepte zur Verfügung gestellt: «Kürbis-Kartoffelnocken mit Speck und Thymian» und «Zanderfilet auf Olivenfocaccia und Tomaten» (s. dort).

39052 Kaltern, St. Josef am See 8, Tel. 0471 662649, info@panholzer.it, www.panholzer.it, geschl. Di & Mi

Paradeis (Margreid)

Die modern gestylte «Vineria Paradeis» gehört zum Weingut Alois Lageder (s. dort). Es werden nicht nur die Weine des Hauses präsentiert, sondern auch Delikatessen angeboten und kleine, feine Gerichte.

39040 Margreid, Sankt Gertraudplatz 5, Tel. 0471 809580, www.aloislageder.eu, geschl. So

Patscheiderhof (Signat)

Almgasthof oberhalb von Bozen, inmitten von Weinbergen und mit phantastischem Blick ins Tal. Mit Terrasse, alter Gaststube und beliebten Klassikern – von Rohnenknödel bis Schlutzkrapfen.

39050 Signat, Tel. 0471 365267, www.patscheiderhof.com, geschl. Mo abends & Di

Pillhof (Frangart)

Vinothek mit hochklassigen Weinen nicht nur aus Südtirol, außerdem kreatives Restaurant (italienisch-international)

in einem modern gestalteten Ansitz. Tische auf mehreren
Ebenen und im Innenhof.

39010 Frangart, Boznerstr. 48, Tel. 0471 633100, www.pillhof.com,
Mo bis Fr 16–24 Uhr (warme Küche 18–22 Uhr), Sa 11–16 Uhr

Pretzhof (Sterzing)

Von Sterzing finden Freunde der authentischen Südtiroler
Küche den Weg hinauf zum gemütlichen und romantisch
gelegenen Pretzhof (Ortsteil Wiesen), wo Ulli und Karl Mair
mit Produkten aus eigener Landwirtschaft und mit ausgesuchten
Weinen für kulinarisches Wohlbefinden sorgen.

39040 Sterzing-Wiesen, Tel. 0472 764455, www.pretzhof.com,
geschl. Mo & Di

Rafenstein (Bozen/Jenesien)

Direkt neben der mächtigen Burgruine Rafenstein, die
mit dem Auto über die Straße nach Jenesien zu erreichen
ist, findet sich dieser gemütliche Landgasthof (Hildegard
Unterkofler) mit Stuben und Terrasse – und vielen Stammgästen,
die aus Bozen hochkommen.

39100 Bozen, Rafensteinerweg 38, Tel. 0471 971697, geschl. Di

Risotto Carbonara
(Rezept vom Restaurant «Vitis» in Brixen, s. dort)

Spaghetti alla carbonara gehört zu den Klassikern der italienischen
Küche. Weniger bekannt ist die leckere Risotto-
Variante, wie sie hier vom Restaurant «Vitis» präsentiert
wird (für vier Personen).

Zutaten: 300 g Risotto-Reis «Carnaroli», 40 g Zwiebel, 40 g Bauchspeck, 30 g Butter, 100 ml Weißwein, 1 l Fleischsuppe, 2 EL kalte Butter, 30 g Parmesan, 1 Eigelb, 1 pochiertes Eigelb.

Zubereitung: Zwiebel schälen und in der Butter dünsten. Reis dazugeben und glasig dünsten, mit Weißwein löschen und köcheln, bis die Flüssigkeit verkocht ist. Mit der heißen Fleischsuppe nach und nach aufgießen und immer wieder umrühren. Zum Schluss, sobald der Reis cremig gekocht ist, die gebratenen Bauchspeckstreifen und das Ei einrühren sowie Parmesan und kalte Butter untermengen. Vor dem Servieren ein pochiertes Eigelb als Deko auf den Reis geben.

Romani, Ansitz (Tramin)

Stimmungsvolles Restaurant in Tramin mit historischem Kellergewölbe, charmanter Terrasse und einer verfeinerten regionalen Küche (Armin Pernstich).

39040 Tramin, Andreas-Hofer-Straße 23, Tel. 0471 860010, www.ansitzromani.com, geschl. So & Mo

St. Hubertus (St. Kassian)

Das Restaurant St. Hubertus gehört zum Hotel Rosa Alpina in St. Kassian (Dolomiten) und ist die Wirkungsstätte des Spitzenkochs Norbert Niederkofler. Unter seiner Regie hat das Lokal drei Michelin-Sterne erhalten – und damit den Gipfel der Südtiroler Gastronomie erklommen.

39036 St. Kassian in Abtei, Strada Micurá de Rü 20, Tel. 0471 849500, info@rosalpina.it, www.rosalpina.it, geschl. Di

Siegi's (Kaltern)

Kleine Weinbar mit Lokal und Speisekarte von der Schiefertafel (im Zentrum von Oberplanitzing).

39052 Kaltern, Oberplanitzing 56, Tel. 0471 665721, info@siegis.it, www.siegis.it, Mo bis Sa 17:30–24 Uhr

Signaterhof (Signat)

Von Bozen hinauf zum Ritten geht es links ab zum Signaterhof (Familie Lobiser), der für seine traditionelle, aber raffiniert verfeinerte Südtiroler Küche bekannt ist. Mit Terrasse und alter Gaststube.

39050 Signat, Tel. 0471 365353, www.signaterhof.it, geschl. Sa abends & So

Sissi (Meran)

Am oberen Ende der Genuss- und Preisskala rangiert seit Jahren das Gourmetrestaurant von Andrea Fenoglio.

39012 Meran, Galileistraße 44, Tel. 0473 231062, www.sissi.andreafenoglio.com, geschl. Mo & Di mittags

Stadele (Lana)

Modern gestaltetes Restaurant in Lana, mit kreativer (Fusion-)Küche und großer Weinauswahl.

39011 Lana, Aichweg 2, Tel. 338 2702860, www.stadele.eu, geschl. Mi & Do

Stroblhof (Eppan)

Oberhalb von Eppan und in der Nähe der berühmten «Eislöcher» gelegen. Nicht nur Hotel und Weingut (s. dort), sondern auch ein beliebtes Ausflugslokal.

39057 Eppan, Pigenoerstr. 25, Tel. 0471 662250, www.stroblhof.it, geschl. Mo

Trenkerstube (Dorf Tirol)

Zum noblen Hotel Castel gehört das nicht minder feine (kleine) Restaurant Trenkerstube, das bei Gourmets in hohem Ansehen steht.

39019 Dorf Tirol, Hotel Castel, Keschtngasse 18, Tel. 0473 923693, www.hotel-castel.com, geschl. So & Mo

Turm, Romantik Hotel (Völs)

Das vielfach ausgezeichnete Restaurant des Romantik Hotels Turm verwöhnt nicht nur Hotelgäste, sondern steht auch externen Feinschmeckern offen.

39050 Völs am Schlern, Kirchplatz 9, Tel. 0471 725014, info@hotelturm.it, www.hotelturm.it

Turmwirt (Gufidaun)

In einem alten Geschichtsschreiberhaus im kleinen Ort Gufidaun bei Klausen bietet die Wirtin Maria Gasser (Wein- und Käse-Sommelière) ihren Gästen eine Südtiroler Küche mit mediterranen Anklängen.

39043 Klausen, Tel. 0472 844001, www.turmwirt-gufidaun.com, geschl. Mi & Do

Vinum Hotels Südtirol

Im April 2015 sind die Vinum Hotels Südtirol gegründet worden (Präsident: Hansjörg Ganthaler). Die 25 Hotels, die sich alle in den Südtiroler Weinanbaugebieten befinden, verbindet die außerordentliche Leidenschaft für den Wein und den Genuss, die sie gerne mit ihren Gästen teilen. So werden u. a. Verkostungen, Weinseminare, Weinbergwanderungen und Kellereiführungen angeboten. Übersicht im Internet unter: www.vinumhotels.com

Die Hotels: Turm (Völs am Schlern), Pacherhof (Neustift), Unterwirt (Feldthurns), StephansHof (Villanders), Feldthurnerhof (Feldthurns), Elefant (Auer), Wilma (Nals), Anderlahn (Partschins), Plantitscherhof (Meran), Weinmesser (Schenna), Oberwirt (Marling), Paradies (Marling), Muchele (Burgstall), Plars (Algund), Tschögglbergerhof (Jenesien), Geyrerhof (Oberbozen), Eberle (Bozen), Feldererhof (Kaltern), Korb (Missian/Eppan), Stroblhof (St. Michael/Eppan), Seeleiten (Kaltern), Gius (Kaltern), Klosterhof (Kaltern), Girlanerhof (Girlan/Eppan), Sand (Kastelbell/Tschars)

39100 Bozen, Pfarrplatz 11, Tel. 0471 999960, info@vinumhotels.com, www.vinumhotels.com

Vitis (Brixen)

Mit dem modern gestalteten «Vitis» (Vinothek, Restaurant-Winebar) hat sich Christoph Mayr, dessen Familie der

Finsterwirt gehört (s. dort), «einen persönlichen Traum» erfüllt. Rund 400 Weine zeugen von seiner Weinleidenschaft. In der Küche setzt er auf kreativ verfeinerte Gerichte. Zwei Rezepte gibt es in diesem Buch: «Buchweizenknödel mit Sarner Blaugold» und «Risotto Carbonara» (s. dort).

39042 Brixen, Domgasse 3, Tel. 0472 835343, info@vitis.bz, www.vitis.bz, geschl. So & Mo

Vögele (Bozen)

Alteingessenes Restaurant in Bozen mit regionaler Küche und gemütlichen Stuben über mehrere Etagen.

39100 Bozen, Goethestraße 3, Tel. 0471 973938, www.voegele.it, geschl. So

Zanderfilet auf Olivenfocaccia und Tomaten
(Rezept vom Restaurant «Panholzer» in Kaltern, s. dort)

Kulinarisch wird in Südtirol die Brücke nach Italien geschlagen. Was allein schon die Herzen der Feinschmecker höher schlagen lässt. In diesem Buch zeigt Daniel Giuliani diesen mediterranen Einfluss mit einem Zanderfilet auf Olivenfocaccia und Tomaten (für vier Personen). Wobei anzumerken wäre, dass die Ursprünge des Fladenbrots in Ligurien liegen, der Zander aber zur Familie der Barsche zählt und in Südtiroler Gewässern heimisch ist.

Zutaten: 4 × 200 g geputztes Zanderfilet, 500 g Datterini Tomaten (geviertelt), 100 g Rauke. Für die Focaccia: 300 g Weizenmehl, 150 g lauwarmes Wasser, 100 g Taggiasche Oliven, 25 g Hefe, 10 g Salz, 6 g Zucker.

Zubereitung Focaccia: Für die Focaccia alle Zutaten bei Zimmertemperatur in der Knetmaschine 20 Minuten langsam kneten. Den Teig 30 Minuten aufgehen lassen. 1 cm dick ausrollen und auf ein geöltes Backblech legen. Nochmals 30 Minuten aufgehen lassen. Im vorgeheizten Backrohr bei 180 Grad 25 Minuten backen.

Zubereitung Zanderfilets: Die Zanderfilets auf der Hautseite bei wenig Hitze glasig braten und aus der Pfanne nehmen. Die Tomaten in die Pfanne geben und kurz sautieren, mit Salz und Pfeffer abschmecken, die Fischfilets wieder darauflegen und leicht köcheln lassen.

Servieren: Beim Anrichten die Focaccia (in Scheiben geschnitten) auf die Teller legen, die geschmorten Tomaten und die Rauke darauf verteilen. Zum Schluss den Zander darauflegen (einmal mit der Hautseite nach unten, einmal nach oben).

Zur Rose (Eppan)

Vielfach ausgezeichnetes Feinschmeckerrestaurant im Zentrum von Eppan. In der Küche Herbert Hintner, im Service seine Frau Margot. Umfangreiche Weinkarte. Degustationsmenü.

39057 Eppan, Josef-Innerhofer-Straße 2, Tel. 0471 662249, www.zur-rose.com, geschl. So & Mo mittags

Der Autor bedankt sich bei allen, die ihm bei seinen Recherchen geholfen, das Manuskript auf Fehler durchgesehen und wertvolle Informationen beigesteuert haben. Alle Angaben in diesem Buch wurden vom Autor mit größter Sorgfalt zusammengestellt. Sollten sich dennoch Fehler eingeschlichen haben, bittet er dies zu entschuldigen. Außerdem unterliegen insbesondere Telefonnummern sowie Angaben zu Weingütern und Restaurants häufigen Veränderungen. Der Autor kann keine Verantwortung für die Richtigkeit der Angaben übernehmen. Was die handelnden Personen im Roman betrifft, so sind diese frei erfunden. Jede Ähnlichkeit oder Namensgleichheit mit lebenden Personen wäre rein zufällig und unbeabsichtigt.

Besuchen Sie den Autor auf Instagram und auf seiner Website: www.michael-boeckler.de